neue frau
herausgegeben von
Angela Praesent

Alice Koller

Inselzeit

Roman

Deutsch von
Margaret Carroux

rororo

Rowohlt

Die amerikanische Originalausgabe erschien 1982
bei Holt, Rinehart and Winston, New York,
unter dem Titel «An Unknown Woman»
Umschlagentwurf Isa Petrikat-Velonis
Deutsche Erstausgabe

37.–41. Tausend Dezember 1985

Veröffentlicht im Rowohlt Taschenbuch Verlag GmbH,
Reinbek bei Hamburg, Januar 1983

Gesetzt aus der Garamond (Linotron 404)
Gesamtherstellung Clausen & Bosse, Leck
Printed in Germany
980-ISBN 3 499 15075 1

Alice Koller · Inselzeit

I

Die Sonne des Oktobermorgens bescheint mein Spiegelbild im Badezimmer einer New Yorker Wohnung, die nicht die meine ist. Mein Make-up ist keine geschickte Tarnung mehr; es wirkt dick aufgetragen und lehmig, obwohl ich es bis auf eine hauchdünne Schutzschicht für meine Haut sorgfältig wegreibe. Zwei lange Falten sind auf beiden Seiten des Mundes eingegraben. Halbkreise beginnen sich unter den Augen zu bilden. Meine siebenunddreißig Jahre waren mir bisher nicht anzusehen. Jetzt kann ich sie nicht länger verheimlichen.

Und doch muß ich es. Wenn ich wie siebenunddreißig aussehe, muß ich erklären, warum ich so lange bis zur Promotion gebraucht habe. Kann ich aber für zehn Jahre jünger gehalten werden, bin ich eine brillante junge Akademikerin, und wenn jemand fragt, warum ich nicht an einem guten College unterrichte, lautet die Antwort, daß es eine Weile dauere, bis man Fuß faßt. Aber ich bin mir noch gar nicht darüber klar geworden, ob ich unterrichten will. Wenn ich das laut sagte, würde mich jemand fragen, warum ich mir dann überhaupt ein so hohes Ziel in der Philosophie gesteckt habe. Und ich weiß es nicht.

Siebenundzwanzig, ohne Ehemann: Ich kann lächeln und murmeln: «Ich war zu beschäftigt mit der Arbeit für meine Promotion.» Siebenunddreißig mit einem Kometenschweif von Männern, an die ich nicht zu denken versuche: Ich muß dumme Gründe angeben, warum ich nicht geheiratet habe.

Ich starre in den Spiegel. Ich habe kein Leben: Ich bringe nur eine Reihe von Tagen irgendwie hinter mich. Es gibt keinen *Grund*, warum ich hier bin. Kein irgendwann in der Vergangenheit aufgestellter Plan hat mich in diese Leere geführt, die mein Tag ist, tagtäglich. Keine Verpflichtung gegen irgend jemanden erfordert, daß ich in dieser Wohnung oder in dieser Stadt wohne. Ich wohne nirgends: ich hocke bloß irgendwo. Vier Monate in New York, drei in Cambridge, als wäre ich nicht von dort geflohen. Zwei Monate in Berkeley, vier in Santa Barbara. Boston. Dann wieder New York. Ich verachte meinen inhaltslosen kleinen Job, und doch versuche ich nicht, etwas anderes zu finden. Statt dessen bemühe ich mich sogar, daraus eine Dauerstellung zu machen: Ich muß wenigstens meines Einkommens sicher sein. Etwas Sicheres muß ich bei dieser ewigen Unsicherheit haben: Keine Karriere, kein Zuhause, kein Mann.

Ich schüttele den Kopf und beuge mich über den Waschtisch. Um mich zu stützen, umklammern meine Hände beide Seiten des Bekkens. Eds Frage im vorigen Monat konnte ich nicht beantworten: «Was hat dir in all diesen Jahren bis zur Promotion Rückhalt gegeben?» Sein Ton war es, der mir die Frage verständlich machte. Ed, den ich nicht mehr gesehen hatte, seit wir vor einem Dutzend Jahre an der Universität von Chicago studierten, Ed, jetzt ein erfolgreicher Redakteur, redete, als könnten Menschen zu Recht erwarten, Rückhalt zu finden. Als gehöre es ganz normal und natürlich zum Lauf der Dinge, daß Menschen sich gegenseitig in ihren Plänen und Erwartungen unterstützen. Aber Unterstützung ist etwas, um das man bitten muß, nicht wahr? Oder mit Verstand und Lächeln und unterhaltsamen Gesprächen und mit vielleicht nicht unbedingt nötigen Notlügen erkaufen muß? Aber selbst die Unterstützung, die ich für fünfundzwanzig Dollar die Stunde von Dr. Kant kaufte, war nur zwei- oder dreimal in der Woche zu haben. Wo war die Unterstützung, die es angeblich kostenlos gibt?

Meine Zähigkeit hielt mich in Gang. Aber jetzt bin ich nicht mehr zäh. Ich habe es ganz und gar satt. Habe es satt, ständig um alles kämpfen zu müssen: Promotion, Männer, Jobs, Geld. Habe es satt, Dingen hinterherzulaufen, die sich mir immer entziehen.

Das muß aufhören. Kann ich nicht einfach jetzt gleich aufhören und herauszufinden versuchen, was ich eigentlich tue? Was ich tun sollte?

Wenn ich nur irgendwohin weggehen könnte. Wo es still ist, ohne Verkehr und Fabriken. Irgendwohin, wo ich wirklich allein sein kann, damit ich nicht den ganzen Tag freundlich zu Leuten sein muß, damit ich andere Gesichter nicht einmal zu sehen brauche, wenn ich aus meiner Tür herauskomme. Irgendwohin, wo ich nichts anderes zu tun brauche, als den ganzen Tag lang nachzudenken.

Womit? Ich habe kein Geld. Das übliche Ende vom Lied.

Plötzlich stehe ich ganz still und lausche dem Nachhall meines Satzes. «Ich habe kein Geld.» Etwas daran versucht zu mir vorzudringen. Ich sage immer, ich habe kein Geld. Es stimmt natürlich. Ich habe nie genug Geld gehabt, um etwas anderes zu tun, als für meine Nahrung und ein Dach über dem Kopf zu sorgen: Ich habe immer noch Schulden für meine Ausbildung und bei Dr. Kant.

Ja, würde ich denn irgendwo hingehen, um nachzudenken, wenn ich Geld hätte? Ist es nur das Geld, das mich davon abhält?

Schon gut, ich werde das Geld *beschaffen*. Ich werde ausrechnen, wieviel ich für, sagen wir, den nächsten Monat brauche. Ich werde sehen, was von meinen Schulden jetzt bezahlt werden muß. Dann werde ich den ganzen Rest meines Gehalts sparen.

Ich setze mich auf den Badewannenrand und zittere. Ich habe ein Ziel, das mein eigenes ist. Ein Ziel: einen Angelpunkt für die langen Minuten meines Tages. Ich werde Geld beschaffen und dann weggehen.

Täglich sehe ich im Anzeigenteil der *Times* die Rubrik «Häuser zu vermieten» durch. Da sind Telefonnummern angegeben in Connecticut, auf Long Island, im nördlichen Teil des Staates New York, in Pennsylvania, aber die Eigentümer verlangen zuviel Miete oder eine zu hohe Kaution oder eine zu lange Mietdauer.

Ich schlage den Anzeigenteil der *Saturday Review* auf. Da wird ein Haus in der Nähe von Montego Bay angeboten für jemanden, der Strandgut sammeln will; die Miete ist als «billig» angegeben; es sind zwei Zimmer. Ich versuche mir vorzustellen, welche zwei Zimmer es sind.

Ich blättere die Seite um. Da ist ein Haus am anderen Ende von Nantucket, «völlig ungestört, aber nicht einsam». Ich erwäge es kurz. Nantucket ist wirklich sehr weit weg. Wovon weit weg? Es gibt keinen Ort, der von anderen Orten zu weit weg ist. Immerhin, eine Insel wäre, als würde ich mich freiwillig ins Gefängnis begeben. Nein, ich werde weitersuchen.

Eine Woche schleppt sich dahin, ohne daß irgend etwas klarer wird: Wohin gehen oder wann. Ich komme Montag morgen früh zur Arbeit und suche nach dem Inserat für das Haus auf Nantucket. Ich lese es immer wieder:

Siasconset, Nantucket – Völlig eingerichtetes, ganzjährig geheiztes Haus. 5 Zimmer, 2 Bäder, Kamin, moderne Küche. Schöner Blick auf die Moore. Völlig ungestört, aber nicht einsam. Garage, aber Auto unnötig. Zu vermieten bis Juni an Schriftsteller, Künstler, gegen Bruchteil der Sommermiete. Referenzen.

Eine Menge Zimmer: Es wird teuer sein. Aber «Bruchteil der Sommermiete»: es gibt große Bruchteile und kleine Bruchteile. Es ist sehr, sehr weit. Eine Insel: Es könnte schwierig sein, da wegzukommen.

Nein. Es ist unmöglich. Aber es ist mein einziger Fingerzeig.

Ich rufe die Person an, die das Inserat aufgegeben hat. Nein, das Haus ist noch nicht vermietet. Sind Sie zum Lunch frei? Sie und ihr Mann können sich mit mir treffen, und wir können das gemeinsam besprechen. Ich hänge auf. Etwas, das an Erregung grenzt, steigt mir vom Bauch in die Kehle, und ich presse die Lippen zusammen, lächelnd, um es drinnen zu behalten.

Sie lassen mir einen Tag Zeit, um einen Entschluß über ihr Haus zu fassen. Die Kosten sind das geringste Problem. Mit meinen Ersparnissen und dem letzten Gehalt kann ich vier magere Monate durchhalten.

Vier Monate: Zeit, wirklicher Freiraum.

Und Stille. Während des Winters lebt fast niemand auf dem östlichen Ende der Insel.

Also allein. Genau das, was ich suchte. Nicht nur allein in einem ganzen Haus für mich, sondern auch draußen allein.

Ich liege auf meinem Bett und versuche, mir das alles auszumalen, und dann weiß ich plötzlich, daß ich einen Hund brauchen werde. Der mich vor Fremden warnt. Mit mir spazierengeht. Ja, dann paßt alles zusammen.

Ich rufe die Eigentümer an und sage ihnen, daß ich ihr Haus nehmen werde. Ich hänge auf und schreibe einen Scheck aus für vier Monate Miete und Wasser, dann suche ich nach dem kleinen schwarzen Buch, dessen datierte Seiten ich so häufig leer lasse. 18. Oktober. Heute. Der einunddreißigste wird mein letzter Arbeitstag sein. Am 1. November fahre ich nach Boston, kaufe beim Angell Memorial Shelter einen Hund und mache mich gleich am Sonntag auf den Weg nach Nantucket. In zwei Wochen und zwei Tagen.

Ich gehe früh zu Bett. So kann ich rasch den ersten der vierzehn Tage ausstreichen, die ich noch in New York verbringen muß. Aber Schlafen ist ein Zeichen von Zaghaftigkeit, als ob diese Nacht noch zu meinem bisherigen Leben gehörte, und ich bleibe wach und versuche mir auszumalen, was mir bevorsteht, bis das ganze Haus rings um mich still ist.

An meinem letzten Tag in New York warte ich mit offenen Augen, bis es in meinem Zimmer dämmerig wird, dann gehe ich in die Küche und bereite die morgendliche Kanne Kaffee. In einer Zeitspanne, die zu kurz erscheint, ist der ganze Haushalt wach. Laurel ist fertig angezogen und bereit, zur Arbeit zu gehen.

«Timmie.» Sie hält mich im Korridor an. «Viel Glück.» Wir umarmen uns. «Schreib. Laß mich wissen, wie es dir geht.»

«Ja. Ich danke dir, Laurel. Es war sehr freundlich, daß du mich so lange bei dir aufgenommen hast.»

«Auf Wiedersehen, Timmie. Alice. Ich wünsche dir angestrengtes Nachdenken.» Sie ist weg. Ich stürze zurück in mein Zimmer und beginne, all die kleinen Schnüre aufzuknoten, die mich lose mit dieser Wohnung, dieser Stadt, diesem Job verbunden haben. Ich bin fertig mit Packen, ziehe meinen Mantel an und erwische noch den Bus zur Werkstatt in der Stadtmitte, wo mein Wagen überholt wird.

Ein kleines Gefühl der Erleichterung kommt in mir auf, als ich in die Wohnviertel zurückfahre, um meinen Wagen zu beladen, und es hält sich noch in der Schwebe, als ich in den Hudson River Drive einbiege. Als ich die zweite Straßengebührenkasse hinter mir lasse und im gleichmäßigen Fünfundsechzigmeilentempo fahre, kommt es mir vor, als sei ich durch das zusätzliche Gewicht von Koffern und fünf Kartons Hab und Gut der Straße näher. Der Himmel ist den ganzen Nachmittag bewölkt. Achtzig Meilen vor Boston beginnt es zu regnen. Wassermassen prasseln auf meine Windschutzscheibe, und die sich langsam bewegenden Scheibenwischer behindern meine Sicht. Ganz unerwartet drückt etwas meinen Fuß ganz hinunter auf den Gashebel: Es ist die Erkenntnis, daß ich jetzt von täglichen Fesseln befreit bin. Ich lache laut auf. Ich fahre im Regen und in der Dunkelheit schneller, als ich je bei guten Straßenverhältnissen gefahren bin. Ich will meine Freiheit spüren, und ich kann ihr Ausmaß erkennen, wenn ich meine eigene Feigheit bei dieser Geschwindigkeit mißachte.

Ich lächle den ganzen Weg bis zu Junes vertrauter Straße in Cambridge.

2

Ich wache auf der durchgelegenen Couch im Wohnzimmer der Cambridger Wohnung auf, in der ich meine Doktorarbeit zu schreiben begann und abschloß. Vor drei Jahren. Die Glastüren, die direkt nach draußen führen, sind immer noch mit den von der Decke bis zum Fußboden reichenden Stoffbahnen verkleidet, die ich aufgehängt habe, das Farbenspiel von Orange, Rot und leuchtendem Rosa ist jetzt etwas weniger lebhaft. Die Stoffenden am Fußboden sind immer noch ungesäumt, ihre aufgedröselten Fäden wehen dann und wann im Durchzug. Der Sessel, den ich June verkaufte, als sie hier einzog, steht hier. Die lange, hohe Theke, die die Küche vom übrigen Raum trennt, dient immer noch den gleichen Zwecken wie bei mir: Essen, Schreiben, Trinken, Rechnungen bezahlen, Briefe lesen, Nachdenken, ein solides Möbel, um sich daran auszuweinen. June hat neue Küchengardinen; ich versuche mich jetzt zu erinnern, wie die alten waren. Ich habe die Bettdecken wie ein Futteral für meinen Körper fest um mich gezogen und weiß, daß ich, wenn ich aufstehen will, bei der ersten Bewegung vor Kälte den Atem anhalten werde. Derselbe nutzlose Gasbrenner ist immer noch die einzige Wärmequelle für den Raum, obwohl er nur die Ecke an der Seite des Raums heizt, wo er zischt. Manchmal habe ich zusätzlich den Backofen angezündet und die Ofentür offen gelassen. Aber ich wagte ebensowenig wie June, beide Geräte über Nacht brennen zu lassen. Auch auf heißes Wasser werde ich noch zwanzig Minuten warten müssen, nachdem ich das Gas angezündet habe. Das bedeutet eine Menge Hindernisse für das morgendliche Aufstehen. Und wenn diese Schwierigkeiten nur die ersten des Tages sind, der ganze Tag also auf der Lauer liegt und darauf wartet, langsam Zoll für Zoll auf einen zuzurücken, bis es wieder Mitternacht wird, dann ist es jetzt und immerdar ein Wunder, über das man theoretisch nur staunen kann, daß ich in dieser Wohnung fünfhundertmal morgens aufgestanden bin.

Am besten ist es, mit Gebrüll aufzustehen, wie es Fallschirmjäger tun, wenn sie abspringen, es anzupacken, ehe es einen packt. Aber nur durch eine dünne Wand getrennt, schläft June mit ihrem kleinen Sohn Richard im Schlafzimmer, und ich vergelte ihre Gastfreundschaft nicht damit, daß ich sie aufschrecke. Ich bin aus dem Bett – durchs Zimmer gehen, das Gas anzünden, hinein ins Bad und anziehen, alles in einem Zug. Ich bilde mir nur ein, ich könnte leise sein, denn ich höre June jetzt ebenso wie sie mich. Ich beeile mich, aus dem ungeheizten Bad zu kommen, und finde sie auf einem hohen Hocker an der Theke, in einen Morgenrock gehüllt, friedlich rauchend. Ihre Mundwinkel sind immer nach oben gezogen: um ihre hübschen, hohen Backenknochen hervorzuheben, oder um zu verhindern, daß sich die Altersfalten bilden? Die Folge ist, daß sie wie eine unberührbare Kamee aussieht. Wir tauschen spaßige Bemerkungen über den Morgenflug zum Warmwasserbereiter aus, und dann koche ich Kaffee, während sie Richard weckt und ihren Tageslauf beginnt.

Ich warte darauf, daß der Kaffee durchläuft, und denke darüber nach, was es für mich bedeutet, in Cambridge und in dieser Wohnung zu sein, offenkundige Sinnbilder des Ringes, den ich unaufhörlich durchquere. Dieses Zimmer: Hier habe ich auf Jim gewartet und um ihn geweint, und dann um Mike und dann um Marvin. Würde nicht nur ein Narr jetzt darin stehen? Diese Stadt: Jede Straße ist erfüllt von dem Schatten irgendeiner unerledigten Angelegenheit oder einer über die Grenzen des Erträglichen hinaus erledigten Angelegenheit. Drei Tage, höchstens vier, und dann nehme ich das Schiff nach Nantucket. Zweihundert Menschen zwischen hier und Boston, denen ich aus dem Weg gehen muß, fast ein Dutzend davon nur wenige Minuten von hier entfernt in Harvard Square. Ich bedecke das Gesicht mit den Händen. Es ist erst 7 Uhr morgens.

Jedesmal, wenn ich vom Angell Memorial-Tierheim zurückkomme, bin ich mehr überzeugt, daß mein Hund ein deutscher Schäferhund sein wird. Und ein Rüde, glaube ich. Ich will einen klugen und lebhaften und beschützenden Hund.

Fünf Besuche sind vergeblich.

Marie. Marie, die praktische, tüchtige Problemlöserin, wird eine Idee haben, wo man einen Hund findet.

Ich fahre hinaus nach Marblehead, um sie und Lincoln in den achtzehn Zimmern des Hauses zu besuchen, das sie vor sechs Monaten gekauft haben. Ihr ungepflasterter Privatweg erfordert Umsicht beim Befahren, und als ich den Zündschlüssel abziehe, frage ich mich, ob ich eine Stunde oder über Nacht bleiben werde.

«Alice.» Maries Lächeln, irgendwie gequält und gleichzeitig geduldig, ist mittlerweile das Kürzel für ihre Verwunderung, daß ich schon so lange lebe und immer noch so dumm bin. «Hier sind die Lokalzeitungen. Da ist das Telefon. In dieser Schublade – nein, in der linken – sind Bleistifte und Papier. Linc und ich fahren jetzt einkaufen. Mach dich dran.»

Ich sehe die Kleinanzeigen durch. Zwei Telefonnummern sind besetzt. Bei der dritten meldet sich ein alter Mann. Ja, er habe noch einen Schäferhund, einen Rüden. Fünfundsiebzig Dollar.

«Angenommen, ich verzichte auf den Stammbaum. Wäre er dann billiger?»

Der Mann schweigt ein paar Sekunden. Sechzig Dollar, wenn ich den Stammbaum nicht nehme. Hilft auch nicht viel weiter.

Ich schreibe mir die Anweisungen auf, wie man zu seinem Haus kommt, und als ich aufhänge, kritzele ich ein paar Zahlen. Sechzig für den Hund, dann habe ich noch fünfzig im Portemonnaie. Dreihundertfünfzig auf der Bank für Nantucket. Wahrlich sehr magere vier Monate.

Marie besteht darauf mitzukommen. «Du kannst nicht mit einem jungen Hund fertig werden, der wahrscheinlich noch nie in einem Auto gewesen ist, und dann noch abends fahren. Jetzt wartest du.»

Ich verkneife mir eine Antwort. Mein Hund wartet auf mich: noch nicht gesehen, aber meiner.

Wir decken den Rücksitz und Fußboden ihres Wagens mit Zeitungspapier ab. Sie ist müde und reizbar, versucht aber, freundlich zu sein.

Zwanzig Minuten hinter Salem finden wir die Straße, die zu dem kleinen Haus im Wald führt.

In dem vollgestopften Wohnzimmer sitzt die stark gepuderte Frau des sehr dicken alten Mannes neben mir auf der Couch, die an die Küche grenzt, wo jede Stellfläche mit Essensresten oder schmutzigem Geschirr bedeckt ist. Der Mann hievt sich aus seinem Stuhl hoch, um den jungen Hund zu holen. Wir warten.

Plötzlich flitzt ein golden-gelbbraun-graues Energiebündel durch die Tür, beschreibt zwei volle Kreise im Wohnzimmer, findet zwischen den Möbeln den Durchgang zur Küche und stürzt sich auf den offenen Mülleimer in der Nähe des Abwaschbeckens. Der Mann hebt ihn hoch und kommt, den Welpen unter einem Arm, auf mich zu. Ich sehe das lebendige Gesicht zum erstenmal, und dann setzt mir der Mann den Hund auf den Schoß. Sofort ist er wieder auf dem Fußboden, und jetzt fängt ihn die Frau ein und gibt ihn mir wieder. Ich streichele ihn sanft. Er zittert und schnüffelt an meinen Händen, meinem Mantel, meiner Hose. Ich kann weder sprechen noch den Blick von ihm abwenden.

Der Mann geht nach draußen und kommt gleich darauf mit dem Vater des Welpen zurück. Im Nu springt der Kleine auf den Fußboden und läuft zwei-, dreimal im Kreis durch das Zimmer. Sein Vater beobachtet ihn ruhig, und als der Welpe auf einer neuen Runde an ihm vorbeikommt, nimmt der Hund unvermutet den Kopf seines Sohnes in die Schnauze. Ich halte den Atem an. Er legt den Kleinen auf den Fußboden, behält den Kopf in der Schnauze, und dann liegt der Welpe still. Langsam macht der große Hund die Schnauze auf und läßt den kleinen frei, bleibt aber mit dem Kopf ganz dicht bei ihm. Der Welpe hebt unbeholfen eine Pfote zu einem schwachen Protest, woraufhin der Vater wieder nach seinem Kopf schnappt, und die Pfote fällt zurück.

Die Frau steht auf und bringt mir den Welpen noch einmal. Wir sind jetzt fünfzehn Minuten hier, und ich habe ihn noch nicht gekauft. Marie: «Gefällt er dir, Alice?»

«Ich weiß es nicht. Ich glaube. Wahrscheinlich ist er okay.» Nichts in mir veranlaßt mich zu sagen: «Ja, ich will ihn haben.» Jedes dieser Wörter ist zuviel für mich. Aber hier in diesem stickigen kleinen Zimmer sitzen zwei seltsame Menschen, die sich vorgenommen haben, mir diesen jungen Hund zu verkaufen, eben diesen. Ich kann es mir nicht erst überlegen; wir können nicht wiederkommen. Ich muß diesen Welpen jetzt nehmen.

Sehr leise sage ich es: «Ich nehme ihn.» Ich schreibe den Scheck aus. Ich besitze einen Hund.

Die Frau sagt mir, wie ich ihn füttern soll und wie ich ihn stubenrein bekomme. Sie hält ihn, während Marie und ich in den Wagen einsteigen, dann gibt sie ihn mir. Er ist auf meinem Schoß, auf dem Fußboden, jetzt auf dem Sitz, und winselt.

«Reden Sie einfach mit ihm während der Fahrt», ruft mir die Frau durchs Fenster zu.

In der Dunkelheit beginne ich ihn zu streicheln, meinen Hund. Er zittert und bebt und schaut unverwandt nach vorn. Ich rede mit ihm, aber das sind bedeutungslose Wörter, mit denen ich ihm kundtue, daß er in Sicherheit ist und mir gehört. Ihm ist das gleichgültig. Speichel tropft ihm aus der Schnauze. Mein Mantel ist bald durchnäßt, aber ihm wird nicht übel. Ich streichle ihn, um ihn zu beruhigen. Was läßt er hinter sich? Und was liegt eigentlich vor ihm?

Ich habe meine Reise begonnen.

Wir lassen für den Welpen das Licht in der Anrichte brennen, dekken den Fußboden mit Zeitungspapier ab und machen die Küchentür hinter uns zu.

Im Bett denke ich darüber nach, wie ich ihn nennen soll. Ich will ihn nicht nach jemandem nennen. Wie dann? Ein Name von etwas, das mir nahe ist. Etwas aus der Philosophie.

Eine Stunde verstreicht, in der ich die dreizehn Jahre unsteten Studiums durchgehe, das mir um einen Preis, den ich immer noch nicht kenne, meinen Doktortitel eingetragen hat. Ich versuche es mit Namen von Philosophen. Überprüfe philosophische Begriffe. Ich lächle im Dunkeln.

Und dann beginnt etwas, das mich auf Nantucket erwartet, allmählich als ein Filter für meine Gedanken zu dienen. Dort wird es keine philosophischen Kollegen geben, die verständnisvoll grinsen, wenn ich den Namen meines Welpen ausspreche. Es wird außer mir dort niemanden geben, für den der Name etwas bedeutet. Dieser Name soll nur für mich sein, und er wird etwas aussagen müssen über das, was ich auf Nantucket tun will, und mich später daran erinnern, was ich dort getan habe. Und was wird das sein? Dieser junge Hund wird mein einziger Kontakt mit etwas Lebendem sein. Er ist das einzige Lebewesen, mit dem ich rede. Worte. Diskurs.

Logos.

Ich mache die Augen auf, drehe mich um und liege auf dem Rükken und starre in die Dunkelheit. Immer wieder sage ich: «Logos». Das ist der Name: Logos, das rationale Prinzip des Universums; das Wort; der logische Diskurs. Der junge Hund heißt Logos.

Eine unvertraute Erregung erreicht mich. Minutenlang liege ich da und versuche zu begreifen, was das ist, aber ich schlafe ein, ehe ich die Frage auch nur formuliert habe.

In dem Augenblick, in dem ich aufwache, weiß ich, daß es etwas Neues in meinem Leben gibt. Der Welpe. Ich mache die Tür auf, aber von unten ist nichts zu hören. Ich ziehe mich eiligst an, und noch zuknöpfend, noch Reißverschlüsse zuziehend, schleiche ich mich die Treppe hinunter und mache leise die Küchentür auf. Linc hockt auf dem Fußboden und streichelt den jungen Hund. «Hör mal, der ist aber hübsch!» Linc schaut zu mir auf und lächelt strahlend.

Der junge Hund macht einen unsicheren Schritt auf mich zu, schnüffelt, erkennt mich dann und schleckt mir über die halbe Wange, als ich mich bücke und ihn an mich drücke. Bis zu diesem Augenblick war ich ihm gegenüber unsicher: Er ist zu klein; angenommen, er ist nicht intelligent; mag ich ihn trotzdem? Aber von diesem Augenblick an ist er mein.

Später am Morgen habe ich das Haus für mich. Ich lasse mich im Eßzimmer auf dem Fußboden nieder und bringe dem Welpen seinen Namen bei. Eine Stunde lang sind wir damit beschäftigt, uns gegenseitig kennenzulernen. Als ich Maries Wagen auf dem Privatweg höre, mache ich einen letzten Test: «Logos!» Er stürzt sich mir in die Arme, und ich drücke ihn eine Minute an mich, ehe ich aufstehe.

Während des ganzen Tages behalte ich ihn bei mir, bei Besorgungen, beim Packen und Verabschieden.

3

Ich bin wach, ehe der Wecker läutet, und als ich mich rasch anziehe, denke ich an den schönen Welpen unten, der meiner ist. Ich ziehe das Rouleau hoch. Der gestrige Sturm vor der Küste von Marblehead hat sich nicht gelegt. Lange habe ich nachts wach gelegen und den heftigen Regen gehört. Aber ich fahre heute auf jeden Fall. Die Fähre nach Nantucket muß heute verkehren.

An der Küchentür begrüßt Logos mich, springt an mir hoch und jault, bis ich niederknie, damit wir gleich groß sind. Dieser hübsche, tapsige junge Hund ist mein unerprobter Gefährte und Beschützer. Ich dämpfe mein Gelächter: Ich möchte weg sein, ehe die anderen wach sind. Aber Linc kommt in die Küche, als ich Kaffee koche, und wir frühstücken rasch zusammen.

Im Regen hilft er mir, das letzte Gepäck auf den Rücksitz des Wagens zu verstauen, der Beifahrersitz ist für Logos reserviert. Plötzlich fällt mir ein, daß die Pille gegen Autokrankheit, die der Tierarzt mir gegeben hat, dreißig Minuten braucht, ehe sie wirkt. Ich stopfe sie dem Welpen in den Rachen. Meine Schuld, wenn er in der ersten halben Stunde Angst hat.

Sonntagmorgen gegen 7 Uhr ist auf der Straße nach Boston wenig Verkehr. Ich rede mit Logos, um ihn zu beruhigen. Er ist nach wie vor geängstigt: durch den Lärm, unsere unaufhörliche Bewegung, andere vorbeirasende Autos, vielleicht sogar durch mein Fahren. Mit einemmal sehe ich, daß er sich auf dem Rand des Vordersitzes leicht hin- und herwiegt. Ich halte den Atem an. Vor welches neue Problem wird er mich stellen? Behende springt er hinunter auf den Fußboden. Ich rede rasch auf ihn ein, aber er macht einen Schritt bis vor den Schalthebel und setzt sich direkt auf meinen rechten Fuß. Der Wagen macht einen Sprung nach vorn. Ich versuche, meinen Fuß hochzuheben, um sein warmes Gewicht loszuwerden, aber seine Masse macht meinen Spann unbeweglich. Ich widerstehe dem Drang, meinen Fuß unter seinem Körper herauszuziehen, denn seine dreißig Pfund würden auf dem Gaspedal landen, und wir hätten im Handumdrehen Höchstgeschwindigkeit. Ich fluche ausgiebig auf Logos und auf Autos auf den Spuren rechts und links von mir. Mit aller Kraft hebe ich den rechten Fuß hoch genug vom Pedal, um die Geschwindigkeit etwas zu vermindern. Der Wagen rechts von mir drängt sich nach vorn und macht Platz, so daß ich in seine Spur wechseln kann.

«Jetzt hör mal.» Ich halte an. Das besorgte, ängstliche Gesicht schaut zu mir auf. Unsere zwei gemeinsamen Tage haben mir noch keinen Einfluß auf ihn verschafft: weder Zuneigung noch Gewohnheit oder Abrichtung verbinden uns. Er hat keinen Grund, auf mich zu hören. Ich mache aus ein paar alten Handtüchern eine Art Lager auf seiner Seite des Wagens.

Logos zittert still vor sich hin. Kein beschwichtigendes Wort von mir kann dem ein Ende bereiten. Es ist zu früh, ihm eine zweite Pille zu geben, und obwohl ich Mitleid mit ihm habe, bei all meiner Unwissenheit, was ich für ihn tun kann, fahre ich wieder schneller.

In der Nähe von Falmouth biege ich bei dem Schild WOODS HOLE – 4 MEILEN nach Südwesten ab.

Was tue ich hier auf dieser einsamen Straße, auf der ich dahinrase, um ein Schiff zu erreichen, das zu einer Insel fährt?

Logos neben mir fleht darum, daß die Fahrt ein Ende habe. Ich streiche ihm leicht über den Kopf.

Ich bin in mir selbst eingeschlossen, und niemand außer mir kann mir je helfen, herauszukommen.

Ich steige die schmale Treppe zum obersten Deck der Fähre hinauf, Logos trottet hinterher, die Ohren an den Kopf zurückgelegt, um das Geräusch und die Empfindung der stampfenden Maschinen auszuschalten.

Die *New York Times* liegt aufgeschlagen vor dem Mann, der neben mir an der Kaffeebar steht. Auf die Ellbogen gestützt, dreht er den Kopf zur rechten Schulter und beobachtet Logos, ohne zu sprechen. Als er zu mir aufschaut, sehe ich, daß seine Augen blaßblau sind. Er ist müde oder noch betrunken. Aber seine Stimme ist ausgeglichen. «Wie haben Sie ihm beigebracht, Treppen hinaufzugehen, wo er noch so jung ist?»

Ist das etwas, das beigebracht werden muß? «Ich bin einfach hinaufgegangen und er ist nachgekommen.»

Eine dampfende Tasse Kaffee und ein Teller mit englischen Muffins werden für den Mann auf die Theke gestellt, aber er wendet seine Aufmerksamkeit wieder Logos zu. «Wir haben eine zweijährige Collie-Hündin, die will keine Treppen hinaufgehen. Ich glaube, weil sie nicht weiß, wie sie wieder herunterkommt.»

Wir.

Mir fällt plötzlich ein, wie unerfreulich meine Haut aus der Nähe aussieht. Das seit fünfundzwanzig Jahren geübte Vermeiden von starkem Licht, vor allem in Gegenwart eines Mannes, kämpft mit dem schwachen Vorsatz eines halben Vormittags, Masken fallen zu lassen. Und gewinnt. Ich blicke nach unten, so daß mein Gesicht von der Theke beschattet wird, während Logos den Kopf auf meinen Fuß legt.

Der Barkeeper möchte meine Bestellung haben. Ich murmele: «Kaffee. Schwarz.»

«Sonst noch etwas?»

Ich will, daß der Mann neben mir weiß, daß mein Leben wie seines ist, daß er und ich einige Einzelheiten unserer Tagesgestaltung gemein haben: diese Art Frühstück, diese Zeitung, diese Weise, sich zu kleiden, diese Nonchalance, diese Art, ohne Einleitung zu reden. Nein. Was mache ich eigentlich? Was geht mich dieser Mann an? Warum muß ich ihm zeigen, wer ich bin, wie ich lebe, was mir gehört? Um das auszumerzen, fahre ich nach Nantucket. Fange ich erst damit an, wenn ich dort lande?

«Bloß Kaffee.»

Meine neue Einstellung verwandelt den Mann plötzlich in jemanden, der von mir getrennt ist. Was an ihm läßt mich so bestimmt annehmen, daß er betrunken ist oder gerade beginnt nüchtern zu werden? Das Weiße seiner Augen ist rot gemasert, aber es ist etwas anderes, das zu seiner ganzen Erscheinung gehört. Er wirft einige Münzen auf die Theke, um seine Zeche zu bezahlen. Die Hälfte der Münzen fällt auf den Fußboden, nicht zufällig, sondern wegen seines Mangels an Koordination. Sieh da. Ich neutralisiere ihn, indem ich ihn als Objekt für eine intellektuelle Übung nehme.

Die Motoren laufen auf vollen Touren. Eine unvertraute Erregung in mir dehnt sich bis zu ihrem Widerhall aus. Das wird etwas Neues sein. Das ist der Beginn von etwas, das ich noch nie getan habe. Ja, ich will's versuchen. Ich will es.

Ich mache mich zu einem der verlassenen Tische in der Nähe auf, weit genug entfernt von der Bar, so daß ich, wenn ich mich mit dem Blick aufs Wasser hinsetze, vorübergehend glauben kann, Logos und ich seien hier allein. Ich lange in den Lederbeutel, der als Handtasche und allgemeines Behältnis dient, und hole das neue Heft heraus.

Auf der leeren Seite des Tagebuchs schreibt mein Stift erheblich langsamer, als mir die Wörter kommen. Eds Frage fällt mir wieder ein: «Was hat dir in all diesen Jahren bis zur Promotion Rückhalt gegeben?» Wenn ich Nantucket verlasse, werde ich es vielleicht wissen. Jetzt kann ich nur sagen: Blinder Stolz im Verein mit ständiger unwissender Unbekümmertheit um die Folgen meines Tuns und das Verstreichen der Zeit. Selbst wenn ich sage, ich ignorierte sie, setzt das voraus, daß ich wußte, was die Folgen sein würden, sie aber beiseiteschob. Aber ich wußte es nicht und weiß es immer noch nicht.

Jetzt gehe ich an einen Ort, an dem mich niemand kennt. An diesem Ort werde ich mir die ganze Heuchelei und Schauspielerei abschminken. Wenn überhaupt etwas übrig bleibt, wird es wenigstens das Meine sein. Die Maßstäbe von keinem anderen werden mich leiten. Die Begründung von keinem anderen.

«Dreißig Minuten bis Nantucket.» Ein Steward, der an meinem Tisch vorbeikommt, um mich zu verständigen, bückt sich und streichelt Logos. Ich habe mich auf die Stille vorbereitet, die mir bevorsteht, aber den ganzen Tag – auf dem Kai in Woods Hole und hier – bin ich überrascht über die Aufmerksamkeit, die mir, einer Fremden, einfach deshalb zuteil wird, weil ich einen hübschen jungen Hund an der Leine habe. Logos wird nicht nur durch sein bloßes Dasein meine Verbindung zu allem Lebendigen sein, sondern auch dafür sorgen, daß ich mit anderen Menschen in Kontakt bleibe.

Mir ist, als sei ich im Begriff, ein Gefängnis zu sprengen. Nur meine eigene Willenlosigkeit kann es verhindern. Das Leben, das jetzt beginnt, ist dasjenige, das allen anderen Lebensformen Sinn verleiht. Ich muß nur all das verstehen, was ich bisher getan habe. Kann ich schreiben? Und will ich schreiben? Wer ist ein Teil von mir? Überhaupt jemand?

Ein Motor hat vor einer Weile gestoppt, ein Summer ertönt, wir fahren an Riffen vorbei, und bald landen wir. Es ist 2 Uhr nachmittags am 11. November 1962.

4

Ich fahre dem Wagen des Verwalters sechs lange Meilen nach. Die gerade Straße, häuserlos, erstreckt sich vor uns. Die Öde der Landschaft entspricht dem grauen Tag, das Grün der Bäume ist ringsum die einzige Farbe. Der Wald wird lichter und geht in Heidemoor über, auf dem stachelige Sträucher wachsen. Der Himmel ist unermeßlich. Ein niedriges Haus unterbricht die flache Perspektive, dann ein zweites.

Etwas Rundes, Silbergraues ragt hoch empor: ein Wasserturm. Wir biegen nach links in die Straße ein, an dessen Ecke er steht. Auf seiner Seite der Straße liegen drei Häuser, zwei dicht zusammen, das dritte weiter unten. Auf der anderen Straßenseite gibt es nichts, nur Moor. Nein, da steht ein Haus, nur eins, und Mr. Santos biegt in dessen Auffahrt ein. Mir gefällt es auf den ersten Blick: der Rasen, die Lage und Ungestörtheit. Mein eigenes, graues Haus.

Ich packe das Lenkrad fester: die nicht asphaltierte Straße ist mächtig ausgefahren. Ich halte in der Auffahrt neben Mr. Santos' Wagen, und Logos und ich stürzen aus dem Auto und ins Haus.

Mr. Santos erklärt, wo alles ist. Ich habe noch nie ein Haus für mich gehabt (Stromversorgung? Hauptwasserleitungshahn? Thermostat?).

«Brauchen Sie wirklich keine Hilfe beim Ausladen Ihres Wagens?»

«Nein. Danke, daß Sie mich abgeholt und mir das Haus gezeigt haben.»

Ich rufe Logos zu mir, als Santos' Wagen aus der Auffahrt zurückstößt, und schließe die Tür.

«Logos!» schreie ich. «Das ist unser Zuhause!» Mit uns beiden ist die Küche voll. Ich stürme ins Wohnzimmer: fast überall Fenster, ein Kamin, die Möbel besser, als ich zu hoffen gewagt hatte.

Hier wohnen wir.

Jedesmal, wenn ich einen Karton oder Koffer aus dem Wagen auslade, ist mir Logos dicht auf den Fersen. Ich bekomme den Dreh heraus, Türen aufzumachen, wenn ich die Hände voll habe, und dabei zu versuchen, nicht auf ihn zu treten oder ihm etwas auf den Kopf fallen zu lassen. Als ich das letztemal draußen bin, gehe ich über den Rasen und mache die Garagentür auf. Er läuft mir zwischen die Füße. Ich versuche ihn zu überreden, auf dem Rasen sitzen zu bleiben, während ich den Wagen in die Garage fahre, aber zu schnell, als daß ich ihn zurückhalten könnte, springt er ins Auto, über die Pedale hinweg, und läßt sich vor dem Beifahrersitz auf dem

Boden nieder. Da sitzt er und sieht mich an, keck und zu einer Spazierfahrt bereit, als hätte er nicht auf dem Weg hierher ununterbrochen versucht, hinauszukommen. Und dann begreife ich es staunend: er ist lieber *mit* mir in dem verhaßten Auto als möglicherweise irgendwo ohne mich.

Ich wandere rastlos durch das Wohnzimmer, von den Ecken in die Mitte und zur Tür, zwischen unausgepackten Kartons auf dem Fußboden hindurch. Der Raum ist noch nicht meiner. Dieser Eßtisch an der zweiten Tür: falsch für mich. Er wird mein Schreibtisch werden. Ich zerre ihn durchs Zimmer zu der Fensternische mit dem Blick auf das Moor. Die Bücherregale stehen jetzt genau hinter dem Platz, an dem ich schreiben werde. Die Sessel werden näher an den Kamin geschoben. Die Couch kommt an die Wand, damit ich eine größere Fläche zum Umhergehen gewinne.

Während ich stehenbleibe, um das nun vergrößerte Zimmer zu begutachten, nähert sich Logos langsam und in geduckter Haltung jedem Möbelstück, ebenso bereit zur Flucht wie zum Angriff, falls der reglose Gegenstand, an dem er schnüffelt, anfangen sollte, sich zu bewegen. Ich habe einen Komiker im Haus.

Ich beginne mit dem Auspacken. Bücher hierher. Ordner dorthin. Schreibmaschine auf den Schreibtisch. Ich schau hinaus über das Moor. Die Sonne sinkt zum Horizont herab und macht die Riesigkeit des Himmels deutlich. Ich eile mich, fertig zu werden, damit ich den Sonnenuntergang in Ruhe betrachten kann.

Der Gedanke läßt mich innehalten, die blaue Emailkaffeekanne in der Hand. Wessen Vorschrift befolge ich, daß sie mit solcher Eindringlichkeit zu mir spricht: Beende das Auspacken, da du es angefangen hast. Beende (was auch immer), weil du es angefangen hast. Meine Mutter: «Du kannst nicht ein neues Buch anfangen, ehe du mit dem, das du liest, fertig bist», und so beugte ich den Kopf über die letzten fünfzig Seiten und haßte in diesem Augenblick das Buch, das mein Interesse sowieso nicht mehr fesselte. Da ich mit sieben zu naiv war, um einfach die Seiten langsam umzublättern und so zu tun, als läse ich, las ich das Buch tatsächlich Wort für Wort zu Ende. Dreißig Jahre später gehorche ich immer noch. Warum habe ich das Buch ausgelesen? Weil sie es mich geheißen hat. Warum soll ich fertig auspacken? Ich versuche, mir eine Antwort auszudenken.

Ein leiser Wunsch tanzt in den leeren Raum: Ich hätte gern

einen Drink. Aber ich zögere vor den Kartons. Der undeutliche Wunsch verfestigt sich zu einem lebhaften Vorstellungsbild: Ich möchte mich mit einem Drink hinsetzen und den Sonnenuntergang betrachten. Bin ich nicht hergekommen, um zu erkennen, was ich bin, wenn ich mich der Vorschriften von allen anderen entledige?

Ich wende mich abrupt von den Schachteln ab. Wo ist die Flasche Bourbon, die ich in Cambridge gekauft habe? Der gute Mr. Santos: die Eiswürfelschalen sind voll. Zurück durch das Wohnzimmer, wo die offenen Kartons mich nicht anbrüllen, und die Treppe hinauf. Die stark gebohnerten Holzstufen sind steil, und Logos schlittert und krallt sich hinter mir nach oben.

Ich rücke einen Korbstuhl dicht ans Schlafzimmerfenster und ziehe dann einen niedrigen Tisch zu mir heran. Logos, erschöpft, nachdem er mir auf Schritt und Tritt gefolgt war und nach der anstrengenden Kletterei, plumpst neben mir auf den Boden und schläft sofort ein. Ich nehme einen tüchtigen Schluck von meinem Drink, lehne mich in der Stille zurück und sehe zu, wie die dicken, dräuenden Wolken ineinander verfließen über dem Sonnenuntergang, der jetzt den ganzen Horizont rötet. Wie der Himmel in den einleitenden Szenen von Dickens' *Große Erwartungen*. In meinem Diplom steht, ich sei eine *femina optimae spei*, eine Frau großer Erwartungen. Was tue ich dann hier allein in diesem fremden Zimmer mit dem Blick auf ein Moor?

Oh, ich bin *müde*. Von der Reise. Von den ganzen zehn Tagen, seit ich New York verließ, in denen ich mich durch Hindernisse hindurchkämpfte.

Was kann ich hier tun? Woher weiß ich, daß das Herkommen mich begreifen lassen wird, wer ich bin und was ich will, wenn so viele andere Versuche an so vielen anderen Orten in zwei Dutzend Jahren fehlgeschlagen sind?

Ich weiß es nicht. Die Antwort lautet: Ich weiß es ganz und gar nicht.

Die Sonne ist untergegangen. Ein schmales, leuchtendes Band hebt den Rand des Moors hervor. Von diesem Fenster im ersten Stock sieht man so wenige Dinge in den Himmel aufragen, daß dem Sonnenuntergang meine ungeteilte Aufmerksamkeit zukommt. Der Horizont wird nicht durch hohe Gebäude oder fahrende Dampfer, Brücken oder Auffahrten zu Schnellstraßen unterbrochen. Die

Kontur des Geländes ist hier niedrig und flach, überwölbt vom Himmel, der den Rahmen bildet, damit der Sonnenuntergang das Land überstrahlt.

Mein Drink ist alle. Logos muß hungrig sein.

Wir sind früh bettreif. Logos nimmt keine Notiz von der Zimmerecke, die ich mit unten gefundenen Zeitungen abgedeckt habe. Er rollt sich behaglich auf dem Vorleger mit Gobelinstickerei zusammen und bemüht sich wachzubleiben, um mich im Auge zu behalten. Wie mache ich ihm klar, daß die Zeitungen für ihn sind? Noch etwas, das ich nicht weiß. Ich erklimme das hohe eiserne Bett. Ich habe nur noch Zeit festzustellen, daß die Matratze zur Mitte hin abschüssig ist, dann ein einziger tiefer Seufzer.

Ich wache plötzlich auf, ohne zu wissen, warum, und dann weiß ich es ebenso schnell.

«Logos! Hol dich der Teufel! Dafür sind die Zeitungen da.» Ich zerre ihn die Treppe hinunter, gebe ihm einen Klaps aufs Hinterteil und schubse ihn nach draußen. Ich stöbere in allen Wandschränken nach Scheuerlappen, Eimern und alten Lumpen. Mit einemmal wird mir klar, Logos könnte weglaufen, und ich stürze zur Hintertür, um nach ihm zu sehen. Er sitzt friedlich auf der Veranda und blickt unsicher zu mir auf. Ich verkneife es mir, ihn zu streicheln, und lasse ihn herein.

Eimer und Scheuerlappen in den Händen, fange ich mitten auf der Treppe an zu lachen. Hier bin ich um 3 Uhr morgens, suche in einem fremden Haus nach Putzlappen und wische eine Schweinerei auf irgendwelchen Vorlegern auf, die mir nicht gehören. Oben an der Treppe steht ein vier Monate alter Hund, der mir gehört, und freut sich, daß ich jetzt lache. Zwei Einzelgänger, der eine stubenrein, der andere nicht.

Ich schlafe unruhig bis zum Morgen.

5

Das Licht, das an die hellen Rouleaus flutet, weckt mich. Mit einer vollen Drehung meines Körpers bette ich mein Gesicht in die Armbeuge und versuche, mich vor dem Angriff auf meine Augen zu verbergen. Als ich den Kopf ein wenig hebe, sehe ich einen jungen Hund, der mich anstarrt.

Ich bringe ihn schleunigst nach unten und hinaus. Den Mantel über dem Morgenrock und nichts darunter, schaue ich zum grauen Himmel auf und erschauere in der kalten Luft. Ich kann den Tag beginnen. Ich will frühstücken, zu meinem Schreibtisch gehen und anfangen. Aber wir brauchen etwas zu essen. Ein Tierarzt muß mir mehr darüber sagen, wie Logos zu versorgen ist. Telefonanschluß beantragen. Die Sachen in Schubladen und Wandschränke einräumen. Meine Post: ein Scheck müßte da sein.

Ich überrede Logos, nach drinnen zu kommen.

Ohrringe, Halsketten, Armbänder und anderer Zierrat kommen in die unterste Schublade der Spiegelkommode im Schlafzimmer. Das ganze Make-up in die Hausapotheke. Wie werde ich jetzt aussehen, wenn mich keiner sieht, den ich kenne? Kann ich mich anziehen, ohne die Vorschriften eines anderen zu befolgen? Ich stehe im Schlafzimmer und versuche, nach den Kleidungsstücken zu greifen, auf die meine Hand gerade stößt, ungeachtet dessen, wie ich aussehen werde.

Ich bemühe mich krampfhaft, aus dem Schema auszubrechen, das für mich – mein Gott – vierundzwanzig Jahre maßgebend war. Ein Vierteljahrhundert, ein Drittel des Lebens. Ich habe keine vierundzwanzig Jahre mehr Zeit, um das Schema langsam abzuschaffen: ich muß es möglichst schnell zertrümmern. Alles, was ich im Laufe eines Tages tue, ist etwas, das ich geheißen oder das mir beigebracht wurde. Statt alldem muß ich tun, was ich tun möchte. Ich muß lernen, eine Sache einer anderen vorzuziehen, eine Weise, etwas zu erledigen, einer anderen. Das bedeutet, daß ich eine Sache oder eine Tätigkeit lieber haben muß als eine andere.

Mein Magen krampft sich zusammen. Eine Sache lieber haben als eine andere? Was wird mein Kriterium sein? Ich weiß es nicht. Ich weiß nur, daß ich alles Bisherige ausmerzen und lernen muß, was ich eigentlich will. Alle Gewohnheiten aufgeben, jede Weise, auf Menschen oder Dinge zu reagieren. Oder auf Gedanken. Es unbarmherzig betrachten und fragen: Ist das meine Art? Meine Art als der Mensch, der ich eindeutig bin. Tue ich etwas, weil ich Alice Koller bin? Oder tue ich es aus Gründen, die ich noch nicht kenne?

Ich bin an dieser äußersten Grenze meines Lebens durch mein eigenes Tun angelangt. Es ist einfach unannehmbar, wohin es mit mir gekommen ist. Daher muß ich aufhören, das zu tun, was ich bisher getan habe. Und ich kann damit nicht aufhören, ehe ich nicht weiß, was ich tun soll.

Also werde ich irgend etwas anziehen, das sauber und warm genug ist. Ich werde versuchen, nicht darüber nachzudenken, ob es paßt oder keine Flicken oder Löcher hat oder zu lang oder zu kurz ist. Nur die Farbe wird wichtig sein. Ich will auf jede mögliche Weise mit Farben spielen, aber einige werde ich nicht zusammen tragen. Meines Farbensinnes bin ich sicher.

So bald schon. Es ist meine erste eindeutige Entscheidung, *meine* Entscheidung. Ein ganz kleiner Schritt, den ich tue. Wie wird das Wissen, daß ich meinen Augen in bezug auf Farben trauen kann, mich dazu bringen, daß ich weiß, wie ich mein Leben führen möchte? Ein Abgrund tut sich unter mir auf.

Ich befestige die Leine an Logos' Halsband, ehe ich die Tür nach draußen aufmache. Gibt es hier Autos? Fahrräder? Kinder, alte Leute, Fischer? Sobald ich eingerichtet bin, werde ich die zwei oder drei Leute aufsuchen, deren Namen ich in New York notiert habe. Aber will ich das eigentlich? Sie werden fragen: «Was tun Sie?»

Logos zerrt mich über den Rasen und auf die Straße, ehe ich die Kraft aufbringe, seinem unerwarteten Ziehen zu widerstehen. Ich versuche einen trockenen Weg zwischen all diesen Pfützen zu finden, aber obwohl ich die Leine fest in der Hand habe, bestimmt Logos unsere Richtung. Am Wasserturm an der Ecke ziehe ich ihn zu mir zurück und bleibe einen Moment stehen, da ich nicht sicher bin, wo es zum Postamt geht.

Kein Auto ist zu sehen. Auch kein Mensch. Ich biege nach links ein; nach Osten, hoffe ich, zum Meer. An der ersten Ecke, weit unten in der Straße, rennen zwei Jungen mit einem Hund. In der anderen Richtung, eine Querstraße entfernt, arbeiten ein paar Männer an einem Dach. Der Wind dämpft ihr Hämmern. Auch die Jungen und der Hund klingen gedämpft. Ich überquere die Straße, und die Geräusche verschwinden hinter mir. Ein halbes Dutzend Schritte weiter bleibe ich stehen. Ich lausche. Kein Laut von Lebewesen ist zu hören. Der Wind. Ein vertrautes dumpfes Brausen, vermutlich das Meer. Aber sonst herrscht Stille.

Ich gehe wieder weiter und beäuge im Vorbeigehen die Häuser. Alle mit Schindeln verschalt. Grau verwittert, unterscheiden sie sich nur durch die Größe und Farbe der Fensterrahmen. Nein, da hat jemand die Schindeln hellgrün angestrichen. Wer wohnt in diesen Häusern? Und wo sind die Leute jetzt?

Zwei Ecken weiter biege ich nach rechts in eine schmale Straße ein. An ihrem Ende liegt das Postamt. Die Tür des kleinen Holzhauses ist verschlossen, ebenso die Tür auf der anderen Seite. Ich schirme die Augen ab und spähe durch die Scheibe. Nichts regt sich, kein Mensch, kein Licht.

Vielleicht ist heute ein Feiertag. Warum sonst sind hier keine Menschen, aber tadellose Häuser? Irgendwie unwirklich. Ich werde von Furcht gepackt und bemühe mich um ein Fünkchen Vernünftigkeit. Ich sage mir das Datum: 12. November, Montag. Warte mal, der 11. November ist Kriegergedenktag. Fiel auf einen Sonntag, wird am Montag gefeiert. Es ist also doch ein wirkliches Postamt.

Keine Post bedeutet auch kein Essen. Oder Telefon. Alles, was meinem Anfang im Weg ist, kann also erst morgen ausgeräumt werden. Zwecklos, jetzt gleich wieder nach Hause zu gehen.

Das Meer erstreckt sich vor uns am Fuß einer kopfsteingepflasterten Straße, die so steil ist, daß Logos und ich nicht umhin können, sie hinunterzurennen. Unser Schwung bringt uns bis auf den Sand, ich atemlos und lachend. Ich nehme Logos die Leine ab. Er flitzt vor mir her, hält alle paar Meter an und schnüffelt nach etwas tief unter der Oberfläche.

Die Flut kommt und prallt krachend aufs Ufer. Logos hüpft, hüpft richtig hoch, als wir dicht ans Wasser kommen. Wer hat je von einem hüpfenden Hund gehört? Sein Vergnügen ist ein Dank an mich. Er ist vor mir, hinter mir, links von mir, dann rennt er direkt auf die Brandung zu. Er buddelt mit einem halben Dutzend unglaublich schneller Pfotenbewegungen, steckt die Nase tief in das Loch, rennt dann weg, bleibt zehn Schritte weiter vorn plötzlich stehen und wiederholt sein Tun. Er vergißt, daß ich da bin, vor lauter Begeisterung über den großen neuen Spielplatz.

Graues Wasser gegen grauen Himmel. Die Küste ist unendlich lang hinter mir und auch vor mir. Der Sand ist naß und fest zusammengeballt, so daß meine Füße mehr oder weniger darauf laufen und nicht einsinken. Ich schnuppere die Luft und schaue dann hinaus über das Wasser auf gar nichts.

Die Küsten, an denen ich gewohnt habe, die ich entlanggelaufen bin oder aufgesucht habe: Die Strände von Marblehead; die Dünen von Provincetown; der südliche, nicht mondäne Küstenstreifen von Malibu; das Cambridger Ufer des Charles River; der Strand bei Carpinteria; East Beach in Santa Barbara; der Strand bei Goleta; der Spaziergang am Neckar in Heidelberg; der Blick von dem kleinen Park hinter Notre Dame, wo sich die Seine in zwei oder drei Richtungen erstreckt; Lake Michigan, von Chicagos Near North Beach gesehen; der Strand an der Meeresseite von San Francisco; die Bucht bei Sausalito. Ich will nicht auf dem Wasser sein, sondern es bloß vom Ufer aus betrachten. Nur die Fahrt auf der Staten Island-Fähre ist für mich harmlos genug.

All diese Spaziergänge an so vielen Ufern, allein oder mit so vielen unterschiedlichen Menschen, des Nachts in der Kälte oder im Morgengrauen und beim Sonnenaufgang, oder spät nachmittags beim Sonnenuntergang: Wenn etwas in meinem Leben unerträglich ist, mache ich mich zum Wasser auf. Es wirkt sich irgendwie auf mich aus. Irgendein Teil ganz in meiner Mitte wird von ihm beschwichtigt und beruhigt. Wie jetzt.

Die Luft ist unerwartet mild und warm. Geruch, Aussehen und Geräusche der Meeresküste sind so vertraut, daß ich nach diesen wenigen Minuten, in denen ich ihr nahe bin, weiß, eine wie große Rolle sie in meinen Tagen hier spielen wird. Aber es ist eine Verführung: Ich denke daran, wie viele Stunden ich in Malibu damit verbrachte, auf dem Sand zu laufen, die Möwen zu füttern, die Wellen heranrollen zu sehen, selbst bei Regen. Es könnte mich abhalten, das zu tun, weswegen ich hergekommen bin.

Ich gehe ein Stück nach oben, wo der Sand trockener ist. Logos bleibt weit hinter mir zurück. An einer zwischen dicken, niedrigen Pfosten aufgehängten Absperrkette sehe ich einen Weg, der vom Strand wegführt. Ich warte auf Logos, und gemeinsam ziehen wir die Straße entlang, die in einem tückischen Winkel nach oben gekrümmt ist. Ich denke daran, die Leine an Logos' Halsband zu befestigen. Wir wandern an mit Brettern vernagelten Häusern vorbei und an Häusern, die sich an teils unbefestigten, teils mit Kopfsteinpflaster versehenen schmalen Straßen zusammendrängen. Wir erreichen eine tadellos asphaltierte Straße. Wohin führt sie? Weit entfernt zu meiner Linken streckt der Wasserturm seinen dicken Kopf in die Höhe. Ich habe einen vollen Kreis beschrieben.

Fast direkt vor meinem Haus kommen uns zwei rennende Jungen und ein Hund entgegen. Der Hund ist groß und weiß, ein bißchen Bernhardiner. Ich behalte Logos im Auge, der sich zwischen meine Füße verkriecht. Beide Jungen bleiben stehen, um ihn zu streicheln. Der eine läuft weiter, der andere bleibt noch.

«Ist dein Hund gutartig?» frage ich ihn.

«Er ist nicht mein Hund», sagt der Junge. «Ich habe einen Retriever.»

Von einem Jungen am Rande eines Moors bei falscher Fragestellung erwischt. «Ach so, und wie heißt dieser hier?»

Der Junge rennt seinem Gefährten nach. Zehn Schritte entfernt ruft er zurück: «Saint.»

Saint bleibt da und beschnüffelt den neuen Einwohner. Ich bücke mich, um Logos zu trösten. «Geh nach Hause, Saint», sage ich nachdrücklich, drehe mich um und gehe zu meiner Auffahrt. Logos ist so weit vor mir, wie die Leine es zuläßt.

Ich greife nach meinem Tagebuch und zeichne die Ereignisse bei der Ankunft auf Nantucket auf, den Spaziergang heute vormittag, die außerordentliche Stille. Zweierlei will ich schreiben, während ich hier bin. Das Tagebuch, das auf dem Schreibtisch liegen soll: um zu sagen, was hier draußen geschieht. Die anderen Seiten werden aus der Schreibmaschine kommen: was immer ich meinem Gedächtnis abringen kann, alles, wozu ich mich zwingen kann, es zusammenzufügen.

Das Tagebuchschreiben mag ein Augleich dafür sein, daß ich hier niemanden zum Reden habe. Es bietet sogar gewisse Vorteile gegenüber dem Reden. Ich brauche mich nicht zu fragen, ob das, was ich sage, ankommt. Es waren immer so wenige Menschen, die alle meine Worte aufnahmen: zwei, drei. George vor allem: ich erinnere mich noch, wie es war. Stan: ich sage mir, ich erinnere mich daran, aber es war vor so langer Zeit; angenommen, ich erinnere es nicht so, wie es war? Nun ja, ich habe sie beide nicht mehr. Etel: wir verstehen, was wir noch nicht ausgesprochen haben oder was in dem, was wir gesagt haben, verborgen ist. Um so merkwürdiger, als Englisch nicht ihre Muttersprache ist. Auch Georges nicht.

«Nicht Russisch, nein», sagte er. Ich tippte darauf nach nur einer Spur Akzent bei ihm. «Ukrainisch. Das sind unterschiedliche Sprachen.»

Sein Englisch war makellos.

«Wir haben das Land verlassen, als ich zwei war.» Er sah mich kurz prüfend an, dann sprach er in jenem hochfahrenden Ton, den er für besondere Themen reservierte, auf die ich mich, wie ich früh gelernt hatte, nicht versteifen durfte. «Dreißig Minuten vor Abfahrt des Zuges von Kiew wurde meiner Mutter gesagt, sie dürfe einen Gegenstand mitnehmen, und sie nahm mich mit.»

Aber George ist verschwunden. Und Stan auch.

Und als Etel und ich im letzten Winter in Berkeley miteinander sprachen, wurde mir klar, daß unsere Freundschaft eine Fernfreundschaft ist, in kleinen Dosen zu genießen. Es gibt also niemanden mehr, mit dem ich auf diese Weise reden kann.

Die Sonne kommt rechtzeitig aus den Wolken hervor, um unterzugehen. Ich stehe vom Schreibtisch auf und spiele mit dem jungen Hund. Im Osten zeigt ein strahlendes Weiß von unten die Konturen der Wolken: der Mond ist im Begriff aufzugehen. Der Hund zu meinen Füßen ist ruhig. Der Mond ist voll. Das ist also hier meine Unterhaltung: der Himmel beim Mondaufgang und Sonnenuntergang. Und das Meer vom Ufer aus.

Ich füttere Logos und gehe mit ihm nach draußen. Die Luft ist mild. Es weht kein Wind. In der letzten Nacht pfiff der Wind in den langen Stunden, in denen ich wach lag. Der Mond steht hoch und scheint so hell auf den Boden, wie ich es nie zuvor gesehen habe. Wie könnte ich nie zuvor Mondschein gesehen haben? Ich weiß, woran es liegt. Hier draußen gibt es keine Lampen, keine Straßenlaternen, Autoscheinwerfer oder Verkehrsampeln, kein Licht von Häusern; nichts wetteifert mit dem Mondschein. Freigebig zeigt er mir das Moor, den Wasserturm, die Häuser weiter unten in der Straße, die Baumgruppe hinter dem Garten.

Plötzlich höre ich ein scharfes Knacken von Holz. Ein Mensch? Ein Tier? Ich scheuche Logos ins Haus, schalte drinnen das Licht aus und gehe an jedes Fenster und schaue hinaus. Mein Herz klopft. Wie konnte ich vergessen, daß Isolierung auch gefährlich sein kann? Logos ist verblüfft über das neue Spiel. Zehn Minuten vergehen, und obwohl ich nichts höre, knipse ich das Licht noch nicht wieder an. Ich lange nach unten und streichle den kleinen Hund, belustigt, weil der Hauptgrund, ihn zu kaufen, war, daß er mich beschützen sollte.

Ich breite in der Toilette im Erdgeschoß ein paar Wolldecken für ihn aus, lege den Fußboden mit Zeitungspapier aus, führe ihn zu seinem neuen Bett, streichle ihn sanft, bis er eingeschlafen ist, gehe hinaus und mache die Tür hinter mir zu. Draußen bleibe ich einen Augenblick stehen und gehe dann die Treppe hinauf. Sofort Gebell und Gejaule. Ich lege mich ins Bett, kuschle mich unter die Decke und hoffe, daß der Lärm unten bald aufhören wird. Das tut er auch nach einiger Zeit.

Doch mit einemmal beginnt ein gewaltiger Krach. Ich brauche einen Augenblick, um herauszukriegen, was das ist: Logos wirft sich gegen die Tür, um sie einzurennen. Ich stürme nach unten und reiße die Klotür auf. Ein kleiner Körper prallt mit voller Wucht auf mich. Logos leckt mir das Gesicht, die Hände, legt mir die Pfoten auf die Schultern, vergräbt den Kopf auf meinem Schoß, jammert und jault, entzückt über unsere Wiedervereinigung. Diese Gefühlsaufwallung verblüfft mich, und viele Minuten drücke ich ihn an mich und beruhige ihn. Ich weiß, daß ich ihn nicht oben haben kann. Die Bettvorleger in Gobelinstickerei gehören mir nicht.

Aber vielleicht brauche ich ihn nicht so gründlich einzusperren. Die L-förmige Diele vor der Toilette hat einen Linoleumfußboden. Ich werde die Decken im Klo lassen, das Zeitungspapier in die Diele legen und die Dielentür statt der Klotür zumachen. Ich gehe auf die Dielentür zu, aber Logos, der mein Vorhaben ahnt, ist plötzlich vor mir und im Wohnzimmer, versteckt sich hinter Sesseln, unter dem Schreibtisch, springt beiseite, wenn ich ihn packen will. Hinter der Couch sitzt er in der Falle, und ich ziehe ihn am Schwanz heraus. Ich trage seine strampelnden dreißig Pfund zu seinem Deckenbett und streichle ihn wieder, bis er eingeschlafen ist. Diesmal bleibe ich da, bis sich seine Brust regelmäßig hebt und senkt, dann verschwinde ich auf Zehenspitzen und mache die Dielentür hinter mir zu.

Ich schlafe mehrere Stunden, bis der gewaltige Krach mich weckt. Wütend und weil mir nichts Besseres einfällt, schreie ich, damit er mich hört: «Sei ruhig!» Er weiß nicht, was «ruhig» bedeutet, aber er hört mich, und das sagt ihm, daß ich ihn nicht verlassen habe. Stille von unten. Ich decke mich wieder zu, und dann fängt alles von neuem an. Es klingt jetzt, als wäre der Körper schwerer, der sich gegen die Tür wirft: es wird gekratzt (das ist neu), gejault und gebellt. Ich denke eine Weile nach. Ich gehe hinunter. Die Freude, die mich begrüßt, ist noch größer, aber ich nehme sie mit einem gewissen Grimm entgegen.

Zwischen drei oder vier dieser Auftritte schlafe ich.

Fröstelnd in meinem Morgenrock, bringe ich Logos am Morgen hinaus in einen so starken Wind, daß er ihn zurückbläst, als er sich zu der Wiese auf der anderen Seite der Garage aufmacht. Ich bin unwirsch, weil ich nicht genug geschlafen habe, und als wir wieder ins Haus gehen, setze ich ihn auf eine Baumwolldecke am Fuß der Treppe, wo er einzuschlafen geruht. Ich gehe nach oben und mache es genauso. Anderthalb Stunden später wache ich auf und entsinne mich, daß ich schon mal aufgewesen war, aber wieder ins Bett gegangen bin.

Ich lächle. Ich habe eine weitere Vorschrift über Bord geworfen und meine eigene aufgestellt: schlafen, wenn ich müde bin.

«Mein Name ist Philip Morris, ob Sie es glauben oder nicht.» Der Postamtsvorsteher streckt mir durch den kleinen Schalter die Hand entgegen, damit ich sie schüttle. Ein freundliches Gesicht. «Ich habe zwölf Jahre einen deutschen Schäferhund gehabt. Ist kürzlich gestorben.»

«Das tut mir leid.»

Im Winter gibt es die Post nur im Postamt. Sie kommt per Schiff. Wenn ein Schiff kommt. Bis sie in Nantucket sortiert und nach Siasconset gebracht ist und bis Mr. Morris und seine Halbtagskraft das örtliche Sortieren geschafft haben, ist es halb vier. Nach halb vier kann ich meine Post abholen.

Mr. Morris spricht, und gleichzeitig beobachtet er Logos, der sich von der Tür an einem Ende des Schalterraums vorsichtig bis zur Tür am anderen Ende vortastet. «Seit dreiunddreißig Jahren bin ich hier Postamtsvorsteher. Werde am 1. Januar pensioniert und übersiedle dann nach Florida, wo wir ein kleines Haus haben.» Ich betrachte das Farbfoto, das er mir hinhält.

Ich danke ihm ebenso für seine Freundlichkeit wie für seine Auskunft und nehme meine Briefe in Empfang.

«Wir waren schon gespannt, wann Sie wohl kommen», ruft er mir nach, als ich die Tür öffne.

Draußen blättere ich den Stoß Briefe durch und höre seine Worte: «Wir waren schon gespannt.» Keiner meiner Freunde hat sich dafür interessiert, daß ich hierher fahre: Wieder so ein unüberlegtes und dramatisches Vorhaben von mir. Doch die ganze Zeit, seit ich aus New York geschrieben und den Postamtsvorsteher gebeten hatte, meine Post aufzuheben, bis ich komme, hat jemand, den ich nicht kannte, auf mich gewartet. Es macht mich plötzlich verlegen, daß ich behandelt werde, als gehörte ich zur Welt menschlicher Verbundenheit.

Ich hatte mich geirrt. Der Welpe hat mit dem Auto nicht Frieden geschlossen. Er rennt weg und kämpft gegen den starken Wind, der ihm entgegenbläst. Ich erwische ihn und trage ihn, den Körper vorgeneigt, zum Wagen. Der Wind ist ein weiterer Faktor, der meine Aufmerksamkeit erfordert. Logos rollt sich mit zurückgelegten Ohren auf dem Beifahrersitz zusammen. Ich stoße rückwärts aus der Auffahrt auf die Straße und schlage dann die lange, kurvenlose Straße nach Nantucket ein, die zuerst von Sumpfland und dann von Kiefern gesäumt wird. Ich rede mit Logos, um ihn zu beruhigen. Oder um mich zu beruhigen. Ich drücke das Gaspedal ganz durch, um dem heftigen Seitenwind entgegenzuwirken, aber der Tacho zeigt nur 40 Stundenmeilen an. Ich halte das Lenkrad ganz fest und quäle mich bei jeder der fünf Meilen, die es geradeaus geht. Jetzt komme ich zu einem Verkehrskreisel. Ich biege nach rechts ab und bin gespannt, ob ich in umgekehrter Richtung die Strecke wiederfinde, auf der mir vor zwei Tagen Mr. Santos vorausgefahren war. Nach einer Viertelmeile komme ich zu einem Stoppschild an einem Ende des Marktplatzes. Ich habe es geschafft.

Drei Regale für Brot im Lebensmittelgeschäft sind leer. Auf einem Schild steht: KEIN SCHIFF HEUTE. Ich bin auf einer Insel: da ist das Leben anders.

Ich lege die Lebensmitteltüten ins Auto und sage Logos, ich komme gleich zurück, dann gehe ich über die Straße zum Eisenwarenladen.

Eine Glocke erklingt, als ich die Tür hinter mir schließe. Der Geruch von Schrauben und Bolzen und Schmiermitteln und Terpentin und Werkzeug und den tausenderlei Kleinigkeiten, die zu verkaufen ich meinem Vater früher half, umfängt mich, und ich bleibe stehen. Die vollgestopften Regale sind in keiner ersichtlichen Anordnung gruppiert. Im Hintergrund sehe ich einen Ladentisch, auf dem gerade genug Platz ist, um einen Kassenzettel auszuschreiben, alles übrige ist mit allen möglichen billigen Dingen überhäuft, die man immer zu kaufen vergißt, sofern man sie nicht vor sich sieht, während man auf einen Verkäufer wartet. Auch mein Vater führte Kunden auf diese Weise in Versuchung. Der Verkäufer trägt einen Pullover mit Reißverschluß und weiß, wo in dem Durcheinander alles ist. Genau wie mein Vater. Ich denke an die langsame, unwiderrufliche Atrophie seines Gehirns. Er hatte Geduld, wenn er jemandem zuhörte, der ein nicht funktionierendes Installationsteil beschrieb. Während der Kunde noch in seinen Taschen nach dem Zettel suchte, auf dem er die Maße oder dergleichen aufgeschrieben hatte, legte mein Vater schon genau das benötigte Stück vor ihn auf den Ladentisch.

Ein anderer Verkäufer kommt hinten aus dem Laden. «Hundesportartikel», sage ich. Er führt mich in einen bisher verborgenen Bereich mit Regalen voller Halsbänder, Leinen, Körbe, Bälle, Kämme, Bürsten für Hunde jeder Größe. Was will ich? Daß mein Vater wieder gesund wird. «Ich möchte einen Ball für meinen Hund.» Ich nehme zwei und eine Gummimaus.

Ich suche nach Kleingeld. Ich bin zu langsam. Ich muß mich eilen, aus diesem Laden herauszukommen, sonst fange ich an zu weinen, ehe ich die Tür erreiche.

Im Auto lasse ich die Maus für Logos quietschen, bevor ich den Zündschlüssel umdrehe.

Auf dem Rückweg wird der Wind zuerst zu einem Rückenwind, dann bläst er, was beängstigender ist, wieder von der Seite. Logos spürt diesen überwältigenden Druck und versucht, einen sicheren Halt zu finden. Er springt vom Fußboden auf meinen Schoß und dann wieder zurück auf den Fußboden. Ich bereite mich darauf vor, ein Niederlassen auf meinem Fuß am Gaspedal zu verhindern. Weder kann ich ihn beruhigen noch dazu bringen, an einer Stelle zu bleiben. Er hat zuviel Angst, um mich zu hören. Ich werde wütend, um so mehr, als ich befürchte, daß mein Wagen umkippt. Ich bin dabei, die Herrschaft über den Wagen und die Selbstbeherrschung zu verlieren. Niemand hat mir etwas von solchem Wind gesagt. Wird es die ganze Zeit meines Aufenthalts hier so sein?

Der Kampf mit dem Wind verstärkt sich, als wir aus dem Auto aussteigen, ich mit Paketen im Arm. Logos mit nur dreißig Pfund, die er dessen Wucht entgegensetzen kann. Das Heulen des Windes trägt dazu bei, daß meine Stimmung sich verdüstert, und selbst der kleine Hund weiß, daß nicht alles in Ordnung ist, als er sich still und leise neben mir auf der Couch niederläßt.

Ich bin äußerst gereizt. Wie ist das geschehen? Gestern war es wunderschön, den ganzen Tag allein mit Logos, abgesehen von den Zimmerleuten und den Jungen, die ich auf unserem Spaziergang sah. Aber als ich dann heute vormittag die Post las, versetzte mir jeder Brief einen Schlag. Und all die Läden und Leute und das Anhalten und Starten seitdem. Und jetzt der Wind: er stürmt um das Haus, als suchte er den Eingang.

Ich kann das Gefühl nicht abschütteln, daß meine Denkstrukturen desorganisiert sind.

6

Der Wind ist heute morgen so fürchterlich, daß Logos sich weigert, sich von der Haustür wegzurühren, als ich ihn hinauslassen will. Ich bin wütend über den Wind, weil er meine Pläne vereitelt, Logos stubenrein zu machen, und wir gehen wieder hinein. Bis zum Mittag versucht er zweimal, in den starken Wind hinauszugehen. Zweimal muß ich hinter ihm aufwischen.

Er läßt sich wirklich Zeit. Ich denke daran, was sein Futter kosten wird und wie groß er werden wird, und was für ein Problem er darstellen wird, wo immer ich auch später leben könnte. Aber er verschafft mir Freiheit: ich habe hier nachts keine Angst, allein zu sein. Das hat seinen Preis.

Gegen das Kamingitter gelehnt, das ich geschlossen habe, hebt Logos ein Lid, um sich zu überzeugen, daß ich mich nicht von meinem Stuhl rühre, dann senkt er es wieder, stößt einen tiefen Seufzer aus und bewacht mich schlafend.

Ich denke über die Möglichkeit nach anzufangen: ich werde mir die Briefe vornehmen, die ich aufgehoben habe. Wenn ich daraus auch nicht ersehen kann, was ich tun soll, dann kann ich doch bestimmt sehen, was ich nach Ansicht anderer Leute tue oder bin, oder was ich ihrer Meinung nach damals tat oder war. Es wird nicht nur aus dem ersichtlich, was sie über mich sagen, sondern auch aus ihrem Verhalten. Ich werde sehen können, was ich zu der Zeit, als ich ihnen schrieb, glaubte tun zu wollen, und wie ich es fertig brachte, alles zu vermasseln.

Ich greife nach den Päckchen mit alten Briefen. Wie soll ich sie sortieren? Zuerst nach Jahren: alle Briefe von 1962, dann von 1961, dann so weit zurück, wie sie reichen. Keine gute Idee. So wenige von ihnen sind datiert, daß ich zuviel von jedem Brief lesen muß, um herauszufinden, wann er geschrieben wurde. Wie sonst?

Ich werde sie nach dem Absender sortieren. Kann ich keinen Jahr-für-Jahr-Überblick darüber bekommen, wie ich für all die Leute aussah, die mir schrieben, dann wenigstens einen Person-für-Person-Überblick. Der wird mir die Reichweite jeder Beziehung zeigen. Und das wiederum mag aufschlußreicher sein als die Aufzeichnung meiner Wandlungen im Laufe der Jahre.

Ich nehme eine Handvoll Briefe auf. Rasch wird mir klar, daß das eine Sache für den Fußboden ist. Ein Stapel für Isabel. Einer für Mimi. Daddy. Mike.

Ich erhebe mich von den Knien und starre stehend auf die Papierstöße. Es gibt kein einheitliches Ich, das hier steht: ich bin verteilt auf jede dieser Personen, denen ich geschrieben habe. Ich greife nach einem Brief: von George. Ich lese eine halbe Seite. Seine Worte rufen die Erinnerung daran wach, wie es war, als ich ihn letztes Jahr in Cambridge kennenlernte. Nun einen anderen: Randall. Und ich bin um die zehn Jahre anders, die vergangen waren, bis ich George kennenlernte. Hat ein Ich die beiden Männer gekannt? Bin ich das spätere Ich? Oder ist das frühere irgendwie wahrer? Und welche Beziehung besteht zwischen diesem Ich und all diesen kleinen Papierinseln?

Das Gefühl, zersplittert zu sein, läßt mich an meinen Schreibtisch zurückweichen, und dann renne ich aus dem Zimmer, um ihm zu entkommen. Ich gehe in die Küche und wärme den Kaffee wieder auf, um eine Tätigkeit in der Gegenwart zu verrichten. Die Vergangenheit will mich verschlingen, wie sie da auf dem Teppich ausgebreitet ist. Ich muß eine Handhabe finden, die mir erlaubt, sie von mir wegzuschieben, aber sie dennoch zu überprüfen, um sie als das zu sehen, was sie ist.

Mit dem Kaffee gehe ich wieder ins Wohnzimmer. Logos wandert über den papierbedeckten Fußboden und dreht sich an der Stelle im Kreis, die er als Ruheplatz erwählt. Ich überrede ihn, sich anderswo niederzulassen und weiterzuschlafen.

Ich muß eine gewisse Ordnung unter all diesen Briefen schaffen. Ich schreibe den Namen des Absenders der einzelnen Stapel auf und versuche mich zu erinnern, welche Jahre unsere Korrespondenz umfaßt. Die Liste ist lang. Ich zähle fünfundsiebzig Namen. Ich mache ein Zeichen neben den Namen von Leuten, mit denen ich noch irgendwie Verbindung habe. Einen streiche ich aus, nachdem ich ihn aufgenommen hatte; zwei oder drei werden bald wegfallen; zehn bleiben übrig.

Ich überfliege die ganze Liste immer von neuem und suche nach einer Möglichkeit, ihr beizukommen. Ich kann jeden Tag die Briefe von einer Person wiederlesen, angefangen mit den am weitesten zurückliegenden, und so bis zur Gegenwart kommen.

Der einzige Brief, den ich von Mimi aufgehoben habe, trägt das Datum 1947. Ich habe sie in der sechsten Klasse kennengelernt. Das war 1936. Ich darf den Mut nicht sinken lassen, wenn ich so weit zurückgehen muß. Hinter «Mimi» schreibe ich «1». Und Isabel, während der Zeit der Highschool und noch danach, bekommt eine «2».

Bei «21» höre ich erschöpft auf. Das reicht für den Anfang.

Ich lehne mich auf meinem Stuhl zurück und lausche dem Heulen des stürmischen Windes. Kann Logos es bis zum Postamt mit mir schaffen? Und kann ich es überhaupt schaffen? Aber wir können den Wagen nehmen. Ich lächle mir zu. Hier möchte ich alle meine Wege zu Fuß machen. Aber heute verhindert eine Naturgewalt, daß ich mich auf natürliche Weise fortbewege, und ich brauche mehrere Minuten, um mir klarzuwerden, daß ich einen künstlichen Schutz dagegen habe.

Das Klirren meiner Schlüssel versetzt Logos sofort in Alarmbereitschaft.

Die bedrückte Stimmung des Nachmittags verläßt mich auch am Abend nicht. Das unaufhörliche Brausen des Windes verstärkt sie. Ich schalte mein Radio ein und suche auf dem ganzen Wellenbereich nach möglichen Sendern. Ein paar Takte Musik erklingen, und ich halte inne, um zu hören, was es sein könnte. Sie verschwinden mit einem Keuchen und Getöse. Im ganzen UKW-Band finde ich nur Stille oder atmosphärische Störungen. Ich schalte auf Mittelwelle um: Football-Ergebnisse aus Providence. Ich ertrage sie bis zum Ende um dessentwillen, was als nächstes kommen mag. Ein Quizprogramm. Ich suche weiter und werde mit einem unverkennbaren Händel belohnt. Ich brauche ein paar Sekunden, um den Sender richtig einzustellen, und dann überlagert ein Störgeräusch die Ansage des nächsten Musikstücks. Namenlos erscheint es, ich heiße es im Zimmer willkommen und lege mich zum Zuhören auf die Couch. Logos sitzt vor dem Radio, den Kopf auf eine Seite gelegt, und versucht zu verstehen, wie dieser seit unserer Ankunft stumme blaue Kasten überraschend lebendig geworden ist. Die Lautstärke vermindert sich, während ich mir ein Kissen unter den Kopf schiebe, und dann verschwindet der Ton ganz. Ich warte in der Hoffnung, daß er wiederkommt, dann gehe ich zum Radio und versuche, ihn zurückzulocken. Weder CBC noch Providence oder irgendein anderer Klang menschlichen Lebens. Ich stelle das Radio ab und gehe zu meinem Tagebuch, um die beiden letzten Tage festzuhalten. Hin und wieder stehe ich auf und versuche es wieder mit dem Radio, aber selbst die Mittelwellensender in der Nähe schwinden nach wenigen Minuten, wenn sie überhaupt hereinkommen.

Mir fällt ein, daß ich sehr müde bin und daß wir auf Nantucket auf See sind.

Gegen Mitternacht liege ich da und lausche dem Wind und habe das Gefühl, daß mein Bett und das ganze Haus schwanken. Ich kann weder dem Wind Einhalt gebieten noch woanders hingehen. Ich versuche an etwas zu denken, das zwingend genug ist, um meine Aufmerksamkeit zu fesseln. Das *Journal of Philosophy* ist heute gekommen. Die Philosophische Gesellschaft tagt nach Weihnachten in New York und diskutiert über einige Themen, die George interessieren. Werde ich hinfahren? Wird er dort sein? Und wird es dann noch von Bedeutung sein?

Das Heulen nimmt zu. Ich muß wissen, was los ist. Wer kann es mir um Mitternacht sagen? Ich nehme den Telefonhörer auf. Feuerwehr? Polizei? Ich lege ihn wieder hin, dann nehme ich ihn ebenso schnell wieder auf und wähle das Amt. «Gibt es hier einen Wetterdienst?»

«Nein, wir haben keine besondere Nummer für Wetterinformationen.»

«Jemand muß doch etwas über diesen Wind wissen. Können Sie mir helfen, den herauszufinden?»

«Warten Sie eine Minute, meine Liebe.» Die Sekunden, während sie wählt, verbringe ich damit, über die Bedeutungslosigkeit ihres «meine Liebe» nachzudenken. Nein, nicht bedeutungslos: sie hat meine Angst gehört und ist deshalb von dem stereotypen «Madam» abgegangen.

Eine Männerstimme meldet sich: «Nantucket Airport.»

«Können Sie mir einen Wetterbericht geben?»

Er lacht. «Wind. Mit fünfzig Meilen in der Stunde.»

«Ja, ich weiß. Wann wird er aufhören?»

«Kein Anzeichen von Aufhören. Seit vierundzwanzig Stunden ist kein Flugzeug gelandet.»

Ich muß mehr erfahren. «Wissen Sie, ich wohne in Siasconset und bin allein hier. Das Haus hat in den letzten beiden Stunden geschwankt. Es hört sich an, als würde das Dach weggeblasen. Können Sie mir sagen, was ich tun soll?»

«Miss, ich wohne auch da draußen. Der Wind ist ziemlich stark heute nacht, aber ich glaube nicht, daß mein Haus weggeweht ist, ehe ich heimkomme. Gehen Sie schlafen. Es passiert Ihnen nichts. Rufen Sie mich später noch mal an, wenn es Sie beruhigt.»

Ich halte den Hörer von mir weg und sehe ihn kurz an. Das winzige Geräusch aus diesem schwarzen Gegenstand, der klein genug ist, um ihn in einer Hand zu halten, ist in diesem Obergeschoß eines Hauses am Rande eines Moors, an der Spitze einer meerumschlossenen Insel, meine einzige Verbindung mit der Menschheit. «Danke. Vielleicht tue ich das. Gute Nacht.»

Eine Stunde lang versuche ich einzuschlafen, dann gehe ich nach unten zum Hund. Um ihn zu trösten oder mich von ihm trösten zu lassen. Ich streichle ihn, bis er wieder einschläft, dann bleibe ich noch lange bei ihm, weil ich mich von seiner belebenden Wärme nicht trennen mag.

Ich beschließe, meine Decken und Kissen herunterzuholen und auf der Couch zu schlafen, dichter am Boden. Ich mache die Dielentür zwischen Logos und mir auf und fülle den Raum mit Stühlen und Kissen, damit er nicht durchkommen kann. Er ist es zufrieden, auf seinem Bett aus Decken in der Toilette zu schlafen, solange ich diese Tür offenlasse. Er hat begriffen, daß ich, wenn ich nach oben gehe, schließlich wieder herunterkomme, und er kann warten. Mache ich aber unten die Tür zu, glaubt er, ich könnte mich heimlich davonstehlen.

Als ich in dem dunklen Zimmer auf der Couch liege, bilde ich mir ein, einen Unterschied in der Klangfarbe des Windes wahrzunehmen. Hier unten ist es mehr Baßlage, weniger Modulation, während oben die Ecken und Spitzen des Daches pfeifende Kadenzen hervorrufen, die eine Entschlossenheit ahnen lassen, kräftig genug, das Haus wegzuwehen.

Jeden Morgen, wenn Logos mich erblickt, springt er hoch, zappelt, kläfft und bedeckt mein Gesicht mit Küssen. Ich stelle fest, daß ich neue Koseworte erfinde. Die einfache Wiederholung seines Namens reicht nicht aus für die ganze Zeit, die diese Zärtlichkeiten in Anspruch nehmen.

Das Heulen hört nicht auf: der Wind ist eher noch heftiger. Als ich versuche, mit Logos hinauszugehen, muß ich Gewalt anwenden, um die Tür zu öffnen, stemme mich mit dem Rücken dagegen, ein Bein als Hebelkraft am Türpfosten. Logos schlüpft hinaus durch die schmale Öffnung, macht zwei Schritte auf den Rasen zu, dann steht er da, den Kopf vor dem Wind gesenkt, und versucht, der Kraft dieses unsichtbaren Dämons die seine entgegenzusetzen. Er geht jeweils ein paar Schritte vorwärts und wird genauso weit wieder zurückgeweht, aber er kämpft sich bis zu den schützenden Büschen auf der anderen Seite der Garage voran. Als er zu mir zurückkommt, hat er den Wind im Rücken und fliegt fast.

Ich rufe die Telefongesellschaft an und bitte, die Rechnung auf mich auszustellen und den zweiten Apparat im Erdgeschoß abzuholen. Der Beamte möchte gewisse Auskünfte über mich haben: Wo ich angestellt sei?

«Ich bin nicht angestellt.»

Eine ungewöhnliche kurze Pause, und dann: «Ach so. Sollen wir reinschreiben, daß Sie Privateinkommen haben?»

Herrlich. Wer hätte vermutet, daß die Telefongesellschaft die Menschen in diese beiden Kategorien einteilt? «Ja, schreiben Sie das rein.»

Seufzend ziehe ich mich an und denke besorgt an die Fahrt nach Nantucket in dem unbarmherzigen Wind.

Wir haben die Schwelle der Tierarztpraxis kaum überschritten, da sinkt Logos auf den Fußboden, die Ohren zurückgelegt. Der Tierarzt greift ihn sich und legt ihn auf den Tisch, tätschelt ihm kurz den Kopf und beginnt mir Fragen zu stellen über Alter und Gewicht des Welpen. Er geht zu seinem Schreibtisch und notiert die Angaben auf einer Karte. Ein plötzliches Platsch: Logos ist auf den Fußboden gesprungen, steht an der Tür und fleht, hinausgelassen zu werden. Diesmal bleibe ich dicht bei ihm am Tisch, während der Tierarzt ihm die erste von zwei Staupespritzen verpaßt.

«Ich würde gern wissen, welche Bücher ich lesen kann, um zu erfahren, wie er versorgt werden muß.»

Der Mann wühlt in einem Stoß staubiger Zeitschriften und meint dann, in der Bibliothek könnte es etwas geben. «Bringen Sie den Hund in zwei Wochen für die zweite Spritze her. Wie lange werden Sie auf Nantucket bleiben?»

Ich sage ihm, daß ich nicht sicher sei. Seine unverbindliche Art verdutzt mich. Ich muß dafür sorgen, daß Logos gesund bleibt und von ihm ferngehalten wird.

«Schreiben Sie hier ein Buch?»

Es ist einfacher, das zu bejahen. Er erzählt mir, daß auch Sterling Hayden hier ein Buch schreibe.

Ich mache die Tür auf. Logos ist so bestrebt, hier herauszukommen, daß er wegrennt, so weit die Leine es zuläßt. Er zieht mich mit und zerrt so stark, daß ihn das Halsband würgt, aber er ist frei.

Mein fünfter Tag hier, und noch immer vertrödle ich meine Zeit mit Kleinigkeiten. Ich scheine diese Ablenkungen zu begrüßen. Wie jetzt: bis 6 Uhr 30 warten, um die Zeitungen abzuholen, die mir das Lebensmittelgeschäft versprochen hat. Aber bis dahin sind es noch zweieinhalb Stunden.

Ich vermeide, mich mit dem zu beschäftigen, dessentwegen ich hergekommen bin.

Ich könnte schreiben. Nicht über die Ereignisse des Tages, sondern über die Menschen, die ich gesehen habe. Ich versuche, einen Kreis von Wörtern um den Tierarzt zu ziehen, aber ich entsinne mich seiner bloß als dicklich und dunkel. Werde ich imstande sein, das Aussehen von Menschen zu beschreiben? Vor einiger Zeit begannen sie alle gleich auszusehen: neue Menschen erinnern mich entweder an Leute, die ich kenne, oder ich kann mich ihrer Gesichter nicht entsinnen. Wie der Drogist heute, der genau wußte, wie man Logos kraulen muß: er erinnert mich an Dick, und das veranlaßt mich aufzuschreiben, daß er groß und schlank ist und ihm das Reden nicht schwerfällt. Wie Marvin. Aber Marvin hat mich immer an Dick erinnert.

Die Sonne, gelb-orange, kommt fast am Horizont aus dem grauen Himmel heraus. In ein paar Minuten wird sie untergehen. Wird sich der Wind dann legen oder stärker werden?

So ist es also, wenn jemand in eine Stadt kommt. Man macht das Postamt und das Lebensmittelgeschäft ausfindig und dann einen der kleinen Dienstleistungsbetriebe nach dem anderen. Und dann ist man da, zugehörig.

Die Sonne ist untergegangen; der Wind hat sich nicht gelegt.

Seltsam, daß ich Menschen nicht vermisse. Wofür brauche ich Menschen? Damit sie meine Worte verstehen, mir eine neue Ansicht über die Welt darlegen, lustige Geschichten erzählen, Zärtlichkeiten mit mir tauschen, mir etwas Beifall spenden. Aber wenn jeder Kontakt mit Menschen zu einem Trauma und Schock wird (so muß George die Welt sehen), dann ist es die einfachste und beste Lebensweise für mich, meine Tage so zu verbringen wie jetzt. Auf dem Weg hierher habe ich alle Taue überprüft, die mich mit Menschen verbanden, und festgestellt, daß sie reif waren, durchschnitten zu werden. Sofern die Taue nicht schon durchschnitten waren, ehe ich sie überprüfte. Dort habe ich also nichts und niemanden zurückgelassen. Ich kann ebensogut allein hier sein, wo mir niemand fehlt, wie irgendwo anders, wo ich vielleicht wieder zu hoffen beginne.

Ich wache auf bei unverkennbarer Windstille und strahlendem Sonnenschein.

«Logos!» Ich werfe meinen Morgenrock über, während ich die Treppe hinunterrase, räume rasch die Barriere an der Dielentür beiseite und umarme den Hund – mein Anteil an der freudigen Begrüßung. Heute morgen kann ich die Haustür mit dem kleinen Finger öffnen. Logos steckt versuchsweise die Nase hinaus, tut einen unsicheren Schritt nach draußen und springt dann auf den Rasen, rutscht aus, rollt auf den Rücken und bleibt dann liegen, die Nase zwischen den Pfoten, das Kinn flach auf dem Boden. Gleich steht er wieder auf, rennt zweimal ums Haus, während ich dastehe und staune über die milde Luft, das wolkenlose Blau des Himmels und die vollkommene Stille.

Beim Frühstück erwäge ich kurz, mich an die Arbeit zu machen, aber ich sehne mich danach, mir bei einem ordentlichen Spaziergang die Beine zu vertreten, Logos durch Rennen müde zu machen, auf irgendeinem neuen Weg zum Meer zu kommen. Die riesige rotweiße Masse des Leuchtturms ist von meinem Garten aus teilweise zu sehen. Er scheint weit genug weg zu sein, um alle diese Bedingungen zu erfüllen. Etwas Neues muß bei diesem neuen Wetter unternommen werden, und Logos findet meinen Plan ausgesprochen prima.

Die hartgewordenen Fahrspuren der ungepflasterten Straße machen das Spazierengehen zu einer Hüpfpartie, will man einen verknacksten Knöchel vermeiden. Bald sind auf beiden Seiten nur noch Felder. Ich schlüpfe um eine Absperrkette herum und komme an einigen Holzschuppen vorbei. Was mag in ihnen eingelagert sein? Nach ein paar Schritten erkenne ich, was für ein Gelände das ist: wir sind am äußersten Ende eines Golfplatzes. Rings um uns erstrecken sich Spielbahnen. Ich versuche, Logos von den Grüns fernzuhalten, die selbst im November tadellos geschoren sind.

Donnerstag abends und Sonntag morgens war ich Caddy für meinen Vater. Neun Löcher an den Donnerstagen, zu mehr reichte das Tageslicht der Sommerzeit nicht, nachdem er den Eisenwarenladen geschlossen hatte; achtzehn Löcher an Sonntagen, denn wir konnten bei Sonnenaufgang am ersten Abschlagplatz sein. Ich denke zum hundertstenmal, wie seltsam es ist, daß ich nie Golf gespielt habe, daß ich in den vier oder mehr Jahren, jeweils zweimal eine Sommerwoche lang, nie mehr tat, als versuchsweise einen Schläger zu schwingen, niemals darum bat, es beigebracht zu bekommen. Ich stand still dabei, wenn er an jeder Abschlagstelle schlug, oder wo immer der Ball auf der Spielbahn landete; ich suchte verlorene Bälle, fand manchmal auch die von anderen Leuten, und er sah sie prüfend an, schaute sich um, wem sie gehören könnten, so daß es von der Tageszeit und davon abhing, ob andere Leute hinter uns spielten, und vom Zustand der Bälle, ob er sie für sich beanspruchte; ich hielt den Atem an und stand respektvoll still bei jedem Puttergrün. Ich erinnere mich nicht, daß wir viel sprachen, wenn wir alle diese Meilen zusammen zurücklegten. Es gab eine bestimmte Nougatstange, die er mir kaufte, wenn wir unsere Tagesrunde beendet hatten; sie schmeckte an Sonntagen besonders gut, weil ich sie vor dem Mittagessen aß.

Hier lädt eine große, runde Bank zum Sitzen ein. Ein guter Platz, um auf jemanden zu warten: man kann leicht in alle Richtungen sehen. Logos verläßt mich, um die Stufen zum Klubhaus zu erklimmen, wo zwei Telefontechniker ihre Arbeit unterbrechen und mit ihm spielen. Ich gehe hinüber, um ihn abzuholen. Wir sprechen von Logos und ihren Hunden und vom Aufhören des Windes. Als ich Logos rufe, damit er mit mir mitkommt, wird mir klar, daß die Telefongesellschaft mir fast meine einzigen menschlichen Kontakte in drei Tagen verschafft hat.

Der Leuchtturm wirkt aus der Nähe noch wuchtiger. Große Schilder verkünden: STAATSEIGENTUM. KEIN ZUTRITT. Aber das Tor des eingezäunten Geländes steht offen. Logos hat die Nase am Boden und wittert hinreißende neue Fährten. Weit und breit ist niemand zu sehen.

Ich stehe am Fuß des Leuchtturms und hoffe, trotz der Schilder die Erlaubnis zu erhalten hineinzugehen. In der Nähe sind zwei Häuser. Ich überlege mir, in welchem von ihnen jemand sein könnte, der wach ist, und beginne die Treppe hinaufzusteigen. Ehe ich klopfen kann, höre ich drinnen ein Baby weinen, und gehe wieder weg. Wir laufen zum Eingang zurück, und dann läßt mich ein seltsames Geräusch anhalten: klatschend, hohl, aber irgendwie vertraut. Ich stehe da und lausche, und dann weiß ich es: die Fahne schlägt im leichten Wind. Es ist, abgesehen vom Meer, das einzige Geräusch, das ich höre.

Eine gepflasterte Straße führt vom Leuchtturm weg. Wir überqueren den Rasen vor einem prächtigen, leerstehenden Haus und gehen zum Rand einer sehr hohen Klippe. Der Blick auf Meer und Ufer ist um so imposanter, als keine Menschen zu sehen sind. Links von mir erhebt sich der Leuchtturm an der äußersten Spitze der Insel hoch über das Wasser; rechts ein leerstehendes Haus nach dem anderen, und lange Holztreppen führen vom Steilufer über die Dünen hinunter zum Meer.

Der Hund trottet drei Schritte, dann legt er sich und ruht sich aus, rappelt sich wieder auf, dann läßt er sich jedesmal, wenn ich stehenbleibe, um mich umzuschauen, dankbar wieder fallen. Also wollen wir Schluß machen und noch einmal lange und ausgiebig den Sonnenglast auf den Wellen betrachten, das Gesamtbild des Wassers und seine grüne Klarheit heute gegen Ufer und Himmel.

Auf dem kürzesten Weg gehen wir sehr langsam nach Hause.

7

Jetzt muß ich anfangen. Ich sitze vor meiner Schreibmaschine und weiß, daß dieser Augenblick das Zentrum ist, um das sich alle meine Vorbereitungen drehten. Ich bin hier, um mich selbst zu begreifen, um mich bewußt meiner eigenen Beurteilung zu unterziehen. Während ich hier sitze, weiß ich, was ich seit vielen Jahren gewußt haben muß: daß ich erkennen kann, was an mir echt ist, wenn ich es sehe. Es ist das, was ich immer nicht zugeben will, wozu ich immer sehr schnell nein sage. Dieses pauschale Eingeständnis gleich zu Beginn mag mir eine Menge Zeit sparen. Mag mich, kurz gesagt, retten. Ich gebrauche das «Nein», um mich vor etwas zu schützen. Wovor? Ich werde es herausfinden. Ich werde alles aufschreiben, woran ich mich erinnere, damit ich das volle Ausmaß erkennen kann und eine Planmäßigkeit bei dem, was ich schon so lange leugne.

Das ist also das Wichtigste: alles aufschreiben, wie peinlich es auch ist.

Aber ich weiß jetzt auch, daß all die Jahre, in denen ich mich zwang, philosophische Bücher zu lesen, die Gedankengänge von Philosophen zu untersuchen, meine eigenen Gedankengänge darzulegen, damit ein Professor sie überprüfe – all diese erlernte Disziplin läßt sich jetzt zu dem einen Werkzeug gestalten, das ich brauche: imstande zu sein, mit absoluter Sorgfalt zu sagen, was immer ich sagen will. Ich kann meine Aussagen dazu bringen, genau das zu sagen, was ich meine.

Was weiß ich sonst noch, da ich jetzt beginne? Das, was mir durch die Briefe verfügbar ist, kann mir nur einen Teil von dem erschließen, was ich zu finden versuche. Schließlich sind es so wenige, und was sie, wenn auch schematisch, bezeugen, beginnt erst nach dem Abschluß der Highschool. Gerade die Erinnerung an das, was sich vor der Highschool ereignete, fällt mir oft so schwer.

Wenn ich nur einen oder nur wenige Briefe von einer Person habe, will ich zusammenzufügen versuchen, woran ich mich sonst noch erinnern kann, wenn ich mir Mühe gebe. Ich werde mich an keinerlei Reihenfolge halten. Am besten lasse ich meine Finger auf den Tasten der Schreibmaschine und tippe, während ich denke.

Stelle ich wieder Regeln auf, die befolgt werden müssen? Ich glaube nicht. Ich will nur möglichst klar und deutlich niederschreiben, was ich denke, was mir einfällt, woran ich mich erinnere oder was ich in diesem Augenblick begreife.

Ich suche nach dem einen Brief von Mimi und beginne, während ich ihn lese. Ich tippe drei Seiten engzeilig und beschreibe ihren ganzen Kreis, zu dem ihr Vater, ihre Mutter, ihr Haus und die Jungen gehörten, die sie kannte. Das ist es nicht, was ich sagen will. Ich möchte mich auf Mimi und mich konzentrieren.

Ich beginne von neuem. Jetzt beschreibe ich den Abend, an dem wir unter der Straßenlaterne auf halbem Wege zwischen unseren Häusern saßen und Pläne schmiedeten, wie ich zur Schauspielschule gehen könnte. Mimi kannte eine Studentin, die einer Studentinnen-Vereinigung in Chicago angehörte und die ich aufsuchen sollte, aber vor allem bestärkte sie mich in der Hoffnung, daß ich spielen könnte. Von meinen Eltern brauchte ich die Erlaubnis und Geld. Es war kurz vor meinem 17. Geburtstag. Als sie mich fragten, was ich mir wünsche, bat ich sie, sich hinzusetzen, weil ich einen Plan hätte. Ich sagte, die Kosten des Goodman Theatre im ersten Vierteljahr könnte ich mit dem Geld bestreiten, das ich von meinem Sommerjob gespart hatte, aber ob sie, wenn es mir gefiele, das restliche Jahr bezahlen würden? Der übliche lautstarke Kampf mit meiner Mutter. Widerwillig gab sie nach, aber nur, weil Mimis Beteiligung mich respektabel machte. Daddy hörte ruhig zu und fragte mich, ob ich sicher sei, daß ich das gern tun würde, und versprach mir seine Hilfe. Er hätte mir nie gesagt, was es ihn gekostet hatte, aber Mutter erinnerte mich Jahre später an die Summe, die er von seinem Bruder geliehen hatte.

Und dennoch wäre ich in der Woche, in der ich abreisen sollte, fast nicht gefahren, weil Bob, den ich während des letzten Schuljahres *in absentia* geliebt hatte, vom Militärdienst auf Urlaub kam. Mimi sagte: «Du kommst jetzt mit und redest mit der Freundin meiner Mutter. Sie ist sehr gescheit. Wir wollen ihr davon erzählen und hören, was sie sagt.» Und diese namenlose, gesichtslose Dame sagte: «Geh zur Schule. Du bist zu jung, um ans Heiraten zu denken, und du hast mich nicht davon überzeugen können, daß Bob es ernst mit dir meint. Wenn du nicht hier bist und er dich wirklich sehen will, wird er eben nach Chicago fahren. Du mußt auf die Schauspielschule gehen, wenn es das ist, was dich wirklich interessiert.» Siehe die Frau im Büro des Dekans an der University of Chicago drei Jahre später, die sagte: «Bleiben Sie hier und lernen Sie», als ich nach jenem Jahr oder noch früher aufhören wollte. «Was können Sie der Welt nützen ohne nennenswerte Bildung oder Ausbildung? Sie können etwas leisten, wenn Sie etwas lernen; sonst wahrscheinlich nicht.» Bin ich, selbst nach ihrem Rat, länger als ein weiteres Vierteljahr geblieben? Ich glaube nicht. «Bleibe und warte erst mal ab, wie es dir gefällt», sagte Mimi gegen Ende des ersten Vierteljahrs am Goodman, und als ich zum zweiten Vierteljahr zurückkam, bekam ich eine kleine Rolle in einem Stück und daraufhin dann die Meckerziege Miriam in *Guest in the House.* «Bleibe», sagt Weck jetzt, die glaubt, ich sei noch in New York. Aber es muß ein «Wo» geben, um zu bleiben, und ein «Wozu». «Bleibe», beschloß ich selbst nach dem ersten schlimmen Jahr in Radcliffe; ich beschloß es eines Morgens, als ich in Wecks Garten in der Sonne lag. Aber habe ich mich so schnell entschlossen, weil ich am Pier in New York sein wollte, um Stan Lebwohl zu sagen, der nach Salzburg fuhr, oder beschloß ich es wegen etwas, daß *ich* tun wollte? Dummkopf, du wolltest Stanley sehen; du hast nie gewußt, was *du* tun wolltest. «Bleiben Sie doch», sagte Dr. Kant in bezug auf meine Anfangsstellung bei Houghton Mifflin. «Bis Sie etwas anderes haben oder bis Sie klarer sehen, ob es Ihnen gefällt.» Aber ich bin weggegangen, weil ich keinen neuen Mietvertrag mit meiner närrischen Wirtin abschließen wollte, und auch, weil sich meine Beziehung zu Jack, meinem zum Geliebten gewordenen guten Freund, unerfreulich entwickelte. Zum -zigstenmal verschwand ich von der Bildfläche, und an dem Morgen, als ich nach New York fahren mußte (noch heute bilde ich mir ein, wie ich es mir damals einbildete, daß ich gehen *mußte*, obwohl ich diejenige war, die es beschlossen hatte), fing ich an zu weinen und fand es sehr schwierig, mit Weinen aufzuhören, und Jack kam vorbei, legte den Arm um mich, drückte mich an sich und versuchte mich als Geliebter und Freund zu trösten. «Bleiben Sie in New York und nehmen Sie die Stellung bei Knopf an», sagte Dr. Kant, und es war eines der wenigen Male, daß er entsetzt war über etwas, das ich getan hatte. «Haben Sie es ihnen schon gesagt und ist es zu spät, es sich anders zu überlegen und ihnen zu schreiben?» Ja, es war zu spät. Und warum bin ich nicht in New York geblieben? Weil ich bei George in Cambridge sein wollte. Drei Monate schienen die längste Zeit zu sein, die ich etwas ertragen konnte, und dann wollte ich wegrennen; nur manchmal konnte die Klugheit eines Dritten mich zum Bleiben veranlassen: die von Mimi zum Beispiel. Sonst ging ich woandershin, weil ein Mann dort war, oder weil er nicht dort war. Ich konnte eine wichtige Frage, die meinen Lebenslauf betraf, nicht in bezug darauf entscheiden, wie sie sich auf *mich* auswirkte. Ob ich die Konsequenzen meines Tuns zu erkennen vermochte, spielte bei meinen Plänen nie eine ernstliche Rolle. Ich wußte nur eins: ich war dort unglücklich (wo immer es war), und ich konnte nur hoffen, wenigstens diesen Kummer loszuwerden, wenn ich dort wegging (wo immer es war).

Logos versucht, auf meinen Schoß zu klettern und seine Nase zwischen mein dummes, nasses Gesicht und den rechten Arm, auf den ich es auf dem Schreibtisch gebettet habe, zu zwängen. Er leckt meinen Mund, mein Kinn, dann findet er irgend etwas Feuchtes in meinem Nacken, aber das ist zu weit weg von meinen Augen, und denen wendet er sich wieder zu mit einer Kraft, deren er sich noch nicht bewußt ist. Ich lächle und frage mich, was er sich eigentlich vorstellt.

«Süßes Hündchen», sage ich und kraule seine Ohren. Er wendet mir den Rücken zu, damit dem dieselbe Behandlung zuteil werde. Ich breche aus meiner Mißstimmung aus. «Süßes Hündchen, möchtest du, daß wir spazierengehen?»

Er dreht den Kopf und sieht mich scharf an. Irgend etwas klingt da vertraut, aber ich habe mich nicht von meinem Stuhl erhoben, deshalb ist er nicht sicher.

«Wir könnten spazierengehen.»

Er rennt durchs Zimmer, dann hält er plötzlich an, die Pfoten auf dem Fußboden in einem ungleichmäßigen Winkel vom Körper weggestreckt, zur Flucht bereit. Ich jage ihn in die Küche, und als ich die Tür nach draußen aufmache, trägt ihn sein Start aus dem Stand bis zum entferntesten Rand unseres Rasens.

Zum zweitenmal hintereinander wache ich an einem windlosen Morgen auf, nach neunstündigem Schlaf. Ich versuche mich zu erinnern, wann ich zuletzt ununterbrochen und lange geschlafen habe. Vor einem Jahr, an dem Wochenende, als ich allein von Santa Barbara nach Berkeley gefahren war, um Stan zu sehen, den größten Teil der 350 Meilen im Dunkeln nach dem Unterricht am Freitag. Ich drehe mich auf die Seite, um die plötzliche Gegenwärtigkeit jener peinvollen Begegnung um Mitternacht abzuschütteln («Aber wir wurden wieder vertraut miteinander in Berkeley.» – «Alice, ich habe dich getroffen, weil du eben da warst.»), die schlaflosen Stunden danach in dem Hotel, das ich morgens um vier fand, der ganze Samstag in San Rafael, wo Etel versuchte, mich der Verzweiflung zu entreißen, die meine Trauer um Stans Verlust war. Ich schlief schließlich ein, zum erstenmal seit zwei Tagen, und wachte zwölf Stunden später um sieben am Sonntagmorgen auf. Und weil die Luft nach dem Wald rings um Etels kleines Haus roch, weil Stille herrschte ohne die Geräusche auch einer kleinen Stadt, und weil ich mich noch nicht an die Qual erinnerte, die ich gerade ausgestanden hatte, und an die Trübsal, die vor mir lag, reckte ich an jenem Morgen alle Glieder, dankbar für das Geschenk des Schlafs, so wie auch jetzt. Aber der Fall ist derselbe, und ich darf es nicht vergessen: alles vor Nantucket war ein Grauen und mag es wieder sein, wenn es ein Wieder gibt, sofern ich nicht die ganze Wahrheit heraustreibe, die in mir steckt.

Von Berkeley war es eine 350-Meilen-Fahrt zurück zu meinem schlecht bezahlten Job, zu Dingen, die ich tun *mußte*. Hier gibt es nichts, was ich tun muß, nur das, was ich zu tun beschließe, sobald ich lerne, die richtige Wahl zu treffen.

Ein Schwanz klopft unten an das Treppengeländer.

«Logos!» Freundlich dazu aufgefordert, stürmt er die steile Treppe herauf, und es gibt die atemberaubende, lebhafte Begrüßung, die unfehlbar meinen neuen Tag einleitet.

Beim Kaffee versuche ich einen Zeitplan aufzustellen. Spaziergang zum Meer am Vormittag, damit Logos nach der langen Nacht Auslauf hat? Oder nachmittags und dann auf dem Rückweg die Post abholen? Oder beides? Wie lange hintereinander kann ich am Schreiben bleiben?

Die Sonne bringt mich schließlich hinaus auf unsere ausgefahrene Straße, die rechts an dem unbestellten Acker entlangführt. Logos trottet ohne Leine vor mir her, springt über einen niedrigen Zaun und schnüffelt sich voran bis zu einem unwiderstehlichen Fleck. Sein Springen überrascht mich. Ist das etwas, das ein junger Hund einfach kann? Ich warte auf ihn, die Leine in der Hand, und denke, wie komisch wir an unserem ersten Tag hier ausgesehen haben müssen, als ich von einem angeleinten jungen Hund durch die Straßen gezogen wurde. Woher sollte ich wissen, daß es nichts gab, das ihn gefährdete? Keine Autos auf den Straßen. Keine Menschen außer spielenden Kindern.

Vor sechs Tagen. Und bisher ist mir nichts klargeworden, als daß Farbe mir etwas bedeutet und daß viele Menschen viele Jahre lang versucht haben, mich für mein eigenes Leben verantwortlich zu machen. Aber ich scheine diese Verantwortung unerträglich zu finden, wie unter Wasser zu sein ohne Luft. Und wann immer ich eine Möglichkeit finden kann, aus diesem Zwang auszubrechen, komme ich schreiend nach oben, um Luft zu schnappen. Wie ein Baby beim ersten Atemzug. Und dann, gleichsam angetrieben von dem, was ich gerade eingeatmet habe, flattere ich in einer fast zufälligen Richtung dicht über dem Wasser, bis der Kraftaufwand nachläßt. Und dann gehe ich nieder, wieder aufs Geratewohl, und halte mich an der Oberfläche, fast ohne Grund, bis ich untersinke. Und dann mache ich das Ganze wieder von vorn.

Logos springt über den Zaun zurück auf die unbefestigte Straße, und wir machen uns langsam zum Meer auf.

Aber ich kann nicht einfach an einer dieser ungeplanten Haltestellen bleiben. Bleiben um der Disziplin willen ist etwas, das ich nicht fertigbringe. Dennoch habe ich (und ich frage mich, wie) meine Dissertation beendet. Dr. Kant war das kontinuierliche Element, das mich zwischen den Dienstagen und Freitagen, an denen ich ihn sah, an meinem Schreibtisch hielt. Er bat mich sogar, ihn zu Hause anzurufen und ihn wissen zu lassen, ob ich die mündliche Prüfung, das Rigorosum, bestanden habe. Und als seine Frau sich am Telefon meldete und fragte, wer am Apparat sei, sagte ich, vor Aufregung fast stotternd: «Dr. Koller.» Er kam sofort ans Telefon, lachend, herzlich, lobte mich und fragte nach Einzelheiten. In diesen Minuten war er meine Familie, mein Freund, mein Lehrer. Mein Arzt: «Also bis Freitag. Ich freue mich sehr für Sie, Alice.» Kam im März bei einem Autounfall ums Leben. Vorbei.

Nein, ich kann nicht bleiben, bloß um zu bleiben, bloß um zu lernen, wie man durchhält. Es muß einen Grund geben, um irgendwo zu bleiben. Welche Gründe sind das?

Wir kommen zu einem grasbewachsenen Gelände, dessen Rand abrupt zu den Dünen abfällt. Es ist Ebbe. Selbst aus dieser Entfernung kann ich nassen Sand im Gegensatz zu trockenem, der nie vom Wasser erreicht wird, ausmachen. Ich gehe parallel zum Wasser, immer noch auf dem Steilufer. Das erste Haus scheint unbewohnt zu sein. Ich gehe dichter heran und bin sicherer. Ich betrete die Veranda. Durch die Fenster sehe ich weiß verhüllte Möbel. Verstreute Mottenkugeln auf dem Fußboden, um Mäuse fernzuhalten. Einige Zeitschriften. Nichts Lebendiges. Das nächste Haus ist größer, von diesem nur durch aneinanderstoßende Rasenflächen getrennt, aber für die Ungestörtheit sorgen hohe Sträucher in der Nähe der Fenster. Ich stehe mit dem Rücken zum Meer und betrachte die Reihe großer, alter, leerer Häuser. Wer hält sie so gut instand? Als ich mich zum Wasser umdrehe, sehe ich die Aussicht von diesen Häusern, die nicht durch Bäume oder andere Häuser, Kais oder Lagerhäuser beeinträchtigt wird. Von den Rasenflächen aus und vor allem vom Obergeschoß aus sieht man nichts als das Meer. Ich denke an den Fotografen in *Philadelphia Story*, der sagt: «Es gibt keinen hübscheren Anblick auf dieser ach so hübschen Welt als den Anblick der privilegierten Schichten, die ihre Privilegien genießen.» Nur daß ich nicht zu den privilegierten Schichten gehöre. Und dennoch, sie alle seien gelobt und gepriesen, sie haben dieses ganze Ende der Insel für den Winter freigemacht. Und dieser ganze Raum und das Licht und die Luft und das Meer und der Sand gehören mir, ich kann mich hier ergehen und es betrachten und spüren, morgens oder abends, die ganze Zeit, in der ich hier bin.

Sie haben sogar lange Holztreppen hinunter zu den Dünen gebaut. Logos will auf einer hinunterlaufen, dann hält er an, als er erst zwei Pfoten auf der ersten Stufe hat. Sein Körper ist nach unten gerichtet, das Vorderteil reglos auf der Stufe, das Hinterteil krampfhaft bemüht, auf dem Boden neben mir Halt zu finden. Ich male mir aus, ich müßte die steile Treppe auf allen vieren, mit dem Kopf voran, hinuntergehen, und weiche instinktiv zurück. Genau wie er. Aber der Sand verlockt ihn, und er versucht es von neuem. Schreckt wieder zurück und wimmert. Und dann in einem einzigen Ausbruch von Tapferkeit klettert er die ganze lange Treppe hinunter, und als er auf den Sand kommt, springt er mit ausgestreckten Beinen hoch, landet dann, stößt die Nase in den Sand und buddelt. Und dann rennt er los zum Wasser.

Niemand ist am Strand. Ich schaue hinauf zu der Reihe Häuser. Niemand auf dem Weg. Nicht einmal in einem Boot draußen auf dem Wasser. Niemand. Auf dem trockenen Sand läuft es sich schlecht. Bei jedem Schritt sinke ich ein. Ich gehe dichter ans Wasser, wo der Sand naß ist. Da stehe ich und hole Luft, ein letzter tiefer Atemzug sagt mir, daß ich an einem Ziel angekommen bin.

Ich datiere die Seite für meinen zweiten Versuch mit den Briefen. Mimi hat gestern unerwartete Assoziationen wachgerufen. Soll ich mir überhaupt Gedanken darüber machen, was für eine Methode ich anwende, solange ich alles aufschreibe?

Plötzlich bin ich wieder in dem entsetzlichen Circulus vitiosus, den ich nie aufgeklärt habe. Er begann in Cambridge zur Wahlzeit, im Herbst 1954, glaube ich. Ich war auf dem Weg zum Square, als plötzlich der Lastwagen eines Kandidaten mit einer Lautsprecheranlage vorbeifuhr und eine Musik spielte, an die ich mich bis heute nicht erinnere, an die ich mich schon fünf Minuten, nachdem ich sie gehört hatte, nicht mehr erinnerte, die mich aber so mit Schmerz erfüllte, daß ich da auf der Straße fast aufgeschrien hätte. Ich begann dem Lastwagen nachzurennen (was für eine Musik ist das?), aber er war weg. Ich fühlte mich am ganzen Körper zerschlagen. Ich konnte kaum die Laute zurückhalten, die aus meiner Kehle zu dringen versuchten. Die Musik ließ mich an ein Karussell denken; vielleicht war es eine Jahrmarktsmusik.

Das einzige Karussell, an das ich mich erinnern kann, ist dasjenige, auf dem ich an dem Tag, als ich meine erste Periode bekam, nicht fahren konnte. Meine Mutter und ich standen da und sahen zu, wie die anderen Kinder auf den Pferdchen ritten, als ihre Freundin, die uns zu dem Jahrmarkt mitgenommen hatte, fragte, warum ich nicht mitmachte. Meine Mutter sagte ihr den Grund. Ich fand es abscheulich von ihr, daß sie es sagte, ich fand die ganze Sache abscheulich, und ich schwor mir, ich würde *das* nie wieder tun. Meiner Erinnerung nach war dieser Tag nicht von derartiger Schrecklichkeit, daß der bloße Klang derselben klimpernden Musik in Cambridge mir Jahre später den Vorfall so lebhaft wieder ins Gedächtnis hätte rufen können. Es war die Art der Musik, nicht die Melodie, die mich packte. Das Besondere an dem Klang war nicht das Blecherne, das mir jetzt gerade einfiel, sondern die Tatsache, daß die Musik immer eine Weile aufhörte. Manchmal war dann die Runde vorbei. Die Pferde wurden langsamer, und ... Nein, das ist es nicht. Die Musik hörte auf, wenn die Pferde noch im Gang waren, und fing dann wieder an, und irgendwann während des zweiten Spielens blieben die Pferde stehen. So wurde immer aufgestiegen oder abgestiegen, während die Musik spielte. Ich bin jetzt sehr verängstigt und den Tränen nahe, und die Kehle ist mir wie zugeschnürt. Woran erinnere ich mich? Keine Antwort.

Ich werde es wieder mit Mimi versuchen. Offenbar will ich herausfinden, was die Erinnerung an sie in meinem Gedächtnis auslöst. Doch hatte ich ursprünglich herausfinden wollen, welcher Art die Beziehungen waren, die ich in meinem ganzen Leben zu Menschen hatte. Oder vielmehr: wie sie mich sahen, welchen Eindruck sie von mir hatten. Was ich wissen will, wenn ich an Mimi denke, ist, was sie in mir sah, das Aufklärung über mich gibt, denn in den Jahren, in denen ich sie kannte, muß sich in mir die Vorstellung gefestigt haben, daß ich Schauspielerin werden wolle. Haben wir uns vor langer Zeit einfach gefragt, was wir werden wollten, und dann gegenseitig unsere Pläne unterstützt? Haben wir je gefragt: Ist es das, was du wirklich tun willst? Oder: Woher weißt du, daß du das tun willst? Oder: *Kannst* du das tun? Oder: Wenn du es tust, gefällt es dir?

Woher wußte ich überhaupt, daß ich Schauspielerin werden wollte? Wußte ich es, oder war der Grund bloß, daß mir dauernd gesagt wurde, ich hätte eine gute Stimme? Der Karneval in der Grundschule, als Eugene (sein Name ist mir gerade eingefallen) und ich uns als Conférenciers abwechselten. In der Zeit zwischen der Nachmittags- und der Abendvorstellung in der Turnhalle verließen alle außer mir und den Hausmeistern das Schulgebäude. Niemand stellte mein Recht in Frage, den Korridor entlangzulaufen und Klassenräume zu betreten, die für den Tag in Schaustellerbuden verwandelt waren. Zum erstenmal war ich hinter den Kulissen. Mit elf Jahren wußte ich, wie ein Theater mit beleuchtetem Zuschauerraum aussieht.

Ich erhielt Unterricht in Sprechtechnik, weil sich meine Lippen beim Sprechen nicht schlossen. Miss Eloise Sowieso ließ mich Texte rezitieren, um meine Oberlippe nach unten zu bringen. Ich bekam auch Steptanzstunden. Ich bin sicher, daß ich für beides kein Talent hatte, doch diese zehntrangigen Damen hätten das ohnehin nicht erkannt. Aber zu keiner Zeit hat mir irgend jemand einen Wink gegeben, daß etwas davon Spaß machen sollte oder aufregend sei. Es waren einfach Aufgaben, die zu Hause geübt werden mußten; mehr wußte ich nicht. Meine Mutter ließ sich nicht von mir meine neuen Tanzschritte zeigen, ehe die alten nicht tadellos waren.

Ich sagte erst: «Schaut mal, was ich kann!», als Pat, Laurel und ich eine gemeinsame Wohnung in Chicago hatten. Die eine oder die andere von ihnen hörte oder sah zu und lachte im richtigen Augenblick. Ich kann mich nicht erinnern, daß irgend jemand je gelacht hat, als ich ein kleines Mädchen war. Ich wurde einundzwanzig, bevor ich lernte, was «Spaß» bedeutet. Ich erinnere mich, daß ich Pats Freundin Liz danach fragte, als wir gerade an eine Straßengebührenkasse heranfuhren. Sie sagte: «Schau her, ich werde dir zeigen, was Spaß ist», und statt anzuhalten, verringerte sie ihre Geschwindigkeit nur so weit, daß sie ihre Münze dem Kassierer gerade in die Hand fallen lassen konnte, dann gab sie gleich wieder Gas und sagte: «Siehst du, das ist Spaß.» Wenn ich meine Jugend mit einem einzigen Begriff charakterisieren soll, dann damit, daß ich das Gefühl hatte, für alles müsse man zahlen, nichts gebe es umsonst.

Auf dem Weg zum Postamt hebt Logos zum erstenmal den Schwanz. Statt ihn hängen zu lassen und zwischen die Hinterbeine zu klemmen, hält er ihn hoch und wedelt damit. Ich sehe das als ein Zeichen dafür an, daß er sich vor der neuen Umgebung nicht mehr fürchtet. Ich nehme nicht einmal mehr die Leine mit.

Mr. Morris gibt einen kleinen, kehligen Laut von sich, um Logos' Aufmerksamkeit zu erregen. Der Hund legt den schönen Kopf auf die Seite, die Ohren zittern, bemüht, jeden Hinweis auf die Quelle dieses Geräuschs zu erfassen. «Schäferhunde erzeugen diesen Laut», sagt Mr. Morris. «Meiner tat es, wenn er meine Aufmerksamkeit erregen wollte. Sind Sie Schriftstellerin?»

Die Frage läßt mich verstummen. Ich denke darüber nach. «Ja», sage ich, lächle zum Abschied und gehe mit meiner Post zur Tür hinaus. Nächstes Mal werde ich etwas geschrieben haben müssen. Niemand kann sich vorstellen, daß ich hier sein könnte, ohne auf eine wohlbekannte Weise beschäftigt zu sein. Zumindest im Winter.

Logos rennt voraus, sobald wir zum Wasser einbiegen.

Ich denke an das halbe Dutzend engzeilig getippte Seiten, die auf meinem Schreibtisch liegen, und bin selbst überrascht, an wie viele Einzelheiten ich mich erinnere: Namen von Leuten, an die ich seit zwanzig Jahren nicht gedacht habe, Kleider, die ich einstmals trug. Wie kommt es, daß mir das alles wieder einfällt? Jahrelang habe ich mich auf mein Gedächtnis nicht verlassen können, aber hier, wo ich mich damit befasse, öffnet sich mein Gedächtnis wie eine Tür, von der ich nie wußte, daß es sie gab. Vorher habe ich so vieles vergessen. Und als ich dann bemerkte, daß ich Ereignisse aus der unmittelbaren Vergangenheit vergaß, hielt ich das für frühe Anzeichen, daß ich die Gehirnkrankheit meines Vaters geerbt habe. Selbst wenn es nicht organisch bedingt ist, wird mein Vergessen dadurch weniger schrecklich? Ich schließe die Augen und nehme meinen ganzen Mut zusammen, um an die Prüfungen zu denken, bei denen ich vor zehn Jahren zuerst durchgefallen bin. Nicht heute. Nein, das kann ich noch nicht ertragen.

Ich stehe jetzt, ich weiß nicht wie lange schon, auf dem Sand. Ich sehe Logos dicht am Wasser, er rennt vor den herankommenden flachen Wellen weg, läuft ihnen nach, wenn sie zurückweichen, dann rennt er wieder vor ihnen weg.

Ich bin im Grunde an zwei Orten zugleich: in dieser Vergangenheit, die jedesmal lebendiger wird, wenn ich mich in sie zurückversetze, und in der Gegenwart. Ich beginne zu erkennen, daß kein einfacher Übergang zwischen beiden möglich ist. Am Ende jedes Schreibpensums bin ich in einer Stimmung, bei der ich tatsächlich die Wahl habe, ob ich dabei bleiben oder mich davon befreien will. Wenn ich dabei bleibe, scheine ich nicht mit diesem jungen Hund auf dieser Insel zu sein. Wenn ich mich davon befreie, halte ich Distanz zwischen dem, was ich schreibe, und dem, was ich in diesen Tagen auf Nantucket tue. Und durch die Distanz erhalte ich jedesmal, wenn ich zur Vergangenheit zurückkehre, einen neuen Angriffspunkt. Aber wie zerreißend ist es, sich davon zu befreien. Ich habe für den Rest des Tages das Gefühl, als hinge mir das Fleisch in Fetzen herab.

Ich rufe Logos zu mir und mache mich zu dem langen Pfad durch das Dünengras auf, der zu den Straßen zurückführt. Vielleicht sollte ich den Nachmittag über schreiben; vor Sonnenuntergang die Post holen und einen letzten Spaziergang zum Strand machen. Oder wenn ich vormittags schreibe, gleich danach einen langen Spaziergang machen.

Als wir in unsere Straße einbiegen, rennt uns ein kleines Mädchen in einem blauen Mantel mit einem Setter an der Leine entgegen. Plötzlich setzt sich der Hund hin und bringt das Kind zu einem ungeplanten Halt. Sie steht vor ihm und zerrt und redet ihm gut zu, aber er rührt sich nicht. Jetzt sind wir ganz dicht bei ihnen, obwohl Logos sich an den Straßenrand verdrückt, außer Reichweite des Setters.

«Hallo», sagte ich. «Was ist denn los?»

«Dieser Hund macht das dauernd. Bloß um mich wütend zu machen. Er hält an, hält einfach an, so wie jetzt, wenn wir rennen, und dann kann ich ihn nicht dazu bringen, wieder aufzustehen. Er steht erst auf, wenn er will. Sehen Sie?» Der Hund bekräftigt ihre Worte, indem er sich anschickt, weiterzugehen, und sie hinter sich herzieht. Er sieht Logos, hält ihn aber nicht für wert, sich mit ihm abzugeben. Immerhin, und aus keinem ersichtlichen Grund, läßt er jetzt zu, daß das kleine Mädchen mit ihm zu mir zurückkommt. Sie möchte sich unterhalten. Sie ist hübsch, hat lange blonde Haare und ist vielleicht zehn Jahre alt. Sie sieht Logos prüfend an und fragt nach seinem Alter. Ich sage es ihr.

«Ohhhh.» Im Tonfall von Frauen, wenn sie Babies betrachten.

Sie kennt alle Hunde in Siasconset. Sie nennt es «Sconset». Ich frage sie, ob «Sconset» ein Spitzname von Siasconset ist, oder ob «Siasconset» ausgesprochen wird, als ob die beiden ersten Silben nicht existieren. Sie sieht mich an und begreift im selben Augenblick, was ich wissen will.

«Es gibt zwei Namen.» Sie spricht sie beide aus. «‹Sconset› hat zwei Silben, ‹Siasconset› hat vier.»

Sie ist bereit, mir zu zeigen, was sie noch weiß. Ich frage nach den Hunden, die ich auf unseren Spaziergängen gesehen habe. Wenn ich ihre Namen weiß, kann ich sie schneller wegschicken. «Wer ist der große schwarze Hund?»

«Das ist Midnight. Ein Labrador.»

«Und dann gibt es einen kleinen schwarzweißen. Er scheint immer kämpfen zu wollen. Jedenfalls bringt er Logos immer dazu, zwischen meinen Beinen zu laufen.»

Sie denkt eine Minute nach. «Das ist Fido.»

Natürlich. «Und dann gibt es einen braunen Hund, dem ein Zahn über die Lippe hängt.»

«Das ist ein Weibchen. Sie heißt Judy, eine Boxerhündin.»

Ich danke ihr für alle ihre Auskünfte und mache mich zu meinem Haus auf. «Bis nächstes Mal», rufe ich zurück.

«Oh, schön!» Sie lächelt so herzlich, daß ich überrascht bin: sie mag mich. Ich gehe in meine Auffahrt und drehe mich nach ihr um, ehe wir im Haus verschwinden. Der Hund hat sich wieder hingesetzt, und sie zerrt erfolglos an ihm.

An manchen Tagen macht es zuviel Mühe, mein Tagebuch auf dem Regal zu suchen, es auf den Schreibtisch zu legen, es aufzuschlagen und mit Schreiben zu beginnen. Ich sollte es offen auf dem Schreibtisch liegen lassen und dann und wann etwas hineinschreiben.

Heute ist also Samstag, Samstagabend, ruhig und allein, und irgendwie sehne ich mich nicht danach, auf irgendeiner Party zu sein oder mit welchem Bekannten auch immer zu trinken, damit der Abend vorbeigeht. Den ganzen Tag habe ich nicht gewußt, daß heute Samstag ist. Es ist der erste Samstag, an den ich mich erinnern kann, der mir nicht als Samstag aufgefallen ist. Was ist denn so samstäglich, daß die Art und Weise, wie er verbracht wird, so wichtig ist? Es ist der Beginn der Wochenenden, die wiederkehrende Verheißung, daß dieser Tag aufregender sein werde als jeder andere Tag, das Gefühl, ganz Cambridge bereite sich auf diese oder jene Party vor, der feiertägliche Geruch am Square. Ich habe an Samstagen, vor allem nicht an Samstagabenden, fast nie dazugehört.

Hier verbringe ich die ganze Woche in Muße, nicht bloß an zwei Wochentagen. De Grazias Buch *Of Time, Work, and Leisure* lehrte mich die Bedeutung des Wortes Muße: meine Zeit in Übereinstimmung mit meinen Plänen bestens auszunutzen. Ich weiß allmählich, wie es ist, wenn ich nur das tue, was ich tun will: keinerlei Zwang zu verspüren, weder von anderen noch von mir selbst. Vielleicht kann ein Tag ganz erfüllt sein, wenn er auf diese Weise verbracht wird.

Ich schaue Logos zu, der auf seinen Ball springt und sich mit dem ganzen Körper darauf wirft. Tapsig, gelenkig, völlig ungebunden, jede Bewegung entzückt mich. Heute nacht wird er ganz stubenrein sein, und ich brauche ihn nicht mehr so scharf im Auge zu behalten.

8

Ich liege im hellen Zimmer und versuche herauszufinden, welcher Tag es ist. Sonntag. Im allgemeinen kein guter Tag. Tatsächlich der schlimmste Tag der Woche. Jedermann ist zu Hause. Aber wo ich wohne, ist niemals ein Zuhause: ich versuche immer wegzugehen, und die Sonntage schließen alle Orte aus, an die ich mich begeben kann, um der langweiligen, leeren, schmerzenden Gleichheit meiner Tage zu entfliehen. Früh aufstehen am Sonntag ist ein sehr schlechter Einfall: der ganze unerfreuliche Tag dehnt sich dann endlos aus.

Heute habe ich nicht dieses Gefühl. Ich lege den Kopf auf den angewinkelten Ellbogen, um darüber nachzudenken. Weil mir der gestrige Tag auch nicht wie Samstag vorkam? Nein. Ich weiß es. Weil die Samstage bisher eine Hoffnung boten, aber hier habe ich die Hoffnung bewußt ausgeschlossen. Zwischen den Sonntagen und den Samstagen kann jetzt kein so tiefer Gegensatz bestehen. Hier ist der Sonntag wie Dienstag oder Montag. Oder wie Samstag. Ein Tag, der mich dem näherbringen mag, was ich wissen will, wenn ich nachdenke und schreibe und versuche, die nächsten Stunden den Umrissen meines Ich, als was sie sich auch erweisen mögen, anzupassen. Ich entledige mich einer weiteren alten Gewohnheit.

Alle Zeitungen in Logos' Diele sind unberührt: er ist stubenrein! Sein Sieg und meiner läßt uns durch die Hintertür in die Sonne eilen, und obwohl ich fröstele, als ich darauf warte, daß er zu mir zurückkommt, ist die Welt in diesem Augenblick zu neu, als daß ich mich drinnen mehr einsperre, als ich muß.

Ich frage mich allmählich, ob es mir gelingen wird, die ganze Highschool-Zeit aufzuschreiben. Mimi, Joyce und Isabel stellen meine einzige verläßliche Verbindung mit diesen Jahren dar.

Joyce. Ich habe keinen einzigen Brief von ihr aufgehoben. In den zwanzig Jahren seit der Highschool haben wir uns oft lange Zeit nicht geschrieben. Doch wenn wir uns sehen, läßt sie nichts unversucht, um mir klarzumachen, daß ihr an mir liegt.

Schon ehe sie den Fuß in die Englisch-Klasse des vorletzten Schuljahrs setzte, hatte es sich herumgesprochen, daß der Vater des neuen Mädchens der Manager des Palace Theatre war. Aus eben diesem Grunde hielt ich mich von ihr fern und sah verärgert, daß alle anderen sich mit ihr gut stellen wollten. Dann unterhielten wir uns eines Tages zufällig miteinander, und bald trafen wir uns in den Pausen, aßen zusammen unseren Lunch, warteten nach der Schule aufeinander, um zusammen nach Hause zu gehen, redeten stundenlang an der Straßenecke, wo unsere Wege sich trennten. «Wir gehen miteinander durch dick und dünn», war unsere Devise. Selbst unsere Eltern wußten, wenn man die eine suchte, fand man die andere.

Aber ein gutes Jahr später heiratete Joyce einen Jungen, den ich nicht ausstehen konnte, und ich ging nach Chicago an die Schauspielschule. Wann immer sich unsere Wege danach kreuzten, nahmen wir unsere Freundschaft wieder auf. Dann jahrelang Schweigen.

Wohin führt mich das? Ich schüttle den Kopf.

Isabel wurde, trotz ihrer hitzköpfigen Verachtung der damit verbundenen Interessenpolitik, unsere Klassensprecherin. Meine Probleme und die ihren waren gleich, zumindest was den Versuch betraf, unsere Eltern davon zu überzeugen, daß wir wußten, was wir wollten. Ich habe vielleicht nicht gewußt, was ich wollte, aber ich glaubte zu wissen, schreibt sie 1944, und womöglich hätte ich, wenn ich nicht so darum hätte kämpfen müssen, leichter erkennen können, was ich wirklich wollte. Was Isabel mir wünschte, war die Gelegenheit, mir selbst, meinen Eltern und jedem anderen zu beweisen, daß ich recht hatte. Nun ja, ich habe meinen Eltern und allen anderen etwas bewiesen, aber das nützte nichts. Mir selbst habe ich überhaupt nichts bewiesen, abgesehen von dem, was ich hier zu tun versuche.

Dennoch kann ich seit dem Vormittag mit kurzen Unterbrechungen hier an dieser Schreibmaschine sitzen, ohne wie gestern durch die Erinnerung an Karussellmusik die Fassung zu verlieren. Ich habe dieses Schreiben zu etwas gemacht, bei dem es sich um Gedächtnisleistungen dreht. Ich gehe leicht davon ab. Ich habe das Gefühl, daß es nirgends hinführt. Allerdings habe ich daraus gelernt, daß ich mich erinnern kann. Morgen werde ich mit den Menschen und der Arbeit damals anfangen.

Juli 1944, Nachtschicht im Gummilabor in dem Jahr, in dem ich arbeitete, um Geld zu verdienen, damit ich an das Goodman Theatre zurückkonnte. Ich erinnere mich, wie es war, morgens um neun ins Bett zu gehen und nachmittags um drei aufzuwachen. Mir stand der Sinn nach Frühstück, aber meine Mutter bereitete die Mahlzeit, die wir «Abendessen» nannten. Dennoch fand sie es seltsam, daß ich etwas anderes haben wollte als die anderen. Wenn ich morgens nach Hause kam, fand sie, ich sollte das Frühstück bereiten, da es für die anderen im Haus die Frühstückszeit war.

Buzz, der Leiter dieser Spätschicht. Er sah gut aus hinter seiner Brille. Er hatte einen Gang wie ein Indianer: hoch aufgerichtet, schlank, zurückhaltend. Aber er war grausam. An dem Abend, als ich bis zum Highland Square lief, damit ich ihn anrufen konnte, ohne daß meine Familie zuhörte, ließ er seine Wirtin, die seine Geliebte war, über den Nebenanschluß mithören. Sie lachten, als ich es schließlich begriffen hatte, und dann schämte ich mich. Ich rief Robert an, den Chemiker, der mich, das unbedarfte Kind, das einen Freund brauchte, unter seine Fittiche genommen hatte. Er kam bei Schnee und Kälte in seinem blauen Hudson und holte mich in sein Haus, damit ich mich ausweinen konnte, ehe er mich zu Hause ablieferte. Er und seine Frau sahen, wie verstört ich war, und fragten nicht einmal, was geschehen sei. Ich weinte wieder, als ich ins Bett ging. Ich erinnere mich, daß Daddy mich entweder ins Bett brachte oder mich da fand, als er vom Bowling nach Hause kam, und er konnte meinem Weinen nicht Einhalt gebieten. Aber ich erinnere mich, daß er voll Verzweiflung, die er nur mir zeigte, sagte: «Das Leben ist einfach eine verdammte Geschichte nach der anderen.» Diese nicht sehr profunde Aussage ist mir achtzehn Jahre im Gedächtnis geblieben, eher als ein Zeichen seines Elends denn als ein Leitstrahl, mit dessen Hilfe ich mich durch meine Tage lavieren kann.

Hier ist ein Brief von Isabels Bruder vom April 1943; zwei Jahre später ist er im Krieg gefallen. Tibby: unbekümmert, so jung, mit ungewohntem Geld und nur einem Leben, das er wegwerfen konnte. Wir werden ein Flugzeug nehmen, wenn all das vorbei ist, sagte er, du und dein Liebster und Issie und ihr Liebster und ich, und wir werden das ganze Land überfliegen. «PS: Warum studierst du? Du solltest das Leben genießen. Wie fühlt man sich, wenn man verliebt ist?» Der liebe Tibby: Vielleicht habe ich es nie gewußt. Der ungebildete Tibby, aber er packte das an, was wichtig war: wenn er etwas tat, dann wußte er, ob er es tun wollte oder nicht. Aber hätte ich damals nicht studiert, dann hätte ich das Leben auch nicht genossen, hätte den Dreh nie richtig herausbekommen. Was ich genoß, war der Beifall, den ein anderer mir spenden konnte. Wie fühlt es sich an, das zu genießen, was man gerade tut?

Ich sitze auf einem Baumstamm, der hoch auf den Strand hinaufgeschwemmt worden ist, und beobachte Logos an der Wasserkante. Eine flache Welle kommt heran, plätschert vor und zurück, und als ihr Kamm auf den Sand schlägt, springt Logos drauf, um ihn zu schnappen, jagt dann dem zurückweichenden Wasser nach und versucht noch einmal, die verfehlte Welle zu fangen. Bei diesem Versuch landet er immer pfotentief im Wasser, und obwohl er die sich neu bildende Welle scharf im Auge behält, ergreift er, wenn er feststellt, daß ihm das Wasser unerklärlicherweise bis zum Ellbogen reicht, die Flucht über den Punkt hinaus, an dem die neue Welle aufklatscht und dann von ihm wegplätschert. Bei jedem Mißlingen stößt er ein kleines Gebell aus. Sein Sprung wird konzentrierter, seine Jagd schneller. Dann wendet er sich urplötzlich vom Wasser ab, schnüffelt mit erhobener Nase in der Luft und trottet davon, um die Möglichkeiten anderer Spiele zu erforschen.

Gestern glaubte ich zu wissen, was Wollen ist: wenn ich mir ohne Druck von irgend jemandem oder ohne ersichtlichen Grund meiner selbst bewußt bin. Aber im Grunde weiß ich es nur, wenn ich etwas tue, das ich nicht tun will. Manchmal jedenfalls. Das kann mich nicht sehr weit bringen. Ein Tier, ein Kleinkind kann lernen, sich vom Feuer fernzuhalten. Ich muß herausfinden, was mich zu etwas hinzieht, nicht bloß, was mich davon fernhält. Ich brauche des Sokrates *Daimonium*, aber umgekehrt. Seine Stimme konnte ihm nur sagen, was er nicht tun sollte, und auch erst, wenn er im Begriff war, etwas zu unternehmen, das für ihn falsch war. Meine Stimme wird mir auch sagen müssen, was ich tun *will*. Zweifellos wußte Sokrates, was er tun wollte, ohne daß es ihm gesagt werden mußte.

Ich vermisse Logos. Ich stehe auf und sehe ihn dann weit unten am Strand buddeln. Ich gehe langsam in seine Richtung.

Wollen. *Was* habe ich gewollt? Nein: Was habe ich *gewollt*? Auch noch nicht richtig: Was habe *ich* gewollt?

Eine dumpfe Hoffnungslosigkeit erfüllt mich. Ich werde nie begreifen können, was Wollen ist. Kann ich sagen, was das genau bedeutet? Ich versuche es, aber ich finde nur den Überdruß in mir. Ich hole Logos ein und beginne, auf eine der langen Treppen zuzugehen. Er errät mein Vorhaben und rennt mir voraus.

Der kräftige, scharfe, seltsam süße Geschmack des Bourbon trifft mich mitten in der Kehle. Der erste Schluck bringt mich immer in Schwung. Mit dem Glas in der Hand gehe ich zum Schreibtisch zurück und versuche wieder, über den Tag zu schreiben, aber kaum habe ich zur Feder gegriffen, da lege ich sie wieder hin, schiebe das Tagebuch weg und betrachte die Spätnachmittagssonne über dem Moor.

Eine Woche schon. Sieben Tage, die einander auf den Fersen blieben und mich mitgezogen haben. Nicht gelangweilt, nicht einsam. Wirken durch Denken. Aber das Denken ist eine Art Kampf. Ich verteidige und belagere gleichzeitig. Ich bin sogar die Kriegsbeute. Aber ich bin auch die einzige, die den Kampf gewollt hat.

Jemand atmet regelmäßig unter meinem Bett. Wenn ich herausfinden kann, wo ich bin, werde ich wissen, wer das ist. Ich beuge mich über den Rand der Matratze. Die Spitze eines buschigen Schwanzes bringt mich zum Kichern. Ich rufe leise Logos' Namen. Er atmet gleichmäßig weiter. Mein Wachhund. Ich lange nach unten und gebe dem sichtbaren Fell einen Klaps. Plötzliches Krabbeln. Aber das Bett ist zu niedrig, als daß er aufstehen könnte. Er streckt den Kopf unter dem eisernen Rost hervor, versucht mehrmals, mit den Pfoten auf dem gewachsten Boden Halt zu finden, und kriecht dann geduckt in die Freiheit. Ich stehe rasch auf, um zu verhindern, daß er auf die Decken springt. Unsere morgendliche Wiedervereinigung findet auf einem der Gobelinläufer statt, bis ich mir klarwerde, daß diese wunderbare Aufgeregtheit seine neu gewonnene Körperbeherrschung gefährden könnte.

Er folgt mir mit klappernden Zehennägeln die steile gewachste Treppe hinunter und nach draußen. Die Luft ist kalt, aber nicht schneidend, nicht so schneidend wie im Cambridger Winterwetter, doch scharf genug, um mich in der Küche bleiben zu lassen, wo ich Logos durch das Fenster beobachte. Der klare Himmel verlockt mich zu einem Spaziergang ans Meer. Nach dem Kaffee.

Logos' neue, glockenförmige Hundemarke klirrt, wenn er sich bewegt. Der Staat Massachusetts, vertreten durch den Urkundsbeamten der Stadt Nantucket, erteilte mir heute mittag die Erlaubnis, einen Hund zu halten unter der Bedingung, daß ich ihn daran hindere, Vieh oder Geflügel zu töten, zu jagen oder aufzuscheuchen. Logos hebt den Kopf, um sich zu vergewissern, ob ich meinen Schreibtisch auch nicht verlassen habe, seit er eingeschlafen ist. Noch etwas Geklirr, und dann streckt er sich auf dem Teppich aus.

In eben der Stunde, in der er schlief, saß ich auf diesem Stuhl, ohne mich zu rühren. Das Blatt in der Schreibmaschine ist leer, und nichts kann mich bewegen, auch nur ein Wort auf die weiße Fläche einzutragen. Meine Gedanken schweifen zurück zu unserem Morgenspaziergang, der düsteren Amtsstube in Nantucket, der Fröhlichkeit des Versicherungsvertreters. Aber nichts wird geschrieben. Vielleicht brauche ich ab und zu einen Urlaubstag. Wage ich das? Ich kann keine Zeit mehr vertrödeln. Das Geld wird jeden Tag weniger. Stimmt, der Scheck für mein letztes Monatsgehalt kam heute mit der Post. Aber ich muß etwas Geld auf dem Sparkonto behalten, um dort hinzukommen und mich dort einzurichten, wo immer ich von hier aus hingehe.

Ich erforsche die Möglichkeiten der Verwendung dieses neuen Geldes und bin mir meiner verspannten Schultern bewußt. Ich lasse sie eine Handbreit in ihre natürliche Stellung herunterfallen. Eine dumme Angewohnheit. Ich mache das immer noch, obwohl ich weiß, warum. So pflegte ich mich über meine Bücher zu beugen und schnell zu lesen, um soviel wie möglich zu schaffen, ehe meine Mutter mich nach unten rief, um Geschirr abzuwaschen, Staub zu wischen, bei der Wäsche zu helfen oder Kartoffeln zu schälen. Irgend etwas in ihrem Haus zu tun. Selbst als ich dort wohnte, empfand ich es als ihr Haus, nicht als unser Haus. Ihr Haus, das immer bereit sein mußte für die Besuche ihrer Freunde und Verwandten. In der Zeit zwischen den Besuchen war es etwas, das wir nicht zu sehr beschmutzen durften, und ich, die älteste Tochter, war erwählt, ihre Assistentin zu sein.

Wenn ich an sie denke, dann sehe ich sie immer vor mir, wie sie mit der Reinigung ihres Hauses beschäftigt ist. Ein lebendiges Bild von ihr: sie geht an der Küchenuhr vorbei, wirft einen Blick darauf und schnauft. Schon als ich ein kleines Mädchen war, erregte dieses Schnaufen meine Neugier. Ich beobachtete sie, um zu verstehen, welches wichtige Geschehnis ihren Wettlauf mit der Uhr erforderlich machte. Soweit ich es übersehen konnte, geschah nie etwas Ungewöhnliches. Doch tagtäglich schnaufte sie, wenn sie die Uhr ansah. Ich erinnere mich, daß ich herausbekam, was das Schnaufen bedeutete: «Es wird nicht genug Zeit sein!» Sie würde nicht genug Zeit haben, wenn sie das Geschirr spülte, um die Betten zu machen, um die Wände oben zu streichen, um die Spiegel abzuwischen, um die Abendmahlzeit zu bereiten. Und all das fand nach einem inneren Zeitplan statt, den sie getreulich einhielt.

Erst als ich nicht mehr in ihrem Haus wohnte, sondern mit anderen Mädchen zusammen oder allein, begriff ich plötzlich eines Tages, wie wenig sie getan hatte, obwohl sie so beschäftigt war. Ich wußte, wie lange es dauert, um meine Wohnung sauberzumachen: an einigen Tagen fünfzehn Minuten täglich; einmal in der Woche eine Stunde, um die ganze Schau abzuziehen. Aber ich machte meine Wohnung nur sauber, um alles andere zu erleichtern, was ich tat. Damals begriff ich, was sie ihr Leben lang getan hatte: sie machte ihr Haus sauber. Und ebenso verstand ich damals, warum sie immer so entsetzt war, daß die Zeit verstrich: ihr Haus sauberzumachen war ihr Beruf, und wie gut sie das gestern auch erledigt haben mochte, sie mußte es jeden Tag besser machen, sonst wäre sie ein Versager.

Ich ziehe immer noch die Schultern hoch, als wartete ich darauf, daß sie mich von dem wegruft, was ich gerade tue – unter Druck, denn ein noch unbekannter Zeitpunkt ist der äußerste Termin, den ein anderer festlegt. Aber hier gibt es keinen Termin. Abgesehen von dem durch die Zeitspanne festgelegten, nach deren Ablauf ich kein Geld mehr habe.

Ein wirklicher Teufelskreis. Zahle ich den Scheck auf mein Sparkonto ein, oder verwende ich die Summe als Beitrag zu dem, weswegen ich hergekommen bin? Ich werde die Entscheidung aufschieben. Ich stecke den Scheck in einen Umschlag und lege ihn in die Schublade.

Nichts von alldem habe ich wirklich aufgeschrieben. Es kam mir alles zu schnell in den Kopf. Außerdem wußte ich es schon. Das Schreiben hat es für mich nicht neu lebendig gemacht wie das Schreiben der letzten Tage, das mir geholfen hat, neue Zusammenhänge herzustellen. Ich schiebe die Schreibmaschine beiseite und hole mir das Tagebuch. Aber ich rebelliere dagegen, die Einzelheiten vom Einkaufen in Nantucket zu schreiben, von der schnurgeraden Fahrt in die Stadt, davon, daß ich mich jetzt in den Straßen zurechtfinde, oder auch von den Spaziergängen am Meer. Was wird aus meinem Plan werden, ein Tagebuch über mein Tun und Treiben zu führen, wenn das, was ich tue, mir schon so vertraut ist?

Vier Uhr. Ein verlorener Tag.

Eine Möglichkeit, einen Abend zu verbringen: den Muskel- und Knochenaufbau des Hundes zu studieren. Aber wo erfahre ich, wie Logos gefüttert werden muß? Im Buch des Hundezüchtervereins heißt es: «Grobmehl und Wasser und Fett.» Ich weiß nicht, was mit Grobmehl gemeint ist.

Die Broschüre des Tierschutzvereins ist in der Küche. Ich lehne mich an den Kühlschrank und erfahre, daß es drei Grundformen der Hundenahrung gibt: Büchsen, Schrot und Grobmehl. Erklärung, wie Schrot hergestellt wird. Nichts darüber, was Grobmehl ist. Ich denke an Maismehl, Hafermehl. Schwer vorstellbar, eines der beiden mit Wasser gemischt: es würde Brei werden. Und Fett: ausgelassener Speck?

Ich knalle die Broschüre auf den Spültisch. Warum müssen sich die Leute so unklar ausdrücken? Was für Fette gibt es? Wer stellt dieses Grobmehl her? Wieviel Futter braucht ein junger Hund? Logos frißt so wenig. Ich muß ihn dazu bringen, wieder mehr zu fressen. Welpen sollen mehr fressen als ausgewachsene Hunde, aber offenbar kann ich nicht das Futter für ihn finden, das er mag.

Verdammt, verdammt, verdammt noch mal. Ich balle die rechte Hand zur Faust und schlage gegen den Kühlschrank, bis mir die Handkante weh tut. Ich lege die gekreuzten Arme auf die kühle, glatte Oberfläche und bette den Kopf darauf. Ich schaffe es nicht. Ich kann mich nicht durch siebenunddreißig Jahre hindurchdenken, die ich hinter mich gebracht habe, ohne zu wissen, was ich eigentlich tue. Was für eine Hochstaplerin, Betrügerin bin ich, ein verlogenes, unwissendes Weibsbild. Da sitze ich hier auf einer Insel mit einer Schreibmaschine und ein bißchen Papier und erwarte, daß sich die Wahrheit vor meinen Augen offenbart. Ich spiele Theater: eine weitere Rolle für die große Schauspielerin. Rampenlichter an, Zuschauerraum dunkel. Vorhang. Bühnenbild: die Einsiedlerin in ihrer Klause.

Ein warmer Körper stößt gegen meine Beine. Pfoten strecken sich nach meinen Knien aus. Ich blicke zwischen meinen Armen nach unten. Was sollen wir tun, Logos, du und ich? Du bist mir ausgeliefert, und ich bin so dämlich, daß ich dich nicht einmal richtig füttern kann.

Ich sitze auf dem Fußboden neben seiner Wasserschüssel, und er legt das Kinn auf meinen Schoß, sein Gesicht ist nur ein paar Zoll von meinem entfernt. Ich streichle den seidigen Kopf; die goldenen Augen sehen mich forschend an. Ja, wir müssen versuchen, einander zu begreifen. Deine Aufgabe ist wahrscheinlich einfacher als meine. Vielleicht bist du mir schon voraus. Du wenigstens stehst dir nicht selbst im Weg.

9

Die Finger auf den Tasten der Schreibmaschine, betrachte ich dasselbe leere Blatt, das ich gestern eingespannt habe. Nein, heute auch nicht. Ich schiebe meinen Stuhl zurück, greife hastig nach Mantel und Schlüsseln und eile zur Tür, fast ehe Logos begreifen kann, daß der Spaziergang heute morgen zuerst kommt.

Am Ende der Auffahrt weiß ich, daß ich etwas vergessen habe. Ich bleibe stehen und fische in meinen Taschen nach Schlüsseln, Papiertaschentüchern und Handschuhen. Was dann? Ich gehe langsam weiter. Auf der Straße schlägt mir ein Schwall kalter Luft überraschender als gewöhnlich ins Gesicht. Ich weiß es: kein Lippenstift. Ich schicke mich an, ins Haus zurückzugehen, dann bleibe ich verwirrt wieder stehen. Ich komme mir komisch vor ohne Lippenstift, und meine Lippen trocknen in der Kälte so schnell aus. Logos ist schon ein gutes Stück weiter auf der Straße und wittert die Spuren derjenigen, die vorher da gegangen sind. Ich sehe ihm einen Augenblick nach und denke daran, die Tür aufzuschließen, nach oben zu gehen, einen Lippenstift zu suchen, ihn aufzutragen, ihn wegzulegen, herunterzukommen und mich von neuem auf den Weg zu machen.

«Lippenstift, um Gottes willen!» sage ich laut. Logos dreht sich verwundert zu mir um. Wie konnte ich nur nicht bemerkt haben, daß Lippenstift etwas für andere Leute ist? Und hier gibt es keine Leute. Ich gehe rasch, um den Hund einzuholen.

Wir eilen auf den weichen, nassen Sand, den die Ebbe freigelegt hat, und schlagen den Weg nach Norden zum Leuchtturm ein. Dann bleibe ich stehen. Schon eine Gewohnheit? So schnell Verhaltensweisen anzunehmen, nachdem ich mir gelobt habe, so viele Verhaltensweisen aufzugeben, wie mir auffallen? Ich schlage den Weg nach Süden ein. Die neue Richtung setzt meinen Schritten eine gewisse Kraft entgegen. Überrascht und verärgert, bemühe ich mich, sie mit jedem meiner ersten Schritte zu überwinden.

Die Küste beginnt einen Bogen nach Westen zu schlagen. Ich umrunde genau die Spitze der Insel. Kein Steilufer, nur niedrige Dünen. Allmählich breiten sie sich weiter aus, bis ich nahe der Wasserkante die Häuser der Stadt kaum noch sehen kann. Logos bewegt sich so rasch über den Sand, die Nase nach unten, daß er zu gleiten scheint.

Während ich ihn beobachte, erscheint in meinem peripheren Blickfeld ein kleiner Gegenstand, der sich bewegt. Ein einsames Auto fährt auf der gepflasterten Straße am fernen Rand der Dünen. Seltsam, hier draußen ein Auto zu sehen, so nahe dem Strand und den Muscheln und dem Seetang und dem bei jeder Flut angespülten Strandgut. Ich stehe da und warte, daß es auf dem Stück Straße, das ich überblicken kann, vorbeifährt, obwohl es tausend Fuß entfernt ist. Ein besonderes Ereignis: ein lebendiger Mensch fährt diesen Wagen, einem mir unbekannten Ziel entgegen. Ich verspüre den Drang zu winken. Albern. Der Fahrer blickt nicht in meine Richtung. Warum sollte er auch? Ich bin für ihn nicht ein so unerwünschter Teil der Landschaft wie er für mich. Ich glaube, er hat mich überhaupt nicht gesehen. Wer würde erwarten, eine Frau und einen jungen Hund an einem kalten November-Vormittag dicht am Wasser laufen zu sehen? Ich beobachte, wie der Wagen auf einer anderen Straße verschwindet, die wahrscheinlich zum Postamt führt.

Also immer noch schauspielern. Ich wollte, daß der Mann mich sieht und sich Gedanken macht über die Frau, die da allein am Strand ist. Immer noch der Star in Theaterstücken, die ich immer wieder erfinde.

So oft habe ich versucht, damit aufzuhören. Mein Ausscheiden aus der Schauspielschule hat mich nicht davon abgehalten, seitdem auf meiner eigenen Bühne weiter zu schauspielern. Das Goodman Theatre habe ich im Herbst 1946 verlassen. Jetzt haben wir den Herbst 1962. Sechzehn Jahre lang habe ich die Leute veranlaßt, mich anzusehen. Seht mich an: Ich bin leidenschaftlich. Seht mich an: Ich bin eine Intellektuelle. Ich spiele sogar meine Promotion herunter, damit die Augen weiter aufgerissen werden, wenn ich, ach, so widerstrebend, ach, so leise, verkünde, daß ich bestanden habe.

Aber in dem Sommer, ehe ich schließlich meine Dissertation zu schreiben begann, habe ich mich tatsächlich sehr bemüht, damit aufzuhören. Warum damals? Das weiß ich immer noch nicht. Bloß weil Jim nach Südamerika ging? Das war lediglich ein weiteres unglückliches Ende einer Liebesaffäre. Warum sollte dieser Bruch mich zu dem Versuch angespornt haben, mit der unaufhörlichen Schauspielerei Schluß zu machen? Dennoch glaube ich, daß mir diese Zeit eine Krise brachte, wie ich sie nie zuvor erlebt hatte.

Um 8 Uhr morgens schaute ich ihm von meinem Fenster aus nach, als er die paar Schritte ging, die ich noch sehen konnte, ehe er um die Ecke bog und für mich verschwand. Nach schlafloser Nacht benommen und elend, weil ich wieder einmal einen Mann verloren hatte, den ich behalten wollte, wusch ich mir das Gesicht, zog mich um und machte einen Spaziergang am Charles River. Acht Uhr morgens, Anfang Juni, Cambridge vom Fluß aus: still, ruhig, frisch, klar, schön. Ich lief zwei Stunden und versuchte die Tatsache zur Kenntnis zu nehmen, die unabänderliche, unerträgliche Tatsache, daß Jim weg war.

Ich sehe hinaus auf die sich langsam bewegenden Wellen. Drei Jahre später weiß ich immer noch nicht, warum er mir so viel bedeutete, warum der Tag seiner Abreise mich auf einen neuen Weg brachte, warum ich gerade an diesem Tag erkannte, daß ich versuchen müsse, mit der Schauspielerei aufzuhören. Jims Weggehen war eine Tatsache, die mir schon ein ganzes Jahr bevorgestanden hatte, ehe sie die Form einer Reise nach Südamerika annahm. Das erste Mal war er weggegangen, um eine andere zu heiraten, als ich in Europa war. Dann war er noch weiter weggegangen, indem er mir nach Deutschland schrieb, er würde mich dennoch gern im Frühjahr irgendwo treffen. Und am weitesten war er weggegangen, indem er meine Initiative begrüßte, wir sollten unsere Beziehung nach meiner Rückkehr wieder aufnehmen. Warum kam es mir dann, als er das Land verließ, vor, als sei es für mich endgültig? An jenem Tag konnte ich nicht wissen, daß er zurückkommen würde und daß ich nach seiner Scheidung ein Jahr später eines Abends in seinem Wagen sitzen und ihn reden hören und denken würde: Wie er mich langweilt!

Aber an jenem Tag war es endgültig. Und ich hatte zwei Stunden Zeit, in denen ich umschalten konnte von einem verlorenen Jim auf ein verlorenes Dissertationsthema. Und so hielt ich die Verabredung um 10 Uhr mit dem hochnäsigen Fakultätsmitglied ein und hörte mir an, wie er rasch von kritischen Bemerkungen über das Thema, das ich für meine Dissertation vorgeschlagen hatte, zu kritischen Bemerkungen über mich gelangte.

«Sie sind fehl am Platz in der Philosophie», sagte er.

Ich erinnere mich, daß ich dachte, hätte er das am Tag vor Jims Abreise oder am Tag danach gesagt, dann wäre ich vielleicht wütend gewesen oder zumindest besorgt um meine zukünftige Arbeit. Statt dessen hörte ich seine Worte aus weiter Ferne. Er hielt, was er sagte, für wichtig, und das war es ganz und gar nicht. Weil Jim vor zwei Stunden abgereist war. Nichts anderes konnte der Bedeutung dieser Tatsache gleichkommen.

Habe ich auf seine Worte geantwortet, oder hat mein Gesicht lediglich meine Gleichgültigkeit ausgedrückt? Ich erinnere mich, daß er seine Bemerkung mit einem verschönernden Zusatz versah, den ich als den Gipfel seiner Freundlichkeit verstand: «Eine Menge gescheite Leute vollbringen in der Philosophie keine Leistungen. Damit ist nicht gesagt, daß sie nicht auf einem anderen Gebiet erfolgreich sein könnten. Warum satteln Sie nicht um?»

Von meinem fernen Platz aus schien es mir, als versuchte er, mich von meinen eigenen Gedanken abzulenken, deshalb stand ich auf, dankte ihm, daß er mir Zeit geopfert hatte, und ging. Er sagte mir lediglich, daß die zehn Jahre, in denen ich Philosophie studiert hatte, verschwendete Jahre seien und daß ich für das Gebiet nicht begabt sei. Was ließ ihn annehmen, das würde auf irgendeiner Skala etwas bedeuten, deren Maßeinheit war, daß Jim vor zwei Stunden abgefahren war?

Nach Hause, aber ich brauchte Gesellschaft. Zu Rick, der sein letztes Harvard-Jahr beendete, während seine Frau arbeitete, mein Gefährte bei langen mitternächtlichen Spaziergängen und einem Bier. Um die Mittagszeit überredete ich ihn, den Tag mit mir trinkend zu verbringen, und um vier begleitete ich ihn in einen Supermarkt und half ihm, die Einkaufsliste seiner Frau abzuhaken. Zur Abendessenszeit war er ebenso betrunken wie ich. «Du mußt heute abend bei uns essen. Ich kann nicht zulassen, daß du nichts ißt.» Um 9 Uhr, als die sommerliche Dunkelheit begann, taumelte ich in mein Bett und schlief zum erstenmal seit fast zwei Tagen.

Am nächsten Morgen unternahm ich den ersten einer Reihe von Schritten, die mich zu Dr. Kant führten. Aber es war Sommer, sein

Urlaub stand bevor, so daß ich, als ich ihm im Herbst endlich an seinem Schreibtisch gegenübersaß, Mike kennengelernt und ebenfalls verloren hatte.

Ein Sandregen sprüht mir ins Gesicht, und ich schreie auf. Ich wirbele herum und wische mir den Sand vom Mund. Logos blickt zu mir auf von dem sich vertiefenden Loch, das er zu meinen Füßen gebuddelt hat, und wendet sich dann wieder seinem Werk zu, zuerst eine Pfote, dann die andere, die als seine Schaufeln dienen. Jetzt verändert er seine Stellung, leewärts von mir, und ich erwäge die Möglichkeit, daß er mit dieser Ladung Sand absichtlich nach mir gezielt hat.

Ich sehe mich um und merke, daß ich lange an einer Stelle gestanden habe. Ich schiebe den Ärmel hoch, um auf die Uhr zu sehen: keine Uhr. Ich suche in meinen Taschen: nicht da. Habe ich sie auf dem Weg hierher verloren, weil ich das Armband nicht sorgfältig geschlossen hatte? Unmöglich: der Ärmel ist am Handgelenk zu eng.

Plötzlich sehe ich die Uhr vor mir auf der Spiegelkommode. Da habe ich sie vergessen, nachdem ich mir heute morgen das Gesicht gewaschen hatte. Ich lächle. Was macht das schon aus, wenn ich allein bin und tue, was ich tun will? Ich werde heimgehen, wenn ich vom Laufen müde geworden bin.

Wenn ich müde bin. Wenn ich müde bin.

Ich wiederhole den Satz immer wieder. Warum ist es vertraut? Ach ja: am zweiten Morgen hier habe ich mich wieder schlafen gelegt, und zwar, weil ich müde war.

Ich fange wieder an, ganz langsam zu laufen. Und dann bleibe ich stehen. Ich erkenne, daß ich dadurch, daß ich die Uhr zu Hause gelassen habe, nicht nur *eine* Vorschrift über Bord geworfen habe, sondern ein ganzes Sortiment. Es ist nicht nur unwichtig, wann ich nach Hause gehe, es ist auch unwichtig, wann ich esse oder schlafe oder spazierengehe oder lese oder sonst etwas tue. Eine unglaubliche Erkenntnis! Warte mal. Wenn ich sage, es sei unwichtig, dann muß das bedeuten, daß es für *mich* unwichtig ist. Stimmt das? Ja, genau das war der Gewinn an dem Morgen, als ich wieder ins Bett gegangen war. Ich habe weitergeschlafen, weil ich müde war.

Es geht jetzt ganz schnell, und ich versuche, dran zu bleiben.

Weil ich müde war. Nicht um irgendeinem Problem aus dem Weg

zu gehen, nicht weil ich eine bestimmte Zahl von Stunden schlafen mußte, um dem Zeitplan eines anderen zu entsprechen. Ich habe aus einem guten Grund weitergeschlafen: weil ich müde war. Wenn ich also meine Uhr nicht bei mir habe, kann mich das die anderen guten Gründe lehren, warum ich etwas tue. Nach Hause gehen, weil ich vom Laufen müde bin oder schreiben will oder weil Logos Wasser braucht. Essen, weil ich hungrig bin. Lesen, weil ich mich durch einen anderen Geist erfrischen lassen möchte.

Ich gebe einen Laut von mir, der einem Lachen nahe kommt. Irgendein stiller Teil von mir hat sich heute besser für mich verhalten als der aufgeweckte und wachsame Teil. Meinen Lippenstift und meine Uhr zu vergessen, ist genau das, was ich mir zu tun vorgenommen hatte, als ich herkam: mich von Gewohnheiten und Überzeugungen und Denkweisen zu befreien, die eigentlich nicht die meinen sind, die mir irgendwie von außen aufgedrängt wurden.

Logos ist nicht zu sehen. Ich rufe nach ihm. Sein Kopf erscheint über dem Rand einer Düne ein paar Schritte links von mir, und verschwindet dann wieder.

«He, Logos, wir wollen heimgehen.» Ich mache mich auf den Weg über die ausgedehnte Dünenfläche zu der Straße, wo vorhin der Wagen abbog. Das wird eine neue Route nach Hause sein, eine neue Route hinunter zum Meer. Die Neuheit spricht etwas an, das lange in mir vergraben war.

Logos folgt mir nicht. Ich stehe reglos da, als er gerade von seiner Buddelei aufschaut und merkt, daß ich nicht mehr dort bin, wo er mich zuletzt gesehen hat. Er läuft den Strand hinauf in unserer alten Richtung und sieht mich immer noch nicht. Dann macht er ein paar zögernde Schritte, dreht sich um und bleibt stehen, um sich zu orientieren. Ich hebe nur ein wenig die Hand, und diese kleine Bewegung genügt ihm. Er rennt im Galopp auf mich zu und an mir vorbei. Ich fahre ihm durch das Fell am Hals, als er zu mir zurückkommt, und dann wendet er seine ganze Aufmerksamkeit den Straßen zu, auf denen er noch nie gewesen ist.

Warum habe ich hier, wo ich ganz allein bin, das Gefühl, ich hätte nichts anderes zu tun, als mich zu erinnern, und dann kann ich mich tatsächlich an fast alles erinnern? Aber als ich es nötig hatte, mich zu erinnern – bei Prüfungen, wenn ich Vorlesungen hielt oder bei einer philosophischen Diskussion ein Argument vorbringen wollte – bei diesen Gelegenheiten konnte ich mich nicht erinnern. Und wenn ich es versuchte, vergaß ich nur um so mehr.

Der Unterschied muß darin bestehen, daß die eine Art des Erinnerns persönlich ist, die andere beruflich. Wohin führt mich das? Nirgendwohin. Es stimmt auch nicht. Ich weiß immer noch nicht, warum mich die Karussellmusik traurig macht und was sie in meinem Gedächtnis erweckt. Der Unterschied kann nicht zwischen dem Hiersein und dem Dortsein bestehen. Oder zwischen dem Alleinsein und dem Zusammensein mit anderen. Ist es das Zusammensein mit bestimmten anderen?

Ich sollte imstande sein, etwas über das Erinnern und Vergessen zu schreiben. Es scheint der Angelpunkt zu sein, um den ich mich heute gedreht habe.

Etwas veranlaßt mich, aus den Fenstern zur Straße hinauszuschauen. Gegenüber hat ein Wagen geparkt. Nicht zu fassen, daß ich an einem Tag zwei Autos gesehen habe. Ich gehe zum Küchenfenster, um ihn genauer zu sehen. Der Wagen ist leer. Bis ich meinen Mantel überwerfe, ein Paar Schuhe für draußen finde und Logos hinter mir einschließe, gehen ein kleiner Junge und ein Mann, der ein Gewehr trägt, auf den Wagen zu.

Ich rufe zu ihnen hinüber: «Bitte gehen Sie weg. Sie sind zu dicht an meinem Haus. Ich will keine Jäger in der Nähe meines Hauses haben.» Ich bin eher wütend als ängstlich, aber ich bemühe mich, höflich zu sein.

Der Mann sieht mich schweigend an. Seine Verachtung ist über die fünfzig Fuß, die uns trennen, so deutlich zu spüren, daß sie mich aufs äußerste reizt.

«Die Polizei hat mir gesagt, ich soll die Autonummer von jedem Jäger melden, der eine Belästigung sein könnte. Ich stehe hier und präge mir Ihre Autonummer ein.»

Der Mann flucht, aber nur so laut, daß ich seinen Verdruß erkennen kann. Er macht etwas mit seinem Gewehr, legt es hinten ins Auto, schiebt den Jungen auf den Beifahrersitz, und ohne auch nur ein Wort an mich gerichtet zu haben, fährt er die Straße hinunter, schaltet die Gänge gewaltsam ein und ist weg.

Ich fluche meinerseits auf ihn und eile zurück in meine Auffahrt. Das Hundegesicht guckt durchs Küchenfenster. Und dann fällt mein Blick plötzlich auf das Schild ZUTRITT VERBOTEN rechts von diesem Fenster. Und auf das an der Haustür. Und auf das auf der linken Seite des Hauses. Und am Garagentor. Genau wie die Schilder an den leerstehenden Häusern auf dem Steilufer und überall im Dorf.

Der Jäger hat also nicht gewußt, daß hier jemand wohnt. Na schön. Es tut mir jetzt leid, daß ich ihn so angefahren habe. Immerhin besagen die Schilder, daß der Zutritt verboten ist. Vielleicht bin ich ihm so sehr als Furie vorgekommen, daß er jeden anderen warnen wird, der auf die Idee verfallen könnte, hier draußen auf die Jagd zu gehen.

Logos springt mich an, als ich die Tür öffne. Ich tue so, als jagte ich ihn, und er flieht durch das Haus. Ich lasse ihn nicht zu Atem kommen, ehe ich mich zum Schein wieder auf ihn stürze. Diesmal entzieht er sich mir durch kompliziertes Zickzacklaufen. Wir rennen quer über den Rasen hinaus auf die Straße.

Fast ehe mir klarwird, daß ich wach bin, fange ich an zu weinen. Ich scheine den Tränen nicht Einhalt gebieten zu können. Sie rinnen mir über das Gesicht, aber ich bin nicht sicher, warum sie jetzt fließen, da der Tag noch gar nicht angefangen hat. Dann weiß ich es: wegen des Thanksgiving Day. Ein weiterer Feiertag ohne menschlichen Kontakt. Da ich es jetzt weiß, beiße ich die Zähne zusammen, und die Tränen versiegen. Junes Brief gestern, der nicht direkt sagte, sie könne mich nicht einladen, den Tag bei ihr zu verbringen, es aber um so deutlicher ausdrückte. Ich wäre nicht hingefahren, oder? Aber ich wollte wissen, ob es einen Ort gibt, wohin ich hätte fahren können.

Es gibt keinen Ort, wohin ich fahren kann, wohin ich gehöre, an dem ich sein möchte.

Die Art und Weise, wie ich die Bettdecken wegschleudere, zeigt mir, daß ich wütend bin. Ich stampfe die Treppe hinunter, um Logos hinauszulassen, ohne mit ihm zu spielen. Ich mache die Tür hinter ihm zu. Er weiß mittlerweile, was er zu tun hat.

Kleine Pelzfetzen fallen mir ins Auge, und ich bücke mich, um sie zu untersuchen. Ich stoße einen lauten Fluch aus. Logos hat ganze Stücke vom Pelzfutter meiner Stiefel abgenagt. Ich hatte sie überhaupt noch nicht getragen, und jetzt sind sie ruiniert. In meiner Wut schleudere ich beide Stiefel durchs Zimmer, lehne mich an die Wand und hämmere dagegen, bis mir die Fäuste weh tun.

Die Tür klemmt, als ich sie öffnen will, und ich gebe ihr einen Fußtritt. Sie geht auf. Logos ist noch weit draußen im hohen Gras und erforscht die Morgenneuigkeiten. Ich rufe ihn. An dem Gesicht, das er mir zuwendet, sehe ich, daß er den barschen Ton meiner Stimme hört. Mit gesenktem Kopf geht er zur Tür. Ich packe ihn am Halsband und zerre ihn herein.

«Böser Hund. Sieh, was du getan hast.» Ich stoße seinen Kopf in einen Stiefel. «Und hast du den Pelz auch verschluckt? Du wirst krank davon, und ich muß Geld für den Tierarzt ausgeben. Böser Hund.» Logos befreit sich und rennt ins Wohnzimmer, um mir zu entgehen, dann kommt er an die Küchentür zurück. Er scheint so bestürzt zu sein, daß ich zu toben aufhöre und mich an den Küchentisch setze.

Ich fahre ihm leicht über den Kopf. Das ist bloß die Andeutung einer Geste, mit der ich seine Anwesenheit zur Kenntnis nehme. Aber er sieht es als eine Erneuerung unserer ungetrübten Freundschaft an, denn gleich sind seine Pfoten auf meinem Schoß, er leckt mir das Gesicht und stößt seine kleinen Laute aus. Ich halte den Atem an und gebe dann nach.

«Okay, ich werde dir was sagen. Heute werden wir den ganzen Weg bis zum Leuchtturm gehen. Auf dem Sand. Ich werde sogar einen Krug Wasser für dich mitnehmen, damit du laufen und laufen und immer noch laufen kannst und nicht nach Hause kommen mußt, weil du Durst hast.»

Das hübsche Gesicht blickt zu mir auf, als habe er jedes Wort verstanden. Wir werden einen Feiertag auf unsere Weise haben.

Als ich vor dem Zubettgehen die Lampen ausknipsen will, fällt mir ein kleiner weißer Gegenstand auf dem Teppich auf, der das Licht der Stehlampe reflektiert. Ich bücke mich und hebe ihn auf. Da ist ein rötlicher Fleck in einem hohlen Ende, das andere Ende ist spitz. Es dauert eine Weile, bis ich begreife, daß es der Milchzahn eines Hundes ist. Logos kommt herüber, um zu sehen, was meine Aufmerksamkeit erregt, und ich wälze ihn auf den Fußboden, als wollte ich mit ihm spielen, dann mache ich rasch seine Schnauze auf. Ein paar neue Zähne sind halbwegs aus dem Zahnfleisch heraus: er zahnt. Ich spiele ein paar Minuten mit ihm, dann suche ich das Hundebuch, um über das Zahnen nachzulesen. Wenn er nicht einen kräftigen Knochen bekommt, um darauf zu kauen, erfahre ich, wird er auf irgend etwas herumkauen. Ich gehe zurück in die Küche, stelle meine Stiefel in den Dielenschrank und versuche vorauszuahnen, an welchen Gegenständen im Wohnzimmer er womöglich nagen wird. Nichts in Fußbodenhöhe. Ich mache mich zur Treppe auf.

«Komm mit, süßes Hündchen.» Es ist sein zweiter Name geworden.

10

Wir gehen auf dem Steilufer entlang bis zu meiner bevorzugten Holztreppe. Das Steilufer ist hier am höchsten, aber derjenige, der die Treppe angelegt hat, hat diesen Nachteil in einen Sieg verwandelt. Von der Höhe des Steilufers bis zu den Brandungswellen bietet die Treppe im Verein mit den Dünen eine Reihe von Hindernissen. Auf dem ersten Drittel verläuft der Weg nach unten parallel zur Wasserkante, und um das Meer zu sehen, muß ich den Kopf um neunzig Grad drehen. Die Bank lädt zum Sitzen ein, aber das Wasser kann man nur im Kontext der unerhört langen Küstenstrecke erkennen. Beim zweiten Drittel der Treppe ergeht es einem wie beim ersten. Der letzte Verlauf, der direkt zum Sandstrand führt, zeigt mir, wie fern das Ufer noch ist. Wenn ich schließlich das Wasser erreiche, empfinde ich eine große Erleichterung.

Dennoch setze ich mich immer auf die Bank. Die Bank hat ihre besonderen Vorzüge. Hier sitzt man wie auf einem aus dem Steilufer herausragenden Balkon. Über mir die Reihe großer, alter Häuser. Unter mir Sand und Dünengras. Und der Blick erfaßt den ganzen Küstenbereich: nach Norden bis zum Leuchtturm, nach Süden bis zu dem stumpfen östlichen Ende der Insel. Schwebend zwischen Land und Meer sitze ich da und schaue und denke.

Selbst Logos freut sich, wenn wir diese Plattform erreichen. Er läßt sich plumpsend fallen, atmet heftig und erinnert mich daran, daß dieser Ruheplatz fast zwei Meilen von unserem Haus entfernt und er erst vier Monate alt ist. Und außerdem legt er auf unseren Spaziergängen immer die doppelte Entfernung zurück; er rast mir voran, dreht sich um und schaut, ob ich ihn noch nicht eingeholt habe, kommt die ganze Strecke zurück, um mich anzutreiben, dann rast er ungeduldig wieder voraus. So liegt er hier, fast schlafend, und macht nur von Zeit zu Zeit die Augen auf, um sich zu vergewissern, daß ich noch bei ihm bin.

Mein Auge wandert über jeden Zoll seines Körpers und paßt auf ihn auf, bis seine Atemzüge ruhiger und tiefer werden. Ich habe mich in ihn verliebt, daran besteht kein Zweifel. Plötzlich wird mir klar, daß ich nicht über Nantucket hinaus gedacht habe, als ich ihn kaufte. Habe ich mir eingebildet, ich würde ihn hier auf Nantucket zur Gesellschaft haben und ihn dann jemand anderem überlassen, wenn ich mein Leben irgendwo in einer Stadt wieder aufnehme, wo Hunde lästig sind? Ich habe überhaupt nichts für ihn geplant. Bestimmt habe ich nicht geplant, ihn zu lieben.

Mir wird plötzlich klar, daß mein Leben länger währen wird als seins, aber der Gedanke taucht in der Form auf, daß ich ihn immer bei mir haben will und dann seine Nachkommen und die Nachkommen seiner Nachkommen. Also muß ich ihn beim Amerikanischen Hundezüchterverein eintragen lassen, um ihn mit einem reinrassigen Weibchen zu paaren. Der Züchter sagte, für den Stammbaum müsse ich fünfzehn Dollar mehr bezahlen.

Fünfzehn Dollar. Auf meinem Scheckkonto sind etwas über dreihundert Dollar. Dreihundert Dollar für vier, vielleicht sechs Monate hier. Ich seufze. Ja, ich werde es tun. Ich werde bei anderen Dingen sparen. Komische Idee. Die einzigen anderen Dinge sind Essen, Heizung, Telefon und Elektrizität.

Eine dichte Bewölkung löscht die Linie aus, die das unterschiedliche Grau von Meer und Himmel trennt. Ein Südwestwind bläst Nebel parallel zum Land. Der Tag wird dunkler, während ich noch erwäge, zum Strand hinunterzugehen. Es fängt an, leicht zu regnen, und unwillkürlich gehe ich die Stufen hinauf zum Steilufer und nach Hause. Aber der Regen wird nicht stärker, ich mache kehrt und gehe die Treppe wieder hinunter zum Strand, dicht ans Wasser, wo Möwen auf den Wellen reiten. Ich halte Ausschau nach dem Möwenführer, wie ich es in Malibu gelernt habe, wo die Möwen im

Regen stundenlang in einer Reihe am Strand stehen, ohne sich zu rühren, außer wenn eine von ihnen einen oder zwei Schritte über das hinaus tut, was dem Führer als die erträgliche Grenze erscheint, der es irgendwie bemerkt und den Übeltäter mit finsteren Blicken und leicht erhobenen Flügeln wieder in die ruhige Reihe zurückzwingt. Auch hier sitzt eine Möwe an der Spitze des Verbandes, blickt nach Nordosten und wartet ab.

Von Zeit zu Zeit schüttelt Logos die sich sammelnde Nässe von seinem Fell ab. Mein Regenspaziergang im November ist für ihn vielleicht doch keine so gute Idee. Ich setze mich langsam in Trab zu der kurzen Treppe, die uns rasch zu den Straßen dahinter und dann nach Hause bringt.

Ich brauche drei Badetücher, um Logos abzutrocknen. Er läßt sich befriedigt mit dem Rücken zum Kamin nieder, in dem ich nie Feuer mache, während ich an den Mann schreibe, von dem ich ihn gekauft habe, und meinen Scheck beifüge.

Es ist Mittag, und ich bin hungrig. Das Thanksgiving-Dinner wird ein Thunfisch-Auflauf sein. Zum Mittag gibt's ein Sandwich mit Eiersalat. Warum nicht?

Jetzt regnet es heftig, und ich stehe am Fenster und beobachte die Rinnsale, die sich ihren Weg auf der Scheibe bahnen. Warum ist dieser Tag anders als jeder andere Tag?

Mein Vater, der bei der Pessach-Feier dem jüngsten Kind die Frage stellt. Ich sehe ihn vor mir, auf das Lesen konzentriert, so feierlich wie kein anderer am Tisch. Ich sehe seine innere Sanftheit, die noch offenkundiger wird durch seine Andächtigkeit beim Beten, eine Andächtigkeit, die ihn von uns anderen absonderte und ihm eine Würde verlieh, die er normalerweise nicht besaß.

Jetzt liegt er in einem Krankenhaus und wird behandelt, als wäre er kein menschliches Wesen mehr, und ich vermag keinen Teil seines Lebens zu ändern. Nichts kann den Gehirnzerfall aufhalten. Nichts kann meine Mutter und meinen Bruder davon abhalten, sich ihn als ein widerspenstiges Kind vorzustellen. Fast nichts, das ich tun kann, wird ihm nützen.

«Daddy», sagte ich und drückte ihm das gebundene Exemplar meiner Doktorarbeit in die Hand, als er im Haus meiner Mutter im Bett lag. «Das ist meine Dissertation. Ich habe sie für dich geschrieben. Schau, ich habe sie dir gewidmet.» Und ich schlug die Seite auf, auf der allein sein Name stand.

«Daran liegt mir nichts», sagte er in einem Wortsalat, ließ den Blick abweisend durch das Zimmer schweifen und schob das Buch von seiner Brust weg, wo es gelegen hatte. «Daran liegt mir nichts», wiederholte er und schob meine Hand weg, als ich sanft versuchte, es ihm noch einmal zu zeigen.

Er meint das nicht ernst, sagte ich mir, stand auf, sah hinunter auf das jetzt schmale Gesicht und hörte die vertraute Stimme. Er weiß nicht, was er sagt. Und so nahm ich das Buch weg und küßte ihn flüchtig. Flüchtig, denn wenn ich die Arme um ihn gelegt hätte, wäre ich auf ihn gefallen und hätte ihn noch mehr verwirrt und erschreckt.

Daddy. Lieber Daddy. Warum muß Liebe so hoffnungslos und schmerzlich sein? Wie kam ich bloß auf den Gedanken, daß Liebe Freude macht? Ich lehne mich ans Fenster, und mein ganzes Ich zieht sich in meinen Tränen zusammen.

Es klappt nicht. Ich bringe die Geduld nicht mehr auf, mich hinzusetzen und zu schreiben, während ich denke. Die Gedanken kommen zu schnell oder dann, wenn es ihnen paßt, und nicht, wenn ich bereit bin, sie zu empfangen. Oder sie springen von einem Problem zum anderen und lassen mich einen Zusammenhang nicht bis zum Ende verfolgen.

Und doch ist es nur das Schreiben, das nicht klappt. Das Denken geht stundenweise weiter. Es ist schwierig, mit Denken aufzuhören. Wenn man zweimal in der Woche oder sogar täglich fünfzig Minuten bei einem Psychiater ist, dann wird dem nicht Rechnung getragen. Warum könnte ein Psychiater nicht eine Woche, zwei Wochen, einen Monat mit einer Person verbringen? Nicht bloß miteinander reden, sondern zusammen essen, spazieren- und gemeinsam in Gesellschaft gehen. Dann brauchte sich der Arzt nicht ausschließlich auf den Bericht des Patienten zu stützen: er würde seine eigene Meinung darüber haben, was gesagt oder getan wurde. Wenn das therapeutische Problem darin besteht, den Patienten erkennen zu lassen, wie er seine Version der Wirklichkeit verzerrt, welchen besseren Weg gibt es dann, als die Aufmerksamkeit des Patienten darauf zu lenken, während es geschieht, und nicht erst Tage später, wenn es schon durch alle Schichten der Lügen des Patienten gefiltert worden ist? Warum könnte eine Therapie nicht wochenlang tagtäglich und ganztägig durchgeführt werden, so daß der Psychiater wie ein wirklicher Freund zuhören und den Patienten lehren könnte, ihm bedingungslos zu vertrauen?

Ein Scherz. Denn kein Psychiater könnte einen solchen Plan ersinnen – daß ich hier bin, um es selbst zu machen. Weil kein Freund ein solcher Freund sein könnte, wie ich mir bin, hier allein. Da ich hier allein bin, brauche ich mich überhaupt nicht zu verstellen. Eine therapeutische Stunde brauche ich nicht vom übrigen Tag zu trennen, denn hier hat sich die Stunde so ausgedehnt, daß sie den Tag umfaßt. Ohne Nachbarn brauche ich nicht so zu tun, als wäre ich fröhlich, wenn ich das Haus verlasse. Da ich niemanden auf der Insel kenne, brauche ich nicht den *Anschein* zu erwecken, als wäre ich irgend etwas. Wenn ich anfange, mich durch eine der erinnerten Qualen hindurchzudenken, ist das einzige, was meinem Denken ein Ende bereitet, meine Ausdauer, nicht die Meinung eines anderen, daß wir heute keine Zeit mehr dafür hätten.

Überhaupt kann mir niemand mehr über mich sagen, als ich schon weiß. Niemand kann mehr daran interessiert sein als ich, wie das alles abläuft. Und das ist der Grund, warum jetzt niemand bei mir ist.

Wenn ich scheitere, könnte ich das niemals dadurch wettmachen, daß ich mich um eine Beziehung zu anderen Menschen bemühe, denn ich würde wissen, daß ich ein bleibendes Versagen mitschleppe; das könnte weder überwunden noch vergessen werden.

Ich gehe im Wohnzimmer auf und ab, setze mich auf einen Sessel, dann auf einen anderen, dann stehe ich wieder auf und gehe in die Küche, mein Hin und Her hat keinen anderen Zweck, als in Bewegung zu bleiben, damit das, was ich denke, mich nicht bersten läßt.

Wenn ich hier scheitere, werde ich wissen, daß von jetzt an nichts, was ich je tue, von Bedeutung sein wird. Wenn ich einen Job bekomme, wird das eher lediglich ein Mittel sein, um am Leben zu bleiben, als ein Grund, am Leben zu sein. Ich werde nie behaupten können, ich habe eine Arbeit, die mich geistig beschäftigt, eine weit ausholende Reihe von Untersuchungen, denen mein Wissen, Können und meine Interessen zugute kommen. Denn ich weiß gar nicht, was für Interessen ich habe oder was ich eigentlich kann.

Einen Mann im Arm zu halten wird nur die Befriedigung eines körperlichen Verlangens sein wie Essen: Ich werde nie behaupten können, ihn oder irgendeinen anderen Mann zu lieben, denn ich werde immer noch nicht wissen, was Liebe ist oder was Sex für mich bedeutet oder worin meine eigene Sexualität besteht.

Deshalb darf ich nicht scheitern. Bisher habe ich keine großen Fortschritte gemacht. Zwölf Tage. Aber ich habe noch Zeit. Ich muß versuchen, mich wieder an die Schreibmaschine zu setzen. Ich weiß, daß ich das aufzeichnen muß, worüber ich hier nachdenke, damit ich die Muster erkennen kann, wenn ich genug geschrieben habe, um es rückblickend zu betrachten.

Ich kehre noch einmal an die Schreibmaschine zurück. Ich versuche, meine Gedanken auf ein Thema zu konzentrieren, nur eins, das mein Schreiben wieder in Gang bringt. Das Bild meines Vaters taucht mit solcher Klarheit vor mir auf, daß ich die Augen schließe, um den Schmerz abzuwehren.

Ich stehe am Fenster und schaue hinaus in die Sonne. Logos ist wach und streckt sich, bereit zu einem Spaziergang. Ich könnte mir ein Sandwich machen und es zum Meer mitnehmen. Mich auf den Baumstamm hoch oben auf dem Strand setzen und dort meinen Lunch essen. Ich greife die Ablenkung begierig auf.

An Daddy denken heißt, einen Pfad betreten, der in Hoffnungslosigkeit und Frustration endet. In dieser Sackgasse stehen meine Mutter und mein Bruder, die gesetzlich befugt sind, mit Daddy nach Belieben zu verfahren. Mutter, die vor allem verhindern will, daß ihre Freundinnen Daddy für geisteskrank halten, verheimlicht seinen wahren Zustand und bewirkt damit, daß sich die Leute über sein Leiden um so mehr den Kopf zerbrechen. Sie kann auch das ganze Mitleid entgegennehmen, weil sie ihr Schicksal so tapfer trägt. Aber sie ist absolut unfähig zu begreifen, was Daddy empfinden muß, und deshalb ist sie unfähig, ihm das Grauen in irgendeiner Weise zu erleichtern. Der Arzt, den sie für Daddy konsultiert, berechnet ihr ein besonders billiges Honorar, und so entgeht ihr, daß Daddy infolgedessen auch eine billige ärztliche Behandlung erhält.

So oft habe ich versucht, sie und meinen Bruder zu umgehen. Die Ärzte, mit denen ich gesprochen habe, die Artikel, die ich gelesen habe, die Arztbesuche, die ich vereinbart habe, die Sozialfürsorgerin, die mir behilflich war, ein Pflegeheim zu finden, der Physiotherapeut im Rehabilitationszentrum: alle diese Versuche endeten damit, daß ich mich mit meiner Mutter und ihrem Hauptberater, meinem Bruder, auseinandersetzen mußte. Beide ließen die Diagnose des Chefarztes für Psychiatrie und Neurochirurgie im Western Reserve Hospital nicht gelten.

«Halten Sie sich da heraus», sagte er zu mir an dem Tag, an dem ich ihn aufsuchte, um selbst mit ihm zu sprechen, da ich dem Bericht meiner Mutter über seinen Rat nicht traute. «Lassen Sie Ihre Mutter für ihn sorgen. Sie hat eine gehörige Schuld abzuarbeiten, und Sie haben weder die Zeit noch das Geld, um für ihn zu sorgen. Werden Sie mit Ihrer Promotion fertig und versuchen Sie, die ganze Geschichte zu vergessen.»

«Aber ich liebe ihn. Ich muß versuchen, ihm zu helfen.» Ich saß da und verstand seine Worte nicht.

«Es gibt nichts, das Sie oder andere tun können. Der Gehirnschaden ist schon beträchtlich, und er verschlimmert sich. Es mag noch zwei Jahre, zehn Jahre weitergehen, ich weiß es nicht. Aber Gehirngewebe regeneriert nicht. Es besteht keine Möglichkeit einer Besserung. Also halten Sie sich da raus.»

Seine medizinische Analyse habe ich niemals bezweifelt. Es war sein psychologischer Rat, den ich nicht befolgen konnte. Vielleicht hätte ich mich «heraushalten» können, wenn meine Familie seine Diagnose akzeptiert und Daddy entsprechend behandelt hätte. Aber die Art und Weise, wie sie ihn behandeln, finde ich dermaßen abscheulich, daß ich immer noch versuche, ihn ihrer Verfügungsgewalt zu entziehen. Vor drei Monaten wog er kaum noch hundert Pfund und verweigerte die Nahrung. Wie lange kann er am Leben bleiben?

Ich versuche mir vorzustellen, daß ich erfahre, er sei gestorben, und ich kämpfe gegen die Übelkeit und das Würgen in der Kehle an. Erschreckt und entsetzt werde ich mir darüber klar, daß ich nicht weiß, was im Todesfall zu tun ist. Meine Gedanken lassen mich mitten auf der Straße anhalten. Wer wird mir helfen? Ich habe nicht mehr viele Menschen.

Randall. Als ich seinen Namen sage, weiß ich, daß er der richtige ist. Ich denke daran, daß ich ihn im August in Washington traf, wo ich eine Stellung suchte. Randall mit seinen beiden kleinen Mädchen in ganz hellen orange-weißen Kleidern, wie wir uns langsam den Weg um das Washington Monument bahnten, ihr erster Besuch dort und auch meiner. Er, elegant gekleidet, wie immer; das Haar grau, ziemlich kurz, genau richtig für sein hageres Gesicht; der Körper mager und behende. Sein eigentümlicher Gang: er sieht immer aus, als würde er sich gerade noch auffangen, ehe er hinfällt. Das markante Gesicht, die lebhaften Augen, der trockene, scharfe Verstand. Einmal dachten wir daran zu heiraten. Ich meine, wir versuchten, ans Heiraten zu denken. Wir paßten in jeder Beziehung zueinander, nur gab es keine menschliche Wärme zwischen uns.

«Was hast du in zehn Jahren gelernt, das wichtig ist, Randall?» fragte ich im Taxi auf dem Rückweg zu meinem Hotel.

«Ich habe lieben gelernt», sagte er und drehte sich vom Vordersitz zu mir um. Es überraschte mich, daß er das Wort ohne Verlegenheit aussprach.

«Lieben ist etwas, das ich bei dir nicht vorausgesagt hätte. Ich habe von dir immer angenommen, daß du nur aus der Ferne Beziehungen zu Menschen unterhältst. Was hat dich so verändert?»

«Mary. Sie hat mich einfach so lange geliebt, bis ich es akzeptieren konnte. Dann konnte ich es erwidern und mich mit ihr entwickeln.»

Ich sah ihn an und er mich, herzlich lächelnd.

«Ich war sehr schlau vor zehn Jahren», sagte ich. «Ich habe dich wegen dessen gewählt, was du werden könntest. Und sieh dich jetzt an: du bist es geworden. Ich freue mich, daß du glücklich bist. Ich hätte dir nicht beibringen können, was Mary dich gelehrt hat. Ich weiß nicht, was Lieben ist, immer noch nicht.»

Das Taxi hielt vor meinem trostlosen Hotel. «Ich habe das Gefühl, wir haben in diesen letzten Minuten geredet, als würden wir uns nie wiedersehen.»

Er half mir aus dem Taxi. «Laß es nicht das letzte Mal sein. Du mußt uns besuchen und Mary kennenlernen.» Er gab mir einen Kuß auf die Wange. «Leb wohl, Timmie.»

Ich winkte den Kindern zu und ging in mein Zimmer. Legte mich aufs Bett, starrte an die Decke und verglich mein unerfreuliches Leben mit seinem, bis es Zeit für den Bus nach New York war.

Ja, Randall wird mir helfen. Ich kann es kaum erwarten, zum Haus zurückzugehen und ihm zu schreiben.

Mit der Post kommt ein Brief von der privaten Forschungsgesellschaft, die ich in Stamford aufgesucht habe, ehe ich hierher kam. Ich soll Gutachten für sie abgeben. Der Mann schickt mir mit gleicher Post den Bericht, den ich gegen Bezahlung lesen und begutachten soll. Er glaubt immer noch, daß technologische Forschung einiges Verständnis für Epistemologie erfordere. Leute, die nicht Philosophie studiert haben, glauben steif und fest, es handele sich dabei um die Art und Weise, wie wir lernen, und nicht um die Gewähr für das, was wir zu wissen behaupten. Was habe ich mit solchen Leuten zu tun? Von Philosophie wollen sie in Wirklichkeit gar nichts wissen: sie wollen Psychologie verstehen, aber sie wissen nicht, daß da ein Unterschied ist.

Ich kann die Frage beantworten, warum ich etwas mit ihnen zu tun haben sollte: sie sind die einzige vorstellbare Geldquelle, und ich kann das Geld verdienen, während ich hier bin.

Ich mache es mir auf einem Sessel am Kamin gemütlich und trinke den goldenen Tropfen, der mich mit der Zeit dazu beflügeln wird, das Abendessen zu bereiten. Plötzlich bin ich sehr belustigt. Hier sitze ich, verteidige die Reinheit der Philosophie, versuche zu verhindern, daß sie von Händen besudelt wird, die nicht wissen, wie damit zu verfahren ist, dabei habe ich keine blasse Ahnung, ob Philosophie mir überhaupt etwas bedeutet, ob ich mein Leben lang Philosophie betreiben *will*. Über all das muß ich nachdenken. Bald.

Der Alkohol erwärmt mich langsam, ich bleibe dabei sitzen und warte auf den Versicherungsvertreter, der mir die neue Zulassungsnummer für mein Auto für 1963 bringt. Es ist fast sieben, als ich seinen Wagen in der Auffahrt höre. Er übergibt mir die Schilder, wir tauschen einige Bemerkungen über das Wetter aus, und er geht wieder. Ich hatte nicht die Absicht, ihn hereinzubitten, und er hatte das auch nicht erwartet. Doch als ich seinen Wagen rückwärts herausstoßen höre, frage ich mich, ob ich nicht anfangen sollte, die Leute auf Nantucket aufzusuchen, deren Namen ich in New York notiert hatte.

Aber es gibt keine Leute, die über dieses Thema gern mit mir reden wollen. Und ich kann mir nicht vorstellen, daß ich es über mich bringen würde, über etwas anderes zu reden, wie ich es mit mir unbekannten Menschen tun müßte. Also kann mir nur das Erleichterung verschaffen, was ich selbst herausfinde.

Erleichterung ist sowieso eine irrige Vorstellung. Wie Tanzen auf dem Weg zu einem Grab. Wenn ich mit dieser Sache fertig werde, wird es für mein ganzes Leben genug Erleichterung sein. Wenn ich damit fertig werde.

Das Zimmer ist dunkel, als ich aufwache. Logos atmet friedlich unter meinem Bett. Kein anderes Geräusch ist zu hören. Ich liege ganz still und versuche wieder einzuschlafen. Linke Seite. Rechte Seite. Auf dem Rücken. Zählen. Tief einatmen und den Atem anhalten, um den Sauerstoffspiegel im Blut zu erhöhen und schwindlig zu werden. Ich bleibe hellwach.

Ich greife nach meiner Uhr, aber im Dunkeln kann ich die Zeiger nicht erkennen. Verärgert lege ich die Uhr wieder auf den Nachttisch und falle zurück aufs Bett. Und dann kommt mir ein ungewohnter Gedanke: ich kann das Licht anknipsen. Ich wehre mich dagegen, während ich es noch erwäge. Meine Hand zögert auf dem Weg zum Schalter. Durch eine Reflexbewegung schließen sich meine Lider vor dem Licht. Als ich wieder sehen kann, liege ich in dem hell erleuchteten Zimmer, als hätte ich eine andere Welt betreten, eine große und neue. Warum kommt mir dieser vertraute Raum so fremd vor? Weil er mitten in der Nacht hell ist. Aber die Nacht ist um halb drei nicht dunkler als um halb elf, als ich ins Bett ging. Und da war das Licht an, warf dieselben Schatten, erhellte denselben Teil des Fußbodens, das Bett und den Tisch. Die Neuheit verwirrt meine Gedanken, und ich vermag mich zwischen ihnen nicht zurechtzufinden. Ich greife nach meinem Buch, aber ich lese nur eine halbe Seite, dann weiß ich, daß ich lange wach sein werde. Irgend etwas Heißes trinken könnte mich wieder zum Schlafen bringen. Aber das ist unten. Ich fange wieder an zu lesen.

Mir fällt auf, daß der Gedanke, nach unten in die Küche zu gehen, bei mir dieselbe Empfindung hervorruft wie vor ein paar Augenblicken der Gedanke, das Licht anzuknipsen. Eine Hemmung, fast so greifbar wie eine Hand, hält mich jetzt davon zurück, aus dem Bett zu springen, wie sie mich fast davon zurückgehalten hätte, das Licht anzuknipsen. Ich muß herausfinden, was das ist. Sofort.

Am Fußende meines Bettes liegt mein Morgenrock. Unter meinem Bett stehen meine Hausschuhe. Aber nach dem einen oder anderen zu greifen erscheint mir gefährlich wie ein Kampf von unerklärlicher Heftigkeit. Womit? Mit wem? Ich wehre mich gegen diese Präsenz, strecke die Hand nach dem Morgenrock aus und schlüpfe hinein. Ich werfe die Decken weg, schwinge die Beine über die Bettkante, finde die Hausschuhe und lasse die Füße hineingleiten. Dann aus dem Bett heraus. Da stehe ich, spüre, wie sich Raum um mich ausbreitet, und bin erstaunt, daß bis jetzt nichts Schreckliches geschehen ist. Die Neuheit wird so erregend, daß ich lächle. Logos kommt unter dem Bett hervor, reckt sich, dann läßt er sich wieder auf den Bettvorleger fallen, bereit, sich zu rühren, wenn ich es tue, aber nicht früher.

Ja, etwas Warmes. Kakao. Vielleicht sogar Grahamkekse. Mit Butter. So viele schöne Gedanken, alle auf einmal. Und dann wird mir die Bedeutung klar, und ich setze mich wieder aufs Bett, als habe es mich umgehauen. Ich verstoße gegen eine weitere Vorschrift: Wenn du ins Bett gehst, dann bleibst du liegen, bis es Zeit zum Aufstehen ist. Wenn du nachts aufwachst, schläfst du einfach weiter. Kein Licht anmachen.

Mir steht der Mund offen. Ist es möglich, daß ich siebenunddreißig Jahre gelebt habe, als wäre ich noch das kleine Mädchen, das meine Mutter zum Schlafen zwingen mußte? Du bleibst im Bett, nachdem du hingelegt worden bist, zumindest bis es hell wird; möglichst, bis alle anderen wach sind. Ich denke zurück an die beängstigenden Nächte der Schlaflosigkeit in den letzten zehn Jahren. Ich habe nie Licht angeknipst und gelesen, bis ich müde wurde, bin nie während der Nacht aus dem Bett aufgestanden. Ich schüttle verwundert den Kopf.

Ich setze mich auf den Fußboden und streichle Logos. «He, süßes Hündchen», flüstere ich. Das auch? Nachts wird nicht geredet.

«He, Logos!» schreie ich. Er ist sofort munter und auf den Beinen. Zusammen rennen wir die Treppe hinunter, und ich knipse alle Lampen im Haus an. Während der Kakao warm wird, gehe ich nach oben und hole mein Buch. Jede Bewegung entwirrt etwas in mir. Kekse essend und das heiße Getränk schlürfend, während Logos dicht neben mir schläft, lese ich, bis ich zu gähnen anfange. Der Himmel ist jetzt ein sichtbares Grau. Ich könnte, glaube ich, jetzt einschlafen; ich glaube es wirklich. Ich mache für Logos die Tür nach draußen auf, und als er dann wieder hereinkommt, spüre ich fast die Wärme meines Bettes.

Das Zimmer verliert seine Schatten an den neuen Tag. Ich schalte das künstliche Licht aus, das in all diesen Stunden gebrannt hat, und kuschle mich unter die Decke. Ich habe heute nacht etwas Gewaltiges vollbracht: Ich habe eine Möglichkeit gefunden, einzuschlafen, wenn Müdigkeit nicht ausreicht.

11

Ich schleppe sehnsüchtige Gedanken an irgendeinen vage bestimmten Mann mit mir. Wem würde es hier gefallen? Ich bleibe auf dem Sand stehen und versuche mir vorzustellen, jemand würde mit mir an der Wasserkante entlanglaufen, würde sich auf meiner vorspringenden Plattform mit mir unterhalten, würde für Logos Stöcke zum Apportieren werfen. Stan nicht: er ist ein Nacht- und Stadtmensch. Vielleicht Mike. Er ist so viel größer als ich, daß ich bei jedem Zusammensein mit ihm erstaunt war, wie weit ich meinen Kopf zurücklegen mußte. Ich verlor immer die ersten Minuten unserer gemeinsamen Zeit durch meine Verwunderung über sein Aussehen. Jeder Gesichtszug fast vollkommen, und doch war da eine gewisse Harschheit, eine Kraft aus seinem Inneren, die alles erhellte und in Bewegung hielt. Das lockige dunkle Haar. Man wollte ihn einfach immerzu ansehen.

Ja, ich stelle mir Mike hier vor. Ich beginne eine lange, stumme Unterhaltung mit Mike. Sie bringt mich ein gutes Stück Wegs zum Leuchtturm. Als ich umkehre, ist Mike immer noch nicht hier. Es ist auch unwahrscheinlich. Ebenso unwahrscheinlich, daß überhaupt jemand hier ist.

Ich bin verwöhnt.

Die Gedanken folgen einander so rasch, daß sie fast an mir vorübereilen. Ich habe das Gefühl, ich muß nachfassen und sie zu mir zurückholen, um sie ins Auge zu fassen.

Ich bin verwöhnt, weil ich mir immer mein Aussehen zunutze mache, um etwas zu bekommen, das ich haben will, wenn ich nicht sicher bin, ob ich es auf die Art und Weise bekommen kann, die andere Menschen anwenden müssen. Und dann frage ich mich, ob ich das verdiene, was immer ich erlangt habe. Ich halte mich für hübsch, und doch bin ich immer überrascht, wenn mir das gesagt wird.

Wie kann ich anfangen, all das zu entwirren? Es ist, wie wenn man zwischen zwei Spiegeln steht und zusieht, wie die Spiegelbilder sich gegenseitig reflektieren. Ein Spiegel müßte mir sagen können, wie ich aussehe. Aber wenn ich in einen Spiegel sehe, finde ich mich nicht mehr hübsch. Dann und wann, wenn ich lange genug hineinschaue oder das Licht zufällig günstig ist, bekomme ich einen schwachen Hinweis auf das, was mir die Leute in den letzten fünfundzwanzig Jahren gesagt haben. Aber meistens, wenn ich in den Spiegel schaue, bin ich ebenso verblüfft wie mit dreizehn Jahren.

Eine Sonntagabendveranstaltung für junge Leute im Tempel Israel. Ich bin unter Protest da. Der Kummer, mich in der Tanzschule zur Schau gestellt zu haben und dann ignoriert zu werden, war noch zu frisch, um seine Bitterkeit verloren zu haben: auf Stühlen an der Wand zu sitzen und darauf zu warten, aufgefordert zu werden; niemals vom besten Tänzer oder dem am besten aussehenden Jungen aufgefordert zu werden, sondern vom kleinsten oder häßlichsten; manchmal überhaupt nicht aufgefordert zu werden. Die Sonntagabendveranstaltung war die Idee meiner Mutter. Sie wollte, daß ich andere jüdische Jungen und Mädchen kennenlerne, da ich unter den Kindern, die ich aus der Schule kannte, die jüdischen den nichtjüdischen nicht vorzuziehen schien. Hat sie mir gesagt, warum ich dort war, oder habe ich es vermutet? Gleichgültig: ich glaubte sowieso nichts, was sie mir sagte.

Einige der Jungen und Mädchen waren in meiner Highschoolklasse; die meisten waren mir unbekannt. Ich hatte keine Ahnung, worum es bei der Veranstaltung gehen sollte. Ich wußte nur, daß ich mich in meiner Haut nicht wohl fühlte, und erwartete, wenn überhaupt, als letzte aufgefordert zu werden, wozu man auch immer aufgefordert werden konnte. Aber kurz bevor die Veranstaltung begann, tauschten zwei Jungen die Plätze, um vor mir zu sitzen, damit sie sich umdrehen und mit mir reden konnten. Und als die Veranstaltung vorbei war, war ich der Mittelpunkt eines Kreises von Leuten, die Mädchen waren herübergekommen, damit auch etwas von dem Glanz auf sie fiel. Das Lachen fiel mir nicht schwer: ich war auf eine Weise erregt, die ich nicht für möglich gehalten hatte.

Stuart, der bestaussehende und beliebteste Junge, fragte, ob er mich nach Hause bringen dürfe. Mich nach Hause fahren: ich, allein in einem Auto mit diesem Jungen! An der Haustür küßte er mich. Monatelang schlich ich mich dann abends, wenn meine Familie nach oben oder ausgegangen war und ich sicher sein konnte, daß niemand mich sah, zur Haustür hinaus und erlebte diesen Kuß von neuem. Aber an jenem Abend war ich so überwältigt von der Erstmaligkeit von allem, daß ich, nachdem ich schließlich die Tür aufgeschlossen hatte und ins Haus gegangen war, mich im Badezimmer vor den Spiegel stellte, starrend, verwundert, träumend, verwirrt.

Ich kann dieses Gesicht noch sehen. Vielleicht ist es das einzige Gesicht, das ich jemals sehe, noch immer: diese Dreizehnjährige, die herausfinden will, was an diesem Gesicht an jenem Abend soviel Beachtung erregte, was an diesem Gesicht diesen Kuß veranlaßt hat. Der Kuß war meine Initiation, nicht bloß die Einführung in die Sexualität, sondern in eine neue Realität, in eine ganz neue Art und Weise zu gewähren und zu empfangen, zu fordern und zu nehmen. Indem Stuart mich küßte, zeigte er mir, daß ich Alice war, eine Person, nicht nur eine Angehörige meiner Familie. Er *brauchte* mich nicht zu küssen, denn ich war mit ihm verwandt. Sein Grund war, daß er es wollte. Und der Anlaß für sein Wollen war mein Gesicht, mein Aussehen. Ich brauchte nicht darum zu bitten, geküßt zu werden; ich brauchte nicht zuerst jemanden zu küssen, um als Gegenleistung einen Kuß zu bekommen; ich brauchte bloß dazustehen und so auszusehen, wie ich aussah, um dafür einen Kuß zu bekommen.

Ich konnte es nicht begreifen. Ich brauchte an jenem Abend den Spiegel, damit er mir das Mädchen zeigt, das soviel Beachtung fand. Es war mir nicht vertraut. Ich glaube, es ist mir nie vertraut geworden. Ich glaube, das Gesicht, das ich sehe, wenn ich in einen Spiegel schaue, ist noch das Gesicht dieser Dreizehnjährigen vor jenem Abend. Warum soll dieses Gesicht Komplimente bekommen und geküßt werden? Und doch tun es die Leute.

Ich bin für den Welpen heute zu weit gelaufen. Er fällt zurück und bleibt sogar manchmal stehen, um sich auszuruhen. Als wir ins Haus kommen, geht er gleich zum Kamin und läßt sich zu einem bestimmt langen Schlaf nieder. Ich ziehe Mantel und Stiefel aus. Ich bin heute auf einen Gedankenkomplex gestoßen, der einige Lehren für mich enthält. Spiegel und mein Gesicht. Mein Gesicht und Beachtung finden. Mein Gesicht und Lieben.

Ich nehme meinen Drink mit an den Schreibtisch, um durch das Westfenster zu schauen, wo ein Sonnenuntergang zu sehen wäre, wenn der Himmel nicht bewölkt wäre. Wo Licht wäre, wenn es keine Schatten gäbe.

Mit einer Tasse Kaffee in der Hand stütze ich einen Ellbogen auf die Schreibmaschine und warte darauf, daß mein Verstand den Beginn eines neuen Tages zur Kenntnis nimmt. Es ist nicht einfach festzustellen. Derselbe bewölkte Himmel, den ich gestern am späten Nachmittag sah. Dazwischen Schlafen und Vergessen.

Falsch. Kein Vergessen. Ich muß über Spiegel nachdenken. Spiegel spiegeln: sie reflektieren. Wie ich darüber reflektieren muß, was Spiegel für mich widerspiegeln. Warum ich, wenn ich in den Spiegel schaue, ein Gesicht sehe, während andere Leute, wenn sie mich betrachten, ein anderes sehen.

Der Kaffee ist noch zu heiß, um ihn in zwei kräftigen Schlucken zu trinken. Schlückchenweise ist nicht befriedigend: er ist an meinen Lippen zu heiß, als daß ich das Aroma im Mund schmecken könnte. Da sitze ich, nicht ganz wach, mehr auf den Kaffee als auf meine Gedanken bedacht, und erkenne erstaunt, daß ich mich jetzt etwas wirklich Sonderbarem nähere. Nicht, daß ich mein Gesicht anders sehe als andere Leute, sondern daß ich beschlossen habe, eher das zu glauben, was sie sehen, als das, was ich sehe!

Behutsam stelle ich die heiße Tasse dort ab, wo sie in Sicherheit ist, und begreife voll Schrecken, was ich getan habe. Ich habe andere Leute in Spiegel für mich verwandelt. Ich sehe andere Leute an, um mich selbst zu sehen. Wenn sie mich für hübsch halten, dann bin ich es eben. Wo ist die schwache Stelle? Wo wird sie nachgeben? Wo kann ich anpacken? Andere Leute. «Sie», denen zu entgehen ich hierher kam. Jene, die die Vorschriften aufstellen, die ich befolge, obwohl ich dagegen rebelliere, die Vorschriften, die ich in den beiden letzten Wochen schrittweise übertreten habe. Also: Nicht nur mein Gesicht haben mir andere Leute gegeben.

Aber mit meinem Gesicht werde ich anfangen. Und mit meiner Stimme und meinem Körper. Mit diesem ganzen Organismus, den ich zu meiner Fassade gemacht habe. Noch bis zum vorigen Monat, als ich in Laurels Spiegel in New York sah, daß sie verfiel. Wieder ein Spiegel.

Weil ich hübsch war und eine ansprechende Stimme hatte, mußte ich Schauspielerin werden. Nein, stimmt nicht ganz. In der zweiten Klasse spielte ich meine erste Rolle, die Alte Nokomis in *Hiawatha*, hatte während der ganzen Aufführung versteckt im Wigwam zu sitzen. Und danach in jedem Stück – in der Grundschule und in der Highschool ergriff ich jede Gelegenheit, vor einem Publikum aufzutreten. Ich schauspielerte, weil ich gar nicht auf den Gedanken kam, daß ich es nicht könnte. Bis zu einem gewissen Punkt tat ich es um des Beifalls oder der Beachtung willen; sonst wäre ich mit dreizehn Jahren nicht so erstaunt gewesen über die Beachtung, die mir bei jener Veranstaltung zuteil wurde.

Ich verstehe es jetzt: Seit jenem Sonntagabend war ein Teil meiner Unschuld, mit der ich auf der Bühne stand, dahin. Das Schauspielern wurde eine Möglichkeit, diese Art von Beachtung zu garantieren, aber verstärkt und konzentriert. Jener Abend war die erste Minderung der Reinheit meiner Gründe, warum ich schauspielern wollte; gleichzeitig schwächte er mein bisheriges Selbstvertrauen. Die Frage, ob ich schauspielern könnte, was ich nie bezweifelt hatte, ließ mich nicht mehr los.

Ich schnappte mir den Direktor der Goodman-Theaterschule. «Werde ich einmal eine gute Schauspielerin?»

Sein Zögern, bis er antwortete, sagte mir, was ich zu hören fürchtete, und doch wartete ich, während er einen langen Zug an seiner Zigarette getan und die angesammelte Asche abgestreift hatte. «Ich glaube, es ist nicht meine Aufgabe, Voraussagen über große oder gute Schauspieler oder Schauspielerinnen zu machen.» Er sprach, ohne mich anzusehen, mit der von russisch-französisch-britischem Akzent geprägten Stimme, die ich schon in allen Modulationen gehört hatte, vom leisen sarkastischen Tonfall bis fast zu einem Kreischen, wenn jemand auf der Bühne etwas tat, das ihn empörte. «Ich und wir alle hier können dir die Technik deines Berufs beibringen. Was du selbst dazu beizutragen hast, sobald du deine eigene Methode gefunden hast, diese Technik im Theater anzuwenden, das ist etwas, über das ich nicht sprechen möchte. Du hättest nicht herkommen sollen, um dich zu einer großen Schauspielerin machen zu lassen. Das ist etwas, das sich nicht machen läßt.»

«Aber ich möchte wissen ...» Mir fielen die richtigen Worte nicht ein.

«Ja?» Er ermutigte mich nicht wirklich. Er fand das Gespräch unerfreulich und wollte es beenden. Ich dankte ihm und ging. Unglaublich. Ich *dankte* ihm.

Als ich dann meine Gedanken sammelte, konnte ich seine Zurückhaltung nur als Mangel an Interesse an meinem Talent interpretieren oder vielmehr als seine Überzeugung, daß es mir an Talent mangele. Insgeheim muß ich ihm wohl zugestimmt haben. Daß er mich so abtat, schlug einen Ton in mir an.

David andererseits überschüttete mich mit seiner Begeisterung. David: ein Schauspiellehrer, ganz und gar kein Verwaltungsmensch; nur an dem interessiert, was er auf einer Bühne bewirken kann; Russe wie Dr. Gnesin, aber weniger gebildet, sein Englisch mit einem unverhüllten Akzent, der von seiner Unduldsamkeit gegen alles zeugte, was ihn vom Theater ablenken könnte.

David war auf meiner Seite seit dem Tag der Probe, bei der ich aus Versehen heftig mit dem Ellbogen gegen die Bank schlug. Ja, ich sollte mit den Mädchen kämpfen, die mich wegtrugen; ja, ich sollte Schmerzen haben; ja, ich sollte meinen Text sprechen, während sie versuchten, mich zu beruhigen. Als ich mich am Ellbogen stieß, hatte ich geschrien, weil es weh tat, und geweint, während ich meinen Text sprach.

David stürmte in die Garderobe, als die Szene vorbei war. «Koller, du warst großartig! Ich habe deinen Schmerz gefühlt. Als du geschrien hast, war ich drauf und dran aufzuspringen. Du warst wirklich ganz dabei.» Seine Augen strahlten.

«Aber David, ich hatte mir weh getan. Ich habe mir den Ellbogen angeschlagen, und das tat weh. Ich habe nicht gespielt: ich habe wirklich geschrien. Es tut mir immer noch weh.»

«Aber du hast das Schreien zu einem Teil deiner Rolle gemacht. Du hast es in der Szene angewandt. Du hast die Szene nicht unterbrochen und gesagt: ‹Mir tut der Ellbogen weh.› Du hast einen tadellosen Instinkt. Aus dir wird was. Du hast wirklich Talent.»

«Aber David, ich habe nicht gespielt. Es war echt.»

«Koller, wer weiß es besser, du oder ich? Keine Widerrede.»

Ein Jahr nachdem ich das Goodman verlassen hatte, weil ich zu dem Schluß gekommen war, daß ich nicht spielen konnte, sah ich ihn in einem Theaterfoyer. «Koller, du hättest bleiben sollen. Du hattest mehr Talent als irgendeiner da. Du warst eine Schauspielerin.»

Es wäre einfach gewesen, ihm zu glauben. Warum glaubte ich Davids unverhohlener Bewunderung nicht, die mir zuteil wurde zu Bedingungen, die er selbst gestellt hatte? Warum glaubte ich Dr. Gnesins ausweichende Bemerkungen, die ich so auffaßte, daß er sich über meinen Mangel an Talent nicht verletzend äußern wollte?

Wieder Spiegel. Ich verwandelte diese Männer in Spiegel. Wenn sie mich als begabt sahen, dann war ich es; wenn nicht, dann eben nicht.

Ich greife nach der Kaffeetasse: kalt. Auf dem Weg in die Küche suche ich zwischen den Fäden meines Denkens herum. Daß ich diese Männer zu meinen Spiegeln machte, ist nur ein Teil der Geschichte. Was ich gar nicht berücksichtigt habe, ist, daß sie nicht einer Meinung waren und ich mich für den einen statt für den anderen entschied. Warum? Weil ich allmählich glaubte, daß ich in Wirklichkeit nicht spielen konnte, nicht solch eine Schauspielerin sein konnte, wie ich es sein wollte. Was für eine Schauspielerin? Eine Schauspielerin, die imstande wäre, ein Publikum zu fesseln, nicht bloß durch mein Aussehen oder meine Stimme oder mein Auftreten, sondern durch meine Fähigkeit, eine Figur als eine reale Person zu projizieren, als jemanden, der ein eigenes Leben hat, einen eigenen Gang, Gründe zum Weinen, einen eigenen Geschmack, sich zu kleiden. Aber um das zu tun, muß eine Schauspielerin die Figur *fühlen*, muß während der ganzen Vorstellung und Abend für Abend so empfinden, wie es die Figur täte. Andernfalls ist es kein Spielen, sondern die Schauspielerin erhält nur eine Chance, sich aufzuplustern.

Das war etwas, das ich nicht fertigbrachte. Ich konnte nur mich *selbst* fühlen, wenn ich die Rolle spielte. Ich konnte, sobald ich einen bestimmten Text hörte, nicht umhin zu wissen, daß von mir erwartet wurde, wütend oder froh zu sein; und wenn ich wütend oder froh wurde, dann war ich mir völlig bewußt, daß ich eine frohe oder wütende Person spielte. Niemals war ich auf der Bühne meiner selbst nicht bewußt. Und das war nach der Goodman-Auffassung verkehrt.

Jetzt, zwölf Jahre später, weiß ich, ich hätte zu dem Schluß kommen können, daß ich, wenn ich auf diese Weise nicht spielen konnte, eine andere Weise hätte finden können, die dem mehr entsprach, was ich, wie ich wußte, konnte. Schon damals wußte ich, daß es eine andere Weise gab: die von Coquelin. Aber am Goodman sprach niemand von Coquelin, obwohl seine Vorstellungen sich im französischen Theater durchgesetzt hatten. Nur Stanislawski verdiente es, studiert zu werden.

Deshalb kam ich zu dem Schluß, ich könnte nicht auf die Goodman-Weise spielen, und zog dann den weiteren Schluß, daß ich überhaupt nicht spielen könnte. An dem Abend, als ich zu dieser Überzeugung gelangte, unterbrach ich die Hauptlinie meines Lebens und habe seitdem immer nur herumgehangen. Wieder aufs College gehen, Philosophie studieren, um einen akademischen Grad zu erwerben: Nichts von alledem erfüllte mich, nichts hat mich so entwurzelt wie diese Entscheidung. Ich hatte das Gefühl, im Theater zu Hause zu sein. Nichts, was ich seitdem tat, hat dieses Gefühl wiederhergestellt.

Und dennoch war es vielleicht meine Unwissenheit, die bewirkte, daß ich mich auf der Bühne wohl fühlte. Denn als ich zu lernen begann, daß Spielen eine Kunst ist, wurde ich ängstlich und unsicher. Ich konnte niemals fühlen, was ich, wie mir alle sagten, zu fühlen imstande sein müßte.

An den Kühlschrank gelehnt und darauf wartend, daß der Kaffee wieder warm würde, dachte ich an das lange nächtliche Gespräch mit meinen Wohnungsgenossinnen in Chicago, das damit endete, daß ich hoch aufgerichtet auf meinem Sessel saß und voll Verwunderung die Augen aufriß. «Ja, dann muß ich mit Spielen aufhören.» Und dann das Schweigen im Zimmer, als ich die Worte aus meinem eigenen Mund hörte und Pat mich scharf beobachtete.

«Timmie, überschlaf es noch mal», sagte sie. «Vielleicht haben wir dir einen schlechten Dienst erwiesen, als wir dich dazu bringen wollten, den Blick auch auf etwas anderes als das Theater zu richten. Warte ein paar Tage. Spielen ist dein ganzer Lebensinhalt gewesen. Auf ein paar Tage mehr kommt es nicht an.»

«Nein.» Ich erinnere mich, daß ich sie anstarrte und versuchte, das Zimmer im Auge zu behalten, das langsam verschwamm. «Nein, die Gründe werden sich nicht ändern. Ich muß damit aufhören.»

Das war einige Tage nach meinem einundzwanzigsten Geburtstag, ein Jahr nach Hiroshima, vor sechzehn Jahren. Ich bin immer noch an keinen Menschen, an keine Arbeit gebunden.

Logos kommt in die Küche, als ich mir meine Tasse Kaffee einschenke. Schweifwedelnd sitzt er da und sagt mir, es sei heute reichlich spät für unseren Spaziergang. Ein Vorteil: ich brauchte bis Mittag, um festzustellen, daß heute Sonntag ist.

Als ich meine Papiere durchsehe, stoße ich auf meine Kopie eines Bewerbungsfragebogens, in dem alle Jobs aufgeführt sind, die ich je hatte, und alle Orte, wo ich gewohnt habe. Ich zähle die Jobs: fünfunddreißig. Ein paar hatte ich gar nicht erwähnt. Zum Beispiel den allerersten: Spielsachen verkaufen zu Weihnachten an Samstagen und zwei Nachmittagen nach der Schule. Für siebenunddreißigeinhalb Cents die Stunde. Die Spielsachen waren so schäbig, daß sie schon aus dem Leim gingen, wenn sie im Regal lagen. Und teuer dazu. In den letzten Tagen vor Weihnachten überredete ich die Kunden, sie nicht zu kaufen, vor allem Leute, die sie nicht hätten kaufen sollen. Ich erinnere mich an diese Leute: sie sahen zu sehnsüchtig aus, als ob sie hin- und herrechneten und notwendige Dinge zurückstellten, um diese Schund-Spielsachen unter ihren Weihnachtsbaum zu legen. Die Spielzeugabteilung war immer knallvoll, trotz meiner Bemühungen. Das Kaufhaus entließ mich nach dem Feiertagsbetrieb. Dabei wußten sie gar nicht, was ich getan hatte.

Eine Zeitlang im nächsten Sommer Spielplatzaufsicht. Kassiererin im Kino von Joyces Vater bis zum Schulbeginn, für fünfzig Cents die Stunde. Wie dreckig Geld ist. Ich mußte mir jeden Tag lange die Hände waschen, wenn ich die Kasse verließ.

Der Job in der Süßwarenabteilung des Delikatessengeschäfts in Chicago. Einzelne kandierte Früchte fielen immer auf den Fußboden, wenn ich abwog, was der Kunde haben wollte, so daß ich am Ende des Tages immer einen Zoll größer geworden war durch all das Zeug, das an meinen Schuhen klebte. Ich kam immer lange nach dem Abendessen in die Pension zurück und mußte in der Küche essen, niemals warm, niemals genug.

All diese abscheulichen kleinen Jobs in Chicago. Blusen verkaufen. In einer Schul-Cafeteria arbeiten für meinen Lunch. Modell stehen in der Kunsthochschule.

Im zweiten Jahr an der Schauspielschule mußte ich alles selbst bezahlen, deshalb konnte ich es erst antreten, als ich etwas Geld gespart hatte. Ich wohnte in Akron, um die Kosten zu senken, fand es abscheulich und arbeitete in dem Gummiforschungslaboratorium. Ehe das Jahr um war, mußte ich einfach flüchten. Nach Texas, um Christine zu besuchen.

Für sie war jeder der oder die alte Sowieso. Ich war die alte Sarah.

«Warum Sarah, Chris?»

«Na ja, Sarah Bernhardt, du Dummkopf.»

«Hör mal, Chris, eines Tages wird ein Mädchen wie du ein Mädchen wie mich alte Alice nennen.» Sie lachte lauthals. Aber der Name blieb an mir hängen. Sogar ihre Eltern, die kurz in unserer kleinen Chicagoer Wohnung hereinschauten, nannten mich Sarah. Ich habe Chris' Job in Navy Pier nie verstanden, aber sie angelte sich dabei einen Offizier, einen Piloten, und ich war mit achtzehn Brautjungfer.

Der Besuch in Corpus Christi zog sich in die Länge. Ebenso ein Job im Marine-Fliegerhorst.

Und so weiter und so weiter. Beläuft sich auf zwanzig Jahre, in denen ich für mich selbst aufgekommen bin, gelegentlich mit geringfügiger Unterstützung durch die Familie.

Fünfunddreißig Jobs. Und keiner von ihnen bedeutete mir mehr als das tägliche Brot und die Miete. Ich habe immer auf etwas *hingearbeitet*, bin aber niemals dort hingekommen. Nicht einmal nach meiner späten Promotion begann ich die Arbeit, auf die ich mich vorbereitet hatte. Ich steckte die Urkunde weg, bis ich darüber nachdenken könnte, ob ich Gebrauch davon machen wollte. Ob ich sie verwenden könnte, um den Unterschied zwischen einem Job und Arbeit aufzuheben: man arbeitet, wenn man seine Zeit damit verbringt, etwas zu tun, was man tun will, und fast nebenbei wird man dafür bezahlt. Alles andere ist ein Job. Ich glaube, ich habe nie gearbeitet, sondern immer nur Jobs gehabt. Denn ich habe nie etwas getan, das ich tun wollte, weil ich nicht wußte, was ich tun wollte.

Wie klein dieser Kreis ist. Ich umrunde ihn, als ritte ich auf einem Karussellpferdchen. Ist das der Grund, warum diese Musik mir solches Grauen einflößt? Festgenagelt an einem Fleck, während alles andere rundgeht. Behindert. Die Psychologin, mit der ich vor langer Zeit in Chicago sprach. «Sie werden durch etwas behindert, das mit Autorität zu tun hat. Sie können nicht ausschreiten, als ob Ihre Beine zusammengebunden wären.» Sie wollte, daß ich eine Therapie beginne. Ein Witz: ich hatte nur Geld für Miete und Essen. Zwei

Jahre, nachdem ich die Goodman-Schule verlassen hatte, selbst mit einem Jahr an der University of Chicago, das mir angerechnet wurde, konnte ich nur als Stenotypistin Geld verdienen. Eine Therapie kam nicht in Frage. Außerdem fand ich die Vorstellung damals verächtlich.

Ich schiebe mit ungeduldigen Händen die Papiere wieder in den Aktendeckel, den ich in den Ablagekasten hinter meinem Stuhl werfe. Ich gehe zum Fenster auf der Moorseite, räume meine Bücher weg und lasse mich auf den Fenstersitz fallen. Ein grauer Sonntag. Ich brauche einen Drink. «Brauche»? Nein, ich weiß nicht, was ich brauche. Ich sollte lieber aufhören, solche Wörter zu gebrauchen, bis ich verstehe, was sie bedeuten.

Ich wünschte, es wäre jemand zum Reden da. Über lustige Dinge. Jemand, mit dem man in einer dunklen Bar sitzt. Dem man Geschichten erzählt. Mit dem man trinkt, bis diese leichte Beschwingtheit kommt und bleibt und wärmt. Den man in den Arm nimmt. Vielleicht in den Arm nimmt.

Ich verschiebe das Abholen der Post bis kurz bevor das Postamt schließt. Der Stamford-Bericht ist angekommen. Ich stecke das dikke Päckchen unter den Arm und lese meine anderen Briefe auf dem Nachhauseweg.

Die Sonne ist untergegangen, aber der Himmel ist noch rot. Wie schnell die Temperatur sinkt. Als ich über unseren Rasen gehe, wird mir klar, daß ich die Beziehungen von Sonne und Erde wahrgenommen habe, die Bewegungen von Wind und Wasser, das Aussehen des Himmels, die Art und Weise, wie die Luft riecht, als wäre ich in meinem ganzen Leben, ehe ich hierher kam, nie im Freien gewesen. Vielleicht besteht der Unterschied darin, daß ich hier einfach die Tür öffne und draußen bin: keine Hindernisse, Korridore, Treppen oder Fahrstühle. Keine Leute, mit denen man die üblichen Begrüßungen austauschen muß.

Logos steht vor mir, die Beine in der weit gespreizten Stellung, die mir sagt, daß er spielen will. Ich fange an ihn zu jagen, und dann, vom Rennen selbst gefesselt, lasse ich meine Post fallen und setze ihm in einem Tempo nach, wie ich es nicht mehr angeschlagen habe, seit ich ein kleines Mädchen war. Logos sieht überrascht zu mir zurück und rennt dann so schnell weiter, daß er das Haus umrundet und hinter mir herankommt, so daß wir gleichzeitig bei meiner verstreuten Post eintreffen. Mein Gelächter ist ein heftiges Keuchen, und Logos findet das Schauspiel so ungewöhnlich, daß er ganz dicht herankommt, um sich zu überzeugen, daß ich dieselbe alte Frau bin, die immer hinter ihm herstapft.

Der Bericht ist schlechter, als ich erwartet hatte. Erst auf der achten Seite findet man heraus, worum es geht, und selbst diese Aussage ist unverständlich.

Nein. Nein. Nein. Ich will nicht weiterlesen.

Um aus meinem Verdruß auszubrechen, setze ich mich auf den Fußboden und streichle Logos. Er macht kurz die Augen auf und gibt ein langes, leises, wohliges Stöhnen von sich. Das schlafende Mannsbild.

«He, Logos», flüstere ich ihm ins Ohr. Das Ohr zuckt unter der vorbeistreichenden Luft. Ich sollte ihn zufriedenlassen, aber ich bin sehr unruhig, und es ist erst acht Uhr abends.

Mit Mike. Ja, so schnell bin ich mit Mike gerannt an dem Abend, als wir uns kennenlernten. Wir tranken und lachten und redeten, weil die Vertrautheit zwischen uns so schnell entstand. Ich erzählte ihm, daß ich im Jahr zuvor in die Garderobenräume gegangen war, um mit Gerry zu reden, jetzt ein Star. Besser: eine großartige Schauspielerin, die all die richtigen Dinge darüber sagte, warum sie spielte. Und dann kehrte ich in meine grausliche Kellerwohnung zurück, noch in der Graduiertenausbildung, noch arbeitend für – was?

«Ah, Timmie», sagte Mike, gestützt auf ein Ende der Theke in der Wohnung, die ich später June vermachte. «Reich und berühmt? Das willst du doch nicht, oder?» Und ich wußte es nicht, bis Mike zu meiner Seite der Theke herumkam und die Arme um mich legte und mich an sich drückte, während ich weinte, weil ich auch neidisch auf sie war.

War ich mit Mike zusammen, war es wie ein Zusammensein von Kindern, beide waren wir vorübergehend von Pflichten befreit, die wir, wie wir wußten, irgendwann übernehmen müßten und denen wir hilflos gegenüberstehen würden. Genau wie ich hörte Mike nie auf zu schauspielern. Der Unterschied bestand darin, daß er seit zehn Jahren ein wirklicher Profi war, ich aber nur eine ehemalige Schauspielschülerin. Es war unsere gemeinsame Bürde, und doch verschaffte sie uns einen Spaß besonderer Art: wir kannten dieselben Verse aus denselben Stücken. Irgend etwas erinnerte einen von uns an einen Vers, und dem anderen fiel die Erwiderung ein, und dann grinsten wir uns an. Wir machten sogar von Shakespeare Gebrauch, als wir das erste Mal beschlossen, uns zu trennen. Ich schrieb einen Brief, den ihm die Post fünf Querstraßen weiter zustellen sollte:

Sehn wir uns wieder, nun, so lächeln wir,
Wo nicht, so war dies Scheiden wohlgetan.

Mit der nächsten Post kam seine Antwort:

Sehn wir uns wieder, lächeln wir gewiß,
Wo nicht, ist wahrlich wohlgetan dies Scheiden.

Jene erste lange Nacht des Redens fand kein Ende. Wir kamen auf den Gedanken, am Charles River entlangwandern, um die Sonne aufgehen zu sehen. Im Morgengrauen schlenderten wir durch die leeren Straßen, und als wir das Ende meines Blocks erreichten, stieg die Erregung über all das Erfreuliche, das mir, wie ich glaubte, mit ihm bevorstand, in mir auf, und ich schrie: «Laß uns rennen!» Er war mir sofort voraus, und dann wallte etwas in mir auf, das mich so schnell rennen ließ, wie ich nur konnte. An der Ecke hielten wir an, ich atemlos vor Lachen, aber Mikes Miene war düster und ernst.

«Du wolltest gewinnen», sagte er.

Ich sah ihn entsetzt an. Er warf mir etwas vor, und es war falsch. «Mike, ich bin gerannt, weil alles so schön ist. Es ist ein schönes Gefühl, zu rennen. So schön, daß ich schneller rennen wollte.»

«Timmie, du wolltest mich schlagen. Machst du mir jetzt schon Konkurrenz?»

Ich hätte hören sollen, was er sagte, aber ich habe es erst jetzt gehört. Ich sagte irgend etwas, wovon ich glaubte, es würde bewirken, daß er mir erhalten blieb. Jetzt fällt mir ein, daß nichts, was ich sagte, ihn bleiben ließ; immerhin mußte er beschlossen haben, mir noch eine Chance zu geben. Denn dieses himmlische Glück zwischen uns bestand – oh, mindestens einen Monat.

Mike fiel mir zu, als ich gelobte, niemanden anzulügen, nicht einmal einen Mann, vielleicht sogar mich selbst nicht. Das war es unter anderem, was uns aneinander fesselte, denn er hatte es auch gelobt.

Aber ich wußte eigentlich nicht, wie ich es bewerkstelligen sollte, und er war kaum geeignet, es mir beizubringen. Doch kannten wir einer des anderen schlimmsten Teil schon deswegen, weil wir wußten, daß wir Schauspieler waren. Da wir das wußten, hatten wir fast nichts zu beichten. Wir brauchten uns nur dazu zu bringen, die Wahrheit zu sagen. Aber ehe wir feststellen konnten, daß wir uns gegenseitig nichts vorzumachen brauchten, fand Mike heraus, daß er sich nur retten konnte, wenn er mit meiner Rettung nichts zu tun hatte.

Und obwohl ich dazu beitrug, den Abschied in Szene zu setzen, konnte ich nicht wirklich glauben, daß Mike weg war. Ich rief an, ich schrieb, ich heckte Möglichkeiten aus, um an Orten zu sein, wo er, wie ich glaubte, sein würde, und ich irrte mich fast immer. Wenn ich ihn dann traf, geriet ich so aus dem Gleichgewicht, daß ich stammelte oder etwas fallen ließ oder stolperte wie ein kleines Mädchen, das zum erstenmal verliebt ist.

Warum ließ ich ihn nicht in Frieden? Er erweckte bei mir den Eindruck, er habe sich von mir losreißen müssen, er wolle in Wirklichkeit mit mir zusammen sein, daß wir uns aber nicht gegenseitig helfen könnten und das sehr traurig sei. Daß er sich dadurch, daß er mich verließ, daran hinderte, mir Schaden zuzufügen, was er unweigerlich versucht hätte, wenn er bei mir geblieben wäre.

Jean, nicht mehr meine Wohnungsgenossin, jetzt verheiratet und neuerdings Mutter, nicht mehr Studentin, sondern mit akademischem Grad, erzählte ich die Geschichte immer wieder, und sie versuchte mich zu trösten. «Timmie, das hat er schon früher gemacht. Du bist nur eine von vielen Frauen, die er mit genau diesem Gefühl hat sitzenlassen. George und ich hätten euch nicht miteinander bekannt machen dürfen. Aber wir glaubten, du würdest es kommen sehen, weil ihr beide so ähnlich seid. Timmie, vergiß ihn.» Ich sagte mir, daß sie es nicht wirklich verstanden hatte.

Ich habe mich niemals, kein einziges Mal, mit dem Ende einer dieser Beziehungen abgefunden. Gestern (nein, Samstag) habe ich sogar darüber nachgedacht, wie es wäre, Mike hier zu haben. Als ob ich darüber entscheiden könnte. Als ob er in meinem Leben noch sehr präsent wäre und ich ihn anrufen oder ihm schreiben könnte. Aber dem ist nicht so.

Ich sage es laut: «Mike steht mir nicht zur Verfügung. Mike existiert für mich nicht.» Ich weiß nicht genau, was ich gerade gesagt habe.

Logos hat die ganze Zeit geschlafen, während ich ihn streichelte, und ich bin steif vom Sitzen auf dem Fußboden. Ich wecke ihn, gehe mit ihm hinaus, gehe ins Bett und liege lange Zeit wach, mit der Frage beschäftigt, wie ich je herausfinden werde, was ich hier eigentlich tue.

Ich gehe mit dem Morgenkaffee wieder ins Bett und stopfe mir ein dünnes Kissen in den Rücken, durch das ich die Streben des eisernen Bettgestells spüre. Ich stehe noch einmal auf, um die Rouleaus hochzuziehen und den herrlichen Morgen hereinzulassen. Unten breitet sich das Moor aus. Ich versuche mich zu erinnern, wie ich mir früher ein Moor vorgestellt habe, ehe ich eins sah.

Ein zweites Kissen aus dem anderen Bett im Zimmer macht es mir behaglicher. Schade, daß es mit der Stamford-Beziehung nicht klappen wird. Um die fünfzig Dollar pro Tag zu bekommen, die sie mir anbieten, muß ich meine Zeit mit dem Lesen von Schund wie diesem Bericht verbringen, und mir den Weg durch die Stunden des Tages auf diese Weise zu bahnen, habe ich nicht vor. Sehr traurig.

Vielleicht kann ich sie einfach hinhalten. Ich brauche ihnen ja nicht gleich zu sagen, wie unmöglich der Bericht ist. Ich kann sie als Einkommensquelle in Reserve behalten, bis ich weiß, woher mein nächstes Geld kommt. Das ist an sich schon eine neue Verhaltensweise: vorausblickend.

Vielleicht ist es nicht möglich, die Wahrheit zu sagen, wenn es um ein Dach über dem Kopf und das tägliche Brot geht. Aber wenn man dann nicht sagen kann, was man meint, hält einen nichts davon ab, eine weitere Ausnahme zu machen, zum Beispiel den Freunden gegenüber, und dann noch eine und noch eine. Und dann lügt man, wenn man sich sagt, man wisse immer noch, wie man es sagen würde, wenn man nicht lügt.

Oder vielleicht ist es der wichtige Unterschied zwischen Arbeit und einem Job. Man kann lügen, um einen Job zu bekommen, aber es sollte kein Grund zum Lügen bestehen, wenn man arbeitet.

Aber wie viele Möglichkeiten zu lügen gibt es, und ich habe keine ausgelassen. So tun, als möge man etwas, weil eine maßgebliche Person es mag. Einer Frage ausweichen. Nur einen Teil von dem sagen, was ich glaube. Überhaupt nichts sagen. Mich so ausdrücken, daß meine Worte dem entsprechen, wovon ich weiß, daß es akzeptabel sein wird. Lächeln, wenn jemand komisch sein will. Ernst aussehen, wenn ich mit den Gedanken woanders bin. Zustimmen, wenn ich über die Sache überhaupt noch nicht nachgedacht habe. Jemanden veranlassen, sich auszusprechen, bloß weil ich weiß, daß er reden möchte. Versuchen, amüsant zu sein, um zu vermeiden, über etwas zu sprechen, dessen ich nicht sicher bin.

Schauspielern. Um Gottes willen, wie ist es möglich, daß ich das bisher nicht begriffen habe! All das ist Schauspielerei. Und ich weiß nicht, wo sie aufhört. Ich muß versuchen, an etwas zu denken, das ich getan habe und das gratis war.

Ich bleibe stehen. War alles, was ich getan habe, die Bezahlung für etwas? Was habe ich mir durch Heucheln, Schauspielern und Lügen erkauft? Was? Oh, bitte, was hat mein Schauspielern mir eingebracht?

Die mittägliche Stille umgibt mich. Logos buddelt im nassen Sand dicht am Rand der steigenden Flut und bellt, wenn das Wasser das Loch überschwemmt. Ich kann überhaupt nicht mehr denken und sehe mich einer Schwärze gegenüber, die unfaßbar ist. Ich beobachte Logos eine Weile, dann gehe ich langsam über die Dünen zu der gepflasterten Straße, die einer der langen Nachhausewege ist.

Ich müßte wissen können, was ich als Entgelt für meine Ausflüchte und mein Lächeln bekommen habe. Hat es etwas mit der Art zu tun, wie ich Menschen in meine Spiegel verwandelt habe, so daß ich ihnen glaube und nicht dem, was ich selbst sehe?

Die Verknüpfung entzieht sich, als ich nachzuhaken versuche. Zum dutzendstenmal erinnere ich mich des Nachmittags im vorigen Sommer in Ohio, als ich Weck vor ihrem Spiegel beobachtete, die sich eilte wegzukommen, um ihre Klasse in Schmuck-Design zu unterrichten. Ich wünschte, weiß Gott, sie würde dableiben und mit mir reden, würde mir sagen, warum ich immer irgendeinem Mann nachjagte, der mich verlassen hatte, warum ich ein Jahr nach meiner Promotion noch immer ohne einen guten Job war, warum ich im Begriff war, nach Kalifornien zu gehen, wenn ich keine Ahnung hatte, ob ich da einen Job bekommen konnte. Warum ich tat, was ich tat, wenn ich dabei doch immer so unglücklich war.

Sie hatte das Make-up auf ihrem Gesicht verrieben und griff nach dem Augenstift, um die Lidränder zu schwärzen. Dicht zum Spiegel vorgebeugt, sagte sie: «Weißt du, du kannst nicht immer noch alles deiner Mutter zuschreiben.» Sie reckte den Hals ein bißchen nach hinten, um zu sehen, ob sie das Auge richtig gemalt hatte. Ich sah zu, das Kinn auf die Hand gestützt. So schwarze Augen. Fast klar, wie ihre Stimme. Sie hieß eigentlich Mary Ann, aber alle gebrauchten den Spitznamen, eine Abkürzung ihres Mädchennamens.

Weck beugte sich wieder zum Spiegel vor. «Bloß weil sie dir keine Beachtung schenkte, als du ein kleines Mädchen warst, kannst du sie doch nicht verantwortlich machen für ...»

Ich hörte kaum zu: ich kannte ihre Argumentation. Ich merkte, daß ich mich fragte, warum sich Weck manchmal einer so gestelzten Sprache bediente. Seit zwölf Jahren waren wir befreundet, aber wenn sie mit mir sprach, schien sie das Gefühl zu haben, sie müsse es wettmachen, daß sie nicht auf dem College gewesen war. Sie hätte einfach sagen können, daß meine Mutter mich nicht liebte, und nicht, daß meine Mutter mir keine «Beachtung» schenkte.

Plötzlich blieb mir die Luft weg. Ich stand auf und hatte das Gefühl, Leib und Seele würden mir zerschnitten. Ich wehrte mich dagegen. Ich schrie sie an: «Was hast du eben gesagt?»

Das entsetzte Gesicht drehte sich zu mir um, der Augenstift beschrieb einen Bogen in der Luft. «Alice.» Vielleicht hat sie geflüstert: «Alice, was ist los?»

Ich weinte. «Um Gottes willen, was du gesagt hast. Du sagtest, sie schenkte mir keine *Beachtung*, aber gemeint hast du, sie schenkte mir keine *Zuneigung*!»

Ich rannte zur Tür hinaus, schreiend, unbeherrscht weinend, und die Treppe hinauf in das Zimmer, in dem ich in ihrem Haus schlief, knallte die Tür hinter mir zu, warf mich aufs Bett und ließ meinen Tränen freien Lauf.

Sie rannte mir nach, klopfte an der Tür und kam herein, erschüttert, aber bemüht, mich zu beschwichtigen. «Alice, was habe ich gesagt, das dich verletzt hat? Es tut mir leid, was immer es war. Ich habe es nicht böse gemeint. Bitte, hör auf zu weinen.»

«Weck», keuchte ich, «ich kann nicht aufhören. Du hast mich

nicht verletzt. Du hast mir nur klargemacht – ach, hol mir etwas. Ich will es dir sagen.»

Sie brachte mir Wasser zum Trinken und hielt mir das Glas, weil meine Hände zitterten und meine Zähne gegen den Rand schlugen. Sie nahm das Glas weg, sah mich wortlos an und sagte dann: «Sage es mir. Bitte sage mir, was los ist.»

Ich machte den Mund auf, um zu reden. Aber statt dessen kam ein großer Schrei heraus, und ich krümmte mich von neuem weinend zusammen. Weck ging hinaus und kam mit einem anderen Glas wieder. «Sage nichts. Trink nur einen Schluck.» Der Schnaps schlug mir in die Kehle, um es ihr zu ersparen, mich ins Gesicht zu schlagen. Ich nahm noch einen Schluck. Das Weinen ließ nach.

«Weck, ich will es dir sagen. Ich hatte die Wörter *Beachtung* und *Zuneigung* auch verwechselt, aber ich wußte es nicht. Als du jetzt das eine für das andere gebrauchtest, war es, als hättest du einen Knopf gedrückt, der die Maschinerie ausschaltete, die meinen Organismus zusammenhielt. Vor langer Zeit, als ich erkannte, daß sie mich nicht lieben konnte, muß ich beschlossen haben, mich mit dem Zweitbesten abzufinden: auf jede nur mögliche Weise ihre Beachtung zu erringen und mich sogar von ihr anschreien zu lassen. All diese Jahre des Kampfes mit ihr, als ich heranwuchs, waren mein Ausweg, um irgendeinen Ersatz für ihre Zuneigung zu bekommen. Was ich bekam, war ihre Beachtung, ihre stichelnde, nörgelnde, unwissende, lieblose Beachtung. Und ich wußte nicht, daß ich das getan hatte, erst jetzt, als du es sagtest . . .» Das Weinen fing wieder an. «Weck.» Ich konnte sprechen, wenn ich alle paar Sekunden fest schluckte. «Geh zu deinem Unterricht. Ich kann noch nicht aufhören zu weinen, aber bald. Ich weine nicht, weil sie mich nicht geliebt hat. Das weiß ich schon zu lange. Ich weine vor Schreck, weil ich herausgefunden habe, was ich getan habe, als ich versuchte, einen Ausgleich zu erhalten. Die Energie, die ich verschwendet habe, um sie dazu zu bringen, mich anzusehen.» Weck klopfte mir leicht auf die Schulter und ging.

Ich wußte an jenem Tag, daß ich eine Wahrheit begriffen hatte, anders als jede, auf die ich in all den Jahren gestoßen war, als ich zu verstehen versuchte, was ich eigentlich vorhatte. Heute, ein Jahr später, erscheint mir noch alles, was ich davon in Erinnerung habe, unanfechtbar wahr zu sein.

Unanfechtbare Wahrheit: Nichts, womit sich ein Philosoph gewöhnlich abgibt. Alles, was ich aus der Philosophie weiß, verbietet mir, die Wahrheit jenes Nachmittags in dem Sinne zu akzeptieren, in dem ich sie dennoch akzeptiere. Ich weiß nur, daß sie ein charakteristisches Merkmal hat, an dem ich sie erkenne: sie gehört mir. Tatsächlich habe ich jedes andere Kriterium für Wahrheit schon dadurch beseitigt, daß ich allein hier bin und versuche, die Maßstäbe von allen anderen auszumerzen, um zu sehen, ob etwas übrigbleibt, das mein ist. Besonders, speziell, eindeutig mein. Erst jetzt ist mir klargeworden, daß es ganz und gar meine Absicht war, meine eigene Wahrheit herauszuarbeiten, etwas, das für mich allein wahr ist. Ich kann es nicht darauf ankommen lassen, ob ein anderer sie wahr finden würde: wahr, was mich betrifft, oder wahr für die anderen.

Logos schlendert hinüber zum Eckschrank, als ich beginne, die Lampen für die Nacht auszuschalten. Er bellt, sieht mich ungeduldig an, bellt dann wieder. Ich lächle über seine Art, mich wissen zu lassen, wo sein Ball ist. Dann, während ich ihn noch beobachte, kommt er direkt zu mir. Sehr sanft nimmt er meine Hand in die Schnauze. Ich bin so verblüfft, daß ich sie fast zurückziehe, aber ich will sehen, was er als nächstes tut. Er zerrt ein bißchen, und ich gebe dem Ziehen nach.

Mit hocherhobenem Kopf, als trüge er eine Trophäe, stolziert er mit meiner Hand in der Schnauze, ohne daß seine Zähne sich auch nur in meine Haut eindrücken, durchs Zimmer zum Schrank, wo er meine Hand fallen läßt und mich erwartungsvoll ansieht: ich soll seinen Ball für ihn herausholen. Erstaunt knie ich mich hin, greife unter den Schrank, erwische den Ball und gebe ihn ihm. Ernst nimmt er ihn, legt sich hin, behält mich im Auge und wartet darauf, daß unser Spiel beginne.

«Oh, du kluger Logos!» Ich umarme ihn. Mit seiner Leistung hat er sich ein Spiel verdient. Wir spielen in dem halbdunklen Zimmer, bis ich gähne.

Im Bett, schon fast schlafend, wird mir klar, daß ich heute abend zum erstenmal an die Philosophie als überhaupt bedeutsam für das gedacht habe, was ich hier tue. Ich bin besonnen genug, um zu begreifen, daß das, was ich in den harten Jahren in Harvard gelernt habe, in einer anderen Gehirnkammer zu existieren scheint als dieser unzweifelhafte Kampf gegen einen unbekannten Feind um ein nur undeutlich und flüchtig erblicktes Ziel. Aber ich weiß, was ich an jenem Tag mit Weck erkannte, war wahr. Für mich.

12

Ich greife gerade nach dem Handtuch, um mein Haar abzutrocknen, als ich ein Klopfen an der Hintertür höre. Das Geräusch ist so ungewöhnlich, daß ich einen Augenblick glaube, mich verhört zu haben. Kann es sein, daß Logos mit dem Schwanz auf den Fußboden klopft? Oder daß die Gittertür im Wind schlägt, weil ich sie nicht richtig zugemacht habe? Ich stehe da, Wasser rinnt mir am Körper entlang, das Handtuch noch in der Luft, als wieder geklopft wird. Ich wickle mir das Handtuch um den Kopf, ziehe Morgenrock und Hausschuhe an, gehe hinunter und schaue aus dem Küchenfenster. Da steht ein junger Mann, den ich nicht kenne. Ich trete leise zurück, ehe er mich sehen kann, und versuche mir schlüssig zu werden, ob ich die Tür aufmachen soll. Wer ist das? Was will er mitten am Tag? Ich schaue zum Vorderfenster hinaus. Kein Auto. Dann muß es jemand sein, der hier draußen wohnt.

Ich mache die Hintertür nur so weit auf, um meinen Kopf hinauszustecken, und lasse die Gittertür zu. «Ja, bitte?» Ich bin nicht entgegenkommend.

Er ist erstaunt über meine Aufmachung. «Ich habe im Sommer ein paar Sachen in der Garage der Elstons gelassen und möchte sie abholen. Ich wollte Ihnen nur sagen, was ich in der Garage mache. Sie brauchen sich nicht stören zu lassen.»

Ich komme mir schutzlos vor mit nichts an als einem Morgenrock. Der Gedanke gefällt mir nicht, daß er in der Garage herumstöbert, ohne daß ich dabei bin. «Würde es Ihnen etwas ausmachen, ein paar Minuten zu warten? Ich bin gerade aus der Badewanne gekommen und möchte mich erst anziehen.»

Logos ist gekommen, um sich den Besucher auch anzusehen, und gerät mir irgendwie in den Weg, als ich die Tür zumache. Ich zerre ihn am Halsband zurück und ziehe mich dann schleunigst an. Ich reibe die Haare oberflächlich trocken und bin entsetzt, daß ich mit dem nassen Kopf hinausgehen muß. Ich kämme mich, und das Haar sitzt mir wie angemeißelt am Schädel. Im Spiegel sehe ich, was ich immer zu sehen erwarte. Der einzige Vorzug dieses Gesichts ist, daß es sauber ist. Für diesen jungen Mann brauche ich nicht hübsch zu sein. Ich brauche kein Make-up. Ich mache mich zur Treppe auf, dann zögere ich. Na ja, wenigstens etwas. Kein Lippenstift allerdings. Ich gehe zum Spiegel zurück, ziehe rasch die Augenbrauen nach und gehe nach unten und hinaus.

Als ich die Garagentür für ihn aufschließe, stellen wir uns gegenseitig vor. Ralph ist groß, trägt grobe Freizeitkleidung und weiß genau, was er mit den Rahmen machen will, die hinten in der Garage aufgestapelt sind.

«Sie brauchen sie nicht abzuholen, bloß weil die Elstons nicht mehr über das Haus verfügen. Mich stören sie bestimmt nicht. Mein Wagen nimmt nicht die ganze Garage ein.»

«Sie haben das Haus nicht gekauft.» Er spricht seine Gedanken aus; seine Bemerkung ist mehr eine Feststellung als eine Frage.

Ich grinse: die Vorstellung, ein Haus zu besitzen. «Die Eigentümer wohnen in New York. Ich habe das Haus nur für ein paar Monate gemietet. Wie wollen Sie die Rahmen überhaupt mitnehmen?»

Sein Auto ist auf der Straße geparkt, hinter meiner Auffahrt.

«Wollen Sie nicht hereinkommen und einen Schluck Kaffee trinken, ehe Sie sie abtransportieren?» Die Einladung ist mir so herausgerutscht, ohne daß ich darüber nachgedacht hatte. Als ob er sie bestätigte, schleicht Logos um Ralph herum, schnüffelt an seinen Stiefeln und legt dann erfreut beide Pfoten an Ralphs Beine. Ralph faßt nach den Pfoten, bückt sich und findet die richtige Stelle hinter den Ohren, um den Welpen zu kraulen. Logos läßt sich fallen, legt sich auf den Rücken und bittet um mehr.

«Ich hatte neunzehn Jahre lang einen Hund. Er hat mich überallhin begleitet. Schließlich mußte ich ihn vor zwei Jahren einschläfern lassen. Ich will nie wieder einen Hund haben.»

Schweigend sehe ich zu, wie er mit Logos umgeht. Ich versuche etwas zu sagen, aber ich weiß, er würde meine Worte zurückweisen. Er steht auf. «Ja, ich werde hereinkommen. Aber ich trinke keinen Kaffee. Ich werde ein paar Minuten bleiben, während Sie Ihren trinken.»

Es ist kaum Platz sich umzudrehen in der Küche, wenn zwei Personen drin sind. Ralph hängt seine Jacke an die Türklinke, ohne zu fragen, was er damit tun soll, und setzt sich an den winzigen Tisch. Wir reden über Hunde, Nantucket, den Postamtsvorsteher, Siasconset. Er erholt sich von einem Unfall. Ich sehe ihn neugierig an. Er scheint vollkommen gesund zu sein.

«Was machen Sie hier draußen ganz allein mitten im Winter?»

Ich gehe zum Herd und mache mir mit der Kaffeekanne zu schaffen. Ich bin auf dieser Insel Menschen aus dem Weg gegangen, um zu vermeiden, eben diese Worte zu hören. Wird es mir je möglich sein, die Wahrheit zu sagen, wenn Leute mir direkte Fragen stellen?

«Ich bin mit Denken beschäftigt. Und mit Schreiben.» Nun, das ist wenigstens teilweise wahr.

Er sieht verblüfft aus. «Worüber denken Sie nach?»

Es hat nicht geklappt. Ich beschließe, meine Promotion zu erwähnen. Das könnte dazu beitragen, das Thema zu wechseln.

Er sieht mich kühl an. «Das ist sehr eindrucksvoll. Die Leute, deren Haus in Nantucket ich betreue, haben beide einen Doktortitel. In Psychologie, glaube ich. Ich selbst bin nie auf einem College gewesen. Ich werde ihnen von Ihnen erzählen. Vielleicht können Sie sie kennenlernen.»

Der Gedanke, mit Psychologen zu reden, entsetzt mich. Ich sage, das könnte vielleicht später interessant sein, dann zerbreche ich mir den Kopf nach einem Gesprächsthema. «Was halten Sie von dem Tierarzt hier draußen?»

«Es gibt keinen Tierarzt auf Nantucket.»

«Doch. Ich bin mit Logos beim Tierschutzverein in der Pleasant Street gewesen.»

«Mr. Lema. Er ist kein Tierarzt. Er ist einer, der streunende Hunde einfängt. Oder tat es jedenfalls. Ihn haben Sie für einen Tierarzt gehalten?» Ralph grinst über meine Dummheit.

«Er hat mir nie gesagt, daß er keiner ist. Und er hat Logos die Spritzen gegeben. So was Dummes. Das erklärt das komische Gefühl, das er bei mir erweckt hat. Er konnte mir nicht sagen, welche Bücher ich lesen sollte, um mehr über Hunde zu lernen.»

«Der Tierarzt kommt einmal in der Woche her, von Boston, glaube ich. Erkundigen Sie sich bei Lema. Ich muß jetzt gehen.» Er nimmt seine Jacke und ist zur Tür hinaus, während Logos noch aufsteht.

Danach irre ich eine halbe Stunde durchs Haus und kann mich nirgends niederlassen. Ich höre noch das Echo einer anderen Stimme, die nicht meine ist. Zum erstenmal seit fast drei Wochen habe ich gesprochen. Die bloße Tatsache, daß ich noch reden kann, sollte doch kein solches Ereignis sein. Was ist am Reden, am Reden-Müssen, das mir dieses besondere Gefühl gibt, mich aufzutun, jemanden hereinzulassen. Mir ist, als müsse ich mich wieder in mich zurückziehen. Ich bin noch nicht bereit, mit Menschen zusammenzusein.

Ich fahre mir durchs Haar. Trocken genug. Ich suche mir meine imitierte Pelzkappe, Mantel, Stiefel, und wir sind unterwegs. Ich laufe mit Logos um die Wette zum Ozean. Er gewinnt: nach zwei Querstraßen gebe ich auf. Am Strand suche ich mir meinen Baumstamm und denke an nichts als den salzigen Geruch der Luft, die mich umfängt.

Alles an Randalls Brief ist erfreulich. Er bietet mir seine Dienste als Rechtsanwalt und Freund an, wann immer ich ihn brauche. Der Brief ist auf gelblichem, schwerem Dokumentenpapier geschrieben, geeignet für die dauerhaften Worte des Rechts. Er legt einen Sonderdruck von etwas bei, das er gerade geschrieben hat, die Besprechung eines Buches über das Oberste Bundesgericht.

Dummkopf: auch ihn stelle ich mir als eine von einer Reihe Alternativen vor, unter denen ich bloß zu wählen brauche, um damit eines meiner größten Probleme zu lösen. So wie ich gestern an Mike gedacht habe. Wie ich an George denke. Oder an Stan.

Stan. Zehn Jahre lang schienen mir Männer mit einem Schild herumzulaufen, auf dem stand: ICH BIN NICHT STAN. So daß, wie lange sich einer von ihnen auch hielt, mein letztes Urteil über diese Männer, über einen nach dem anderen, lautete: «Du bist nicht Stan.»

Ich denke an einen Aprilnachmittag, als unsere Beziehung noch neu war und wir uns auf dem Campus ergingen, lachend, uns gegenseitig Gedanken zuspielend, uns der Gegenwart des anderen so bewußt, daß sich nicht einmal unsere Fingerspitzen zu berühren brauchten. Vor uns auf dem diagonalen Weg, der zur Bibliothek führt, kam uns ein Mann entgegen, blieb einen langen Augenblick stehen und ging dann langsam weiter. Stan und ich winkten ihm beide zu. Er war ein Kommilitone.

«Ihr habt mir den Atem verschlagen, ihr zwei», sagte er, als er herankam. «Es war, als sähe ich Sexus selbst auf mich zukommen.» Er ging lächelnd weiter und schüttelte verwundert den Kopf.

«Na ja.» Stan grinste mich an. «Ich kann verstehen, daß er das über dich sagte.»

«Über mich mit dir, Stan.»

Vielleicht haben sich unsere Hände dann berührt.

Nein, es war nicht sein Aussehen. Klein, dick und kahlköpfig.

Marilyn kicherte: «Alice, warum bezeichnest du ihn so? Er ist nicht klein.» In unseren ersten Monaten in Harvard war er Marilyns Freund gewesen.

«Na, groß ist er nicht.»

«Aber auch nicht dick.» Die Brust, deren Umriß meine Finger noch nachziehen können. Der magere Bauch.

«Okay, er ist nicht dick.»

«Auch nicht kahlköpfig. Vielleicht kahl werdend.»

«Er kämmt sich dieses blonde Haar über ein ganz schön sichtbares Stück Kopfhaut.»

Es war nicht sein Aussehen, das ihn als die andere Hälfte von mir erscheinen ließ.

Aber ich muß feststellen, daß Stan nicht hier ist. Auch Mike nicht oder George. Ausgenommen jetzt Randall, weiß keiner von ihnen, wo ich bin. Keiner von ihnen würde auch nur den Versuch machen, mich zu finden. Und der Grund ist: keinem liegt etwas daran. In jeder wesentlichen Bedeutung des Wortes: keinem liegt etwas daran.

Warum denke ich dann immer noch an sie als Möglichkeiten für eine zukünftige Beziehung? Ich scheine zu glauben, sobald ich mich entschieden habe, welchen von ihnen ich wirklich will, brauche ich mich ihm bloß zu Füßen zu werfen, und wir werden von Stund an glücklich sein.

Sie sind *keine* Möglichkeiten. Laut: «Sie sind keine Möglichkeiten.»

Logos schaut auf, reckt sich, dreht sich auf den Rücken und schläft wieder ein, die Vorderpfoten angewinkelt, die Hinterbeine weit ausgestreckt, um das Gleichgewicht zu halten. Bald wird er langsam auf eine Seite fallen, und dann werden Beine und Pfoten wie bei einem Akkordeon Stück für Stück folgen, und er wird wieder auf der Seite liegen. Da!

Wenn sie keine Möglichkeiten sind, warum habe ich dann an sie gedacht? Ich gieße den letzten Schuß aus der Bourbon-Flasche und gehe mit dem Drink wieder zum Fenstersitz. Die geröteten Wolken werden purpurn. Rasch werden sie noch dunkler, bis nur ein ganz schwacher Lichtschein am Himmel bleibt. Könnte ich die Welt jetzt anhalten, alles ausschalten, was vorangegangen war oder noch kommen soll, dann könnte dieser Himmel ununterscheidbar Morgen- oder Abenddämmerung sein.

Ich habe mich irreführen lassen. Ich sollte an diese Männer nur denken, um zu verstehen, was ich tue, wenn ich mit Männern zu tun habe. Warum es immer damit endet, daß der eine oder andere von uns unerwünscht ist, es aber nicht glaubt. Aber nichts davon habe ich verstehen können. Ich habe bloß in Erinnerungen geschwelgt. Es läuft alles darauf hinaus, daß ich keine Ahnung habe, was ich mit Männern tue, und deshalb kann ich noch nicht die Frage stellen, warum ich das tue, was ich tue.

Es muß eine Möglichkeit geben, die Geschichte wie ein Außenstehender zu betrachten. Sie von einem Standpunkt aus zu hören, den ein objektiver Beobachter einnehmen würde. Kühl, aber wohlwollend. Der Geschichtenerzähler und gleichzeitig eine der Hauptfiguren. Zu schwierig.

Geschichtenerzähler. Ich lächle über den alten Spitznamen und trinke den letzten Schluck. Im Zimmer ist es ebenso dunkel wie draußen.

Aber ich könnte die Geschichte in der dritten Person erzählen, statt sie so zu betrachten, als handle sie von *mir*. Durch die Änderung der Pronomen kann ich etwas Abstand gewinnen. Ich, die Geschichtenerzählerin, kann die Beobachterin von Alice sein, dieser unwissenden Person. Ja, ich werde es versuchen. Morgen.

Ich habe vergessen, wo Logos liegt und schläft. Ich rufe ihn. An der Couch rührt sich etwas. In meiner Nähe finde ich den Schreibtisch und knipse das Licht an. Jetzt ist es nur noch draußen dunkel. Und in meinem Inneren.

Logos ist nicht an der Tür, als ich ihn vor dem Frühstück hereinlassen will. Ich rufe ihn und erwarte, daß er aus dem hohen Gras zu mir kommt. Ich renne hinaus zum Rasen vor dem Haus und rufe ihn noch einmal laut, dann stehe ich frierend da und schaue zum Wasserturm hinüber. Leere und Stille. Mein Herz hämmert plötzlich, und mir wird ganz übel. Ich stürze ins Haus, um meinen Mantel zu holen, dann renne ich auf die Straße und rufe ihn wieder. Wohin, wohin ist er nur gegangen? Zum Moor? Ich laufe über den Rasen und lasse meine Augen die Reihen purpurfarbener Sträucher zerteilen. Hier nicht. Zurück zur Straße, ich renne nach links, sehe mich aber alle paar Schritte um, bis ich zur Kreuzung komme. In welcher Richtung, Meer oder Golfplatz? Daß ich es nicht weiß, macht mich noch wütender. Ist er weggerannt? Ist er auf die Hauptstraße gelaufen und von einem Auto überfahren worden?

Auto. Ich renne zurück zur Auffahrt, reiße die Garagentür auf, steige ins Auto und fluche: die Schlüssel sind im Haus. Raus aus dem Wagen, hinein in die Küche. Wo habe ich sie hingelegt? Wieder zur Tür hinaus, mein peripherer Blick läßt mich den Kopf nach rechts drehen. Über die Wiese aus der Richtung des Wasserturms kommt Logos angetrabt, in aller Gemütsruhe und voll Welpenanmut.

Ich zittere immer noch. Ich weiß, ich muß die Hände in den Taschen behalten, sonst würde ich ihn schlagen. Er kommt direkt auf mich zu, die letzten Schritte springend, entzückt, gleich am Morgen eine so gute alte Freundin zu sehen. Ich bücke mich und drükke ihn mit beiden Armen an mich. Er erduldet es fünf Sekunden, dann befreit er sich.

«Du Dummkopf! Wo bist du gewesen?» Ich warte tatsächlich auf eine Antwort. Logos geht wohlweislich zur Tür, um eingelassen zu werden, ich komme nach und sehe ihn mit neuen Augen. Er wächst heran, wächst fort von mir.

Träge betrachte ich das Muster, das die Sonne auf dem ekrüfarbenen Teppich zeichnet, und versuche mich zu erinnern, welche großartige Idee ich gestern abend meinem Glas Bourbon entlockte. Sie entzieht sich mir. Etwas über eine neue Methode. Ich brauche etwas Neues. Die Zeit vergeht, und ich stecke immer noch im Sumpf.

Warte mal. Ich habe Polyas *How to Solve It* in den Bücherkarton gepackt, den ich mitgebracht habe. Hier ist es. Der philosophische Teil von mir ist fast völlig skeptisch. Ich weiß, es gibt keine «Methoden des Erkennens» im strengsten Sinn des Wortes Methode. Doch Polya spricht von «heuristisch» als «Untersuchung der

Methoden und Regeln des Erkennens», als ob es eine Reihe von Schritten gäbe, die, wenn sie nacheinander getan werden, zu einem Erkennen führen würden.

Der andere Teil von mir, der nie mit dem philosophischen verschmolz, braucht dringend Anhaltspunkte. Ich blättere die ersten Seiten durch, um meine Erinnerung aufzufrischen, und mir wird klar, wieviel bescheidener Polya in seinem Text ist als sein Verleger im Klappentext. Er weiß, daß er bestenfalls eine Reihe von bloßen Hinweisen in groben Zügen darlegen kann, andeutende Schritte, die zu befolgen nützlich sein könnte, wenn man bereit ist, es zu riskieren, und Zeit dafür hat. Und wenn das Problem, das man hat, mehr oder weniger ein technisches und möglichst ein geometrisches ist. Im Gegensatz zu meinem.

Ich stelle fest, daß ich genauer lese, als ich vorgehabt hatte. Vielleicht hat er etwas für mich. Ich gehe zur Schreibmaschine und tippe Teile seiner zweiseitigen schematischen Darstellung des ganzen Buches ab, und dann lehne ich mich auf meinem Stuhl zurück und starre ratlos auf die Seite. Nein, ich gebe zu schnell auf. Er gibt sich die größte Mühe, etwas klarzumachen, das unglaublich schwierig ist, und ich muß zu begreifen versuchen, was er meint.

Erstens muß ich das Problem verstehen: er unterstreicht es. Wir sind, weiß Gott, einer Meinung. Er versucht sogar zu untersuchen, worin das Verstehen bestehen könnte: das Problem setzt sich zusammen aus einem Unbekannten, aus Gegebenem und einer Bedingung. Ich muß fragen: «Was ist das Unbekannte?» Die Lösung des Problems besteht im wesentlichen in der Verknüpfung des Unbekannten mit dem Gegebenen.

Das Gegebene: diese Masse von Erinnerungen, die ich ausgegraben und täglich vermehrt habe. Das Unbekannte: was ist das Unbekannte? Mich schaudert. Immer noch kann ich es nur in der Ausdrucksweise von Dr. Kant sagen: Ich werde erst verstehen können, warum ich so lebe, wie ich lebe, wenn ich verstehe, was ich tatsächlich tue. Das Unbekannte entdecken ist also Heuristik. Ich muß eine Möglichkeit finden, das Gegebene genau darzulegen, damit ich mein Verhaltensmuster, das dabei zum Vorschein kommt, erkennen kann. Ich muß eine Möglichkeit finden, mir selbst zu sagen, was ich tue, ehe ich verstehen kann, warum. Das Unbekannte ist also das, was es immer ist: ein Problem der Beschreibung. Sichtbar machen, was mir jetzt unverständlich ist. Klarmachen, was vorher nicht klar war.

Vielleicht ist es schließlich doch eine philosophische Tätigkeit.

Die Einsicht mindert meine Verzweiflung nicht. Ich bin wieder da, wo ich immer anfange: die Nase über die Einzelheiten dessen gebeugt, was direkt vor mir liegt, und keine Möglichkeit, mich aufzurichten, um einen Überblick zu bekommen.

Ich beginne einzusehen, daß die ganze Vorstellung von einer Methode, etwas zu erkennen, *ex post facto* ist. Es gelingt einem, etwas zu tun, oder man tut etwas so gut, daß man selbst wissen will, wie man es getan hat. Also geht man zurück, versucht die Schritte nachzuvollziehen, die einen nicht ganz durch Zufall, nicht ganz mit Absicht dort hingeführt haben, wohin man wollte. Man nennt das Wiederherstellen der «Methode». Aber was garantiert, daß man alle signifikanten Schritte wieder aufgenommen hat wie Maschen, die von einer Stricknadel heruntergerutscht sind, oder daß man sie wieder in der Reihenfolge zusammenfügt, in der sie ursprünglich vorkamen?

Wie Leonardos «Methode», seinen Schülern beizubringen, die Gesichter zu skizzieren, die sie auf der Straße sahen. Er ordnete alle Stirnen, alle Augenbrauen, alle Augenformen, jeden vorstellbaren Aspekt des menschlichen Gesichts in Kategorien ein, numerierte sie dann und gab seinen Schülern die Liste. Statt Gesichter zu skizzieren, wenn der Schüler sie auf der Straße sah, wählte er eine Beschreibung des Gesichts nach den Ziffern auf der Liste: Augenbrauen 22, Nase 64. Später sollte er das Gesicht nach den in der Liste abgehakten Aspekten skizzieren. Und Leonardo war verblüfft, als seine Schüler es nicht fertigbrachten, daß ihre Skizzen den Gesichtern ähnelten, die sie gesehen hatten, denn seine Skizzen sahen wie die Gesichter aus, die er gesehen hatte, und er hatte den Schülern doch seine narrensichere Methode gegeben.

Aber es war überhaupt keine Methode. Er hatte keine Methode: er konnte einfach zeichnen. Aber er glaubte, was er tat, könne in Worte gefaßt werden. Seine Liste war sein so aufrichtiger, so nutzloser Versuch, die von ihm unternommenen Schritte sprachlich zu fassen.

Aber man kann etwas sagen, und man kann etwas tun, und fast immer können die Menschen etwas besser tun als darüber reden, als ob der vernunftbegabte Körper jeden Versuch vereitelt, nur den geistigen Teil als denjenigen auszuwählen, dem es allein zukomme, für den Erfolg verantwortlich gehalten zu werden.

Ich schiebe meinen Stuhl zurück und stehe erregt auf. Wie bin ich auf all das gekommen? Ich habe mein ganzes Leben auf etwas völlig anderes gegründet: wenn ich eine Methode, etwas zu tun, nicht verstand, konnte ich es überhaupt nicht tun.

Theater spielen, zum Beispiel. Ich hörte damit auf, weil ich nicht nach der Methode spielen konnte, die Goodman lehrte. Aber jetzt sage ich: man kann Theater spielen und dann zu sagen versuchen, was man tut, wenn man Theater spielt – die eigene Methode. Aber die Methode ist bestenfalls ein Schatten, den der Schauspieler wirft, der zu *sagen* versucht, was er tut. So sagt Stanislawski: «Ich empfinde mich als eifersüchtig, wenn ich Othello spiele.» Und Coquelin sagt: «Ich bin mir meiner als des Schauspielers bewußt, der weiß, wo das Publikum ist, wo die Ausgänge sind, wie mein Kostüm sitzt, ob die anderen Schauspieler müde oder gutgestimmt sind.» Coquelin, der sich all dieser Faktoren seiner Kunst bewußt ist, *führt* seinen als Othello kostümierten Körper hinein in Zärtlichkeit, Eifersucht, Zweifel, Zorn und Kummer und wieder hinaus und spricht dabei Othellos Text.

Das Problem der Schauspielkunst ist: Wer faßt sein inneres Erleben wahrer auf, Stanislawski oder Coquelin? Zugegeben, sie waren beide große Schauspieler. Welcher von ihnen vermochte besser zu sagen, was er tat? Was das betrifft, welcher dritte vermöchte es besser zu sagen als einer von ihnen? Oder welcher fünfte oder fünfzehnte?

Ich hüpfe fast im Wohnzimmer herum. In diesem Sinne habe ich das Problem bisher nie aufgefaßt. Ich könnte noch Schauspielerin sein, wenn ich geglaubt hätte, daß die Methode, die mir beigebracht wurde, nur eine Version von mehreren ist, wie über das Spielen gesprochen werden kann.

Plötzlich bleibe ich stehen. Ich habe diese Methode als einen Maßstab angesehen, dem ich entsprechen müsse, um als wirklich gute Schauspielerin zu gelten; und als ich feststellte, daß ich ihm nicht entsprechen konnte, habe ich mich dadurch disqualifizieren lassen. Ein Maßstab, eine Vorschrift: auf diese Weise tun wir Dinge. Vorschriften eines anderen. Wieder mal.

Mir ist nach Weinen zumute, aber ich schüttle den Kopf, um

mich von den Tränen zu befreien. Die Bewegung scheint Verbindungen zu lösen, die bisher verknotet und unergiebig waren.

Hätte ich verstanden, daß diese Methode nur die Art und Weise eines Mannes war, über das zu reden, was er als Schauspieler tat, dann hätte ich vielleicht erkennen können, ob sie für das brauchbar war, was *ich* tat, wenn *ich* spielte. Ich hätte herausfinden können, daß sie manchmal brauchbar war und manchmal nicht, und mit der Zeit hätte ich womöglich meine eigene Art gefunden, über das Spielen zu reden: meine eigene Methode.

Aber dann hätte ich wissen, sicher sein müssen, daß ich spielen konnte. Und bis ich ans Goodman Theatre ging, *war* ich davon überzeugt. Oder vielmehr kamen mir gar keine Zweifel, ob ich es könnte. Worin besteht der Unterschied? Der Maßstab. Vor Goodman hatte ich keinen Maßstab, um die Qualität meines Spielens zu beurteilen. Ich bekam Beifall am Ende des Stücks, die Leute sagten mir, ich sei gut, und damit hatte es sich. Aber bei Goodman sagten mir die Leute nicht allzu oft, daß ich gut sei. Und da begann ich zu zweifeln, ob ich gut sei. Die einzige Möglichkeit, auf meine Zweifel zu reagieren, war die Frage, ob ich diesem Maßstab entsprechen könnte.

Entsetzlich, ekelerregend. Wieder Spiegel. Bin ich schön? Ich ließ es mir von anderen Leuten sagen. Kann ich spielen? Ich ließ es mir von anderen Leuten sagen. Wie konnte ich anderen Menschen solche Macht über mich einräumen? Als ob ich nicht glaubte, ich wisse ... was? Was sollte ich wissen und weiß es nicht?

Ich denke zurück an den Tag, an dem ich endlich sah, daß mein Gesicht mein Alter verrät. Aber wenn ich nicht wirklich glaube, ich sei schön, warum sollte es dann etwas ausmachen, wenn mein Gesicht jetzt Falten und Schatten bekommt? Ich weiß es: weil ich dann nicht mehr als schöne Frau behandelt werde.

Aber ich sollte das begrüßen, was wahr ist. Wenn es wahr ist, daß ich nicht schön bin, dann sollte ich mich freuen, wenn die Leute mich nicht mehr so behandeln, als ob ich es wäre. Was ich schon immer gewußt habe, wird jetzt für alle anderen noch offenkundiger sein. Ich sollte gern älter werden, weil es den Abstand verringert zwischen dem, was ich gewußt habe, und dem, was andere mir sagen.

Wenn es eine Größenordnung für Gedanken gibt, dann ist dieser eine Miniaturausgabe. Aber er tut weh, dieser kleine Gedanke. Er fördert etwas zutage, das ich zugedeckt hatte. Nun ja, ich werde es anschauen. Deshalb bin ich ja hergekommen, um zu sehen, was wahr ist.

Etwas weiß ich also: ich weiß, wie ich aussehe. Jetzt und immer, was mir jemand auch sagen mag.

Aber das ist es nicht, was ich in bezug auf das Theaterspielen hätte wissen sollen. Ich versuche, zu dem Weg zurückzufinden, den ich mir vormittags gebahnt habe. Überrascht stoße ich auf meine eigene Müdigkeit.

Logos ist ebenso beleidigt wie verblüfft, daß er in der Badewanne steht und eingeseift und gewaschen wird. Ich bearbeite rasch die hinteren Teile, während ich schon weiß, daß er sich zum drittenmal darauf vorbereitet, herauszuspringen. Die Badematte schwimmt schon fast auf dem Wasser, das er die ersten beiden Male mitgebracht hat; ich selbst bin so naß, als wäre ich auch in der Wanne gewesen. Der Gummischlauch löst sich dauernd vom Hahn, und meine Hände rennen um die Wette mit Logos' voraussehbarem letzten Versuch. Das Wichtigste sei, ihn gründlich abzuspülen, steht im Buch; die getrocknete Seife könnte seine Haut reizen und zu allen möglichen Komplikationen führen, die bestimmt kostspielig wären. Der Schlauch löst sich endgültig vom Hahn, als ich gerade seinen Schwanz wasche. Ich greife nach der langstieligen Pfanne, von der ich zum Glück geahnt hatte, daß ich sie brauchen würde. Ich fülle sie unter dem laufenden Hahn, rede Logos gut zu und übergieße ihn, und das wiederhole ich, bis mir die Arme weh tun von den gegensätzlichen Anstrengungen, ihn mit der einen Hand festzuhalten und mit der anderen abzuspülen. Als ich ihn loslasse, springt er auf den Fußboden und stürzt zur Tür, aber dem bin ich zuvorgekommen: die Tür ist zu. Ich lasse mich auf meinen vier Buchstaben nieder, um Atem zu holen für die nächste Runde: ihn abzutrocknen.

Er sieht unerwartet mager aus, als er da steht und Wasser so stetig an ihm herunterläuft, daß er selbst die Quelle sein könnte. Er hat den Kopf gesenkt, und ich bin sofort gerührt: er sieht aus, als habe er Prügel bekommen. Ich erhebe mich und greife nach dem Handtuchstapel. Plötzlich regnet es im Badezimmer im ersten Stock. Instinktiv ziehe ich den Kopf ein. Logos schüttelt sich noch einmal, aber den größten Teil des Wassers habe ich schon aufgefangen. Als er zum drittenmal den Kopf senkt, springe ich auf ihn und schlinge ihm ein Handtuch um Bauch und Rücken, dann rubbele ich. In Sekunden ist das Handtuch klitschnaß und hängt mir schwer in der Hand; noch ein Handtuch und noch eins; im ganzen brauche ich sechs, ehe ich ihn trocken genug finde, um ihn hinauszulassen. Draußen vor der Tür schüttelt er sich noch einmal, bloß um zu zeigen, daß er über seinen Körper selbst verfügt. Sein Fell steht überall dick ab; er sieht gut genährt und wohlgestaltet und sehr sauber aus.

Mein Seufzer treibt mich an, das Badezimmer sauber zu machen, und mittendrin nehme ich auch rasch ein Bad. Logos bleibt heute abend drin. Kein kaltes Lüftchen darf an ihn kommen.

Als ich mich ins Bett lege, werfe ich einen Blick auf das zweite Bett auf der anderen Seite des Nachttisches. Ich könnte ihn da schlafen lassen. Dann bekommt er keinen Durchzug, und sauber ist er bestimmt. Ich überlege, welchen Präzedenzfall ich damit schaffe. Indem ich ihn niemals auf ein Möbel ließ, weiß er nicht, daß es Flächen gibt, auf die man sich legen kann. Wenn ich ihn auf dem Bett schlafen lasse, wird er ein neues und gefährliches Wissen haben.

Ich kämpfe gegen das Vorschriftartige daran. Aber es ist meine eigene Vorschrift. Ich kann sie für heute abend aufheben, wenn ich will, und sie morgen wieder erlassen, wenn ich will.

«Logos.» Ich klopfe einladend auf die Decke des anderen Bettes. Er sieht abwechselnd mich und das Bett an und zögert lange genug, um bei mir Zweifel an der Klugheit meiner Verbotsaufhebung aufkommen zu lassen. «Es ist okay. Komm.» Mit einem Satz ist er auf dem Bett, dreht sich im Kreis, um die richtige Stelle zum Zusammenrollen zu finden, und legt sich dann ruhig hin. Ich glaube einen Blick zu sehen, der triumphähnlich ist, aber er verwandelt sich rasch in ein friedliches Aufleuchten.

Hier liegen wir, mein Freund und ich, durch einen Nachttisch getrennt. Ich habe lange niemanden in Augenhöhe auf einem Bett gehabt. Einen Augenblick lang erwarte ich, daß Logos redet, daß er seinen Teil zu der Unterhaltung beisteuert. Aber er schläft so schnell ein und liegt so zufrieden da, daß er mich auf seine Weise erfreut, weil er sich so wohl fühlt. Und mir dasselbe merkwürdige Gefühl eingibt.

Im Morgenrock schlafe ich ein, während das Licht noch brennt.

Es weckt mich nach einiger Zeit. Ich knipse es aus und krieche zur korrekten Nachtruhe unter die Decken.

Logos' Augen sind noch nicht einmal einen Meter entfernt, als ich am Morgen meine aufschlage. Das Gefühl, einen Zimmergenossen zu haben, durchzuckt mich, und ich lache. Er beginnt den Abstand von seinem Bett zu meinem abzuschätzen, aber ich halte seinen Sprung auf, indem ich meine Decken wegwerfe und ihn auf den Boden setze. «Nein, mein Lieber. Bett kommt erst wieder in Frage, wenn du das nächste Mal gebadet wirst.» Ich fahre ihm mit der Hand durchs Fell. Es fühlt sich so weich an und riecht so frisch. Und ist absolut trocken.

Heute morgen warte ich auf ihn, als er draußen ist. Er scheint absichtlich zu trödeln, aber ich bin entschlossen, meinen Willen durchzusetzen. Als wir wieder nach oben gegangen waren, finde ich auf der Decke des zweiten Bettes etwas, das wie Reis aussieht. Während ich mich anziehe, versuche ich mich zu erinnern, wofür das ein Anzeichen ist.

Ich finde das Hundebuch auf dem Schreibtisch und überfliege das Register, bis das richtige Stichwort meine Erinnerung auslöst: Bandwurm. Zu den beschriebenen Symptomen gehört Appetitlosigkeit.

Ich stürze ans Telefon, um den Tierarzt anzurufen, aber dann bemerke ich, daß die Sonne noch ganz tief am östlichen Himmel steht. Irgendwo muß meine Uhr sein. Zehn Minuten vor sieben. Verflixt! Drei Stunden, ehe ich anrufen kann. Ich schiebe die Schreibmaschine zur Seite und lege die Uhr mitten auf den Schreibtisch. Es ist der erste Morgen, an dem ich wissen will, wie spät es ist, seit ... Ich weiß gar nicht, seit wann.

Wie lernen denn die Macher? Stanislawski wurde eine Methode beigebracht, Coquelin wurde eine Methode beigebracht, als sie beide so neu beim Theater waren wie ich. Daß jeder von ihnen überhaupt seine eigene Methode beschrieb, bedeutet, daß ihnen nicht zusagte, was sie gelehrt worden waren. Es bedeutet, daß eine Kluft bestand zwischen dem, was sie gelehrt worden waren, und dem, was sie wußten. Was sie, wie sie feststellten, selbst auf der Bühne taten. Was ihrer Beobachtung nach andere Schauspieler taten. Was ihrer Meinung nach bei einer bestimmten Szene wirksam wäre, auch wenn niemand es ihnen vorgeschlagen hatte, auch wenn niemand es bisher versucht hatte. Um die Kluft zu beseitigen, mußten sie zu sagen versuchen, was sie wußten, mußten sie ihre Methode darlegen.

Ich bin hier einem Zusammenhang auf der Spur, aber ich scheine ihn nicht in den Griff zu bekommen. Er hat mit der Tatsache zu tun, daß ich genau an dem Punkt aufgab, an dem diese Schauspieler sich energisch dranmachten. Ich sagte mir: Was ich gelehrt wurde, entspricht nicht dem, wie es sich anfühlt, auf der Bühne zu stehen, deshalb bin ich nicht geeignet, auf der Bühne zu stehen. Sie sagten sich: Was ich gelehrt wurde, entspricht nicht dem, wie es sich anfühlt, auf der Bühne zu stehen, deshalb ist das, was ich gelehrt wurde, nicht die ganze Wahrheit über das Theaterspielen, und ich muß sie finden, wenn ich irgend kann.

Ich gab auf; sie gestalteten die Schauspielkunst neu. Sie wußten etwas, das sie am Theater hielt; hätte ich es gewußt, wäre ich vielleicht geblieben. Was habe ich *nicht* gewußt?

Sie wollten Theater spielen.

Das wird mir so unverfälscht, in solcher Schlichtheit klar, daß es alle Knoten, alle Windungen der letzten beiden Tage durchhaut.

Und ich wollte nicht Theater spielen.

Unwillkürlich schüttle ich den Kopf. Nein, das stimmt nicht ganz.

Ich wußte nicht, ob ich Theater spielen wollte.

Wollte. Ich konzentrierte mich auf den falschen Punkt. Während ich von einem zum anderen rannte, um herauszufinden, ob ich spielen *könne*, hätte ich mich selbst prüfen sollen, ob ich spielen *wollte*.

Aber ich hielt es für selbstverständlich, daß ich es wollte. Warum wäre ich in all diesen Stücken aufgetreten, ehe ich an die Schauspielschule ging, wenn ich nicht Theater spielen wollte?

Ich spanne die Bauchmuskeln gegen die Schläge an. Ich habe Theater gespielt, weil alle mir dauernd sagten, ich sei gut. Spiegel. Auch hier.

Ich renne herum: vom Schreibtisch zur Couch, von der Couch zum Tisch, vom Tisch zum Kaminsessel, vom Sessel zum Herd, vom Herd zum Kühlschrank, und da lehne ich mich weinend an. Daß ich mich unaufhörlich in den Augen anderer Leute widerspiegle. Wenn sich mir ein Augenpaar zuwendet, beginne ich sofort, mich darin zu suchen. Ich scheine zu glauben, es gäbe mich nur in anderen Augen. Ich bin, was ich in diesen Augen sehe, wem immer sie gehören.

Ich ersticke an einem Lachen: Sein heißt wahrgenommen werden; die Monade spiegelt andere Monaden. Aber dann halte ich den Atem an: In der Philosophie muß ich das auch getan haben.

Warum kann ich nicht sehen? Was stimmt mit meinen Augen nicht? Wenn ich wüßte, wie das zu betrachten ist, was ich sehe, was dann? Dann würde ich nicht die Augen anderer Leute brauchen.

Wie lerne ich sehen? Ach nein: Ich verlange schon wieder nach einer Methode.

Warte mal, warte. Etwas will verstanden werden. Den Machern, denjenigen, die etwas wirklich gut machen, wird eine Methode beigebracht. Die Methode nützt ihnen bis zu einem bestimmten Punkt. Aber dann bewirkt eine Gewißheit in bezug auf das, was sie zu tun versuchen, daß sie sich dieser Methode entledigen oder es wenigstens einleiten. Etwas, das sie wissen, veranlaßt sie, die Kluft zu überbrücken, die zwischen der gesicherten Unzulänglichkeit dessen, was sie gelehrt wurden, und der Erfüllung liegt, die, wie sie unbestimmt spüren, auf der anderen Seite existiert. Und die einzige Möglichkeit, das zu erlangen, was nicht wirklich garantiert, sondern nur erhofft werden kann, ist, einen Sprung zu machen. Sobald sie auf der anderen Seite sind, sehen sie sich um und werfen dann einen Laufsteg hinüber, ihre Methode, die ihre Schüler benützen können.

Ich weiß jetzt, ihre Kühnheit besteht darin, daß sie wissen, was sie tun wollen. Könnte ich lernen, mit meinen eigenen Augen zu sehen, würde ich einen vergleichbaren Sprung machen und die Vorschriften von allen anderen zurücklassen können.

Wieder meine eigene Wahrheit. Ich beginne zu verstehen, wie dringend ich sie brauche. Jetzt erkenne ich sogar, daß ein offener Konflikt besteht zwischen dem, was andere Leute sehen, und dem, was ich lernen muß zu sehen. Ich sollte es nicht bedauern, wenn andere Leute womöglich finden, meine Wahrheit sei nicht die Wahrheit, die sie an mir gesehen haben. Ich sollte es für eine große Leistung halten.

Als ich den Tierschutzverein anrufe, sagt Mr. Lema, ich hätte den Tierarzt gestern verpaßt, er komme immer donnerstags auf die Insel. Wenn die Flugzeuge verkehren. Ich erwäge kurz, ob ich Mr. Lema etwas von dem Reis sagen soll, den ich gefunden habe, aber ich bin so ärgerlich auf mich selbst, daß ich ihn für den Tierarzt gehalten hatte, daß ich nichts sage.

«Vielen Dank. Ich rufe ihn am nächsten Donnerstag an.»

Ich hänge auf und erkenne plötzlich neue Nachteile der Isolation.

Aber warum *brauchte* ich die Augen anderer Leute? Offenbar habe ich dem nicht getraut, was ich sehen konnte, und mich deshalb an das gehalten, was sie sahen. Und dennoch nicht alle von «ihnen». Ich wählte aus, welchen ich glauben wollte. Ich muß zum Beispiel einen Grund gehabt haben, daß ich Dr. Gnesins Ansicht der Davids vorzog. Oder daß ich den Leuten glaubte, die mir sagten, ich sei schön, obwohl ich vermutete, daß sie sich irrten. Natürlich ist Schönsein nichts, wozu man eine gegenteilige Ansicht hört. Die Leute kommen nicht zu einem und sagen: «Du bist nicht hübsch.»

Ich werde den einfachen Weg zuerst versuchen und sagen, ich glaubte den Leuten, die mich schön fanden, weil ich ihnen glauben *wollte*. Aber dann müßte ich den Schluß ziehen, daß ich glauben *wollte*, ich sei keine gute Schauspielerin, denn das hatte mir Dr. Gnesin gesagt, und nicht glauben wollte, ich sei eine gute, was David mir gesagt hatte. Wie läßt sich das unter einen Hut bekommen?

Oder gescheit sein. Das ist nun etwas, das ich seit meiner frühesten Kindheit *wußte*, bis zu der Katastrophe mit diesen Prüfungen in Harvard. Aber habe ich nicht schließlich sogar das bezweifelt?

Sehr seltsam. Eine Art Schema kommt allmählich zum Vorschein. Die Quelle außerhalb von mir beginnt zu versiegen, und das veranlaßt mich, an mir selbst zu zweifeln. Runzeln erscheinen auf meinem Gesicht; ich merke, daß ich nicht so oft wie früher Komplimente bekomme; ich fische nach ihnen; und es endet damit, daß ich bezweifle, ob ich jemals schön war. Für meine Arbeit an der Schauspielschule bekam ich kein überwältigendes Lob; ich trachtete danach, es aus einer, wie ich glaubte, maßgeblichen Quelle zu erhalten; er enttäuschte mich; ich schloß daraus, ich könne nicht Theater spielen. Jahrelang bekam ich die besten Noten, Stipendien wurden mir gewährt, ich wußte, ich könne alles lernen, ich brauchte mich bloß dranzusetzen; dann fiel ich unglaublicherweise bei den Harvard-Prüfungen durch; und in all den Jahren seitdem frage ich mich, ob ich eigentlich tatsächlich gescheit bin.

Im nächsten Augenblick höre ich meine eigenen Worte. Ich sagte «die Quelle». Die Quelle wovon? Von Belohnungen! Wie konnte mir das entgehen! Komplimente, Applaus, Lob, Bewunderung: das alles sind Belohnungen. Darum habe ich mit dem aufgehört, was ich zu tun versuchte: die Belohnungen ließen nach.

Ich vermag mein Herz nicht zu beruhigen, obwohl ich die Hände auf die Brust drücke.

Darum habe ich erst gestern entdeckt, daß ich nie wußte, ob ich Theater spielen *wollte*. Nicht weil ich Theater spielen wollte, habe ich gespielt: ich spielte um des Applauses willen. Selbst das Philosophiestudium gehörte ganz und gar dazu: ich habe bloß den Ort der Handlung vom eigentlichen Theater in eine Universität verlegt. Auch ob ich Philosophie studieren *wollte*, habe ich nie gewußt.

Ich sitze jetzt ganz still und beobachte, wie sich die Verbindungen herstellen, als wären sie außerhalb von mir und hätten ein eigenes Leben.

Ich weiß jetzt, was ich mir mit meinen Verstellungen und Lügen erkauft habe: den Applaus.

Kann ich weinen? Mein zweites Jahr im Graduierten-Studium: drei Nachmittage in der Woche als Sekretärin eines Professors arbeiten und abends die Vorlesungen eines anderen vom Tonband abtippen im Büro von irgend jemandem in der Emerson Hall. Und versuchen, wieder für die Prüfungen zu arbeiten. Und ganz ohne Stan, auf seinen Wunsch. Und das Gefühl, abgeschnitten zu sein von all den Studenten, die im Jahr zuvor Freunde gewesen waren, als ich noch Aussicht hatte, zu den Intelligenten zu gehören; sie hatten jetzt die Prüfungen bestanden, bei denen ich durchgefallen war. Und so packte ich kurz nach Mitternacht das Tonbandgerät weg, ging die verlassene Treppe des Gebäudes hinunter, das mein Gefängnis geworden war, hinaus auf die Straßen von Cambridge und nach Hause. Ich wollte tief Luft holen und bekam keine, was mich sofort hysterisch machte. War Jean zu Hause und tröstete sie mich? Ich erinnere mich dunkel, daß ich das alles jemandem erklären wollte, als ich auf meinem Bett lag, auf die Matratze schlug und schrie.

Und das Ziel, als ich das durchmachte, war der Applaus? Sich damit Applaus verschaffen. Der Applaus, den ich kannte, würde kommen, wenn ich endlich meinen akademischen Grad hätte: die Bewunderung würde nicht mehr nur meinem Gesicht gelten. Ich scheine immer nach etwas Außerordentlichem gestrebt zu haben, etwas außerhalb der üblichen Reichweite. In den ersten Tagen am Goodman Theatre, als David jeden von uns in seiner Schauspielklasse fragte, was er im Theater erreichen wolle, sagte ich: «Ich will die größte Schauspielerin meiner Generation werden.» Nicht viele Leute, die das gehört haben, ließen mich vergessen, daß ich es gesagt hatte. Es mag sein, daß jeder von den anderen das auch wollte, aber sie sagten dergleichen wie: Kleopatra spielen, ein Repertoiretheater gründen. Ich dagegen: größte Schauspielerin.

Wie entsetzlich es mich nach Beachtung verlangte. Die Größte sein, die Beste, die Ungewöhnlichste, die ganz andere. Und um das zu erreichen, ertrug ich es jahrelang, von Pfennigbeträgen zu leben, den Kopf zu senken und die Wand noch heftiger zu berennen, an der ich mir schon den Schädel aufgeschlagen hatte. Mich zu zwingen, an der Philosophie festzuhalten, zum Beispiel, und nicht bereit zu sein, es zuzugeben bis kurz vor dem Ende, als die Investition so groß geworden war, daß ich bleiben und den Grad erwerben *mußte*.

«Ich werde es ihnen zeigen!» Ich ging im Zimmer auf und ab, wo Stan und ich zwischen den Prüfungen im Mai unseres ersten Jahres lernten. «Ich will ihre verdammte Promotion nicht!»

«Nein.» Stan, ebenso erschöpft und nervös wie ich; Stan, der den springenden Punkt begriffen hatte und mir klarzumachen versuchte, daß im Graduierten-Studium zu sein bedeutete, im Krieg zu sein. «Die Promotion *schaffen* heißt, es ihnen zeigen.»

Er bestand mit den besten Noten. Schon vor den Prüfungen wußte jedermann, daß er der beste Student war: nachher gab es keine Auszeichnung, die Harvard ihm vorenthielt. Ich bestand nicht und geriet daher in den Hintergrund. Nicht zu bestehen bedeutete, für das zweite Jahr keinen Lehrauftrag zu erhalten, also keinen Studiengebührenerlaß und keinen Unterhaltszuschuß; es bedeutete, nicht mit neuen Dingen beschäftigt zu sein, sondern dieselbe Arbeit noch einmal zu erledigen. Weil die Fakultät es mich noch einmal versuchen ließ, ein besonderes Zugeständnis, da ich auf eine ungewöhnliche Weise durchgefallen war. Um ganz zu bestehen, mußte man vier Zwei minus haben; um bedingt zu bestehen, waren drei Zwei minus erforderlich; ich hatte zwei. Und zwei Drei plus. An einem Punkt ihrer Beratungen beschloß die Fakultät, mich bestehen zu lassen: sie hielten mich für gescheit. Aber dann fanden sie heraus, daß ein anderer dieselben Noten hatte, und ihn fanden sie nicht gescheit. Sie konnten nicht ihn durchfallen und mich bestehen lassen. («Warum nicht?» fragte ich Henry, als er es mir später erzählte.) So ließen sie uns beide bedingt bestehen. Eine Zwei minus mehr, und ich hätte nur eine Prüfung zu wiederholen brauchen; so, wie die Dinge lagen, mußte ich alle vier wiederholen.

Ich stöhne noch immer über diese Arithmetik, wie ich es Nacht für Nacht tat und mich im Bett umdrehte, als könnte ich mich davon abwenden. Und der Unterschied zwischen einer Zwei minus und einer Drei plus ist natürlich sehr groß; er grenzt so deutlich das Verdiente vom Unverdienten ab; es ist eine so scharfe Linie, daß absolut jeder sagen kann, wo der Zwei-minus-Verstand aufhört und der Drei-plus-Verstand beginnt. Es mußte wohl so sein, um die Qual zu rechtfertigen, die mir daraus erwuchs, daß ich auf der falschen Seite dieser Linie gewesen war. Aber seitdem habe ich unterrichtet und Noten gegeben, und ich weiß, wie das vor sich geht. Sie konnten also nicht geglaubt haben, daß ich doch gescheit sei.

Aber im vorigen Sommer in Berkeley sagte Stan: «Du glaubst doch nicht, daß du schließlich die Prüfungen bestanden hast, weil du gescheiter geworden bist?»

«Die Menschen werden nicht gescheiter.»

Stan behielt die Autobahnschilder im Auge, um sicher zu sein, daß er die richtige Abzweigung nahm: «Genau das meine ich.»

Ich erinnere mich, daß ich mich vor Verwunderung fast zu ihm umgedreht hätte. Er glaubte, ich sei gescheit genug, um beim erstenmal bestanden zu haben. Er deutete sogar an, daß die Fakultät das auch geglaubt habe.

«Du läßt es vermutlich als Entschuldigung gelten, daß ich wegen meiner Operation in unserem ersten Jahr ein halbes Semester gefehlt habe.» Vom Beifahrersitz aus beobachtete ich sein Gesicht.

«Ich brauche keine Entschuldigung für dich gelten zu lassen. Es war völlig gerechtfertigt. Du bist die einzige, die zu glauben scheint, daß du keine zusätzliche Zeit brauchtest, um das alles aufzuholen. Sagen wir, es war gerechtfertigt, daß du beim erstenmal nicht bestanden hast. Danach ... nun ja.» Er hob leicht die Schultern und schwieg dann.

Danach ... nun ja. Danach war ich voll Angst und Schrecken. Beim zweitenmal bekam ich bei drei von vier Prüfungen die besten Noten. Fakultätsmitglieder hielten mich auf der Straße an, um mir zu gratulieren und die Hand zu schütteln. Aber die vierte Note war eine Vier, und beim drittenmal eine Drei. Inzwischen hatte ich mich in mich selbst zurückgezogen und schlich durch Nebenstraßen. Beim viertenmal hatten alte Freunde einen speziellen Repetitionskurs abgehalten und ließen mich ihre Prüfungsfragen beantworten, während wir stundenlang am Charles River spazierengingen. Und so bestand ich beim viertenmal und promovierte ein Jahr vor Stan. Jetzt saß er neben mir im Auto und sagte, nichts an diesem Alptraum sei auf einen Mangel an Intelligenz bei mir zurückzuführen, und er sei nicht der einzige, der das glaube.

Er glaubte es. Sie glaubten es. Die Fakultät glaubte es. Ich muß aufhören, mich der Augen anderer Leute zu bedienen. Ich muß eine Möglichkeit finden, um zu erfahren, was *ich* glaube.

Aber heute kann ich das nicht mehr ertragen. Wie kann ich aufhören, darüber nachzudenken? Niemand, mit dem ich reden kann. Kein Radio, das einen anderen Klang hereinbringt. Ich muß schnell vorankommen. Muß schnell irgendwo hingehen. Spazierengehen kann ich nicht: ich würde wieder nachdenken.

«Ach, Logos, warum kannst du mir nicht helfen?» Aber er tut es. Er kommt in die Küche, sitzt da und sieht zu mir auf. Er legt den Kopf auf die Seite und versucht zu verstehen. Mein Lächeln ermutigt ihn, um einen Spaziergang zu bitten. Er bellt zweimal zaghaft.

«Wir werden das Auto nehmen.»

Meine Reifen durchfurchen den Kies, als ich rückwärts aus der Auffahrt stoße.

13

Ich muß mit jemandem reden, den ich kenne, irgendwie, irgendwann, ehe der Tag vorbei ist. Mit wem? Kann ich es ins Auge fassen, die Fähre zu nehmen und fürs Wochenende nach Cambridge zu fahren? Aber wer ist in Cambridge, mit dem ich reden könnte? June. Nein. Sie ist fast darauf festgelegt, mit niemandem vertraut zu sein. Ungerecht. Sie hat mich schon beherbergt und mir zu essen gegeben und mir zugehört. Wer bin ich, daß ich verlangen könnte, daß sie mir interessiert zuhört? Ach, aber ich möchte jemanden haben, der mir voll Anteilnahme zuhört.

Wer sonst in Cambridge? Da ist niemand. Darum bin ich ja hier: weil dort niemand ist, mit dem ich reden kann. Weder in Cambridge noch an einem anderen, mit dem Auto erreichbaren Ort.

Das Klopfen an der Tür schreckt mich auf. Während ich durchs Wohnzimmer gehe, denke ich an die Wohnung mit Marilyn in unserem dritten Jahr des Graduierten-Studiums, und wie ein Klopfen, in welchem Zimmer wir auch waren, uns beide veranlaßte, hörbar Luft zu holen. Wir pflegten aufeinander zuzugehen, leise, um nicht gehört zu werden, und uns anzustarren. Wer konnte es sein? Wir wechselten uns ab mit dem Türöffnen, aber erst nachdem wir die Wahrscheinlichkeit abgeschätzt hatten, daß jemand, den sie oder ich nicht gern sehen wollte, draußen stünde. Das Keuchen nach dem Klopfen wurde am Ende des Jahres fast ein reiner Reflex, so daß wir es taten und dann lachten, aber leise, und uns gegenseitig drängten, die Tür zu öffnen.

«Ralph!»

«Haben Sie schon mal Nantucket-Muscheln gegessen?» Er sieht mich durchdringend an.

«Sind Sie sicher, daß Sie mir keine Brandnachricht bringen? Wo ist Ihr Wagen?»

«Ich bin gelaufen.»

«Sechs Meilen?»

«Dauerte nur ein oder zwei Stunden. Sie haben mir gesagt, Sie laufen jeden Tag ein paar Meilen.»

«Gewöhnlich. Was ist so besonders an Nantucket-Muscheln?»

«Sehr zart, vor allem wenn sie erst eine Stunde aus dem Wasser heraus sind. Wenn Sie nicht gerade sehr beschäftigt sind, können wir nach Nantucket fahren, ich kaufe welche und koche sie für Sie. Man muß sie in etwas Butter schmoren und nicht zu kurz und nicht zu lange.»

Ich sehe ihn schweigend an. Ihn nach Nantucket und wieder zurückfahren und dann hier ein Lunch bereiten? Ich wollte jemanden sehen, den ich kannte, und wie im Märchen vom Fischer und seinen drei Wünschen vergaß ich genau anzugeben, wie gut ich den Betreffenden kannte. Nein, ich sagte, jemanden zum Zuhören, voll Anteilnahme. Aber das ist unmöglich. Also muß jemand, den ich kaum kenne, jemand, mit dem ich auf diese Weise nicht reden werde, genügen.

Logos sitzt vorn, Ralph hinten.

«Warum sitzt Logos da vorn bei Ihnen?»

«Er haßt das Auto, deshalb streichle ich ihn dauernd und rede mit ihm, während wir fahren. Er hat früher mächtig gezittert und gewimmert, aber jetzt ist er friedlich. Manchmal legt er den Kopf auf mein Bein, aber er hat gelernt, mir beim Schalten nicht in die Quere zu kommen.»

Ein oder zwei Meilen lang sagt Ralph nichts. Dann: «Es gibt keine wirkliche Beziehung zwischen Ihnen und diesem Hund.»

Ich sehe sofort in den Rückspiegel und erwarte, die Neckerei auf seinem Gesicht zu erkennen. Er bemerkt es und erwidert meinen Blick. Er lächelt nicht.

«Das muß ein Scherz von Ihnen sein. Logos und ich sind die ganze Zeit zusammen. Sie haben nicht viel Zeit mit uns verbracht. Sie sehen es nicht, wenn er an meinem Schreibtisch einschläft, wenn ich arbeite, oder neben mir sitzt, wenn ich esse. Ich kann mich nicht zwei Schritte wegrühren, ohne daß er mir folgt. Manchmal muß ich ihm sagen, daß er da bleiben soll, wo er ist, wenn ich nur für eine Minute aufstehe. Selbst wenn er schläft und ich aufstehe, wacht er sofort auf und ist bereit, dort hinzugehen, wo immer ich hingehe. Ist das etwa keine Beziehung?»

Ralph zuckt die Schultern, wie ich im Rückspiegel sehe, wendet sich ab und sieht aus dem Fenster. Ich fahre fort, das Ausmaß von Logos' Zugehörigkeit zu mir zu beschreiben. Zu meinem Mißvergnügen stelle ich fest, daß ich mich verteidige. Ralph sagt nichts, bis wir nach zwei Meilen rechts abbiegen und in die Stadt fahren.

«Wie lange haben Sie Logos schon?»

Ich denke nach. «Seit dem 8. November. Heute ist der 1. Dezember. Also drei Wochen. Warum?»

«Nun ja, es dauert eine gewisse Zeit, bis ein Mensch und ein Hund vertraut miteinander sind. Junge Hunde folgen Menschen überallhin. Würden Sie ihn mir schenken, würde er mir nach einem halben Tag folgen. Sie füttern ihn. Sie spielen mit ihm. Sie schützen ihn vor Nässe und Kälte. Er will die Quelle von alledem nicht aus den Augen verlieren. Er weiß noch nicht, daß irgendein anderer genau dasselbe für ihn tun würde, und er ist noch nicht alt genug, um zu wissen, daß er einen guten Teil davon selbst tun kann. Er nützt Sie aus. Meines Erachtens nützen Sie ihn auch aus.»

Ich bemühe mich, meinen Zorn unter Höflichkeit zu verdecken. «Ihn ausnützen? Wozu?»

«Ach, Sie leben hier draußen allein. Er leistet Ihnen Gesellschaft.»

Er hat recht, aber: «Wieso ist das Ausnützen?»

«Ach, wissen Sie, eigentlich verstehe ich nichts von solchen Dingen. Biegen Sie rechts ein, wenn Sie zu dieser Ecke kommen. Jetzt diese Gasse hinauf. Fein. Ich glaube, der Mann hat seinen Fang gerade hereingebracht.»

Er steigt aus, schließt die Tür und ist weg. Einen Augenblick erwäge ich, ihn hier sitzenzulassen und nach Siasconset zurückzufahren. Ich bin wütend über alles mögliche und kann damit nicht klarkommen, wenn ich beim Lunch Konversation machen muß. Ich fahre Logos über die Stirn und mache die Hand hohl, als ich zu den Ohren komme und sie an den Kopf zurückstreichle. Meine Finger spüren seine seidige Wärme. «Ihn ausnützen.» Ein Lebewesen zum Anfassen. Ein Trost, der es mir erleichtert, ohne Mann zu sein. Ein Schauder des Schreckens läuft mir über den Rücken, und ich ziehe meine Hand zurück. «Liebe ich dich denn nicht, süßes Hündchen?»

Warum habe ich geglaubt, er würde ausgenommen sein von der dummen Art und Weise, wie ich meine Beziehungen zu Menschen vermassele? Ich erkenne in diesem Augenblick, daß ich mich auf meine Liebe zu Logos wie auf eine Art ruhenden Pol verlassen habe. Jetzt muß sogar das untersucht werden. Ich möchte weglaufen.

Warum sitze ich hier in dieser Gasse und warte auf einen jungen Mann, den ich kaum kenne? Er hat mich etwas erkennen lassen, das ich sonst vielleicht gar nicht oder erst nach langer Zeit erkannt hätte. Das ist meine Antwort. Ich sollte ihm dankbar sein, obwohl er mich aus der Fassung gebracht hat. Aber ich brauche ihm nicht zu sagen, was ich denke. Ich kann freundlich sein. Er hatte mich nicht verletzen wollen. Er hat einfach gesagt, was er dachte.

Auf dem Nachhauseweg tue ich so, als hätten wir nicht über Logos gesprochen. Ich lasse mir von Ralph von Orten auf der Insel und von Leuten berichten. Mit Bratpfannen und dem Herd ist er ungeschickt, aber er überzeugt mich, daß er die Muscheln auf seine Weise zubereiten will. Der Lunch ist mager. Ich habe keine Lebensmittelvorräte im Haus.

Ralph merkt, daß ich froh wäre, wenn er ginge. Er fängt an, den Tisch abzuräumen, aber ich nehme ihm das Geschirr ab. Er sieht mich schweigend und unsicher an. Dann: «Ich habe heute nacht von Ihnen geträumt.»

Ich bin am Spültisch auf der anderen Seite des Schranks, der die Küche unterteilt. Ein Glück. Dieser Junge hat mehr überraschende Dinge zu sagen als jeder, mit dem ich mich bisher unterhalten habe. «Oh? Was haben Sie geträumt?» Ich errate fast, was er sagen wird.

«Sie waren nachts hier draußen ganz allein im Haus, und ein paar Männer sind eingebrochen. Ich hörte es irgendwie in Nantucket und kam her und rettete Sie, als die Leute Ihnen gerade zu Leibe gehen wollten. Ich bekam einen Schreck und wachte auf.»

Es gelingt mir, nicht zu lächeln. Mein Gesicht hat also wieder jemanden verlockt. Sogar ohne Make-up.

«Das ist der Grund, warum ich heute hergekommen bin. Der Traum war so lebhaft, daß ich nachsehen mußte, ob bei Ihnen alles in Ordnung ist.»

«Oh.» Daß er von mir träumt, läßt mich über das triumphieren, was er über Logos und mich gesagt hat. Aber ich schüttle meine Rachegefühle ab. Dieses Kind will mich beschützen. Und ich kann ihm nicht erklären, daß das einzige, wovor ich geschützt werden muß, meine eigene Blindheit ist.

«Ich muß zurück nach Nantucket.» Er ist an der Tür.

Ich biete an, ihn zu fahren, aber zögernd.

«Nein, ich werde laufen. Falls ich Sie anrufen möchte, haben Sie Telefon?»

Ich fange an, ihm die Nummer zu geben, aber er ist schon zur Tür heraus und winkt. Ich weiß, er wird sie selbst herausfinden.

Nebel dicht am Ufer löscht den Horizont aus und ersetzt ihn durch eine über dem Wasser hängende Fläche. Ich kann nur fünfzig Fuß weit sehen. Selbst die Küstenlinie ist beschnitten. Mir wird klar, daß die Grenzenlosigkeit des Horizonts einer der Gründe ist, warum ich immer hierher komme, aber heute fehlt sie. Der Nebel macht die Luft mild, eine Entschädigung vielleicht für das, was meine Augen nicht sehen können. Aber hier zu laufen ist unbefriedigend: meine Nerven bleiben gereizt. Ich sitze eine Zeitlang auf meinem Baumstamm und gebe Logos Gelegenheit, sich ein schönes Loch zu buddeln. Als ich ihm zusehe, fällt mir ein, daß ich auch über ihn nachdenken muß. Die Tiefe meines Seufzers reicht aus, um mich aufstehen zu lassen und den Weg nach Hause einzuschlagen.

Abends bringt mich die Frustration, mit niemandem zu reden, der mich hören kann, zum Telefon. Ich werde Marilyn anrufen, es mit einem Ferngespräch nach Illinois versuchen. Nicht wahrscheinlich, daß sie aus ist, selbst an einem Samstagabend, da sie ihr drittes Kind erwartet.

Eine unbekannte hohe Stimme meldet sich. Ein Babysitter. Verflixt!

«Erwarten Sie sie bald zurück?»

Die Frau kann mich nicht hören. Ich spreche direkt in die Muschel und wiederhole meine Frage. Sie werden erst nach Mitternacht zurückkommen. Mitternacht in Illinois ist ein Uhr in Siasconset.

Ich hinterlasse meinen Namen und meine Nummer, damit Marilyn mich morgen anrufen kann.

«Wo, sagten Sie, ist das in Massachusetts?»

Soll ich lachen oder weinen? «Nantucket.»

«Warten Sie mal. Ich schreibe das auf. Nanfucket.»

Ich fange an zu kichern, dann hänge ich auf und lache, bis mir einfällt, wie lang dieser Samstagabend sein wird.

Die Sonne steht noch nicht lange hoch genug, um den Nebel über dem Moor aufzulösen. Der Himmel ist wolkenlos und strahlend.

Ich muß versuchen, die Affinitäten von einem Dutzend Fäden in meinem Denken zu erforschen. Ich habe sogar das Gefühl, ich sei dicht davor, sie verknüpfen zu können. Aber heute morgen hindert mich etwas. Wenn ich jetzt mit Logos einen Spaziergang mache, bin ich vielleicht wieder bei Kräften und imstande, das zu ertragen, wovon ich weiß, daß es mir zusetzen wird.

Nein, die Alternative ist nicht ein Spaziergang. Die Alternative ist, weiter mit Angst und Abscheu und Versagen leben zu müssen. Sofern ich nicht das tue, weshalb ich hergekommen bin. Jetzt.

Wo bin ich also?

Ich habe nie etwas getan, weil ich es tun wollte, sondern weil ich Applaus bekam, wenn ich es tat. Daß ich das in den Mittelpunkt stellte, bedeutet, daß ich es verkehrt anfing. Jetzt bin ich hier, möchte mit eigenen Augen sehen, möchte keine Vorschriften von anderen bekommen, um etwas zu tun oder etwas zu sein. Wie komme ich von dort hierher?

Ich kipple mit meinem Stuhl nach hinten und lege die Beine auf den Schreibtisch. Hin und her wippend, lasse ich meine Gedanken durch die Düsternis wandern in der Hoffnung, eine Spur zu finden, der ich folgen kann.

Schauspieler wollen doch Applaus haben, oder etwa nicht? Ich kann nicht glauben, daß ein Schauspieler die Bühne betritt und nicht am Ende der Vorstellung Applaus haben will. Der Unterschied ist, daß ich den Beifall offenbar während der ganzen Vorstellung haben wollte. Vielleicht gibt es so etwas wie eine angemessene Menge Applaus. Sagen wir, dem Umfang der Leistung oder der Güte der Leistung angemessen. Wenn es das gibt, dann hat mich mein übermäßiges Bedürfnis nach Beifall irregeführt. Ein Bedürfnis, das in keinem Verhältnis zum Angemessenen steht. Was hat der Applaus an sich, daß es mich so sehr danach verlangt?

Wie bekomme ich ein Stückchen Wahrheit aus diesem ganzen Schwindel heraus? Eine Wahrheit, die unverkennbar ist wie jene, die ich begriff, als Weck damals vor ihrem Spiegel saß.

Unglaublich, daß ich schon seit so langer Zeit wußte, daß meine Mutter mich nicht nur nicht liebte, sondern einfach nicht lieben *konnte*. Und daß ich es schon vor so langer Zeit aufgab, sie dazu zu bringen, mich zu lieben, und bereit war, mich damit zufriedenzugeben, wenn sie mich bloß ansah, wenn sie mir ihre Beachtung zukommen ließ. So provozierte ich Beachtung von ihr in Form von schrillen Streitereien. Ich ergriff jede Gelegenheit, um ihr meine Verachtung zu zeigen, und sie zahlte es mir mit gleicher Münze heim. Ich mußte bei jedem Schritt mit ihr kämpfen, um die Erlaubnis zu irgend etwas Wichtigem zu erhalten, und wenn sie sie gab, dann mit gemurmelten Drohungen, aus mir würde nie was. Wenn ich statt dessen zu Daddy ging, pflegte sie giftige Bemerkungen darüber zu machen, daß er freundlich mit mir redete, wenn wir die Sache besprachen – sie nannte es «mich verwöhnen». Sie konnte es nicht einmal dankbar anerkennen, wenn andere Leute mich lobten. Oben in meinem Zimmer hörte ich ihre Freundinnen, wenn sie Bridge spielten: «Sarah, bist du nicht stolz, so eine hübsche Tochter zu haben?» Und dann sagte sie: «Ich halte nichts davon, ihr Komplimente zu machen. Davon wird sie bloß eingebildet.»

Aber all das hatte ich im vorigen Jahr bei Weck begriffen. Warum zittere ich jetzt, wenn ich wieder daran denke?

Plötzlich stoßen in meinem Kopf die beiden Gedankenreihen zusammen. Der Applaus, um den es mir überall zu tun war, und die Beachtung, die ich von meiner Mutter erhalten wollte, waren ein und dasselbe: Ersatz für ihre Liebe. Ich versuchte, die ganze übrige Welt dazu zu bringen, mir zu geben, was sie mir nicht geben konnte. Wäre ich die größte Schauspielerin, würde sie mich vielleicht anschauen. Wäre ich eine brillante Philosophin, würde sie mir vielleicht einen Blick schenken. Und wenn sie mich anschaute, würde ich von ihr beachtet, wirklich beachtet, und das wäre ihre Zuneigung: ich hätte ihre Liebe gehabt. So konnte ich natürlich niemals genug Beachtung von anderen Leuten bekommen, denn sie gaben mir immer das Verkehrte: sie gaben mir nicht die Liebe meiner Mutter. Ich habe nie geglaubt, daß ich hübsch bin, weil sie es mir nie gesagt hat.

Ich lege die Stirn auf den Schreibtisch und die Arme rings um den Kopf. Ich muß mir darüber klarwerden, daß ich in den siebenunddreißig Jahren, in denen ich hätte aufhören sollen, ein kleines Mädchen zu sein, eigentlich nur auf der Stelle getreten bin. Ich bin immer die Fünfjährige geblieben, die alt genug war zu wissen, daß ihr etwas entging, aber nicht alt genug, um zu wissen, daß es ihr zugestanden hätte, ohne dafür zu bezahlen. Und seitdem habe ich versucht, es mir mit Lügen und Heucheln zu erkaufen.

All diese Jahre sind also vergeudet. Ich habe alles mögliche getan aus einem Grund, der dafür irrelevant war. Woher hätte ich wissen können, was ich wollte? Ich bin den Dingen nur oberflächlich nachgegangen in der Hoffnung, etwas aus ihnen herauszuholen, was sie unmöglich enthalten konnten.

Aber jetzt will ich nichts mehr von ihr. Ich habe sie zu lange gehaßt: nichts, was Liebe ähnelt, empfinde ich noch. Auch ihre Liebe will ich jetzt gar nicht mehr, nicht von der Frau, vor der ich keine Spur Respekt habe. Sie ist fast ein Musterbeispiel dafür, wie ein

Mensch nicht sein sollte. Als junges Mädchen dachte ich immer: ich will werden, was sie nicht ist. Sie ist unfähig, die Wahrheit zu sagen. Sie ist der reine Eigensinn. Sie hat in ihrem ganzen Leben niemals etwas wirklich Großzügiges getan, niemals uneigennützig gehandelt, bloß weil es richtig war; sie würde nicht einmal verstehen, wovon ich rede. Für sie ist nur wichtig, was die Leute sagen. Ich habe nie gewußt, was ein Zuhause ist, bis ich die Wohnung in Chicago mit Pat und Laurel hatte. Sie hat ihr Haus zu einem Ausstellungsraum für Möbel gemacht, nicht zu einer Wohnung, in der Menschen sich wohl fühlen konnten. Ich habe nie gewußt, wie Essen schmekken kann, bis ich ihr Haus verließ. Wenigstens eine gute Köchin hätte sie sein können. Als Frau ist sie ohne Charme und ohne jede Anmut. Ich weiß immer noch nicht, was das ist, eine Frau zu sein, denn ich bekam nicht den geringsten Hinweis von ihr. Sie ist ein Hindernis, das überwunden werden mußte bei allem, was ich tue, bei allem, was ich je getan habe.

In der Tat, in der Tat.

«Ich bin wie sie!»

Ich schreie diese Worte, werfe mich auf die Couch und vergrabe das Gesicht an der Lehne. Das nimmt mir nicht das Sehvermögen. Ich bin wie sie: die einzige Wahrheit, die ich je gesagt habe, ist von der Art, die mir Applaus einbringen würde. Für mich war nur wichtig, was die Leute sagen. Ich habe es sogar gewußt: es war der Grund, warum ich herkam, um es loszuwerden. Und ich bin ebenso unweiblich wie sie: nicht dick und unbeholfen wie sie, aber innerlich. Meine Art, auf einen Mann zu reagieren, ist ohne Anmut. Sie hat sich also durchgesetzt. Sie hat den ganzen Verlauf meines Lebens bestimmt, als hätte ich nie eine Augenbraue hochgezogen, um ihr Einhalt zu gebieten, und obendrein hat sie auch noch die Wahl meiner Waffen bestimmt.

Ich bin also nichts Besonderes. Ich bin bloß eine Kopie von ihr. Und jetzt muß ich mit diesem Wissen leben. Ich kann mir nie wieder etwas vormachen. Ich kann nie wieder so tun, als hätte ich es auf mich genommen, etwas Wichtiges und Nützliches zu leisten: ich war immer nur ein kleines Mädchen, das darum bittet, von der Mutter in den Arm genommen zu werden.

«Logos.» Verschlafen hebt er den Kopf. «Logos.» Ich will ihm sagen, daß wir gleich zum Strand gehen, aber ich scheine über seinen

Namen nicht hinauszukommen. Er sieht mich immer noch an. Ich beobachte, wie sich sein Körper langsam aus der Schlaflage in eine forsche Horizontale windet. Er wartet darauf, daß ich etwas zu ihm sage. «Logos.» Er setzt sich hin. Könnte ich sagen, was ich ihm sagen möchte, würde er aufspringen und rennen und sehr froh sein.

Und dann fange ich an zu weinen.

14

Seit zwei Tagen laufe ich auf all den verschiedenen Wegen hinunter zum Wasser. Nach Hause gehe ich nur, wenn Hunger und Dunkelheit mich dort hintreiben. Logos kann jetzt sogar auf dem Sand einschlafen. Wann immer ich stehenbleibe, sinkt der kleine Körper rasch neben mir nieder. Ich weiß, er sehnt sich nach einer ruhigen Lagerstatt im Haus, aber ich kann ihn da nicht allein lassen, und ich selbst kann bestimmt nicht drinnen bleiben.

Der Nebel wandert, zieht direkt über dem Sand dahin, hüllt die heranrollenden Wellen ein. Alle paar Schritte schleudere ich mit dem Fuß Sand hoch, dann drehe ich mich um und sehe mir das Muster an, das ich gemacht habe. Aber hinter einem halben Dutzend Fußspuren verschleiert der Nebel alles. Ich gehe in meiner ursprünglichen Richtung weiter. Oder bleibe stehen und beobachte, wie sich die Wellen brechen.

Ich bin mir der Planlosigkeit meines Tuns in diesen beiden Tagen bewußt. Die Taue, die mich hielten, sind durchschnitten. Um so besser. Aber als sie mich hielten, war ich auch verankert. Jetzt treibe ich. Ziellos. Buchstäblich: ohne ein Ziel.

Theater spielen. Philosophie. Politik, Unterrichten. Schreiben. Das alles zeigt mir jetzt ein undurchdringliches Äußeres. Wie sieht das Theater aus? Wie wäre es, *im* Theater zu sein? Oder *in* der Philosophie? Mit siebenunddreißig Jahren kann ich mich nicht von neuem mit beidem befassen, um es herauszufinden. Aber wie sonst soll ich erfahren, was ich tun will?

Wie fange ich es an, darüber *nachzudenken*, was ich tun will? Kann ich darüber hier auf einer Insel nachdenken, ohne Kontakt mit Menschen oder Situationen, mit denen ich es dann zu tun hätte?

In das Theaterspielen bin ich hineingeschlittert: ich hatte es mir nicht ausgesucht. Aber die Philosophie habe ich mir ausgesucht, obwohl meine Route umwegig war. Ich wußte nicht, was Philosophie ist, als ich mein Studium wieder aufnahm. Ich glaubte, es sei Geistesgeschichte. Ich wollte wissen, welche Ziele die Menschen wertvoll, welche Anschauungen sie erhaltenswert gefunden hatten. Ich wußte nicht, was Philosophie ist, bis ich meine Dissertation zu schreiben begann. Aber damals dachte ich nicht darüber nach, ob ich das tun wollte, sondern nur daran, die Sache zu schaffen.

Und doch bin ich mit großer Begeisterung an das Graduiertenstudium gegangen. Ich erinnere mich, daß ich dachte, jetzt würde ich den ganzen Tag Philosophie studieren können. Leider hat der Graduierten-Ausschuß seinen inoffiziellen Leitfaden erst in meinem zweiten Jahr veröffentlicht. «Denke dran», sagten sie mir zu spät, «du bist nicht hier, um dir Bildung anzueignen. Du sollst schon gebildet sein. Du bist hier, um einen akademischen Grad zu erwerben.»

Ich höre auf zu gehen, die Hände in den Manteltaschen vergraben. Wie ist es überhaupt, wenn man etwas tun will? Ich weiß es, glaube ich, nicht. Ich weiß nicht, was Wollen ist.

Wenn ich an dieser Stelle stehenbleibe, wird das Schwindelgefühl vielleicht aufhören. Nicht wissen, was Wollen ist? Lächerlich. Das Wollen bringt den Tag voran. Das Wollen bahnt den Lebensweg. Das jedenfalls ist mir gesagt worden. Aber meine Tage kommen nicht voran; sie bringen mich zu Hindernissen. Und mein Lebensweg war ein Riesenkarussell, das ewig denselben Kreis beschrieb. Was ich für meine Wünsche hielt, waren nur gut getarnte Versuche, meine Mutter dazu zu bringen, mich zu lieben. Alle meine Wünsche fielen in diesem einen zusammen. Dieser eine hat sich immer fortgepflanzt, hat sich zu einer Schale um mich verdichtet und Schicht um Schicht gebildet gegen das Eindringen irgendeines anderen Wunsches, solange dieser eine nicht erfüllt war. Aber jetzt habe ich ihn herausgerissen und die Schale gesprengt, die mich beschützte wie ein Kleinkind. Ein Kleinkind: nicht unschuldig, aber unwissend. Und wie ein Kleinkind muß ich jetzt meine Augen auf die Welt richten.

Meine Augen. Du lieber Gott! Darum hatte ich mich anderer Leute Augen bedienen müssen, weil meine Augen unter den mumifizierenden Schichten geschlossen waren. Meine Augen konnten nur eines sehen, nur ein Kriterium für das, was wünschenswert war: Wird es sie dazu bringen, mir Beachtung zu schenken? Aber jetzt sehe ich, was es zu sehen gibt, weil ich nicht versuchen muß, es in etwas zu transponieren, das es nicht ist.

Ich drehe mich schwungvoll um, fast tanzend, und stoße mit dem Welpen zusammen, der verzweifelt neben mir gesessen hatte. Er fährt verblüfft zurück.

«Logos! Vielleicht kann ich jetzt *sehen*!» Er hält den Kopf schief. Unvermittelt renne ich mit ihm den Strand hinauf um die Wette. Er gewinnt. Keuchend, lachend folge ich ihm durch die Dünen zu der Holztreppe, die zu meiner Plattform führt. Jetzt kann ich nach Hause gehen. Jetzt kann ich wieder stillsitzen.

Die heutige Heizöllieferung fügt der Novemberrechnung über fünfunddreißig Dollar, die noch auf meinem Schreibtisch liegt, weitere achtundzwanzig Dollar hinzu. Komisch: es ist hier nicht wirklich kalt, und dennoch gebe ich für Heizung ebensoviel Geld aus wie für Lebensmittel. Aber ein Haus heizen ist etwas, wovon ich wirklich nichts verstehe.

Eins der Dinge jedenfalls, von denen ich nichts verstehe. Ich weiß ja nicht einmal, was Wollen ist.

Ach, geh her. Ich kenne die traditionellen philosophischen Anschauungen. Ich müßte imstande sein, einige von ihnen anzuwenden. Jeder Einführungstext in die Ethik wiederholt, daß Begehren die Hinbewegung zu einem Gegenstand oder einer Person ist und Abneigung die Wegbewegung. Hinbewegung: Eine kleine Maschine in mir treibt mich zu etwas hin, und das ist Wollen. Oder weiß ich, daß ich die Sache will, weil ich mich darauf hinbewege?

Das ist etwas zu unsicher, als daß ich es in den Griff bekäme. Seit Sonntag bin ich mißtrauisch gegen das, worauf ich mich hinbewege, oder zumindest gegen das, worauf ich mich in der Vergangenheit hinbewegt habe. Ich muß noch die Masken ablegen, unter denen meine Mutter mir erscheint.

Wo sonst kann ich einen Anhaltspunkt finden? Vielleicht in dem, was C. I. Lewis «empfundene Befriedigung» nannte. Seltsam, diese Wörter. Ich hatte sie zu zwingen versucht, ihre Bedeutung preiszugeben, als er sie in seinen Vorlesungen oder Schriften gebrauchte.

Ich empfand sie als seltsam, Teil eines neu erworbenen Vokabulars, denn ich mußte mir immer wieder sagen, was sie bedeuteten, wenn ich sie hörte oder las. Ich selbst gebrauchte sie nie. Kaum verwunderlich: ich habe sie nie verstanden. Ich setzte einfach voraus, daß ich sie verstünde, daß die Mühe, die ich aufwandte, wann immer ich auf sie stieß, bedeutete, daß ich ihren Sinn erfaßte. Auch weil Lewis sagte, jeder kenne die Art der Erfahrung, auf die sich die Wörter beziehen, aber sollte jemand sie nicht kennen, könne er es ihm unmöglich erklären.

Ich muß aufhören, darüber entsetzt zu sein, wie sehr ich auf Autoritäten gehört habe in der unbewußten Hoffnung, die Autorität vor mir würde sich wie durch ein Wunder in meine Mutter verwandeln, die mich dann in die Arme schließen würde. Ich muß aufhören, entsetzt zu sein, und mir statt dessen deren Allgegenwärtigkeit bewußt werden. Ich muß jetzt alle Meinungen überprüfen, die ich je gehabt habe, um zu sehen, ob ich sie noch habe, nachdem die autoritative Stimme, die sie mir gegenüber geäußert hatte, nicht mehr da ist.

Wie jetzt. Ich muß einsehen, daß ich nicht weiß, was «empfundene Befriedigung» bedeutet. Oder vielmehr, um was es sich dabei angeblich handelt. Es ist das Wort *empfunden*, das mir im Weg ist. Es muß bedeuten: das Hier-und-jetzt-Gefühl oder Bewußtsein von etwas. So daß «empfundene Befriedigung» sich auf das Gefühl oder Bewußtsein bezieht, gleich jetzt befriedigt zu sein oder sich in einem Prozeß zu befinden, der durchweg befriedigend ist.

Ich stütze den Kopf in die Hände, schon müde. Ich muß mir den Weg durch Gedanken bahnen, die andere Menschen schon seit der Kindheit verstanden haben. Ich beginne erst zu erkennen, einen wie langen Weg dieses Kleinkind zurücklegen muß.

Ich halte Ausschau nach einer bestimmten Qualität, die zu haben gut ist, eine hier und jetzt empfundene Befriedigung. Jetzt stolpere ich über das Wort «Befriedigung». Ich werde es mit meiner eigenen Methode versuchen. Ein Gefühl der Begeisterung, ein unmittelbar gegebener Bewußtseinsinhalt, der erhaltenswert ist, eine Qualität der Fülle. Richtig. Das ist das, was «Wollen» für mich bedeuten wird.

Nun muß ich darüber nachzudenken versuchen, was mir diese Qualität verschaffen wird.

Ein paar Minuten suche ich unter einigen allgemeinen Kategorien herum: Arbeit, Männer, Freundinnen, etwas Freizeitbeschäftigung. Nein, ich schaffe es nicht. Ich befinde mich auf einer zu abstrakten Ebene. Vielleicht kann ich Beispiele dafür finden, wie mir bei dem zumute war, was ich schon getan habe. Ich kann nicht meine gesamte frühere Wahrnehmung von Menschen und Situationen anzweifeln. Ich muß versuchen, aus dieser Masse der Selbsttäuschung, die ich betrieben habe, dasjenige auszugraben, was wahr war. Real.

Gestern habe ich entdeckt, daß ich sehen kann. Daß ich es kann, wenn ich es versuche. Jetzt muß ich lernen, was es zu sehen gibt, und die einzige Möglichkeit, das zu tun, ist zu schauen. Ohne Voreingenommenheit in bezug auf das, was ich finden werde. Wieder Lewis: Wir werden finden, was wir finden werden, ungeachtet dessen, was wir zu finden wünschen.

Ich beginne im Zimmer auf- und abzugehen. Logos steht rasch auf, bringt mir seinen Ball, steht halb geduckt da und wartet darauf, daß das Spiel anfange. Ich bücke mich und kraule ihm die Ohren. Langsam sinkt er auf den Boden und schiebt mir den Kopf zu, damit ich mich auch bestimmt auf diese Stelle unter seinem Ohr konzentriere. Ich höre sein leises Stöhnen, unterbrochen von einem plötzlichen Knurren, dann Stille und dann wieder das Stöhnen. Ich lächle: das ist es: das ist die Qualität, an die ich denken muß. Ich lasse den Kopf sanft auf den Teppich gleiten und lege mich auf die Couch, die Hände unter dem Kopf verschränkt.

Angenommen, ich halte mich an eine willkürlich gewählte Zeit. Sagen wir, das letzte Jahr. Woran kann ich mich erinnern, das ich im letzten Jahr getan habe und das dieses Gefühl der Fülle mit sich brachte? Nur klare Fälle. Wenn ich zögere, dann bin ich nicht auf ein gutes Beispiel gestoßen.

Drei fallen mir ein, dann vier. Zu meiner Verwunderung. Ich setze mich plötzlich auf. Ich sollte das aufschreiben. Zum erstenmal seit Wochen gehe ich zur Schreibmaschine und beginne die Liste:

> Nach Princeton fahren mit offenem Verdeck bei Nacht, leicht betrunken, Karten lesen im Schein der Armaturenbeleuchtung, um Stan zu sehen.

In vier Stunden schreibe ich eine Seite voll, Doppelabstand. Dreißig Punkte. In zwölf Monaten habe ich dreißigmal etwas getan, das zu tun ich gut fand. Das ist eine Quote, über die nachzudenken sich lohnt. Dreißigmal in zweiundfünfzig Wochen tat ich etwas, das ich tun wollte. Einmal alle zwölf Tage ein paar Stunden, die zu erleben sich lohnte.

Was, um Himmels willen, habe ich in der übrigen Zeit getan? Ich weiß nicht einmal, wie ich anfangen soll, diese Frage zu beantworten.

Sieh dir jetzt die Liste an. All das zu tun war anregend. Sind einige dieser Unternehmungen einander ähnlich? Lassen sie sich irgendwie nach Gruppen ordnen?

Ich nehme den Bogen aus der Schreibmaschine und studiere ihn gründlich. Eine Zeitlang scheinen meine Gedanken auf diese sehr spezifischen schriftlichen Skizzen fixiert zu sein. Ich zwinge mich, auf einer etwas höheren Ebene zu bleiben.

Während ich noch versuche, gemeinsame Merkmale der dreißig Punkte aufzudecken, kehre ich immer wieder zu der ersten Eintragung auf der Liste zurück. Sehr seltsam. Ich sagte nicht, «um *mit* Stan zusammen zu sein», sondern eher, «*zu* ihm zu fahren». Das Zusammensein mit ihm war nur in den ersten Stunden außerordentlich erfreulich; seine Scheidung vor drei Jahren hatte mir nichts von ihm erschlossen. Aber die Fahrt zu ihm bleibt in meinem Gedächtnis als etwas Gutes. Wirklich sehr seltsam, da ich Stan zehn Jahre lang geliebt habe.

Meine Augen wandern über die Liste, ich lege sie hin, nehme sie wieder auf und gehe sie von neuem durch. *Nach* Princeton fahren. Die Wörter stanzen einen Schlüssel, der nur Dinge sortiert, die einer bestimmten Form entsprechen, und alle anderen ausscheidet. Ein halbes Dutzend Punkte auf der Liste finden ihren Weg zu meinen Augen. Im Freien sein; spazierengehen bei Sonne, Regen oder Schnee; mit offenem Verdeck fahren, bei Nacht oder in der Sonne; auf Stränden in Kalifornien laufen. Draußen sein, allein. Wie hier.

Mir *gefällt* es, hier zu sein!

Allein hier zu sein, jeden Tag zum Ozean gehen zu können, aus der Tür herauszutreten und gleich draußen zu sein. All das ist die meiner Natur entsprechende Szenerie. Wie unglaublich. Ich stelle fest, daß ich etwas tue, das ich tun will. Nein, das ist nicht ganz richtig. Ich kann es jetzt richtig ausdrücken, denn das Ergebnis ist nicht mehr mit einem Preis verbunden. Ich stelle fest, daß ich etwas tue, das mir gefällt. Das ist eine Etappe auf dem Weg, auf dem ich zu entdecken versuche, was ich tun will.

Eine Etappe, aber vielleicht auch ein Kriterium. Was ich tun will, wird dieselbe Qualität haben müssen ... wie was? Mir angemessen sein. Ich konnte hier so lange allein sein, ohne mit jemandem zu reden, weil ich die ganze Zeit versucht habe, mich von anderen Leuten loszueisen, sie nicht mehr so zu brauchen, wie ich Nahrung brauche. Sie hatten das, was ich zu erwarten pflegte: sie konnten mir Beachtung schenken. Und ihre Beachtung war mein Leben.

Die einzelnen Teile fügen sich rasch zusammen. Menschen sind in Städten, und dort bin ich hingegangen, um sie zu finden, dabei hätte ich, wenn ich nicht dieses Kleinmädchenziel verfolgt hätte, die ganze Zeit nach Stille und frischer Luft getrachtet und gern den Tag am Himmel beginnen oder enden sehen.

Ist das wirklich wahr? Ich weiß es nicht. Doch zum Teil muß es wahr sein.

Ich werde sehr müde. Bald werde ich wohl aufhören müssen. Aber die Liste läßt mich nicht los. Was kann sie mich noch lehren?

Mal sehen, wie ich mich an die Männer dieses letzten Jahres erinnere. Mit einer, vielleicht zwei Ausnahmen sind die Gelegenheiten, die ich aufgeführt habe, Möglichkeiten zur Kommunikation: zur Herzlichkeit, zu guten Gesprächen, zur Beziehung zwischen Menschen und weniger zwischen Mann und Frau. Auch sehr seltsam, denn ich hätte nie gedacht, daß es das ist, was ich von einem Mann will.

Die sich überschneidenden Gedanken lassen mich vom Stuhl aufstehen. Ich muß immer noch über Männer nachdenken. Warum ich sie so oft verliere. Warum Stan mein Leben beherrscht. Oder ist es George?

Wie kann ich umhin zu lachen?

Als ich Mantel und Stiefel anziehe, kommt mir die pelzige Masse des kläffenden Welpen in die Quere, der unbedingt vor mir hinaus will. Ich glaube, ich habe noch nie etwas so Wichtiges geschrieben wie dieses einzige Blatt Papier, das jetzt auf meinem Schreibtisch liegt. Niemals.

Der prachtvolle Sonnenschein verlockt mich zu unserem längsten Spaziergang. Meine Gedanken trödeln. Ich sehe Logos zu, der herumstreicht und schnüffelt. Morgen kommt der Tierarzt. Er muß mir sagen, wie ich den Welpen füttern soll, damit er richtig frißt. Wir erreichen die Barriere, die das Ende der Straße anzeigt, und ich bleibe stehen und betrachte die Flachheit des Landes hinter mir, vor mir und zu beiden Seiten. Die völlig ruhige Luft trägt kein Geräusch zu mir. Nur das hohe Gras raschelt bei Logos' Erkundungen. Die Stille verlangt fast, daß ich es ihr gleichtue, und ich halte den Atem an, ehe mir klar wird, was ich tue.

Wir überqueren die Grasfläche neben der Spielbahn und gehen dann die niedrige Anhöhe hinauf, die zum äußersten Grün führt. An dessen Rand bleibe ich stehen und bin erstaunt, daß das Grün immer noch tadellos gemäht ist. Ich betrete es und wippe leicht auf den Fußballen. Das Gras fühlt sich an, als könne es mich drei Fuß hoch in die Luft schnellen. Ich scheuche Logos vom Grün weg auf die Spielbahn , die direkt zu dem etwa eine halbe Meile entfernten Klubhaus führt. Seltsam, sich zu erinnern, wie ein Golfplatz aussieht und sich anfühlt, wie es ist, auf ihn zu reagieren.

Das ist es. Das ist es, was ich nicht weiß. Ich weiß nicht, wie man auf Dinge reagiert. Ich schüttle ungehalten den Kopf. Nein, das ist es nicht. Ich weiß nicht, wie *ich* auf Dinge reagiere. Ich weiß nicht, wie ich herausfinden soll, was in mir vorgeht.

Ich höre auf zu gehen und lege unwillkürlich die Hand auf den Mund. Was habe ich gesagt? Ja: darum weiß ich nicht, was ich will oder tun will. Ich weiß nicht, wie ich meine eigenen Beweise anwenden soll. Ich weiß nicht einmal, was als Beweis zählt.

Sieh den Weg an, den ich einschlagen mußte, um herauszufinden, was ich mag. So versucht ein Detektiv nach ein paar Anhaltspunkten ein Verbrechen zu rekonstruieren. Ich sollte *wissen* können, ob ich wütend, unglücklich oder gereizt bin, oder fröhlich, freundlich oder liebevoll. Es mit derselben Art von Gewißheit wissen, wie ich weiß, daß dies meine eigene Hand ist. Es wissen, ohne verbindende Schritte, rückwärtsgehend, wie ich es gestern tat.

Was bedeutet das «sollte», das ich gerade gesagt habe? Eine weitere Vorschrift, die jemand anderes erlassen hat zu Zwecken, die nicht meine sind? Oder sagt es etwas darüber aus, wie Menschen in ihrem Inneren sind?

Der alte Teufelskreis. Auf der Bühne konnte ich nie fühlen, was ich, wie mir alle sagten, zu fühlen imstande sein müßte: die dargestellte Figur in ihrer Individualität. Ich fühlte nur, daß ich die Figur spielte. Zehn Jahre später, als ich ein Thema für meine Dissertation auswählte, stieß ich wieder auf dasselbe Problem. Ich kam zu dem Schluß, daß es das war, was ich nicht verstand: Was sind eigentlich Emotionen? Wenn sie nicht das sind, was zu fühlen man sich vornehmen kann, dann war die Art des Theaterspielens, die mir beigebracht wurde, für jeden unmöglich, ob er Talent hatte oder nicht.

Aber das ist es nicht, was ich nicht verstand. Es ist nicht einmal eine Frage des Verstehens. Ich kenne einfach meine eigenen Gefühle nicht, weder jetzt noch damals. Auf der Bühne oder im Leben. Jemand hat mich geneckt wegen des von mir gewählten Themas: «Es klingt, als wolltest du wissen, wie es ist, wenn man fühlt.» Schon der Ton der Bemerkung deutete an, daß ich doch nicht so töricht sein könnte, nicht zu wissen, welche Gefühle in mir herumstreifen. Ich erinnere mich, daß ich eine sarkastische Antwort gab. Aber jetzt sehe ich ein, daß es eine ziemlich genaue Beschreibung dessen war, was ich nicht weiß. Denn ich *bin* so töricht: ich weiß nicht, was ich in mir suchen soll. Ich weiß nicht, woran ich erkennen soll, *daß* ich etwas fühle, geschweige denn, wie ich es benennen soll. Ich glaube, ich bin betäubt, abgestumpft.

Wenn ich daran denke, wie viele Menschen mir vorgeworfen haben, theatralisch zu sein, zu übertreiben. Ich beginne erst zu verstehen, daß ich mich so verhalten habe nicht wegen der Wirkung, die damit erzielt würde, sondern weil das meine Interpretation von Wütend-, Liebevoll- oder Ängstlichsein war. Ich hatte mir das durch das Lesen von Theaterstücken angeeignet, duch das Ansehen von Theaterstücken, durch das Spielen von Theaterstücken, durch das Reden über Theaterstücke. Natürlich war es theatralisch: es mußte bombastisch sein, um beim Publikum anzukommen; es mußte bis in die letzte Parkettreihe dringen. Und weil ich nie von der Bühne abgetreten bin, ist mir nie aufgefallen, daß ich die Gefühle, die zu haben ich anderen Leuten weismachen wollte, gar nicht hatte.

So. Die absolute Ratlosigkeit, die mich aus dem Theater katapultierte, lag in meinem Wesen begründet. Und ich muß in all den Jahren meines Universitätsstudiums erkannt haben, daß das ein Kernpunkt war. Denn als die Zeit kam, meine Dissertation zu schreiben, wählte ich dieses Thema. Wahrscheinlich war das eine der wenigen aufrichtigen Entscheidungen, die ich traf, in der Philosophie und auch sonst. Und ich wußte es bis jetzt nicht. Absonderlich, von Entscheidungen zu sprechen. Eher bin ich blindlings auf dieses Thema gestoßen. Andererseits hatte ich es auch nicht umgehen können, sobald ich mir ein wenig freien Lauf ließ.

Ich rufe Logos zu mir. Es ist gleichgültig, wo wir uns auf der Spielbahn niederlassen: heute spielt niemand. Ich setze mich auf den kalten Boden, die Knie zum Kinn hochgezogen, die Arme um die Beine gelegt. Wie bin ich am Leben geblieben, wenn ich so etwas nicht wußte? Am Leben. Nein, man kann kaum sagen, daß ich am Leben war, besonders nicht als erwachsener Mensch. Eher hat dieser Körper eines Erwachsenen einen nicht reifenden Sämling enthalten. Jetzt öffne ich überall Fenster und setze ihn dem Licht aus. Ich weiß nicht einmal, ob er noch wachsen kann, und auch nicht, was die günstigsten Bedingungen dafür sind.

Ich muß das irgendwie lernen. Dennoch weiß ich noch nicht einmal, wie ich beginnen soll. Mache ich ein inneres Auge auf und entdecke, daß ich mich vor dem Unterfangen fürchte? Betrübt über die verlorene Zeit? Aufgeregt, weil es etwas Neues in meinem Leben geben kann? Nein, zu erfahren, was ich fühle, kann kein Herumraten unter plausiblen Möglichkeiten sein.

Ich stehe auf. Der Wind weht von Osten, schneidend und heftig. Das wenigstens weiß ich: daß mir kalt ist, daß die Kälte beißt. Die Frage ist nur: Ist das überhaupt relevant?

15

Ein morgendlicher Regen hört auf und beginnt dann wieder als Nieseln. Der Nebel beschneidet mir den Blick auf das Moor, hinter dem Garten ist nichts mehr zu sehen. Um zehn Uhr bin ich am Telefon, um mich beim Tierarzt anzumelden.

«Der Tierarzt ist heute nicht gekommen. Kein Flugverkehr.» Mr. Lema hat diese Auskunft heute morgen schon mehrmals gegeben. «Rufen Sie nächsten Donnerstag an.»

«Aber mein Hund ist schon seit über einer Woche krank. Was kann ich da tun?»

«Sie könnten nach Boston fahren und den Tierarzt in der Praxis aufsuchen. Versuchen Sie's mit dem Schiff.» Er ist im Begriff aufzuhängen. Ich lasse ihn.

Die Stimme der Nantucket Dampfschiffahrtsgesellschaft ist gelangweilt. «Kein Schiff heute.» Der Mann hängt auf.

Ich betrachte den Hörer in meiner Hand und lausche der toten Leitung. Ich wähle die Nummer noch einmal. «Hören Sie mal, ich habe Sie gerade angerufen. Wird morgen ein Schiff fahren?»

«Meine Dame, das weiß ich nicht. Die ganze Woche ist kein Schiff gefahren. Alle Jäger, die Sonntag herkamen, sitzen fest. Die rufen mich jeden Tag an, und Sie können es mir glauben, wenn ich wüßte, wie hoch die Wellen morgen sein werden, würde ich es Ihnen und den Jägern sagen. Fragen Sie morgen noch mal nach.» Die Leitung ist wieder tot.

Jäger. Ich erinnere mich: die Jagdzeit für Damwild begann am Montag.

Was mache ich mit Logos? Ich hole mir das Buch über Hundepflege und lese nochmal den Abschnitt über Bandwürmer. Logos liegt neben meinem Stuhl, sieht zu mir auf und wartet auf etwas. «Nein, ich kann jetzt nicht mit dir spielen.»

Warum bin ich so ablehnend? Ich weiß: seinetwegen muß ich nach Boston fahren. Und es gibt keine Möglichkeit, ihn zu einem Tierarzt vom Angell Memorial zu bringen, wenn wir nicht auf dem Festland übernachten. Das Schiff kommt erst abends in Woods Hole an. Zwei Stunden nach Boston. Tierarzt am nächsten Morgen. Verflixt nochmal. Das bedeutet *zwei* Nächte woanders. Das einzige Schiff nach Nantucket legt morgens um zehn von Woods Hole ab.

Kann ich fahren? Ich würde wohl bei June wohnen. Vielleicht brauche ich ihr nicht zu sagen, worauf ich gekommen bin. Ich *mußte* immer über Dinge reden, die mir sehr nahegingen. Habe ich geglaubt, sie wären nicht real, ehe ich nicht darüber gesprochen habe? Männer. Meine Pläne. Mein schieres Unglück. Aber vielleicht kann ich das für mich behalten, indem ich nicht darüber rede. Weder mit June noch mit anderen. Ich brauche ihnen nicht aus dem Weg zu gehen, aber ich kann vermeiden, darüber zu reden.

Ich schrecke zurück. Konfrontiert mit der Möglichkeit, wieder ernsthaft mit Menschen zu reden, auf einer höheren als der Ebene der Höflichkeit, auf der ich hier mit dem Postmeister und Verkäufern in Läden verkehre, überlege ich mir, wie ich das vermeiden kann.

Ich glaube, ich will nicht fahren.

Nein, das ist es nicht. Ich will wirklich einige vertraute Gesichter sehen. Lachen, Geschichten hören. Aber ich bin hier noch nicht fertig, obwohl ich nicht weiß, was ich noch zu tun habe. Ich weiß nur, daß ich noch nicht am Ziel bin, und deshalb wehre ich mich dagegen, an eben den Ort zurückzugehen, der so lange der Mittelpunkt meines Grauens war.

Ich habe, glaube ich, Angst davor, alles wieder so zu machen, wie ich es damals machte, als hätte keine dieser Wochen stattgefunden. Ich werde Theater spielen. Ich werde übertreiben. Ich werde so tun, als fände ich etwas komisch, bloß damit derjenige, der die Geschichte erzählt hat, nicht gekränkt ist und glaubt, er habe sie nicht richtig erzählt. Ich werde vorgeben, an dem interessiert zu sein, was mir jemand sagt, bloß weil er daran interessiert ist, es zu sagen. Ich werde mich fein machen, um Bewunderung zu erregen. Ich werde Make-up auflegen.

Wie kann ich verhindern, daß ich all das wieder tue? Die vier Wochen, die ich damit verbrachte, herauszufinden, was ich tue, erscheinen jetzt dürftig, da ich versuchen muß, sie gegen meine Verhaltensweise in den ganzen vorangegangenen siebenunddreißig Jahren abzuwägen.

Aber Logos muß wirklich behandelt werden. Deshalb muß ich mich entscheiden, ob ich wieder zu der alten Lebensweise zurückkehren will. Es wäre ja nur für eine kurze Zeit.

Welche Art von Wahl lasse ich mir? Ich habe keine «alte Lebensweise», zu der ich zurückkehren kann. Sie ist verschwunden: ich habe sie abgestreift. Nicht ganz. Noch nicht. Aber was verschwunden ist, kann nicht einfach wieder aus der Mottenkiste herausgeholt werden wie ein altes Kostüm. Und warum will ich überhaupt immer noch jemanden täuschen? Ich habe keine «Entscheidung» darüber zu treffen, wie ich mich in Cambridge verhalten werde.

Werde ich je aufhören? Das Theater ist der einzige Rahmen, von dem ich weiß, wie er zu gebrauchen ist. Wenn ich an die Welt denke, habe ich immer noch Kostüme und ein Bühnenbild vor Augen. Ich gehe hier weg, sogar nur für zwei Tage, und schon stehe ich wieder auf der Bühne: Wie werde ich spielen? Wie werde ich aussehen? Was soll ich anziehen? Aber das darf es nicht mehr geben, weder hier noch anderswo. Ich habe mit Schutzmaßnahmen Schluß gemacht. Ich kann nicht zulassen, daß irgend etwas zwischen mich und mein Nebeneinander mit meiner Umgebung tritt oder es mir erleichtert. Wie mag das wohl sein? Ich habe es bestimmt nie erlebt.

Zwei Tage hintereinander kein Schiff. Ich sollte besser das erste nehmen, das fährt. Das Wetter mag morgen umschlagen und Sonntag wieder schlecht werden.

Ehe die Schiffsagentur schließt, rufe ich wieder an. «Ich weiß, Sie sagen nicht gern etwas Endgültiges über das Wetter, aber haben Sie eine Ahnung, wie es für morgen aussieht?»

«Der Wind hat nachgelassen. Selbst wenn es regnet und der Wind abgeflaut bleibt, werden wir vielleicht fahren. Aber rufen Sie vorsichtshalber morgens noch mal an.»

«Oh, ich weiß, ich weiß.»

Als die Zeit für den Billigtarif gekommen ist, rufe ich June an. Ich berichte ihr von Logos und daß meine Pläne vom Wetter abhängen.

«Komm her, natürlich. Du kannst die Couch im Wohnzimmer haben. Wie lange kannst du bleiben?»

«Liebe June. Es ist sehr freundlich von dir, daß du es so klingen läßt, als wäre es überhaupt keine Zumutung.»

«Dummkopf. Wir freuen uns, dich hier zu haben. Wenn du bis Montag abend bleiben kannst, Joans Bruder gibt eine phantastische Party. Tennessee Williams wird da sein.»

«June! Wieso?»

«Sein neues Stück hat an dem Abend Premiere, und Joans Bruder kennt Leute vom Ensemble. Ich weiß wirklich nicht, ob Tennessee da sein wird, aber vielleicht kommt er mit, bloß weil's 'ne Party gibt. Bring also ein Abendkleid mit. Bleib, wenn du kannst. Du fährst dann Dienstag zurück.»

«Vielleicht. Ich sag dir Bescheid, wenn ich da bin. Erwarte mich morgen abend gegen zehn. Kaufe uns etwas Bourbon. Ich beteilige mich an den Kosten.»

Als ich aufhänge, bin ich allein mit meinem Welpen im Schlafzimmer im ersten Stock eines Hauses, das jemand anderem gehört. Die Lampe an meinem Bett brennt. Sonst herrscht Dunkelheit und Stille. Ich war gerade mit jemandem in Berührung, der zu einer Gemeinschaft gehört, die Parties veranstaltet, zu denen vielleicht berühmte Leute kommen. Die Entfernung zwischen hier und dort ist so riesig. Wie soll ich sie überwinden?

Ich weiß es: ich werde das, was ich hier tue, mitnehmen.

Die Jäger scheinen nicht bereit zu sein, ihren Wagen auf die Fähre zu fahren. Sie stehen herum in Gruppen, deren Umrisse sich ein paarmal ändern, während ich, mit Logos in meinem Auto sitzend, zuschaue. Die roten Kappen und Jacken und der über manche Rücken und Schultern geschnallte breite rote Fleck bezeugen, wie sie ihre Zeit verbringen. Andere Zeugen liegen reglos und blutig festgebunden auf den Dächern der Kombiwagen.

Als der Lautsprecher verkündet, daß die Wagendecks zum Einfahren offen sind, steuere ich mein Auto zur Rampe. Ich bin nicht schnell genug. Ein totes Reh liegt auf dem Dach des Wagens direkt vor mir. Ich senke den Kopf, um meine Aufmerksamkeit auf die Bremslichter des Wagens zu konzentrieren. Sie leuchten auf, gehen aus, während sich die Wagenschlange langsam zu dem großen Loch in der Seite der Fähre vorschiebt. Gruppen von Jägern stehen immer noch auf dem Kai, offenbar haben sie es mit dem Abfahren nicht so eilig. Dann und wann löst sich einer aus der Gruppe und schlurft zu seinem Wagen.

Mein Wagen muß zwischen zwei Reihen rotgesichtiger Männer anhalten, die so dicht daran stehen, daß einer von ihnen die Hand auf mein offenes Fenster legt. «Bitte», sage ich und bemühe mich, unfreundlich zu klingen.

«Ach, guck mal!» Der Mann steckt den Kopf durchs Fenster. Er starrt an mir vorbei auf Logos. «Ist das ein lebendiges Wild?»

«Nein.» Plötzlich kann ich lächeln. «Ein sehr lebendiger Wildfang.»

Der Wagen vor mir verschwindet über die Rampe, und ich kann der ersten Etappe meiner Rückreise entgegenrollen.

Ich bin knickerig mit Höflichkeit den Männern gegenüber, die zu zweit oder zu dritt zu meinem Eckplatz kommen, den ich für Logos und mich in Beschlag nehme. Sie verziehen sich, vielleicht um weiterzusagen, daß mit mir schlecht Kirschen essen ist, und erfreulicherweise bin ich den größten Teil der Fahrt allein. Eine halbe Stunde vor Woods Hole versucht es dennoch ein weiterer Jäger.

«Ihr Welpe ist hübsch. Rüde?»

Ich sehe von meinem Buch auf. «Ja. Fünf Monate alt.» Um die nächste Frage schon zu erledigen.

Der Mann, Mitte Fünfzig, schickt sich erstaunlicherweise nicht an, Logos zu streicheln. «Ist er gesund? Frißt er gut?»

Das ist eine neue Art der Anbiederung. «Nein, leider nicht. Er frißt fast nichts. Ich glaube, er hat einen Bandwurm. Ich bin jetzt auf dem Weg zum Tierarzt.»

«Das ist nicht schlimm. Dagegen gibt es Pillen. Wenn er ihn los ist, frißt er wieder.»

Im Geist hole ich tief Luft. «Wollen Sie sich nicht hinsetzen?»

Der Mann läßt sich behaglich nieder. Wir sprechen von Hunden. Vor einem Monat, als mich eben dieses Schiff nach Nantucket brachte, blieben Leute stehen, um mit mir über Hunde zu reden. Ist inzwischen nichts geschehen? Ich höre dem liebenswürdigen, namenlosen Mann zu.

«Eines Nachmittags hatte ich Pete mit auf der Jagd. Er war hinter mir auf einem bestimmten Weg, und dann sah ich, daß ich ihn vorausschicken könnte. Ich pfiff ganz leise, ein besonderer Pfiff, der, das weiß er, bedeutet, daß er vor mir aufspüren soll. Nichts passierte. Ich sah zurück, und da war er, trottete dahin und wedelte mit dem Schwanz, als er sah, daß ich mich nach ihm umschaute. Ich rief seinen Namen, und er wedelte bloß weiter mit dem Schwanz, und dann wurde mir plötzlich klar, was los war. Er war taub geworden. Ich setzte mich auf einen Baumstamm und weinte. Danach bin ich mit anderen Hunden auf die Jagd gegangen, aber keiner von ihnen war so tüchtig wie Pete. Wenn er sah, daß ich mein Zeug zusammensuchte, bettelte er, daß ich ihn mitnähme. Meine Frau mußte ihn in ein Zimmer einsperren und ihn erst herauslassen, wenn ich weg war. Ich weiß nicht, wer von uns es schrecklicher fand.»

Ich will ihn nicht fragen, ob er den Hund noch hat. Er nimmt es mir ab, das Thema zu wechseln. «Schläft Ihr Welpe auf Ihrem Kopfkissen?»

«Nein, ich lasse ihn nie auf Möbel. Er hat mehrere Lagerstätten an warmen Plätzen. Aber meistens kriecht er unter mein Bett und bleibt die Nacht über da.»

Der Mann grinst. «Er wird noch auf Ihrem Kissen schlafen.»

«Nein, das glaube ich nicht.»

«Sie werden es erleben.»

Es ärgert mich, gesagt zu bekommen, was geschehen wird, wenn ich es besser weiß, und so schweige ich und frage mich, wie ich den Mann am besten loswerden kann.

«Sie mögen Jäger nicht, glaube ich.»

«Nein.» Mir fällt sein Hund ein, und ich versuche, meine Antwort abzumildern, aber kein Wort kommt mir über die Lippen.

«Ich verstehe Ihre Einstellung. Ich habe seit fünf Jahren nicht gejagt.»

Seine Mütze ist rot, ebenso seine Jacke.

«Ach, ich nehme die Flinte mit, aber sie ist nicht geladen. Ich nehme die Hunde mit, aber es gibt nie etwas für sie zu apportieren. Es ist nur schön, im Wald zu sein, in der Stille und dem Duft. Ich setze mich hin und halte die Hunde ruhig, um andere Tiere in der Ferne ihren Geschäften nachgehen zu lassen. Nehme die Spuren auf, wo in der vorigen Nacht Rehe lagerten. Das macht mich wieder frisch für die Arbeit.» Er lächelt mir zu, und ich, erstaunt, daß ich reagiere, lächle zurück.

Ich bücke mich und kraule Logos' Ohren. «Ich glaube, ich werde dem Welpen Gelegenheit geben, sich ein bißchen die Beine zu vertreten. Wir müßten bald landen, nicht wahr?» Ich stehe auf und strecke ihm die Hand entgegen. «Es war nett, mit Ihnen zu plaudern.» Wir geben uns die Hand. Er geht langsam um die Ecke und ist verschwunden.

Logos ist auf und davon, ich folge ihm und denke an die zweistündige Fahrt, die vor mir liegt. Und an das, was mich erwartet, wenn ich da bin.

16

Ohne auszupacken, gehe ich hinter Logos zur Tür hinaus und die Straße entlang und lasse ihn den Weg für unseren ersten Spaziergang ohne Leine seit vier Tagen bestimmen. Ein gewaltiger roter Sonnenuntergang bereitet sich vor, der mich, als ob ich es nötig hätte, an die unbeeinträchtigte Schönheit erinnert, die es während meiner Abwesenheit hier gegeben hat. Mehrere Minuten lang begrüße ich die vertraute Stille, obwohl ich immer noch auf der Woge von Begeisterung über den Aufenthalt in Cambridge reite, und dann mache ich die Briefe auf, die sich seit Samstag angesammelt haben. Ab und zu schaue ich auf, um das Farbenspiel am Himmel in mich aufzunehmen, überfliege die Briefe rasch nach Neuigkeiten, dann stecke ich sie in die Tasche, um sie mir später zu Gemüte zu führen.

Jetzt will ich Logos für die allzu kurzen Spaziergänge morgens und abends am Ufer des Charles River entschädigen; dafür, daß er sonst überall angeleint sein mußte; für den Besuch beim Tierarzt und die Nachwirkungen; dafür, daß er bei Junes Sohn bleiben mußte, als sie und ich zu der schicken Party gingen.

Ich werfe einen Stock die Straße entlang, und Logos flitzt los, um ihn zu holen. Als er ihn gerade aufnimmt, greife ich nach einem Stein neben mir und schleudere ihn in die andere Richtung. Der Strich, der an mir vorbeischwirrt, ist bräunlich-golden und grau, und ich springe herum, um ihn rennen zu sehen. Ich schicke ihn so schnell hin und her, daß er nur den Boden zu berühren scheint, wenn er sich in die entgegengesetzte Richtung umdreht, aus der er gekommen ist. Es dauert eine Weile, bis er genug hat. Er atmet schwer und läßt sich dann langsam auf den Boden nieder.

Während er sich ausruht, drehe ich mich langsam im Kreis, um die Gesamtheit der flachen Landschaft auf mich wirken zu lassen. Der obere Rand der Sonne muß noch unter den Horizont sinken. Als Logos aufsteht, gehen wir gemächlich nach Hause.

Ich habe keinen Bourbon mehr und fast nichts mehr zu essen. Ich fasse die Flasche Gin meiner Wirtin ins Auge, die ich ignoriert habe, seit ich herkam. Gin bekommt mir nicht. Ich halte die Flasche ins Licht: ein Schuß ist noch drin, mehr nicht. Mit etwas Orangensaft werde ich den Unterschied vielleicht gar nicht merken. Wenn Gin gemixt wird, verliert er seine Schärfe. Ein kräftiger Schluck, ein tiefer Seufzer, und ich gehe zum Schreibtisch, um mit meiner Antwort an Etel anzufangen.

Ich sehe sie geradezu vor mir, wie sie am vorigen Sonntag mittag schrieb. Ihr kinnlanges, glattes, schwarzes Haar fällt ihr über das rechte Auge, und nur manchmal wirft sie den Kopf zurück, um den

Schleier wegzuschleudern. Sie mit ihrer Flasche Cointreau neben sich in Kalifornien, und ich mit einem Schuß Gin am anderen Ende des Kontinents. Sie, deren Gesundheit einer geheimnisvollen Krankheit wegen, die sie nie benennt, an einem Faden hängt; ich vorsätzlich bemüht, mir den Kopf zu zerbrechen. Sie, angestellt in einem Dominikaner-College, um die weibliche Jugend zu erziehen, macht die Mädchen aufgeschlossen für Probleme, von denen sie, selbst eine abtrünnige Katholikin, weiß, daß sie die Mädchen beschäftigen; ich, die ich auf die Verantwortung, die mir mein Doktorat auferlegt, verzichtet habe. Wir verstehen es, Vorlesungen zu halten; manchmal wollen wir es sogar: Wir sind die gebildeten Frauen des 20. Jahrhunderts. Nicht, daß unsere Bildung uns in den Schoß fiel; vielmehr haben wir sie den Händen von Männern entrissen, die behaupteten, sie könnten sie uns bieten. Nein, nicht «bieten»: sie forderten uns auf, es zu wagen. Wir beide begriffen, daß in Harvard unser gesunder Verstand in Gefahr war: jede von uns wußte das von der anderen, als wir zum erstenmal miteinander sprachen, als wir zufällig bei einer Spinoza-Vorlesung nebeneinander saßen. Ich blieb und verlor meinen; sie ging weg, aber sie ist auch nicht besser dran. Die Narben tragen wir beide.

Ich möchte Verbindung zu ihr aufnehmen. Es gibt eine Beziehung zwischen uns, und ich möchte sie festigen, damit sie nicht abreißt. Ich kann ihr sagen, was ich hier zu tun versuche. Wenn ich versuche, es jemandem darzulegen, der genau zuhört, rücke ich es vielleicht ins richtige Licht. Und das mag der Ersatz dafür sein, daß ich mich nicht an die Schreibmaschine setzen kann, um es für mich selbst aufzuschreiben.

Ich schreibe einen langen Absatz, berichte, wie ich sie mir gerade vorgestellt habe, als Einleitung für das, was ich ihr sagen will. Ein Monat des Nachdenkens, bereit, zu Papier gebracht zu werden. Ich greife wieder nach dem Gin. Er erreicht mich bereits; Wärme breitet sich in meinem Inneren aus. Ich stelle das Glas weg und versuche wieder zu tippen, aber meine Finger bleiben reglos auf den Tasten.

Ich will es nicht schreiben: ich will mit ihr reden. Um es zu schreiben, muß ich einen Anfang, eine Mitte und ein Ende finden. Aber es gibt noch kein Ende, und ich weiß nicht, ob ich in der Mitte bin oder gerade erst angefangen habe. Ich kann sie nicht einfach da hineinschubsen, wo ich angefangen habe. Wir wissen das meiste von unserer jeweiligen Arbeit, viel weniger über unsere Lebensgeschichte; im übrigen haben wir, wenn wir zusammen waren, unsere bemerkenswert übereinstimmenden Ansichten über den Morast ausgetauscht, in dem wir steckten und der uns noch bevorstand. Es würde viele Seiten erfordern, um sie auch bloß zu meinem Ausgangspunkt zu bringen. Seiten und Stunden.

Nein. Ich bin erschöpft, wenn ich nur daran denke. Darüber kann ich ihr nicht schreiben. Und dann auch über sonst nichts.

Ich schiebe die Schreibmaschine weg und greife wieder nach dem Glas. Mein Schweigen wird anhalten. Wenn ich dem Ende näher wäre, würde ich die ganze Sache wahrscheinlich auf knappem Raum zusammendrängen. Ich würde sagen können: Das war das Problem, und das war die Lösung, und das waren die Schritte, die mich von dort hierher brachten. Wenn ich jetzt, da meine Erfolge noch fragwürdig sind, an Etel schreibe, ist das nur ein weiterer Versuch, einem anderen einen Teil der Last aufzubürden. Ich habe sie auf mich genommen um meiner eigenen Zwecke willen, und es besteht kein Grund zu der Annahme, daß es einen anderen interessiert, daß ich es tat oder warum oder auch, ob die ganze Sache ein Ende finden wird. Oder wie.

Zu dumm, daß nur genug Gin für einen Drink da war. Morgen werde ich Bourbon kaufen. Heute abend hätte ich gern . . . was? Ein Wunsch, Alice. Was würdest du dir aussuchen, wenn du einen Wunsch frei hättest?

Ganz einfach: mehr Einsicht, schneller.

Ich sehe mir wieder die anderen Briefe an, die mich gestern erwarteten. Der Radcliffe-Umschlag enthält eine routinemäßige Anfrage, ob es etwas Neues von mir gibt. Im selben Umschlag ist der Brief eines kanadischen Colleges, in dem ein Job beschrieben wird, der im September angetreten werden soll: Hausmutter in einem Studentinnenheim plus Teilzeit-Lehrtätigkeit; die Tätigkeit im Heim könne auf Wunsch nach drei Jahren durch volle Unterrichtsverpflichtung ersetzt werden; Zimmer, freie Verpflegung und Gehalt. Und dann:

> Wenngleich das College keinerlei religiöses Bekenntnis voraussetzt, ist es nur natürlich, daß wir jemanden haben möchten, der ein gewisses Maß an wirklicher Sympathie für die Ziele und Ideale eines anglikanischen Colleges empfindet.

Wir setzen kein religiöses Bekenntnis voraus, außer diesem einen kleinen religiösen Bekenntnis. Wie würden sie sich jemandem wie mir gegenüber verhalten, der sämtliche Widerlegungen sämtlicher Argumente für die Existenz Gottes kennt? Ich könnte wirkliche Sympathie für einen Anglikaner empfinden, wenn wir uns auf einer Teegesellschaft treffen. Aber in meiner Lehrtätigkeit beschränkt sich meine Sympathie auf Standpunkte, die sich logisch rechtfertigen lassen.

Wie soll ich all das dieser netten Dame erklären, die wohlbehütet in ihrem soliden Radcliffe-Büro sitzt? Das und was ich hier tue und die unstete Lebensweise in den letzten zwölf Monaten? Unmöglich. Ich würde eine andere Sprache sprechen als jede, die sie versteht. Niemandem könnte dieses College wesensfremder sein als mir. Außer Etel. Und Marilyn.

Na schön. Ich werde Radcliffe schreiben, daß ich nicht nach Kanada gehen möchte, aber mich bedanken, daß sie an mich gedacht haben.

Ich bin auf dem Weg zum Schreibtisch, dann mache ich plötzlich kehrt und gehe durch das ganze Wohnzimmer. Verflucht noch mal! Ich werde mir nie meine Verhaltensweise abgewöhnen. Ich nehme mir vor, alles zu untersuchen, was ich tue, und doch mache ich eben in dieser Minute das Ganze zu einem Theaterstück und warte darauf, daß der Vorhang aufgeht. Dieses Wohnzimmer ist keine Bühne, und ich spiele nicht Theater. Es ist nur ein Brief zu beantworten. Ich kann ihn auf die alte Weise beantworten: mit Lügen, wie anmutig auch immer, aber dennoch Lügen. Oder ich kann ihn auf eine völlig unbekannte neue Weise beantworten, wobei mein einziger Anhaltspunkt ist, daß ich sagen will, was ich meine.

Wieder am Schreibtisch, ziehe ich die Schreibmaschine heran und beginne den Entwurf einer Antwort, die gewiß lang werden wird. Ich verschließe die Augen bei dem Gedanken, einiges von dem schreiben zu müssen, wovon ich jetzt weiß, daß ich es schreiben muß, und plötzlich steht mir das Bild der kleinen Seejungfrau vor Augen, die auf den Messern, die ihre Beine sind, läuft.

Ich verbringe den Vormittag damit, meinen Brief aufzusetzen. Als ich ihn abtippe, scheint sich etwas Bedrückendes von mir auf das Papier zu verlagern. Aber nachdem er im Umschlag ist, ruft der Brief Unbehagen hervor. Er enthält Waffen, um eine alte, gewaltige

Lüge zu zerstören: daß ich für mein Leben verantwortlich gewesen bin. Was kann sie antworten? Ich bin bestürzt über den neuen Weg, den ich betreten habe. Aber ich *bin* dort. Ich muß diese Dinge sagen. Jetzt kommt es auf sie an.

Die alte Frau, die Alkoholika verkauft, ist zu keinem Lächeln zu bewegen. Offenbar hat sie schon alle Tricks erlebt, mit denen ein ausgepichter Säufer auf Kredit Schnaps von ihr zu bekommen versucht. Sie erweckt bei mir das Gefühl, ich müsse beweisen, daß ich nicht betrunken bin, wenn ich in ihren Laden komme, daß ich nicht Tag für Tag eine Flasche Bourbon kaufe und unschwer auch ohne auskommen könnte. Ich gebe ihr mein Geld; sie gibt mir die Flasche; ich verlasse den Laden mit der braunen Tüte.

Als ich Logos heute morgen hinaus lasse, lehne ich mich an die Tür und breche in Tränen aus. Warum weine ich? Für einen Augenblick werde ich zu zwei Menschen: der eine weint, der andere schaut zu und fragt sich warum. Das Bemerken der Spaltung läßt die Tränen sofort versiegen. Meine Wangen sind naß, aber sonst bleibt nichts von dem Ausbruch.

Ich ziehe den einzigen Holzstuhl unter dem Tisch hervor und setze mich. Die Party in Boston hat mich, glaube ich, fertiggemacht. Die Leute behandelten mich, als wäre ich attraktiv, intelligent und interessant, und ich begann es zu glauben. Ich brachte die Vorstellung sogar mit zurück nach Nantucket. Sie ließ mich ein oder zwei Tage glauben, ich gehörte in diese Welt von Leuten mit Zielen und Erfolgen und menschlichen Beziehungen. Doch die ganze Zeit flüstert die geheime Begleitung: Wenn du da hingehörst, warum bist du dann hier?

Warum bin ich hier? Weil es sonst keinen Ort gibt, wo ich sein könnte. Was tue ich hier? Ich weiß es wirklich nicht. Was versuche ich hier zu tun? Eine Möglichkeit finden, um zu leben. Und was habe ich bisher ausfindig gemacht?

Mit Daumen und Zeigefinger reibe ich mir die Stirn, um eine Quintessenz meines Monats hier herauszulocken. Nämlich: daß ich wahrscheinlich niemals etwas getan habe, das ich tun wollte, und zwar aus dem einfachen Grund, weil ich nie begriffen habe, was es bedeutet, etwas tun zu wollen. Und das noch: um zu wissen, was

Wollen bedeutet, muß ich erkennen können, was ich empfinde, aber ich weiß nicht, wie man das erkennt, und nicht einmal, wie man es lernen kann.

Ich mache Logos die Tür auf. Er kommt mit wackelndem Hinterteil herein und versucht hochzuspringen, um mir das Gesicht abzulecken. Ihm macht es nichts aus, daß ich nur noch der Schatten eines Menschen bin. Kann eine Person eine andere Person auf diese Weise, auf Logos' Weise, lieben? Ist das Lieben: Anteil nehmen, wie auch immer?

Ich frage mich, was ich damit meine.

Ich drehe meinen Stuhl zum Fenster um und stütze meine Beine am Rand des Bücherregals ab. Eine Denkhaltung, wenn es überhaupt eine gibt. Wenn ich zu tippen versuche, während ich denke, erstarre ich. Das funktionierte nur ein paar Tage, bis ich einsah, daß das Lesen der Briefe nicht ergiebig war. Jetzt muß ich das Denken herauskommen lassen, unberührt von meinen Versuchen, es in Sätze zu transponieren. Ich kann nur hoffen, irgendeine Vorstellung zu finden, die meine Gedanken steckenbleiben läßt wie eine Nadel in einer kaputten Schallplatte. Die Vorstellung von Spiegeln hatte das bewirkt.

Logos kommt herüber zum Schreibtisch und läßt sich neben meinem Stuhl zum Schlafen nieder. Ich habe schon lange gelernt, Ausschau zu halten, wo er sein könnte, ehe ich aufstehe: er könnte mir unter die Füße geraten. Er folgt mir immer noch auf Schritt und Tritt.

«Sie sagt, ich folge dir wie ein junger Hund.» George zitierte das junge Mädchen, das darum kämpfte, ihn zu behalten, nachdem er mich kennengelernt hatte. Ich verliebte mich Hals über Kopf in George. Ich mußte mich in dem überfüllten Tagungsraum, wo wir uns trafen, an den Tisch lehnen, damit ich nicht tiefer in seine dunklen Augen falle. Wie Alice, die in den Brunnen fiel – schwimmend, treibend, hinunter, hinunter. Meine einzige Hoffnung herauszuklettern, bestand darin, daß er weiterredete. Müßte ich das Reden übernehmen, würde ich nichts sagen können und nur tiefer fallen.

«Nein, ich bin nicht hier, um einen Job zu bekommen. Ich bin einfach nur ein Doktorand, der mitgenommen worden ist. Der Professor, der mich nach Cambridge zurückgefahren hat, konnte sich die philosophischen Tagungen nicht entgehen lassen.»

Mir fiel sein Akzent auf, ohne daß ich ihn sofort identifizierte, dann klopfte mir jemand auf die Schulter und sprach einen Augenblick mit mir, und als ich mich wieder umdrehte, war George weg. Ich schob mich an Barrieren menschlicher Leiber vorbei, mein Magen höhlte sich plötzlich aus und wartete darauf, mein versagendes Herz aufzunehmen. Ich schlich durch den Raum, ohne ihn zu finden, und schließlich unterbrach ich Leute, um zu fragen, ob sie ihn gesehen hätten. Dann stand er selbst neben mir, und alle anderen hörten sofort auf zu existieren. Wir unterhielten uns wieder, und wieder trennte uns die Menge, dann leerte sich der Raum, und ich, eine der letzten, die gingen, war ohne ihn.

Wer war er? Wo wohnte er? Wie sollte ich ihn je wiederfinden? Das Mädchen, das ich fragte, sagte, er sei verheiratet, aber sie schien sich ihrer Sache nicht sicher zu sein, und wie konnte das überhaupt wahr sein? In meinem Inneren war eine einzige große Einsamkeit, die Gabe von vier New Yorker Monaten, in denen ich versuchte, das Leben zu beginnen, zu dem mich mein neues Doktorat berechtigte. Aber an jenem Abend in New Haven begann das Innere zu brennen und mich nach Cambridge zu weisen, irgendwie, wie auch immer, um George wiederzusehen.

Ich denke an den Morgen, an dem ich vor Tau und Tag aufstand, damit ich den Zug nach Boston bekam, um Dr. Kant aufzusuchen. In all den grauen Stunden dieser Fahrt schmiedete ich Pläne, wie ich George finden, ihn anrufen, ihn sehen könnte. Aber als ich Dr. Kants Praxis verließ, kam ich zu dem Schluß, ich könne ihn nicht anrufen, denn er sei wohl wirklich verheiratet, und dann kam ich zu dem Schluß, ich könne ihn doch anrufen, weil ich es ja nicht wirklich wisse. Ein Anruf in Harvard trug mir seine Nummer ein, aber dann zögerte ich, an die Telefonzelle gelehnt, und mein Inneres war eine riesige Trommel geworden. Wenn er verheiratet war, würde ich mir etwas zu sagen ausdenken und dann aufhängen. Ich wählte die Nummer. Eine Männerstimme meldete sich: nicht George, aber auch keine Frau. Der Mann rief George ans Telefon, und dann war er dran.

«George. Hier ist ...»

Er ließ mich nicht aussprechen. Er erkannte meine Stimme. Er könne mich dort, wo ich sei, in einer halben Stunde treffen.

Ich zählte die Minuten. Kann ich mich noch daran erinnern, wie es war, als ich ihn vor fast zwei Jahren in den Drugstore hereinkommen sah? Er war sehr groß, erschien mir jedoch fast zart: schlank, verlegen und so viel jünger als ich, daß ich rot geworden sein muß, als ich ihm dieses zweite Mal ins Gesicht sah. Wir liefen fast eine Meile, ehe wir merkten, wie kalt es war und dunkel und Zeit zum Essen. Wir fanden ein Restaurant, klein, hell erleuchtet, und redeten weiter.

An jenem Abend und dann immer gab es etwas, über das wir reden konnten. Nicht bloß Philosophie. Er interessierte sich für Weberei: wie funktionierte ein Webstuhl? Oder viel später zerbrachen wir uns den Kopf über die zylindrischen Schokoladenstückchen, *jimmies*, in die Brigham's seine Eistüten tauchte: Wie wurden sie hergestellt? Nicht geformt, nicht tropfenweise gegossen; wie dann? Wir haben es nie geschafft, die Schokoladenfabriken anzurufen und zu fragen, ob wir uns den Herstellungsprozeß ansehen könnten, und auch nie einen Weber gefunden, der uns zeigte, wie Schuß und Kette zusammenwirken. Der Spaß bestand darin, das Prinzip im voraus herauszufinden. Und außerdem hatte er zu arbeiten, mußte Ordner mit Notizen für seine Dissertation füllen. Zwei, drei Jahre lagen noch vor ihm bis zur Promotion, und ich, die ich meine hatte, mußte das verstehen. Ab und zu verstand ich es auch.

Aber an jenem ersten Abend redeten und aßen wir und redeten und gingen spazieren. Wir fanden uns auf dem Copley Square wieder und gingen in eine Bar, die er kannte, und redeten weiter. Die Bar war rot: die Kellnerinnen rot gekleidet, rote Stühle, auf denen man saß, Lampen mit roten Schirmen, deren schmeichelndes Licht mir sehr wohl bewußt war. Wir saßen an einem winzigen Tisch und schauten mehr, als daß wir sprachen.

Ich bringe meine Füße vom Rand des Bücherregals auf den Boden. Ich muß etwas darüber wissen, was ich empfinde. Denn ich erinnere mich der *Qualität* meines Zusammenseins mit George in dieser Bar. Ich war bereit aufzubrechen, ungeachtet meiner inneren Erregung, und dennoch saß ich ganz still. Und wartete. Ich mag mir sogar bewußt gewesen sein, daß ich Dr. Kants Anweisungen befolgte. Nicht, daß er mir gesagt hätte, wie ich mich in dieser besonderen Situation verhalten sollte, wenn ich mit einem neun Jahre jüngeren Mann einen Drink nehme. Er hat mir keine Liste gegeben: tue das, wenn dies geschieht, tue dies, wenn das geschieht. Und dennoch, wenn er da auf seinem Stuhl saß, *mir* zuhörte, nicht mir als Fall oder mir als Typ, versuchte er, mich für die Vorstellung aufgeschlossen zu machen, daß es weibliche Verhaltensweisen gebe, und daß ich mich nicht dementsprechend verhielt. Das setzt voraus, daß ich wußte, was es bedeutet, weiblich zu sein, und daß ich beschlossen hatte, mich anders zu verhalten. Aber ich wußte es nicht, weiß es immer noch nicht, so daß ich es nicht besser beschlossen haben konnte.

Ehe die Menstruation bei mir begann, bin ich überhaupt nicht auf den Gedanken gekommen, daß Mädchen anders seien als Jungen oder sich anders verhalten sollten. Als ich begriff, daß die physiologischen Unterschiede zwischen Männern und Frauen die sexuelle Paarung ermöglichten, war das alles einfach ein neuer Satz von Tatsachen über die Welt. Besonders zwingende Tatsachen, gewiß, die aber meine grundlegende Einschätzung, daß Männer und Frauen einander gleich seien, ebensowenig ändern konnten wie, sagen wir, meine Einsicht, daß ein Prisma weißes Licht in die Farben des sichtbaren Spektrums bricht.

Vielleicht können mehr Männer als Frauen schwere Gewichte heben oder geschmolzenen Stahl gießen, aber im menschlichen Gehirn gibt es keine Muskeln. Eine Frau kann jede Karriere, jeden Beruf ergreifen, genau wie ein Mann. Männer besitzen keine moralischen Eigenschaften, die Frauen nicht auch haben. Es gibt keine Ziele, die nur Männer anstreben können. Frauen können physische Gefahren ertragen, können für ihre moralischen Überzeugungen eintreten, können ihr Gewissen über ihren persönlichen Vorteil stellen, können freundlich, rücksichtsvoll und großzügig sein, können weitreichende Folgen ihrer Taten abschätzen. Natürlich können sie auch heucheln: lügen, sich verstellen, täuschen, betrügen, so tun als ob, übertreiben, untertreiben und warten.

Warten. Das war mir am gräßlichsten. Darauf warten, daß das Telefon läutete, darauf warten, zum Ausgehen aufgefordert zu werden, darauf warten, geküßt zu werden. Jeder Mann, der mich erziehen wollte, begann mit Warten. «Timmie, warte es ab, bis ich die Tür für dich aufmache.» – «Timmie, laß mich deinen Handschuh aufheben.» – «Timmie, laß mich deine Zigarette anzünden.» Glaubten sie, ich könnte das alles nicht selbst machen, wenn ich allein wäre? Und eben diese Männer, die mich auf diese Weise lehrten, weiblich zu sein, waren diejenigen, die sich über die Frauen ereiferten, die sie in der Vergangenheit unglücklich gemacht hatten. Sie erkannten nicht (ich bis jetzt auch nicht), daß sie mich gerade zu der Art Frau machen wollten, die dann das Rüstzeug hätte, sie zu verletzen.

Aber das kann es doch nicht heißen, Frau zu sein: ein Geschöpf, das untätig dasitzt und darauf wartet, bedient zu werden; eine nicht denkende Puppe; jemand, der keine Meinungen hat außer denen, die von irgendeinem Mann stammen, aus zweiter Hand, und ungeprüft zu übernehmen sind. Wie kann ein Mann ein Kompliment von einem Geschöpf abschätzen, das nur über die Kriterien und das Wissen verfügt, die er dort eingepflanzt hat? Und außerdem gibt es Dinge, die Männer brauchen und die ihnen eine solche Frau nicht geben kann. Ich denke an die Männer, die ich des Nachts im Arm gehalten und denen ich Mut zugesprochen habe für einen unerträglichen Kampf am nächsten Tag. Oder denen ich geholfen habe, Probleme zu durchdenken, die sie für unlösbar gehalten hatten.

Warum geben sich dann Männer damit ab, diese andere Art Frau zu erschaffen? Ich weiß es: weil sie ihnen keine Scherereien macht. Außer, wenn sie lügt. Aber sie wird ihnen auch diese anderen Dinge nicht geben. Wegen dieser Dinge kommen Männer zu Frauen wie mir, selbst wenn sie versuchen, mich der anderen Art gleichzumachen. Sie reden mit mir, aber sie heiraten die andere. Was für eine verhunzte Welt: kein einziger Mann, der es zuließ, daß ich ehrlich mit ihm umging, wollte mich auch heiraten.

«Ehrlich.» Mein eigenes Wort verhöhnt mich. Ich weiß nicht, was es bedeutet, mir selbst gegenüber ehrlich zu sein, geschweige denn einem Mann gegenüber. Dennoch bestand ich darauf, ich sei ihnen gegenüber ehrlich. Was habe ich mir denn eingebildet? Und wie kann etwas, das einmal so klar war, mich jetzt verwirren?

Ich fing mit George an und der Begeisterung über unseren Beginn, aber es endete damit, daß ich den alten Kampf darüber ausfocht, was es bedeutet, eine Frau zu sein. Wo war die Gedankenbrücke?

Ja. Die rote Bar, und George, der mich scharf und schweigend ansah, während ich darauf wartete, daß er spreche. Er sagte dann: «Ich wünschte, ich könnte dir sagen, was ich über dich denke.»

Ich kam mir um eine Generation älter vor. Kein erfahrener Mann, der auf Verführung aus ist, wäre das Risiko einer so naiven Bemerkung eingegangen. Ich lächelte. «Warum versuchst du es nicht?»

Er schüttelte den Kopf, und ich sah wieder, was für ein grüner Junge er war. «Wenn ich es dir sagen könnte, brauchte ich nicht zu wünschen, es zu können. Es ist hier, in mir, aber mir fehlen die Worte, um es auszusprechen.»

Jetzt erinnere ich mich der Gedankenbrücke: er erweckte bei mir das Gefühl, ich müsse still sitzen, sonst würde ich ihn verscheuchen. Seine Arglosigkeit machte mir bewußt, wie vertraut ich mit all den Taktiken war, die Männer anwenden, um eine Frau ins Bett zu bekommen. Seine Bemerkung hinderte mich daran, auf mein Repertoire von Antworten zurückzugreifen, um den üblichen Annäherungsversuchen entgegenzutreten. Durch seine Jugendlichkeit beraubte er mich meines Vorteils und versetzte mich in die Lage, darauf zu warten, daß er den ersten Schritt tat. Bei George geriet ich auf natürliche Weise in die Geistesverfassung, in die mich andere Männer künstlich hineinzubringen versucht hatten.

Und das tat ich ... warum? Weil Dr. Kant micht gelehrt hatte, wie man eine Frau ist. Aber sieh mal: es ist dieselbe alte Vorstellung des Wartens. Ich saß da und hielt den Mund und wartete darauf, daß George spreche. Und als seine Worte sich dann von dem unterschieden, was ich erwartet hatte, wußte ich, daß ich auch noch auf andere Dinge warten mußte. Und in den ganzen zwei Monaten in New York wartete ich. Aber dann legte ich alles ab, was mir fremd war, auch die Zurückhaltung, die Dr. Kant mich gelehrt hatte, und zog wieder nach Cambridge, um mit George zusammen zu sein.

Doch an jenem Abend in der Bar wußte ich, in einer Bedeutung des Wortes «wissen», worum es sich bei dem Warten handelte. Es war nicht bloß das Warten darauf, daß Männer für mich taten, was ich auch selbst tun könnte. Es handelte sich darum, ein Geschöpf der Art zu sein, das ich *nur* in Gegenwart eines Mannes sein konnte. Es handelte sich nicht bloß darum, eine Erfahrenheit zu verbergen, damit George sie nicht sah. Es bedeutete, ihm die Initiative zu überlassen.

Vor George hatte ich das ein- oder zweimal zu tun versucht. Aber bei George brauchte ich es nicht zu versuchen, obwohl ich die Unbeholfenheit der Hände spürte, denen ich mich auslieferte. Bei anderen Männern war es gerade die Zuverlässigkeit der Hände, die mich angezogen hatte. Oder das, was wie Zuverlässigkeit aussah: die Transaktion, die wir durchzuführen im Begriff waren, erforderte, daß sie die Verantwortung übernahmen. Aber mit George würde dieser Austausch nur einer von vielen sein, die uns bevorstanden. Wir hatten etwas unbegreiflich Wertvolles gemein. Das wußte ich, und darum war es nicht unbedingt wichtig, daß ich auf sexuellem Gebiet wahrscheinlich erfahrener war als er. Ja, als wir das erste oder zweite Mal zusammen waren, kam ich mir tatsächlich vor wie die ältere Frau, die einen Jüngling verführt. Aber danach hob sich der Altersunterschied zwischen uns auf. Gemeinsam spielten wir wie Kinder. Besser als Kindheit: das Spiel brauchte nach Einbruch der Dunkelheit nicht aufzuhören.

Ich schiebe meinen Stuhl zurück. Ich kann nicht zulassen, daß ich traurig werde. Ich muß auch an das Elend mit George denken, sonst spiele ich wiederum dasselbe alte Spiel mit mir.

Ich sehe zu, wie Logos die Wiese erkundet, die sich von der Südseite unseres Hauses bis zur Ecke gegenüber dem Wasserturm erstreckt. Er springt über Büsche, buddelt, wo der Boden vielversprechend aussieht, schnüffelt fast bei jedem Schritt und läuft mit den trockenen Amaranbüscheln um die Wette, die der Wind wegbläst. Ich untersuche den leblosen Garten am anderen Ende des Rasens. Ich kann die Rosenstöcke erkennen, aber die anderen braunen Stengel sind nicht zu unterscheiden. Der Gärtner wird zu der Zeit kommen, die der Kalender vorschreibt, und nach Anweisung meiner Wirtin. Hinter dem Garten liegt das Moor.

Warum kann ich nicht im Moor spazierengehen? Die hohen Sträucher am Rand des Gartens halten mich zurück. Sie könnten ebensogut ein Stacheldrahtzaun sein. Ich gehe auf sie zu, überquere die Linie, die sie bilden, und gehe weiter. Das Gestrüpp auf dem Boden erschwert das Laufen; bei jedem Schritt muß ich auf meine Füße hinunterschauen. Nicht alles Neue ist also wert, getan zu werden.

Ein seltsames Geräusch, fast ein Husten, läßt mich anhalten.

«Logos!» Stille. Ich renne zurück durch den Garten, auf den Rasen. «Logos, wo bist du?»

Er steht am Rand der Wiese. Er hat den Kopf gesenkt, den

Schwanz zwischen die Beine geklemmt, sein ganzer Körper beugt sich über den Boden, und sein Rücken bewegt sich langsam und unregelmäßig auf und ab.

«Logos!» Ich renne auf ihn zu, aber er wendet sich ab, als er mich kommen sieht. Er torkelt dabei, und ich bleibe stehen, ehe ich zu dicht herankomme. Ganz plötzlich ist er mir unvertraut: ich sehe ihn als ein Tier, das sich auf eine mir unbekannte Weise verhält. Ich beobachte ihn aus der Ferne. Er macht sich zu dem großen Baum am Rand der Wiese auf. Die Bewegungen seines Rückens scheinen ihn voranzutreiben, und dann gräbt er plötzlich an den Baumwurzeln. Eine Pfote gräbt mit einer langen, langsamen Bewegung, dann die andere, und dann beginnt er, als hätte er es nicht gekonnt, ehe das Loch gegraben war, sich zu erbrechen. Sein ganzer Körper scheint etwas aus ihm hinauszustoßen.

«Logos, was machst du?» Ich sehe zu und weiß nicht, was ich tun soll. Und dann rinnen mir Tränen übers Gesicht, und ich falle auf die Knie. «Aufhören! Jemand soll ihn bitte aufhören lassen!» Ich schlage auf den Boden, bis mir die Hand weh tut, und dann sehe ich, daß er das Loch noch tiefer gräbt.

Er legt sich am Baumstamm hin, die Pfoten ragen über den Rand des Lochs, sein Kopf bewegt sich rhythmisch. Logos und das Loch im Boden rufen eine unerträgliche Vorstellung hervor, die sofort meinen Vater mit einschließt. Ich senke den Kopf auf die Knie, um das Bild auszusperren.

Als ich aufblicke, sitzt Logos, die Ohren zurückgelegt, Schaum steht ihm um die Schnauze, und er sieht mich an, als versuche er, an meinem Gesicht zu erkennen, ob er etwas Unrechtes getan habe.

«Süßes Hündchen, was kann ich für dich tun?» Ich bleibe, wo ich bin, weil ich fürchte, ihn zu erschrecken, wenn ich mich von der Stelle rühre, und nicht weiß, was er tun wird, wenn er auf mich zukommt.

Aber er sieht mich mit glasigen Augen an und konzentriert sich auf etwas in ihm, und dann trottet er steifbeinig davon. Alle paar Schritte muß er wieder würgen und bleibt stehen.

Irgendwie weiß ich, daß er mich nicht dabeihaben will. Ich gehe langsam zum Haus und hoffe, daß er mir folgt. Auf der Verandastufe drehe ich mich um und sehe, daß er mir nachkommt. Er möchte bei mir sein, aber nicht zu nahe, und so lasse ich ihn zuerst ins Haus gehen und den Platz finden, an dem er sich hinlegen will. Er macht sich zum Kamin auf, und nachdem er einen Kreis beschrieben hat, läßt er sich fallen, das Kinn auf einer Pfote und die Augen geschlossen. Es dauert nicht lange, und er schiebt den Rücken an die Backsteine, streckt die Beine aus, stößt einen tiefen Seufzer aus und ist eingeschlafen.

Ich stehe an der Tür, der Mantel noch nicht aufgeknöpft, die Hände rot vor Kälte, und zittere. Ich rufe den Tierschutzverein an und beschreibe, was ich gerade gesehen habe.

Mr. Lema ist unerklärbar ungerührt. «Was hat er erbrochen?»

«Ich verstehe nicht.»

«Na, wahrscheinlich ist er an etwas geraten, das er dann unverdaulich fand und es ausgebrochen hat. Warum gehen Sie nicht hin und sehen es sich an?»

«Ansehen?» Mein Abscheu pflanzt sich offenbar über die Telefondrähte fort.

«Ja, ansehen. Ich kann Ihnen nicht sagen, was zu tun ist, wenn Sie mir nicht sagen können, was er erbrochen hat. Wenn es das eine ist, ist es nicht allzu schlimm, und ich kann Ihnen am Telefon sagen, was zu tun ist. Wenn es etwas anderes ist, müssen Sie ihn so schnell wie möglich herbringen. Rufen Sie zurück.» Er hängt auf.

Ich gehe nach unten und betrachte den Welpen in seinem erschöpften Schlaf. Die einzige Möglichkeit, wie ich ihm helfen kann, befindet sich draußen.

Kadaverstücke. Knochen eines Vogels. Wo hat er den gefunden? Hat er ihn getötet, oder war er schon tot, als er ihn fand?

Mr. Lema sagt, ich sollte mich freuen. Es hätte Gift sein können oder etwas Ätzendes. Logos habe es wahrscheinlich alles herausgebracht. Er werde ein paar Stunden friedlich daliegen, aber danach werde es ihm wieder gut gehen. Geben Sie ihm erst morgen etwas zu fressen, höchstens etwas Speiseeis.

«Speiseeis?»

«Es würde seinen Magen beruhigen. Was haben Sie da draußen? Eis? Lassen Sie ihn an einer Schüssel mit Eiswürfeln lecken. Rufen Sie mich morgen an, wenn es ihm nicht besser geht.»

Ich danke ihm und hänge auf.

Unten atmet Logos ruhig und gleichmäßig. Ich lasse mich vorsichtig auf dem Fußboden nieder. Ich halte meine Hände zurück, obwohl ich mich danach sehne, ihn zu streicheln. Bis heute nachmittag war er mein hübscher Welpe; ulkig, verspielt, meine Absichten durchschauend, zu schlau zu seinem eigenen Vorteil. Aber getrennt von mir. Ein Spielzeug, das die ungewöhnliche Fähigkeit besitzt, zu atmen und sich zu bewegen. Aber jetzt ist er mein auf eine Weise, wie er es vorher nicht war. Durch Betreuen mache ich ihn mir zu eigen.

Also ist Lieben Betreuen? Das Sorgen für jemanden verwandelt sich in Gernhaben, Interessiertsein? Wie Dewey gesagt hat. Ich habe es heute mit eigenen Augen gesehen.

17

Der herrliche Tag veranlaßt mich, gleich nach dem Frühstück hinauszugehen. Der Welpe trottet wichtigtuerisch vor mir her. Erinnert er sich noch, wie schlecht es ihm gestern ging?

In diesen Häusern müssen Menschen wohnen. Ein paar sehe ich einmal in der Woche auf dem Postamt oder im Lebensmittelladen. Aber am Strand läßt sich niemand blicken, und die Straßen könnten genausogut mir gehören.

George würde es hier gefallen. Immer sind wir spazierengegangen: bei Nacht oder im Morgengrauen oder am Spätnachmittag. Und die Orte: am Charles River; von Harvard Square zu seinem Haus, eine Meile entfernt; die Meile oder mehr von seinem Haus zu meinem; von Square irgendwohin, wo es uns gefiel. Ich glaube, selbst wenn wir Autos gehabt hätten, wären wir immer noch gelaufen. Das ließ uns länger zusammen sein, ließ uns draußen sein, machte uns aufgeschlossen für jedes Ereignis, auf das wir vielleicht stießen, ließ unsere Gespräche so weit schweifen wie unsere Schritte, ließ uns hüpfen oder rennen oder uns auch hinsetzen, wo immer wir gerade waren, wenn wir müde wurden. Und nachdem wir monatelang ganz Cambridge begangen hatten, sprach mir jede Stufe vor einer Haustür, jede Ecke, jede Straße von ihm. Ich hätte, nachdem er abgereist war, nicht in Cambridge bleiben können mit all diesen Echos, die mir entgegenhallten, und deshalb ging ich vor ihm weg.

Aber er ließ es zu. «Meinst du, du könntest nach Colorado kommen?» war das Äußerste, wozu er sich aufraffen konnte.

«Möchtest du mich da haben, George?» Zum hundertstenmal versuchte ich, ihn dazu zu bringen, mich in sein Leben einzuschließen, und er sah es kommen. Ich blickte zu ihm auf. Er zog, scheinbar überrascht, die Augenbrauen hoch und begann, sich auf den Fußballen abzufedern, womit er seinen normalen Gang übertrieb, wie ich es einmal getan hatte, um ihn zum Lachen zu bringen.

«Warum soll sich das, was ich möchte, auf das auswirken, was du zu tun beschließt? Ich möchte folgendes: daß du, wenn du nach Colorado kommen willst, kommst, ob ich da bin oder nicht.»

«Du kannst einen rasend machen! Warum sollte ich sonst dort sein, wenn nicht, um mit dir zusammen zu sein?»

«Ja, manche Leute sagen mir, ich könne sie rasend machen, und jetzt hast du dich der Mehrheit angeschlossen.»

«George, das ist nicht fair.»

«Hör mal zu. Komm nicht dorthin, um mit mir zusammen zu sein. Komm dorthin, weil es dein freier Wille ist.»

Wo die ungepflasterte Straße auf die asphaltierte stößt, halte ich Logos an, lasse ihn warten und überquere selbst die Straße. Ich sehe in beide Richtungen, während er auf der anderen Seite vor Aufregung zittert. Als ich ihn rufe, flitzt er über die Straße zu mir und rennt dann zur nächsten Treppe, die zum Strand hinunterführt.

Was hat Dr. Kant doch gesagt, als ich ihm von einer solchen Unterhaltung berichtete? Ja. «Alice, George ist nicht bindungsfähig. Er ist noch nicht bereit oder nicht imstande, sich jetzt an Sie oder eine andere Frau zu binden. Ich weiß nicht, warum, denn ich kenne ihn natürlich nicht. Ich kenne ihn nur durch das, was Sie mir erzählen. Aber mir scheint, Sie schaden sich selbst, wenn Sie weiterhin glauben, Sie könnten ihn ändern.»

«Sie sagen mir also, ich soll Schluß machen.»

Dr. Kant saß schweigend da und sah mich an.

«Sie sagen mir, ich soll ihn einfach nach Colorado gehen lassen. Aber dann werde ich ihn nie wiedersehen. Denn er wird mich nicht auffordern, mitzukommen.»

«Alice, können Sie eigentlich nicht hören, was Sie sagen?»

Weil sein Gesicht so freundlich war und er sich so bemühte, mir behilflich zu sein, es zu verstehen, brach ich in Tränen aus. Ich konnte nur den Kopf schütteln.

«Sie sagen, daß Sie diejenige sind, die die Beziehung in Gang hält.

Daß sie ein Ende haben wird, wenn Sie nicht jede Minute daran festhalten, darum kämpfen. Und dennoch geben Sie nicht auf.»

«Aber er steht mir so nahe. Wir haben einander so viel zu sagen. Er ist mehr ein Stück von mir, als Stan es jemals war. Ich kann nicht glauben, daß wir einmal nicht mehr zusammen sind.»

Ich erwartete, daß Dr. Kant mir zustimmen würde. Er fragte: «Und was ist mit dem anderen Mädchen?»

«Nun ja, sie tut ihm leid.»

«Alice.» Sanft vorwurfsvoll.

«Das sagt er jedenfalls. Er sagt, ich sei hübsch und witzig und klug, so daß jeder mich gern irgendwohin mitnehmen würde. Daß sie aber keine dieser Eigenschaften habe, so daß er ihr etwas Aufmerksamkeit zuwenden müsse, um das wettzumachen.»

«Und wie ist er zu dieser Rolle berufen worden?»

Ich brauchte eine Weile, um zu antworten. «Ich nehme an, er hat sie selbst übernommen.»

«Genau.»

«Was meinen Sie damit?»

«Wenn Sie die Wahl hätten, Ihre Zeit mit einem gut aussehenden, gescheiten, unterhaltsamen Mann zu verbringen oder mit einem Mann, der langweilig, reizlos, aber nett ist, welchen würden Sie wählen?»

«Sie vereinfachen die ganze Sache allzusehr. Ich kenne Leute, und George gehört dazu, die verhalten sich manchmal so, wie ihrer Überzeugung nach Menschen sich gegenseitig behandeln sollten. Nicht nur so, wie sie es in einem bestimmten Augenblick vielleicht zufällig wollen.»

«Alice, Alice.»

Ich gehe dicht an der Wasserkante entlang. Logos jagt den abfließenden Wellen nach und weicht hastig zurück, wenn sie wieder heranrollen.

Ich sah sie einmal, aber daß sie es war, erfuhr ich erst später. Nein, ich glaube, ich muß es erraten haben, daß sie es war. Ich wollte es nur einfach nicht glauben.

George und ich verließen Jans Party und nahmen unseren Gastgeber mit, um vor dem Ladenschluß noch etwas zu trinken zu holen. Wir gaben uns die Hände, auf jeder Seite von mir ein Mann, und fielen in einen hüpfenden Laufschritt. Sie waren beide so viel größer als ich, daß ich zwei Schritte machen mußte, wenn sie einen machten, um mitzukommen, ohne den Rhythmus zu unterbrechen. Es war lustig, und wir lachten lauthals, als wir auf dem Fahrdamm liefen, weil die Bürgersteige für uns drei nebeneinander nicht breit genug waren. Wir hüpften durch die Auffahrt zur Highschool, sangen im Takt zum Rhythmus unserer Bewegung, der eine oder andere von uns lachte oder schrie, so daß wir ganz außer Atem waren.

Plötzlich kam uns jemand entgegen, George blieb stehen, um mit ihr zu reden, und zog seinen Arm unter meinem hervor. Ich wäre weitergegangen, nur sah Jan zurück und drehte sich dann um und sagte ein paar freundliche Worte zu dem Mädchen. Niemand stellte mich vor. Ich stand einfach da, ein paar Schritte entfernt von George und Jan. Das Gesicht des Mädchens fiel mir als vorzeitig gealtert auf. Da waren Runzeln und Falten an unerwarteten Stellen, und ich erinnere mich, daß ich dachte, sie sieht aus wie ein Stück zersplittertes Glas. George sprach nur ein, zwei Minuten mit ihr, dann hakten wir uns wieder unter und legten den restlichen Weg ohne Unterbrechung hüpfend zurück. Ich hatte nicht einmal gefragt, wer sie sei. Ich vergaß sie in dem Augenblick, in dem wir weitergingen. Auf dem Rückweg schlugen wir ein langsameres Tempo an und sprachen über Philosophie, und als wir dann mit dem Alkohol zur Party zurückkamen und Jan das Paket auspackte, erzählte er zu meiner Verwunderung seiner Frau, wir hätten unterwegs Elizabeth getroffen.

Ich sah Anne an. «War das Elizabeth? Ich wußte es nicht.»

«Hast du sie nie kennengelernt?»

«Anne, versuche dir mein Zusammentreffen mit ihr vorzustellen.»

Anne kicherte verlegen, und dann kam George ins Zimmer.

Mein Magen zieht sich zusammen, meine Augen schließen sich, meine Kehle ist wie zugeschnürt, noch jetzt. Wieviel Zeit George mit ihr verbracht haben mußte. Nicht nur die Male, von denen ich wußte – von denen mir jemand beiläufig erzählte, oder ich hatte sie von weitem Hand in Hand gehen sehen –, aber all die anderen Male, von denen ich nichts wissen konnte, denn sie wohnten einander gegenüber in derselben Straße. Der Schmerz ist noch da. Ich kann ihn nicht abschütteln.

Ich schleudere wütend Sand mit dem Fuß hoch. Logos sieht die Bewegung als den Beginn eines neuen Spiels an und baut sich standhaft vor mir auf, sein kluges Gesicht zu allem bereit. Ich bücke mich und streichle ihn, dann finde ich einen Stein im Sand und werfe ihn, so weit ich kann, hinter ihn, damit er rennen kann.

Ich tue jetzt nichts, als die alte Platte ständig laufen zu lassen. Es ist mir jetzt nicht klarer als damals, warum sich George so verhielt, warum er nicht aufhörte, das Mädchen zu sehen, obwohl er und ich etwas hatten, das er nie mit einem anderen haben würde. Warum konnte er mir nie sagen, daß er mich liebte? Warum konnte er mich nie fragen, ob ich ihn heiraten oder auch nur bei ihm sein wolle, als er wußte, daß er drei Jahre in Colorado unterrichten würde.

Ich sprach über ihn manchmal mit Tony, dessen ungarische Flüchtlingsfamilie ich zu meiner gemacht hatte. «Tony, was soll ich ihm antworten, wenn er sagt, er tut das, was er für seine Pflicht hält, aber nicht das, was er tun will?»

«Alice, wirklich. So etwas würde ein Kind sagen.»

«Man kann ihn nicht einfach beschimpfen. Man muß ihm mit einer Begründung antworten können. Hilf mir, mir ein Argument gegen seines auszudenken. Wenn ich ihn überzeugen kann, daß er unrecht hat, wird er es glauben und sich ändern.»

«Mein Gott, glaubst du das wirklich? Dann bist du ebenso töricht wie er. Nur zu, laufe ihm weiter nach. Ihr paßt wunderbar zusammen.»

Verdammt noch mal, wie kommt es, daß alle außer mir begriffen, was George tat? Keiner von ihnen kannte ihn. *Ich* kannte ihn. Aber er verwirrte mich. Wenn ich manches von dem, was George gesagt hatte, wiederholte, verstanden andere Leute ihn auf eine Weise, wie ich es niemals konnte. *Ich* sagte das, was sie verstanden, aber ich konnte meine eigenen Worte nicht hören.

Nicht hören können. Das ist wie nicht sehen können. Ich stelle fast meinen Sinnesapparat ab, wenn es sich darum handelt, zu hören, was die Leute sagen. Und ich kann das, was *ich* sehe, nicht von dem trennen, was ich mit den Augen anderer Leute betrachte.

Ich habe das Gefühl, daß hier eine Menge Gedanken zusammengeklebt sind. Wo kann man sie voneinander lösen? Langsam jetzt.

Ich höre den Postmeister, wenn er mir sagt, wann die Post abgeht, aber ich höre George nicht, wenn er sagt, es sei nicht richtig, etwas zu tun, bloß weil er es tun will. Was ist es, das ich nicht höre? Nein, das ist nicht das Problem. Es ist nicht das, was gesagt wird, und es ist nicht einfach die Person, die es sagt. Es ist das, was bestimmte Leute sagen. Die eine besondere Bedeutung für mich haben. Aber nach dieser Beweisführung würde ich auch nicht hören können, was ich zu ihnen sage. Immer langsam!

Aber das stimmt! Maggie hat das ein dutzendmal gesagt, als sie mich nach der Katastrophe mit Mike pflegte. Und Dr. Kant und Tony und Weck. Es gehört alles dazu. Ich weiß nicht, was ich tue, und ich weiß nicht, was ich sage. Irgendwie fehlt mir das richtige Rüstzeug, um mir selbst etwas zu schildern. Ich kann mich mit jemandem zusammensetzen und ihm die Geschichte von George erzählen, und wenn ich fertig bin, wird derjenige verstehen, wer was tut und warum, aber ich werde immer noch im dunkeln tappen.

Was geschieht, wenn eine Person anfängt, für mich wichtig zu werden? Nicht einfach eine Person: ein Mann. Auch nicht bloß George. Mike. Stan. Die einzigen Männer, die ich verstand, waren diejenigen, an denen mir nicht besonders viel lag. Aber an ihnen war auch nichts zu verstehen.

Hundert Schritte links von mir ist meine Lieblingstreppe. Die Bank auf dem Absatz verlockt mich.

Die Buchhändlerin blickt von ihrem Schreibtisch auf, als ich hereinkomme, begrüßt mich und läßt mich dann allein. Der Laden könnte in Harvard Square sein: gut geordnete neue Bücher, keine Störung, wenn man schmökern will. Die Glocke an der Tür schlägt an, und noch eine Frau kommt herein. Sie und die Buchhändlerin kennen sich, nicht nur als Verkäuferin und Kundin, sondern als gesellschaftlich Gleichgestellte. Sie waren Donnerstag auf derselben Party, sie kaufen in denselben Geschäften, sie suchen dieselben Orte in Boston auf.

Ich gehe in den vorderen Teil des Ladens, wo Kunstbücher ausgestellt sind, und durch die großen Schaufenster sehe ich, daß Logos drauf und dran ist, durch das offene Fenster meines Wagens zu springen. Ich stürze hinaus und stoße ihn rechtzeitig zurück, öffne die Tür, nehme ihn an die Leine und mache einen kurzen Spaziergang mit ihm. Ich erkläre ihm sehr deutlich, daß er ungezogen gewesen ist.

Als ich in die Buchhandlung zurückkomme, lächeln mir die Frauen zu. Wir reden über Hunde. Die Kundin spielt Golf und hat einen

Springerspaniel, der sie auf dem Golfplatz begleitet, aber den Fuß nicht auf ein Grün setzt. Wir reden von anderen Dingen. Wir stellen uns gegenseitig vor.

Die Buchhändlerin glaubt, mich schon gesehen zu haben. «Wohnen Sie in Nantucket?»

«Nein, in Sconset.»

«Du lieber Gott.» Die Golferin ist erstaunt. «Was machen Sie denn da draußen?»

Die voraussehbare Frage, gleich beim Stichwort. «Nun ja, ich schreibe ein bißchen. Es ist sehr schön da draußen. Ich habe den Strand ganz für mich.»

Die Buchhändlerin lacht. «Das will ich Ihnen glauben. Und arbeitet Ihr Mann im Marinestützpunkt?»

«Ich bin nicht verheiratet.»

Die beiden Frauen starren mich an. Die Höflichkeit hindert ihre Münder daran, das zu sagen, was ihre Gesichter ausdrücken.

Die Buchhändlerin faßt sich als erste. «Aber sie sollten öfter in die Stadt kommen. Gehen Sie gern ins Theater? Morgen abend wird ein Stück gespielt. Im Straight Wharf Theatre. Ich habe Karten, aber Sie können sie auch an der Abendkasse kaufen.»

Ich kaufe ein Paperback über Ästhetik. Wir verabschieden uns allseits. Sie hoffen, mich im Theater zu sehen. Ich sage, wie nett es war, sich mit ihnen zu unterhalten.

Auf der Rückfahrt wird mir klar, warum ich in den Laden gegangen bin. Um mit jemandem zu reden, der vielleicht in irgendeiner Weise verbunden ist mit dem, was mir vertraut war: Bücher, Buchhandlungen, das ganze Leben von Cambridge, ehe es so gräßlich für mich wurde.

Aber am Nantucket dieser beiden Frauen kann ich nicht teilnehmen. Das einzige, was uns gemein ist, ist etwas Oberflächliches, das für zehn Minuten Konversation ausreicht. Jeden Tag verstehe ich besser, wie sehr mir die Möglichkeiten menschlicher Beziehungen versperrt sind. Nicht bloß die wichtigen: Männer, Freundinnen. Sondern sogar die nebensächlichen wie diese.

Wenn ich es mir recht überlege, habe ich nicht jede Meinung akzeptiert. Ich wählte die Meinungen von Personen aus, die Autorität besaßen, ja, aber es war die Autorität der Vortrefflichkeit.

Das ist nun etwas, das Scharfsinn erfordert. Hätte ich mich der gewöhnlichen Autorität gegenüber unterwürfig gezeigt, hätte ich vielleicht schon vor langer Zeit bemerkt, daß ich Ersatz für meine Mutter schuf. In Wirklichkeit wehre ich mich, wenn jemand mich *zwingt*, etwas zu tun, um welchen Preis auch immer. Ich brauche bloß an meinen Kampf mit dem Dekan zu denken, den niemand in Radcliffe an Macht übertraf.

Ich traue meinem eigenen Urteil nicht, weil ich nichts Eigenes habe, auf Grund dessen ich urteilen *kann*. Das werde ich auch nicht haben, sofern ich nicht herausfinde, was ich fühle. Ob ich überhaupt fühle oder ob ich ein Ungeheuer bin, dessen Inneres nur angefüllt ist mit den Texten, die ich in Theaterstücken gehört habe.

Da muß ein Zusammenhang bestehen mit dem, was ich jetzt zu begreifen versuche.

Und es gibt ihn!

Ich setze mich auf der Couch auf und bringe meine Beine so schnell auf den Fußboden, daß ich fast auf Logos trete, der mit dem Rücken teilweise unter der Couch liegt. Er stöhnt, halb wach, sieht mich mißbilligend an, senkt den Kopf wieder und schläft weiter.

So ist es. Das, was ich nicht sehen kann, ist das, was mich betrifft: mein Aussehen, meine Begabung, mein Verstand. Was ich nicht hören kann, betrifft Männer: ihre Absichten in bezug auf mich.

Ihre Absichten? Meine eigenen habe ich erst vorige Woche verstanden. Aber *das* ist der Zusammenhang. Wenn ich nicht gewußt habe, was ich tat, wie konnte ich dann zu begreifen versuchen, was jemand tat, den ich liebte? Wenn es überhaupt Liebe war.

Du lieber Himmel! Das sind lauter Vexierspiegel, und nirgends gibt es einen realen Gegenstand, der reflektiert werden kann.

Die Decken bilden einen Kokon für meinen Körper bis hinauf zu meiner Nase. Sie sind so schwer, daß ich reglos liegenbleibe, wenn ich aufwache. In der Nacht, als ich die anderen Betten im Haus plünderte, muß ich, oh, acht Decken eingesammelt haben. Unter mir, von den Schultern bis zu den Zehen, sind die zwei Kissen, mit denen ich die Kuhle in der Mitte der Matratze ausgefüllt habe. Wenn ich hier liege, ohne mich zu rühren, wird Logos unter dem Bett weiterschlafen.

Absichten. Was ist eine Absicht? Etwas, das erreicht werden

muß, um das man sich bemühen muß, ein zukünftiges Ziel, für das man eine Reihe von Schritten, die in der Gegenwart beginnen, planen muß. Aber Absichten sind nicht wie Brombeeren, die darauf warten, gefunden zu werden: Absichten entstehen durch menschliche Entscheidungen. Also sind sie abhängig von einem vorherigen Wollen, das den Weg zu ihrer Ausführung bahnt. Ich bin wieder bei meinem alten, unbekannten Beginn angelangt: ich weiß nicht, was Wollen ist.

Die einzige Möglichkeit, zu wissen, was ich angeblich will, besteht darin, ein gewisses Gefühl zu haben. Also entweder habe ich dieses Gefühl nicht, oder ich weiß nicht, woran es zu erkennen ist, wenn ich es wirklich habe. Was immer es ist, ein Mangel oder eine Blindheit, jedenfalls ist es ein Defekt. Er hat verhindert, daß ich sah, was ich mit meinem Leben machte. Er hat mich davon abgehalten, meine eigenen Absichten zu verstehen, und das wiederum hat mich davon abgehalten, auch die Absichten anderer Leute zu verstehen.

Ich wälze mich verärgert auf die linke Seite. Sofort fängt Logos an, auf dem glatten Fußboden zu scharren, um sich unter dem Bett hervorzuarbeiten.

«Langsam, süßes Hündchen. Bleib da. Noch nicht.»

Ich grinse. Hat er diesen langen Seufzer von mir gelernt?

Ich denke nicht über die physische Unmöglichkeit nach, die Gefühle eines anderen zu empfinden. Denn selbst wenn Menschen die Gefühle von anderen empfinden könnten, hätte ich mit den Gefühlen von anderen dieselbe Schwierigkeit wie mit meinen eigenen: Ich könnte sie auch nicht erkennen.

Aber das kann doch nicht die Art und Weise sein, wie Menschen Absichten verstehen. Tony hat George nie zu Gesicht bekommen, dennoch verstand er, was George vorhatte. Er wußte von George nur, was ich ihm erzählt hatte. Wenn Tony also Zugang zu Georges Wünschen hatte, dann mußte ich diejenige gewesen sein, die ihm die Brücke baute. Etwas von dem, was ich auswählte, um es Tony zu erzählen, enthält eine Art Schlüssel.

Ich bin wieder da, wo ich angefangen habe: Ich verstehe es nicht, meine eigenen Worte zu hören.

Ich werfe die Decken weg, und diesmal kriecht Logos hinaus auf den Bettvorleger und nimmt einen meiner Hausschuhe in die Schnauze. Das neue Spiel, das er erfunden hat, sieht vor, daß ich ihm nachlaufe, um meinen Hausschuh wiederzubekommen. Die Verfolgung endet an der Haustür, und ich lasse ihn hinaus, wie ich es jeden Morgen sowieso als erstes tue.

Logos, bereit zu seinem Morgenlauf durch den Garten, steht auf der Verandastufe pfotentief im Schnee und tritt den Rückzug in die Küche an. Ich knie mich hin, um ihn zu beruhigen. «Logos, das ist Schnee!» Ich halte die Tür auf, damit er es noch einmal versuchen kann. Er taucht eine Pfote in das kalte Weiße, hebt sie sofort wieder auf und streckt sie mir hin, damit ich etwas unternehme.

«Okay, ich werde dir zeigen, wofür Schnee gut ist.»

Ich stürze nach oben, verfolgt von dem verblüfften Welpen, und ziehe mich so schnell an, daß es scheint, als paßten Beine und Hosenbeine, Arme und Ärmel, Stiefel und Füße überhaupt nicht zusammen. Den Knöpfen und Knopflöchern an meinem Mantel ergeht es nicht besser. Diese unvertraute Geschwindigkeit macht Logos gespannt auf jede meiner Gesten, und als ich mich dann bücke, um den ersten Schneeball des Jahres zu machen, folgt seine Nase meiner Hand in den Schnee. Ich forme den Ball und rede dabei; ich zeige ihm den Bogen, den mein Wurf beschreiben wird; ich glätte den Schneeball. Ein glucksender Laut steigt aus seiner Kehle auf. Jeder Zoll von ihm ist bereit.

«Soll ich ihn werfen?»

Ein zweimaliges Gekläff ist die Antwort.

Ich schleudere den Schneeball durch den ganzen Garten, und Logos rennt so schnell, daß er ihn genau in dem Moment schnappt, wo er landet. Er kaut, aber ehe er die Kiefer zweimal bewegt hat, ist das Ding geschmolzen. Erstaunt dreht er sich zu mir um. Ich lache laut auf, als ich zusehe, wie er Lippen und Zunge bewegt, und weiß, wie kühl sein Inneres geworden ist und wie unglaublich ihm das Ganze vorkommt. Plötzlich nimmt er die Schnauze voll Schnee und verzehrt ihn mit Hingabe. Er steckt die Nase in den Schnee und läßt sie da. Er ist hinter etwas her, das ganz tief an dieser Stelle liegt. Oder ist es dort oder dort? Seine Nase saugt den ganzen Rasen vor dem Haus ab, sein Hinterteil wackelt lächerlich hinterher, und sein Schwanz wedelt vor Freude.

Im nächsten Augenblick läßt er sich auf den Rücken fallen und rollt hingerissen hin und her. Wieder auf, so jubilierend, wie ein Hund nur sein kann. Auf einer zweiten schnellen Tour durch den

Garten, die Nase ab und zu unten, plötzlich anhaltend, mit den Beinen bremsend, schnuppert er die neue kalte Welt. Ich werfe noch einen Schneeball, aber er jagt bloß hinter ihm her, um einen Vorwand zu haben, wieder eine Schnauze voll Schnee zu nehmen. Von neuem auf dem Rücken, schlittert er und rollt sich in jede Richtung, die ihm bei seinem Vergnügen zusagt. Ich bin abgemeldet.

Als ich in der Küche Kaffee koche, sehe ich ihm durchs Fenster zu. An welcher Sache hatte ich zuletzt eine Freude dieser Art gehabt? Soviel ich auch nachdenke, es fällt mir nichts ein.

Ich bin nicht einmal sicher, wie es wäre, eine Absicht zu hegen. Sie bewußt zu hegen und dann auszuführen. Vermutlich läßt sich das Schreiben meiner Dissertation als die Ausführung einer Absicht ansehen. Obwohl es zu einem Plan gehörte, der an sich ein Betrug war. Denn meine wahre Absicht, warum ich promovieren wollte, hatte nichts mit der Zugehörigkeit zum philosophischen Department von Harvard zu tun. Es war, wie wenn man nach Westen geht, um nach Osten zu kommen. Schlimmer noch, denn auf der Welt *kann* man nach Osten kommen, wenn man nach Westen geht, aber ich kann meine Mutter nicht dazu bringen, mich zu lieben, indem ich die Welt dazu bringe, mir zu applaudieren. Und jetzt will ich weder das eine noch das andere. Ich will nur herausfinden, ob es etwas in mir gibt, das wirklich das Meine ist: mein Werk, mein Tun, meine Entscheidung.

Und was hat George damit zu tun? Vielleicht ist er bloß der letzte Mann, und darum tut er am meisten weh, darum fällt es mir besonders leicht, mich an Einzelheiten von ihm zu erinnern. Oder vielleicht benutze ich ihn als eine bequeme Fallstudie, damit ich, wenn ich verstehen kann, wie sich das Verhältnis zu ihm so verschlechterte, zu begreifen vermag, wie es mit jedem anderen Mann in meinem langen Leben, der mir einfällt, geschah.

Nein, ich kann an ihn nicht denken wie an einen Mann unter vielen. Ich will ihn sogar wiedersehen. Wie *kann* ich das wollen? Das letztemal, als ich ihn sah, war er unausstehlich. Warum kann ich dann nicht aufhören, ihn als jemanden zu betrachten, der in meinem Leben noch existiert? Offenbar kann ich mich nur an den Spaß erinnern, den wir zusammen hatten. Oder an den Reiz, mit all den Ideen zu arbeiten, die wir einer beim anderen ans Licht brachten.

Oder an die Zärtlichkeit. Als mir so entsetzlich elend war an dem Abend vor der Röntgenuntersuchung. George lag auf der Couch und las mir vor. *Der kleine Prinz*, war es das? Ich saß auf einem Stuhl, konnte mich kaum konzentrieren, war aber froh, ihn bei mir zu haben. Einmal schaute er auf und sah, daß ich den Kopf in beide Hände vergraben hatte. «Komm herüber», sagte er, und obwohl es mir als große Anstrengung erschien, meine Stellung zu ändern, rührte mich etwas in seiner Stimme, und ich stand auf. «Leg dich hin. Komm schon.» Und er streckte den linken Arm aus, um zu zeigen, wo ich Platz fände, dann las er wieder weiter. Ich lag ein paar Minuten in seiner Armbeuge, dann drehte ich mich auf die andere Seite und dann auf den Rücken und dann wieder zu ihm hin. «Ich finde keine bequeme Stellung.» Ich hörte die Gereiztheit in meiner Stimme, aber ich brachte keine Höflichkeit mehr auf.

George sah mir lange forschend ins Gesicht. Dann: «Leg dich auf mich.» Ich hob meinen bleischweren Körper ein paar Zoll, die mich in meiner ganzen Länge mit ihm in Berührung brachten. Mein Kopf ruhte auf seiner Brust zwischen dem Buch und seinem Kinn, und fast sofort atmete ich im Takt mit ihm, und mein Körper hob und senkte sich mit seinem. Er begann wieder zu lesen. Ich hörte seine Stimme und gleichzeitig sein Herz, und die Wärme seines Körpers durchdrang seine Kleider und meine. Allmählich spürte ich, daß ich am Einschlafen war, daß es aber in meiner Macht stand, wach zu bleiben. Und so lag ich da, mich bewußt in der Schwebe haltend zwischen Wachen und Schlafen, um die Zufriedenheit zu genießen, die mich einhüllte.

Das habe ich nicht auf meine Liste geschrieben. Warum nicht? Ach ja, weil es vor mehr als einem Jahr war. Ich war glücklich an jenem Abend. Ich erinnere mich, daß ich es Dr. Kant erzählte. Ich erkannte jenen ganzen Komplex von Gefühlen und benannte ihn so. Damals war ich mir des Glücks bewußt. Ich habe es nicht erst später so bezeichnet, nachdem ich darüber nachgedacht hatte.

Und doch war es nichts, von dem ich erwartete, daß es mich glücklich machen würde. Ich sah entsetzlich aus, schlimmer noch so dicht unter der Lampe, die George zum Lesen brauchte. Ich fühlte mich entsetzlich. Ich fürchtete mich, denn ich kannte die Qual der Röntgenuntersuchung am nächsten Tag. Fürchtete vor allem, daß die Röntgenaufnahmen womöglich neue krankhafte Veränderungen aufzeigen könnten. Das würde eine weitere Operation bedeuten. Die hätte ich nicht ertragen können. All das machte mich gereizt, und ich benahm mich wie ein krankes Kind. George gab mir seinen Körper zur Linderung meines Unbehagens und als Schutz gegen meine Ängste.

Das ist Lieben, nicht wahr? Warum *weiß* ich das nicht?

Allerdings warum? Zwei Wochen danach sagte er mir, er habe nie aufgehört, Elizabeth zu sehen. Ich legte den Hörer auf und weinte die ganze Nacht. Im Morgengrauen zog ich mich an und wartete, bis es Zeit war, in mein Büro zu gehen, zu meinem Tippsenjob für ein Dollar fünfzig die Stunde, der mir ermöglichte, mit George in Cambridge zu sein.

Ich erinnere mich an jenen Tag. Ich sprach mit niemandem. Ich saß in meiner kleinen Ecke, lehnte alle Unterhaltungen ab, tippte bis zum Lunch irgendwelche Karten, ging für eine Stunde an den Fluß, kam zurück und tippte weiter. Ich weigerte mich sogar, Diktat aufzunehmen, denn dann hätte ich lächeln und höflich sein müssen, dabei fühlte ich mich innerlich bewegungslos und tot. Um fünf stand es mir bevor, nach Hause zu Maggie zu gehen und mit ihr darüber zu sprechen. Schlimmer noch, ich mußte darüber nachdenken, wohin ich als nächstes gehen würde, denn es gab keinen Grund mehr, in Cambridge zu bleiben.

Aber George stand unten an der Treppe meines Büros und wartete auf mich. Als ich schließlich sprach, fühlte sich mein Gesicht steinern an: «Was kannst du denn noch wollen?»

«Mit dir reden. Komm und trink einen Kaffee mit mir.»

Ich erinnere mich eines Triumphgefühls, als ich am Tisch saß und ihn auf einem Tablett unseren Kaffee bringen sah. Ich ließ ihn reden. Diesmal war er es, der mir den Fall darlegte.

Den Fall? Ein Witz. Er habe versucht, sagte er, wirklich versucht, mit dem Mädchen Schluß zu machen, aber sie habe ihn gebeten, es nicht zu tun, und er bringe es nicht fertig, sie zu verletzen. «Und außerdem gefällt sie mir.»

Ich schob meinen Stuhl zurück und wollte aufstehen, aber er legte mir die Hand auf den Arm. «Es ist nicht dasselbe wie zwischen dir und mir.» Sein Lächeln sollte gewinnend sein.

«Wieso kannst du erkennen, wie sehr du sie womöglich verletzen würdest, aber nicht erkennen, wie sehr du mich tatsächlich verletzt?» Ich nahm meinen Mantel, und zitternd zog ich ihn an.

«Ich kann dich nicht so verletzen, wie ich sie verletzen würde, wenn ich sie verließe. Sie hat niemanden außer mir. Du kannst jeden Mann haben, den du willst. Du kannst überall hingehen und im Mittelpunkt der Aufmerksamkeit stehen. Du bist gebildet und außerdem klug. Das ist sie nicht. Sie ist bloß ein nettes Mädchen, und wenn sie mit mir zusammen ist, ist sie glücklich.»

Ich stand auf, ging um die anderen Tische herum und die Stufen hinauf. Er eilte mir nach. «Warte. Ich begleite dich.»

Ich wartete. Warum habe ich gewartet? Weil ich diesen Garten Eden wollte, der schon verloren war. Wir redeten noch zwei Stunden, und das Ergebnis war, daß er seinen Willen durchsetzte. Er hatte sie, und er hatte mich auch. So daß ich, als die Zeit seiner Abreise nach Colorado herankam, mit Händen und Füßen versuchte, ihn mir zu erhalten, und er floh wie ein in die Enge getriebenes Tier.

Dr. Kant sagte, wenn er uns beide haben wolle, dann könne er in Wirklichkeit keine von uns wollen. Und daß ich diejenige sei, die sich das ganze spätere Unglück eingebrockt habe. Ein weiteres Beispiel für meinen «Masochismus», wie er es nannte.

Ich schiebe meinen Stuhl vom Schreibtisch zurück, stehe auf und schleiche durchs Wohnzimmer. Es irritiert mich immer noch, wenn ich an die seltenen Gelegenheiten zurückdenke, bei denen Dr. Kant mich behandelte, als wäre ich das lebendige Beispiel für eine Theorie. Meistens machte er mich nur einfach darauf aufmerksam, daß ich nicht wußte, was ich tat. Aber er sagte mir nicht, was ich tat. Vielleicht versuchte er mich dazu zu bringen, selbst einen Weg zu finden, es zu erkennen. Vielleicht habe ich das, was ich hier tue, von ihm übernommen; seine Methode, sich mit mir in dem ganz bestimmten Sinne zu befassen, in dem mein Leben selbst abläuft. Der Unterschied ist, daß ich ihn nicht zur Anleitung habe.

Ich lege am Kaminsims den Kopf in die Arme und denke an ihn. Ich kann ihn nicht zurückhaben.

Und dann schlage ich mit der Faust auf den Kaminsims. Ich muß einen Weg finden, um mein eigenes Verhalten mir selbst zu beschreiben. Es so sorgfältig zu beschreiben, wie ich kann – wann, wo, wie und wer was tat. Oder es in irgendeiner anderen Form zu beschreiben, die mich erkennen läßt, was ich tue, mich hören läßt, was andere Leute zu mir sagen. Das erweist sich als sehr schwierig. Nicht, weil ich «unbewußt» die Wahrheit vor mir verberge, sondern weil ich mit einer Gruppe von Begriffen nicht umzugehen weiß, die die meisten Menschen anwenden, ohne je verwirrt zu werden. Zum Beispiel: Was ein Gefühl ist, wie man ein Gefühl irgendeiner Art erkennt, was es heißt, etwas zu wählen, wie ich Ziele haben kann, die meine eigenen sind.

Dabei ist der Begriff *masochistisch* nicht hilfreich. Ich habe nicht Schmerz im Sinn gehabt: ich vermied ihn. Als ich weiter mit George zusammen war, nachdem er mir gesagt hatte, er werde nicht aufhören, Elizabeth zu sehen, habe ich den Schmerz vermieden, ganz ohne ihn zu sein. Als ich die angebotene Verlagsstellung in New York ablehnte, damit ich mit George in Cambridge sein konnte, vermied ich die entsetzliche Aussicht, allein in New York zu leben, nur ein paar Freundinnen zu haben, die ich in sorgfältig geplanten Abständen besuchen könnte, weder geistige noch persönliche Anregung irgendeiner Art zu haben.

Ich habe also nicht den Schmerz gesucht und ihn schließlich gefunden, wie es der Begriff Masochismus impliziert. Vielmehr wollte ich den Schmerz vermeiden, nur gelang es mir nicht. Weil sich herausstellte, daß ich es nicht ertragen konnte zu wissen, daß er mit Elizabeth zusammen war, wenn nicht mit mir. Und weil sich herausstellte, daß die Stenotypistinnentätigkeit in Cambridge langweilig und stumpfsinnig war. Ich hatte einfach nicht vorausgesehen, daß mir diese Mißlichkeiten bevorstanden. Solange ich nicht weiß, *was* ich tue, kann ich auch nicht wissen, daß eine bestimmte Konsequenz zu erwarten ist.

Vielleicht habe ich mir diese Situation nicht als schmerzhaft vorgestellt, während ich sie erlebte. Vielleicht konnte ich das, was mir widerfuhr, nicht «schmerzhaft» nennen, weil ich nicht zu benennen wußte, was ich tat.

Wie John in Chicago, der mir erzählte, ihm seien niemals die Namen der Farben beigebracht worden. Nicht daß er farbenblind war, daß er alles nur in grauen Schattierungen sah. Nur wußte er nicht, wie er blaue Gegenstände als «blau» oder braune Gegenstände als «braun» bezeichnen sollte. Ich entdeckte das nur zufällig, als er eines Tages in unsere Wohnung kam und braune Socken zu einem blauen Anzug trug. Ich neckte ihn mit seinem schlechten Geschmack, und er sah so bestürzt aus, daß ich mir am liebsten die Zunge abgebissen hätte. «John, es tut mir leid. Du mußt farbenblind sein.»

«Ja, das ist der Grund, warum ich keinen Führerschein bekomme. Als sie die Karten hochhoben, um festzustellen, ob ich eine grüne Ampel von einer roten unterscheiden kann, brauchte ich so lange, bis mir einfiel, wie andere Leute die Farbe nennen, die ich ansah, daß der Prüfer daraus den Schluß zog, ich sei farbenblind. Grün und Rot sehen für mich verschieden aus. Wahrscheinlich sehen sie für mich genauso aus wie für dich. Aber es ist, als müßte ich eine fremde Sprache sprechen, die ich nicht sehr gut beherrsche, wenn ich sagen soll, welche Farbe etwas hat. Du sagst mir also, daß ich braune Socken zu einem blauen Anzug anhabe und das nicht zusammenpaßt. Okay. Aber niemand hat mir das je gesagt. Wenn ich mich daran erinnern kann, welche Sachen in meinem Schrank braun und welche blau sind, dann werde ich sie nächstesmal nicht zusammen anziehen.»

«John, du verkohlst mich.»

«Tim, ich wollte dich nicht verkohlen.»

Aber so bin ich auch. Ich nie gelernt, daß das, was in mir vorging, «Eifersucht» hieß. Wie John bei den Farben habe ich nicht gewußt, daß Eifersucht und Schmerz zusammenpassen. Nein, das ist nicht ganz richtig. Ich habe in Büchern gelesen und Leute sagen hören, daß Eifersucht Schmerz bereite. Aber ich weiß nicht, wie ich die beiden Begriffe zusammenfügen und auf mich anwenden soll. Und ich kann sie nicht zusammenfügen, weil ich sie einzeln nicht erkennen kann.

Woher weiß ich dann, woher weiß ich dann sogar jetzt, daß ich damals eifersüchtig war?

Mein Kopf fühlt sich an, als wollte er bersten. Mit den Händen versuche ich, meine hämmernden Gedanken zu bändigen. Logos ist sofort neben mir, er wittert die Möglichkeit meiner Bedrängnis. Ich streichle ihm den Kopf.

Ich muß das begreifen. Vor anderthalb Jahren ist mir etwas widerfahren, und jetzt nenne ich es «Eifersucht». Was weiß ich jetzt, das ich damals nicht wußte? Weil ich es jetzt, ohne mit der Wimper zu zucken, mit Namen nannte. Ich glaube, mir ist gerade klargeworden, daß es *weh* tat, George mit ihr zu sehen, daß es weh tat zu vermuten, daß sie zusammen waren. Und ich weiß, zumindest ist mir das gesagt worden, daß dies zu den Anlässen gehört, um eifersüchtig zu sein.

Ich verstehe, ich verstehe. Ich habe einen Syllogismus gebraucht, um etwas zu entdecken, das ich ohne Schlußfolgerung wissen sollte:

1. Es tat mir weh, als ich George mit diesem Mädchen sah.
2. Sie zusammen zu sehen ist ein Anlaß, eifersüchtig zu sein;

Daher war mein Schmerz Eifersucht.

Soll ich lachen? Könnte etwas komischer sein? Ich bin ein ausgemachter Idiot und beweise es dadurch, daß ich nicht imstande bin, mit Weinen aufzuhören.

18

Meine Gedanken sind so konfus, so zusammenhanglos. Ich brauche einen Pfad, der mich durch sie hindurchführt, damit ich ihre Struktur erkenne. Vielleicht gibt es ja nur das zu wissen: daß ich keinen Ausweg habe.

Ich knalle den Kugelschreiber auf den Schreibtisch und stürze zum Schrank, um meinen Mantel zu holen. Stiefel, Handschuhe, Schlüssel, Mütze tief in die Stirn gezogen. Ich renne fast über den Rasen. Jemand muß mir helfen. An wen kann ich mich um Hilfe wenden? An niemanden.

Ich bin schon halb an der Ecke, als ich Logos vermisse. Als ich mich umschaue, sehe ich ihn am Rand der Wiese sitzen und sich über etwas beugen. «Logos!» Er blickt rasch auf, kommt aber nicht. Statt dessen senkt er den Kopf, dann wendet er sich von mir ab zum Gebüsch. Ich renne zu ihm und sehe, daß er einen toten Vogel in der Schnauze hat.

«Verdammt noch mal, Logos, laß das fallen!» Ich greife nach ihm, aber er entschlüpft mir. «Du dummer Hund! Du hast dich schon mal übergeben müssen, als du so was gefressen hast.» Meine Stimme ist sehr laut.

Er steht da und beobachtet mich, bereit, die Flucht zu ergreifen.

«Laß das fallen.» Ich drohe ihm mit meiner Stimme. Er wendet den Blick nicht von mir und hat das Dreckzeug immer noch in der Schnauze.

«Laß es fallen, du Mistkerl. Nun mach schon!» Ich schreie jetzt.

Er beginnt langsam rückwärts zu gehen. Mit der linken Hand schnappe ich sein Halsband und halte es fest. Meine Rechte landet auf seinem Hinterteil. Ich schlage ihn, dann noch einmal und immer wieder.

«Böser Hund.» Meine Handfläche brennt. Ich reibe sie an meinem Mantel, dann klemme ich Logos, den ich immer noch am Halsband gepackt habe, zwischen meine Beine, damit er nicht entwischt. Ich zwänge ihm die Kiefer auf und schleudere den Kadaver weit weg in die Wiese. Dann lasse ich ihn los und gebe ihm einen Schubs. Meine Hände zittern. Meine Kehle ist rauh vom Schreien. Mein ganzer Körper pocht, als ob in mir ein Motor auf vollen Touren liefe.

Ich schreie: «Böser Hund! Ich will dich nicht! Geh weg!»

Ich drehe mich um und renne zurück zum Haus, über den Rasen bis zur Veranda und suche nach meinen Schlüsseln. Logos ist neben mir. «Geh weg!»

Er hält sich außer Reichweite meiner wegscheuchenden Hand, aber er flitzt als erster durch die Tür, als ich sie aufmache. Ich werfe meinen Mantel auf den Küchentisch und lehne den Kopf an das kühle Fenster, ehe ich mich dazu bringen kann, ein Streichholz anzuzünden, um den Kaffee wieder zu wärmen. Lange Minuten vergehen, ehe ich zu zittern aufhöre. Ich gieße mir eine Tasse Kaffee ein und gehe damit ins Wohnzimmer.

Scharrende Geräusche, schweres Atmen kommen unter der Couch hervor. Er ist schlau: er hält sich von mir fern. Ich setze mich auf die Couch und nippe an dem heißen Kaffee. Minutenlang ist das das einzige Geräusch, das ich höre, mein allmählich ruhiger werdender Herzschlag.

Als Logos sich unter der Couch herauswindet, schenke ich ihm keine Beachtung. Er sitzt zu meinen Füßen und schaut zu mir auf, aber ich wende den Kopf ab. Und dann macht er eine kleine und sehr ruhige Bewegung, um in dieselbe Richtung wie ich zu schauen, so daß wir beide nebeneinander sitzen und eine unsichtbare Szene beobachten, die sich auf der anderen Seite des Zimmers abspielt.

Ich sehe zu ihm hinunter auf den kleinen Kopf mit den gespitzten Ohren, damit ihm auch nicht die kleinste Andeutung eines Wortes von mir entgehe. Er lehnt sich gegen meine Unterschenkel und hat die Pfoten auf meine Stiefel gelegt.

Wo kann er hingehen, dieser junge Hund? Es gibt für ihn keinen anderen Ort als hier. Er hat keinen anderen Menschen als mich. Genau wie ich: auch für mich gibt es nur hier und ihn.

Ich fahre ihm leicht über den seidigen Kopf. Er dreht mir das Gesicht zu, unsicher, aber bereit. Ich stelle meine Tasse auf den Tisch, dann schiebe ich den Tisch beiseite und lasse mich neben ihm auf dem Fußboden nieder. «Ach, Logos, es tut mir leid.»

Er leckt mir das Gesicht ab, ehe ich es in seinem Fell vergrabe.

«Es tut mir leid, wirklich leid.» Er riecht erfreulich und vertraut. Eine kleine Weile läßt er sich von mir im Arm halten, dann macht er sich frei, sucht nach seinem Ball und bringt ihn mir, damit ich ihn werfe.

«Nein, bleib hier und leiste mir Gesellschaft.» Ich will ganz still sein. Ich will wissen, was gerade jetzt draußen vor sich geht.

Der Tag wird so kalt, daß wir bloß zum Postamt laufen, die Post abholen und gleich nach Hause gehen. Ich habe heute überhaupt nichts getan. Es ist zu früh für einen Drink und zu spät, um mich an den Schreibtisch zu setzen. Zu früh, zu spät: nach wessen Zeitplan richte ich mich? «Zu spät» bedeutet, daß ich keine Energie habe, jetzt mit Denken anzufangen. «Zu früh» bedeutet gar nichts. Ich will einen Drink haben, wann immer mir der Gedanke durch den Kopf geht. Ich komme mit meinem Glas ins Wohnzimmer zurück.

Wie kommt es, daß ich meine ganze Zufriedenheit an dem Abend, als George mir vorlas, erkannte, mich aber nicht erinnern kann, daß ich Eifersucht empfand? Wenn ich sie damals empfand, habe ich sie damals bestimmt nicht erkannt. Vielleicht konnte ich sie nicht erkennen, weil ich ganz damit beschäftigt war, Mittel und Wege zu finden, um ihr George abspenstig zu machen. Oder weil ich erfüllt war von diesen Gefühlsimitationen, von denen ich, die Schauspielerin, glaubte, ich müßte sie empfinden. Ich habe, weiß Gott, genug geweint, und diese Tränen hatten nichts von Nachahmung an sich.

Ach, Alice, aber wofür wurden diese Tränen vergossen? Natürlich um George wiederzuhaben. Nicht den grausamen George, den sanften George.

Die Sonne geht unter, und das Zimmer wird dunkel, ehe mir klarwird, daß stundenlanges Überlegen auch nicht eine einzige weitere Gelegenheit aufgestöbert hat, die diesem Abend des erfüllenden Friedens mit George an die Seite gestellt werden könnte. Ich seufze. Wie kann ich von einem einzigen Mal einen Fingerzeig erhalten? Ich brauche zumindest einen zweiten, damit ich sehen kann, was den beiden gemein ist. Das könnte dann ein Ausgangspunkt für das Verständnis sein.

Mein Lachen ist der reine Hohn. Kein Wunder, daß es mir so vorkommt, als könne ich meine eigenen Gefühle nicht erkennen: die guten sind so selten, daß ich sie vergessen habe.

Drei Schritte entfernt zu sein von meinem ersten täglichen Blick auf das Wasser ist ebenso aufregend, als wäre ich im Begriff, einen Mann kennenzulernen. Der Unterschied ist nur, daß ich hier nie enttäuscht werde. Das Meer ist immer da und herrlich, gleichgültig, was Wind oder Sonne oder deren Fehlen ihm antun. Es fesselt mich immer. Von diesem Punkt auf der Klippe, wo mein Auge die Küstenlinie mit der Wasserfläche bis zum Horizont überschaut, läßt mich gerade die Vertrautheit der Aussicht ihre Schönheit stärker empfinden. Mit diesem Lächeln beginnt mein Spaziergang.

Aber die Männer waren nicht immer da, nicht immer freundlich, bald beschränkten sie mich auf mich selbst, und wenn die Vertrautheit kam, waren sie weg. Ich verschließe die Augen vor dem plötzlichen Vorbeizug der Männer. Zu viele, wenn man bedenkt, wie oft ich befriedigt war. Ich kann die Male an einer Hand abzählen, aber den Versuch, die Männer zu zählen, will ich gar nicht unternehmen.

Ich gehe immer noch in einem Kreis herum, der größer wird, ohne klarer zu werden: Männer, Liebe, Sex. Als ich achtzehn war, waren die drei Faktoren untrennbar. Jetzt kann ich sie mir nur paarweise vorstellen: Männer und Liebe, Männer und Sex, Liebe und Sex. Etwas pflegte in mir zu brennen und war nicht zu löschen, ehe er, wer immer er war, mich berührte, mich im Arm hielt, neben mir lag, auf mir, in mir. Aber das Feuer wurde fast nie gelöscht, selbst damals nicht. Und dennoch ließ ich es ihn glauben.

Ich spielte Theater, und ich wußte es. Wenn ich es mir recht überlege, waren das die einzigen Gelegenheiten, bei denen ich *wußte*, daß ich Theater spielte. Es gab einen Punkt, an dem ich erkannte, daß es auch diesmal keinen Orgasmus geben würde, und so konzentrierte ich mich darauf, daß es für ihn einer würde. Ich benutzte alle Möglichkeiten, die ich kannte, um ihn zu befriedigen, mit Lauten und Bewegungen gleichermaßen.

Das trug mir etwas ein: Komplimente über mein Geschick; das Gefühl, am ganzen Körper lebendig zu sein. Da war ein Schmerz, der nicht gelindert werden konnte, ja, aber mit der Zeit verging. Selbst wenn ich verliebt war, gab es selten die Befriedigung eines Orgasmus. So daß ich, wenn ich später darüber nachdachte, mich an die Befriedigung wie an etwas sehr Diffuses erinnerte, das alle diese anderen Dinge überragte.

Wie viele Männer habe ich getäuscht? Vielleicht alle. Der einzige Mann, den ich nicht zu täuschen versuchte, war Mike, und er war der einzige Mann, der glaubte, ich versuchte ihn zu täuschen. Aber ja, Mike, ich verbrachte eine Nacht mit dir, an die ich mich bis an mein Lebensende erinnern werde. Noch jetzt, drei Jahre später, kann ich mir diese Stunden fast Minute für Minute vergegenwärtigen.

Die Intensität der Erinnerung läßt mich auf dem Strand stehenbleiben. Ich spüre, wie ich erröte. Ich stehe ganz still und sehne mich mit allen Fasern nach einem Mann, der mir nicht gehört, der niemandem gehören kann, vielleicht nicht einmal sich selbst. Daß er mir so ähnlich ist, zeigt, daß derselbe Fluch auf uns beiden liegt.

Plötzlich schlage ich eine andere Richtung ein, um die Vorstellungsbilder abzuschütteln, die mich beherrschen. Das ist es nicht, was ich tun will. Auf diese Weise kann ich überhaupt nichts verstehen. Bei Mike versuchte ich zum erstenmal in meinem Leben, keine Schauspielerin zu sein. Aber was vermögen Schauspieler zu tun, was vermögen sie zu sagen, wenn sie sich nicht auf den Text von irgend jemandem, sondern nur auf ihren eigenen stützen können?

Ich weiß, warum ich mich an jene Nacht erinnere: Mike hat die ganze Zeit mit mir gesprochen. Er war *bei* mir. Wir waren nicht zwei Inseln, die sich nur an bestimmten Stellen berührten. Wir waren zwei Menschen, die wußten, daß sich Wörter ebenso berühren wie Körper, und seine Worte führten mich dorthin, wo wir beide sein wollten.

Ich starre hinaus auf das Wasser. Warum hat er mich verlassen? Was habe ich getan, das ihn bewegte, mich zu verlassen? Ich schüttle den Kopf. Ich sehe ihn nicht und höre ihn auch nicht. Auch nicht George. Oder Stan. Oder mich selbst. Oder mein verflixtes Ich.

Ehe ich mich zum Lesen ins Bett lege, rufe ich New York an und bestelle mir ein Hotelzimmer für die Tagung der Philosophischen Gesellschaft am 27. Dezember. Werde ich wirklich hinfahren? Wenn ich mich jetzt um einen Lehrauftrag bemühe, dann ist das nur ein Versicherungsabschluß für den Fall, daß ich im Herbst eines Tages aufwache und unterrichten möchte. Ich bin mir noch nicht klar, ob ich es möchte, und doch ist der einzige Grund, diese Tagung zu besuchen, der Versuch, einen Lehrauftrag zu erhalten. Wenn ich daran denke, all die Leute zu sehen, die ich kannte. Wenn ich daran denke, die Fragen danach, was ich jetzt tue, zu beantworten. Ich erschauere in meinem stillen Zimmer und ziehe mir die Decken bis hinauf zu den Ohren.

Unter dem Bett stößt Logos den langen Seufzer aus, der der Auftakt zu seiner Nacht ist. Morgen abend werde ich June anrufen und hören, ob sie mich Samstag oder Sonntag da haben will. Und meine Garderobe überprüfen. Ich brauche ein Tuch, das ich zu dem blauen Pullover tragen kann. Ich werde mich in Harvard Square nach einem umsehen. Während ich einschlafe, gehe ich in Gedanken in sämtliche Läden, die ich mir leisten kann, und wieder hinaus.

Ich trinke den letzten Schluck Kaffee und erlege dann dem unordentlichen Fluß meines Denkens Disziplin auf.

Ich kann nicht sehen: ich weiß nicht, wie ich die Situationen beschreiben soll, in denen ich mich befinde, in die ich mich versetze. Ich kann nicht hören: ich weiß nicht, wie ich die Absichten von Leuten, von bestimmten Leuten, von Männern in bezug auf mich, verstehen soll. Ich kann nicht fühlen: ich weiß nicht, wie ich erkennen soll, was in mir vorgeht, was Wollen ist, welche Absichten ich selbst habe, oder ob ich überhaupt welche habe.

Ich reiße die Augen auf. Ich komme zum erstenmal auf den Gedanken, daß das, was George von mir wollte, womöglich nicht dasselbe war, was ich von ihm wollte. Ich hatte das immer angenommen und nie geglaubt, daß dem nicht so sei. Das Zusammensein machte

Spaß, war anregend und vertraut, und ich wollte mehr davon, soviel ich bekommen konnte: ich wollte ihn heiraten.

Ich fahre mir mit der Hand über die Stirn. Wie kann ich so blöde sein? Er wollte mich nicht heiraten. Er hat das ein dutzendmal gesagt. Und offensichtlich wollte er auch nicht so viel mit mir zusammensein, wie ich es wollte.

Oh, wie dumm, wie entsetzlich dumm. Sich so anzustrengen, um diesen ganz gewöhnlichen Gedanken hervorzubringen. Was ist üblicher, als daß Menschen Absichten haben und ihre Absichten meistens miteinander kollidieren? Und dennoch habe ich den Begriff Absichten niemals in mein Denken aufgenommen, ebensowenig wie der Begriff Wählen zu meinem Denken gehörte.

Ich erkenne plötzlich, wie unlösbar verbunden die beiden sind. Um eine Absicht zu haben, muß es etwas geben, das anzustreben sich lohnt. Man wählt das, was man anstrebt, unter anderen erstrebenswerten Zielen aus. Aber man wählt auch die Schritte, die einen zu dem Ziel hinführen, unter anderen möglichen Schritten aus. Man wählt aus, bevor und nachdem man seine Absicht faßt. Man wählt während des ganzen Verlaufs seines Tages. Die Existentialisten haben das seit Kierkegaard gesagt.

Aber ich habe mir den Begriff nie zu eigen gemacht. Dann tu ich es jetzt. Ich werde ihn mir anpassen müssen, um zu sehen, wo seine Rippen und Gelenke sind.

Wenn Georges und meine Absichten unterschiedlich waren, was wollte er dann von mir? Nein, der Versuch, das herauszufinden, ist hoffnungslos. Aber ich weiß, was ich von ihm wollte: ich wollte ihn heiraten.

Mir zieht sich der Magen zusammen. Auch Mike wollte ich heiraten. Und Stan, bestimmt Stan. Wende dich nicht ab, sieh dir das an. Ich verfolge die Jahre zurück und zucke bei jedem Männernamen zusammen. So weit ich zurückdenken kann, wollte ich die Männer heiraten, mit denen ich befreundet war.

An sie alle gleichzeitig zu denken ist wie ein Alptraum, aus dem ich nicht erwachen kann. Aber ich muß. Da ist etwas, das mir klarwerden möchte.

Ich wollte geheiratet werden. Und jedesmal, wenn die Affäre endete, versuchte ich, den Mann zurückzubekommen. Aber dann hatte ich mittlerweile einen anderen kennengelernt und mich in ihn verliebt und war froh, daß ich den vorigen Mann nicht geheiratet hatte, denn *dieser* Mann war so genau richtig für mich.

Abgesehen von Stan. In den letzten zehn Jahren hätte ich den jeweiligen fallenlassen, wenn Stan mir einen Heiratsantrag gemacht hätte. Sogar George? Ich zögere. Ja. Nein. Ich weiß es nicht.

Ich kenne Stan besser als jeden anderen Menschen. Ich habe ihn studiert wie einen Text, von dem ich jede Zeile kommentieren muß. Ich nahm mir vor, ihn zu verstehen, um herauszufinden, was er von einer Frau wollte, damit ich ihm das geben konnte. Ich habe es gelernt; ich weiß es noch. Daß ich es wisse, sagte ich ihm kurz bevor er heiratete. Ich war die einzige, die über seine Scheidung sechs Jahre später nicht erstaunt war.

Seltsam, mehr als seltsam. Ich habe mir über ihn Gedanken gemacht, wie ich sie mir über mich nicht machen konnte: ich vermochte herauszufinden, was er wollte. Warum habe ich das getan? Weil ich ihn liebe. Ich liebte ihn. Ich glaube, ich liebte ihn.

Die anderen nicht? Die anderen vielleicht nicht. Warum ihn? Was bedeutet er für mich? Wie kann er für mich so lange soviel bedeutet haben, ohne daß ich ihm überhaupt etwas bedeutete?

Es begann ... Ich schließe die Augen und zittere. Es begann unmittelbar nach einem anderen Ende. Erschauere nicht, aber vergiß es auch nicht. Ich denke jetzt über Stan nach, weil ich gesagt habe, ich liebte ihn: am innigsten, am längsten, als einzigen. Und deshalb muß ich etwas über ihn herausfinden, das mich den Unterschied erkennen läßt zwischen dem Leiden, das ich bei ihm durchmachte, und dem Leiden unter irgendeinem anderen Mann.

Es amüsierte mich, wie Stan in unserem ersten Semester in Harvard immer versuchte, meine Aufmerksamkeit zu erregen. Ich trank Kaffee mit ihm, aber nur, weil er da war. Ich ließ mich von ihm sogar zum Zug nach New York bringen, als ich dort hinfuhr, um den letzten Mann zu vergessen. Als ich nach Cambridge zurückkam, rief ich ihn am selben Tag an. Wir saßen beim Kaffee in einem kleinen, blendend weißen Restaurant, und ich blickte ihn plötzlich an und sah ihn. Ich berührte seinen Ärmel. «Stan, ich bin nach New York gefahren, um etwas von Belang zu finden, und hier hat es die ganze Zeit auf mich gewartet.»

In den nächsten paar Wochen erlaubte ich mir, mich in ihn zu verlieben. Lächerlich komisch: ich erlaubte mir. Er hatte mir gezeigt, daß ich ihm etwas bedeutete, er hatte sich einigermaßen um mich bemüht, er hatte einen besonders freundlichen Ausdruck, wann immer er mich ansah, er wollte so offensichtlich, daß ich bliebe, wann immer ich ihn verließ. Ich erinnere mich, daß ich dachte, ich hätte mich in ihn verliebt, damit ich zur Abwechslung mal jemanden liebte, der mich liebte.

Auf dem Weg in die Küche glätte ich mit dem Fuß die Falten im Teppich. Als ich den Kaffee wieder wärme, schüttle ich den Kopf. Ich, die brillante, schöne *Sophisticated Lady* geruhte, mich in den netten, nicht besonders attraktiven, recht gescheiten Kleinstadtjungen zu verlieben. Aber er erwies sich als derjenige, der brillant war. Die Männer, die ich kannte, hatte ich mühelos abgehängt, aber bei ihm mußte ich rennen, um ihn einzuholen. Und wie kann irgend jemand dem gleichkommen, was er als Mann für mich bedeutet? Er hat ein Netz, daß er über mich wirft, um mich zu sich heranzuholen, so daß ich keinen anderen in meiner Nähe auch nur ansehen kann. Ich bin fast physisch mit ihm verbunden, wie mit einem Teil seines Körpers, oder wie er mit meinem.

Bin? Was soll dieses «bin», das ich gebrauche? Es gibt kein Verb im Präsens in bezug auf Stan. Warum bringe ich es nicht fertig, das zu glauben?

Und *ich* war das Kleinstadtkind, nicht er. Er hatte eine Genevieve, genau wie George eine Elizabeth hatte. Der einzige Unterschied: Genevieve war einen Kontinent entfernt, während ich ihn im Arm hielt; ich wußte nicht, daß es sie gab, bis er drauf und dran war, zwischen uns Schluß zu machen. Ich haßte sie augenblicklich, als ich sie im nächsten September sah; wahrscheinlich hatte ich sie schon gehaßt, ehe ich sie sah. Genau wie ich Marcia haßte, als ich erfuhr, daß er sie heiraten wolle. Er hätte bei mir sein sollen. Ich war so überzeugt davon, daß ich bereit war, auf das Ende dieser Ehe zu warten. Seine Scheidung *konnte* mich nicht überraschen.

Der aufgewärmte Kaffee schmeckt so bitter, daß ich ihn wegschütte und frischen mache. Er hat sich nicht meinetwegen scheiden lassen. Ich hatte in diesen sechs Jahren nicht mal Kontakt mit ihm. Ich wartete einfach darauf, daß er wieder ledig sei.

An dem Tag, als ich meine Dissertation einreichte, stand ich vor der Emerson Hall und fragte mich, wie ich das feiern sollte. Meine grüne Büchertasche hatte ich über die Schulter gehängt: sie kam mir so leicht vor, sie war so leer. Abgesehen von der mündlichen Prüfung in sechs Wochen waren all die Jahre, in denen ich mich mühsam zum Doktortitel vorangearbeitet hatte, vorüber, und die leere Büchertasche war der handgreiflichste Beweis dafür. Aber ich war auch leer: ich hatte nichts mehr zu tun. Ich hatte mich mit eigener Hand der Last entledigt, die ich mir freiwillig aufgeladen hatte. Wer würde besser wissen als Stan, was ich gerade getan hatte? Ich ging sehr schnell nach Hause, schenkte mir einen Drink ein und rief ihn in Kalifornien an.

Ich sagte gleich zu Anfang meinen Vor- und Zunamen. Nach sechs Jahren konnte ich nicht erwarten, daß er meine Stimme erkennen würde, und vielleicht kannte er andere Alicen. Seine antwortende Stimme rührte sofort an den Teil von mir, dem kein anderer in sechs Jahren nahegekommen war, und wir sprachen zehn Minuten lang, als stünde es uns frei, ein Treffen in Square am selben Abend zu verabreden.

Ein Jahr später, als ich hörte, daß er mit seiner eigenen Dissertation nach Cambridge zurückkomme, schrieb ich ihm, wo er mich finden könne. Und wo, Alice, war das? In dem Büro, wo ich für 1 Dollar 50 die Stunde tippte, damit ich George nahe sein konnte.

Ich ging an dem Tag, an dem wir uns trafen, früh aus dem Büro weg. Er kam gleich nach seiner mündlichen Prüfung zu mir. In der Eingangshalle zu der dunklen Bar, die das Herzstück des gesellschaftlichen Lebens von Cambridge ist, küßten wir uns auf die Wangen und sagten fast gleichzeitig: «Hallo, Doktor.» Und dann brachen wir in Gelächter aus.

Weine jetzt nicht, Alice. Du mußt nachdenken. Das Weinen ist schon erledigt. Ich gehe nach oben und hole mir die Papiertaschentücher nach unten, um sie auf der Couch neben mir zu haben.

Worüber weine ich? Worüber eigentlich. Weil wir uns sieben Jahre nicht gesehen hatten und dennoch in genau demselben Augenblick genau denselben Gedanken hatten, daß diese Worte, mit denen wir uns im Graduiertenseminar zu begrüßen pflegten, genau die richtigen wären. Das ist es, was mir fehlt: dieses intuitive Verständnis, das wir füreinander hatten. Das Zusammensein mit ihm war Zuhausesein in einer Weise, in der kein Zuhause, das ich je hatte, Zuhause war: er war der Ort, zu dem ich gehörte.

Warum, warum, warum hat er mich dann nie hereingelassen?

Ich muß weiterhin gute Beziehungen zu den Stamford-Leuten unterhalten. Ich sehe in meinem Ordner nach, wie lange es her ist, daß ich ihnen versprach, etwas über den unlesbaren Bericht zu schreiben. Mehr als drei Wochen. Ich seufze und schreibe ihnen, daß ich mich nach den Feiertagen daranmachen werde. Ich stecke den Brief in den Kasten, als ich meine Post abhole.

Den Umschlag aus Radcliffe mache ich im Gehen auf. Ich fürchte mich fast, den Bogen auseinanderzufalten, aber hier ist er, in meiner Hand. Ich schiebe nur etwas Unangenehmes hinaus, wenn ich ihn mir nicht gleich ansehe. Ich lese ihn rasch, und dann lese ich ihn noch einmal, um alles aufzunehmen. Wo ist der Tadel, den ich erwartet habe? Hier nicht. Sie ist keineswegs verärgert, daß ich das Angebot des anglikanischen Colleges abgelehnt habe. Sie erklärt ihre Taktik, jeden, der verfügbar ist, von allem zu unterrichten, was verfügbar ist, weil sie meint, sie habe kein Recht zu beurteilen, was einen von uns interessieren könnte.

«He!» Ich hüpfe den ganzen Weg bis zum Strand hinunter. Wie merkwürdig! Ich habe offen mit ihr gesprochen, und dafür spricht sie auch offen mit mir.

Auf dem Sand verlangsame ich meinen Schritt und bleibe dann stehen. Das ist ihr Job. Sie ist einfach liebenswürdig und hilfsbereit.

Ich sehe mir den vorgedruckten Brief an, der an ihren angeklammert ist. Radcliffe-Absolventinnen sollen sich von jetzt an über das Harvard-Büro um Stellungen bewerben, da Radcliffe jetzt rechtlich zu Harvard gehört. Wie schade. Gerade habe ich gelernt, mit dieser Frau umzugehen, und jetzt muß ich mit jemand anderem wieder ganz von vorn anfangen. Na schön. Ich werde einen kurzen Aufenthalt einlegen, um sie alle zu sehen, wenn ich über Cambridge nach New York fahre.

Ehe ich Junes Brief aufmache, schaue ich hinaus auf das blaue Wasser, dem der Wind Schaumkronen aufgesetzt hat. Ich bin froh, daß ich so an Radcliffe geschrieben habe, wie ich es tat. Auch wenn ich nicht diese Antwort erhalten hätte. Oder habe ich diese Antwort erhalten, weil ich so schrieb? Erstaunlich. Es mag wohl so sein. Aber der einzige Grund, so zu schreiben, war, daß ich die Wahrheit schreiben wollte. So wenig ich weiß, was wahr ist. Ihre Antwort gehört dann in die Kategorie unerwartete Gewinne.

Logos ist schon unten an der Wasserkante, als ich Junes Brief aufreiße. Ich sehe die Möwen aufsteigen, als er näher kommt, und dann wende ich mich der hübschen Handschrift auf dem dünnen, bräunlichen Papier zu. Sie kann mich Weihnachten nicht bei sich haben. Ich überfliege die übrigen Seiten: «... wirklich keinen Platz ... Weihnachten ist sowieso für Kinder.»

Weihnachten hier. Nein. Nein, ich muß mir jemand anderen in Cambridge einfallen lassen, zu dem ich fahren kann. Wer? Niemand. Vielleicht hat es ihr letztesmal zu viele Umstände gemacht, weil Logos dabei war. Ihre Katze mußte sich vor ihm verstecken. Vielleicht bin ich auch sehr langweilig, wenn ich immerzu in diesem alten Kreis herumrenne.

Verdammt noch mal. *Verdammt noch mal!*

Ich zerknülle den Brief und stopfe ihn in die Tasche. «Logos!» Ich mache kehrt und gehe mit großen Schritten die kopfsteingepflasterte Anhöhe hinauf, die Hände in den Taschen, den Kopf gesenkt, und schaue mich nicht einmal um, ob Logos bei mir ist. Mir ist es gleich. Ich muß Weihnachten hier bleiben. Ich kann sonst nirgends hin.

Der kühle, dunkle, rauchige erste Schluck Bourbon wird zu einer Schranke zwischen der unerfreulichen Nachricht und dem, was ich machen soll, bis ich zu der New Yorker Tagung fahre. Sieben Tage. Sie werden kein Ende nehmen.

Mir fällt ein, daß ich, seit ich herkam, immer gewartet habe. Worauf gewartet? Daß jemand mich hier aufsucht? Daß etwas beginnt? Aber niemand ist gekommen, und nichts hat begonnen. Wie der Mann in Henry James' Kurzgeschichte, der das Gefühl hatte, etwas Außergewöhnliches stünde ihm bevor, und der dreißig Jahre lang mit einer Frau darüber diskutierte, die er nicht heiratete, die aber die ganze Zeit bereitwillig mit ihm darüber sprach. Bis er eines Tages, als er sehr alt war, begriff, daß das, was ihn von anderen Menschen unterschied, die Tatsache war, daß ihm nie auch nur das mindeste widerfahren würde.

Wie ich. Ich bin an der Peripherie herumgelaufen, aber nie ins Innere gekommen. Warten: auf jemanden, der herauskommt und mir zeigt, was es heißt, ein Mensch zu sein. Auf jemanden, der mich nach drinnen holt, wo es warm ist.

Aber es hätten bei June nur ein paar Tage sein können, und dann wäre ich mir wieder selbst überlassen und auf der Suche nach dem nächsten Zufluchtshafen. Seit fast zwei Monaten bin ich hier und habe mir tagtäglich gesagt, daß ich allein bin, daß es auf der ganzen Welt niemanden gibt, der mir verbunden ist. Aber ich lüge mir immer noch etwas vor, denn ich habe es nicht geglaubt. Jetzt muß ich anfangen es zu glauben.

Ich schenke mir noch ein Glas Bourbon ein. Morgen. Heute kann ich das nicht mehr ins Auge fassen. Heute werde ich mir die nötige Bettschwere antrinken.

19

Ich habe gewartet, solange ich zurückdenken kann. Der einzige Unterschied zwischen dem Mann bei Henry James und mir ist, daß ich mit siebenunddreißig Jahren entdeckt habe, wozu er sechzig brauchte: daß nichts, nichts, nichts geschehen wird.

All die Männer. Die Promotion. Die Jahre, in denen ich mich über Bücher beugte. Unterrichten. Das Theater. All die stundenlangen Gespräche. Nichts? Nichts verglichen mit dem, worauf ich warte. Und was ist das?

Ich nehme Mantel und Mütze und ziehe meine Stiefel an. Logos geht die Auffahrt hinunter und bestimmt unsere Richtung.

Die Flut beginnt zu steigen. Wir haben noch eine Stunde, ehe sie uns in die Dünen zurücktreiben wird. Ich lasse Logos herumtollen, wo er will.

Larry.

Die Sonntagsausflügler waren bei Ebbe zu unserem Strand in Malibu gekommen und hinaus zu dem großen Felsen gewandert, wo sie den ganzen Tag saßen und angelten. Als die Flut am späten Nachmittag zu steigen begann, schienen sie es gar nicht zu bemerken. Ich sah immer wieder zu ihnen hinüber, als ich auf dem Sand lag und las. «Meinst du nicht, wir sollten sie darauf aufmerksam machen, daß die Flut kommt?»

«Mütterchen, hör auf, dir Sorgen zu machen. Man kann nicht angeln, ohne zu wissen, wann die Flut kommt.»

«Vielleicht wissen sie nicht, wie stark die Flut hier ist.»

«Vielleicht wissen sie nicht, daß heute Sonntag ist.» Er verzog das Gesicht, womit er mich nachmachte und mich immer zum Lachen brachte, und ging die Treppe zu seinem Haus hinauf, einem Pfahlbau über den Dünen. Auf der Treppe blieb er stehen und unterhielt sich mit jemandem. Ich wandte mich wieder meinem Buch zu. Fünfzehn Minuten später unterhielt er sich immer noch, und Wind war aufgekommen und trieb die Flut heran.

«Larry», rief ich ihm zu. «Sag ihnen Bescheid über die Flut.»

Er sah hinaus aufs Wasser, dann verabschiedete er sich von Barbara mit einem Schulterzucken und kam die Treppe herunter, um mich zu besänftigen. Dann schlenderte er zur Wasserkante, legte die Hände als Schalltrichter an den Mund und schrie den Leuten eine Warnung zu. Sie winkten zurück; sie konnten ihn nicht hören. Er kam und setzte sich neben mich auf den Sand, behielt sie aber im Auge. Eine Wasserfläche von etwa hundert Fuß würde den großen Felsen vom Strand trennen, wenn die Flut da war. «Sie werden es schon schaffen», sagte er, mehr um seine eigene Besorgnis als mich zu beruhigen. Er neigte dazu, andere Leute ihre Probleme selbst lösen zu lassen; ich neigte dazu, ihnen Unannehmlichkeiten zu ersparen. Nach ein paar Minuten ging er hinunter und rief wieder zu ihnen hinüber. Es wurde viel geschrien, und dann sah ich, daß die Leute ihre Angelgeräte zusammensuchten. Larry kam sehr rasch zu mir zurück, zog blitzschnell sein Sweatshirt aus und gab mir seine Uhr.

«Sie können nicht schwimmen», sagte er. Er drehte sich um, war mit zwei Schritten im Wasser und schwamm. Er holte sie einen nach dem anderen, auf seinem Rücken hängend, herein: zuerst die Frau des Mannes, dann seinen Sohn, seinen Vater und zuletzt den Mann. Als er wieder hinausschwamm, um den Mann zu holen, konnte ich nicht glauben, daß er genug Puste habe. Aber er brachte ihn an Land und nahm sie dann alle mit in sein Haus und gab ihnen Handtücher, Sweatshirts und Hosen. Mittlerweile konnten sie schon wieder lachen. Dann sagte Larry plötzlich: «Sie haben Ihre Angelgeräte draußen gelassen.» Von den Fenstern aus konnten wir die Angelruten auf dem Felsen sehen. Niemand sagte ein Wort. Er schwamm noch einmal hinaus und holte alles, und bald machten sich die Leute auf den Weg.

«Ich bin ein bißchen müde, ja», sagte er lächelnd, aber nach einer halben Stunde war er bereit, irgendwo hinzugehen: eine Autofahrt, zum Abendessen, einen Besuch machen – ich erinnere mich nicht.

Ich höre noch Dr. Kants Worte: «Sie wollten auch von ihm gerettet werden.»

«Wovor?»

«Sagen Sie es mir.»

Larry war ein guter Mann, freundlich, großzügig. Er konnte mich zum Lachen bringen. Er kannte so viele Menschen an einem Ort, an dem ich fast niemanden kannte. Und sie mochten ihn, waren gern mit ihm zusammen. Aber ich fand es gräßlich, wie sie über ihn lachten, wenn er betrunken war. Er schien nicht zu merken, daß sie über etwas anderes lachten als die Geschichten, die er erzählte.

Ein ganzes Jahr. Worüber haben wir die ganze Zeit gesprochen? Er wußte, daß ich nicht bleiben würde: ich hatte ihm von Stan erzählt. Dennoch weinte ich den ganzen Tag, als ich meine Sachen packte, um für das dritte Harvard-Jahr an die Ostküste zu gehen.

Die Flut reicht fast an meine Stiefel. Ich rufe Logos und wir überqueren die Dünen. Logos führt mich zu der Holztreppe mit den beiden kaputten Stufen auf halber Höhe. Ich beginne, hinter ihm hinaufzusteigen.

Ich erwarte immer, Ohrfeigen zu bekommen, wenn ich mich verliebe. Ich strecke eine Hand aus, um etwas zu geben, aber die andere halte ich dicht an meinem Gesicht, um mich vor Schlägen zu schützen. Abgewiesen. Damit das, was ich gebe, mir nicht zurückgeworfen wird. Niemand will das haben, was ich gebe. Es einfach nehmen.

Mich lieben, obwohl er mich kennt.

Ich sitze auf der obersten Stufe der Treppe und schaue hinaus auf das Wasser. Nein, das ist es nicht. Larry kannte mich und liebte mich trotzdem. Er wußte, was ich alles Schreckliches tat, bloß um meinen Kopf durchzusetzen. Er neckte mich lediglich damit. Ich hielt ihm Strafpredigten, aber er neckte mich.

Doch statt ihn zu lieben, liebte ich Stan. Die ganze Zeit über, die ich mit Larry zusammen war, wartete ich auf eine Chance, mit Stan zusammen zu sein. Kaum tauchte die entfernte Möglichkeit auf, daß Stan zu haben sein könnte, war ich auf und davon. Rannte hinter ihm her. Um Ohrfeigen zu bekommen.

Du lieber Himmel, ich werde es nie begreifen.

Der Nachmittag schleppt sich dem Sonnenuntergang entgegen. Ich versuche zu lesen. Nichts kann meine Aufmerksamkeit fesseln. Wenn es nur einen Ort gäbe, an dem ich mich ausruhen könnte. Ein Witz. Ich habe Zugang zu einer ganzen Sommerfrische und wünschte, ich könnte woanders hingehen. Ich *bin* an einem Ort, wo ich mich ausruhen kann, aber Ausruhen ist keine Möglichkeit, die mir offensteht.

Ich gehe im Wohnzimmer auf und ab. Warum haben die Männer, die ich liebte, mich verlassen? Ich verstehe es jetzt ebensowenig wie nach jeder Trennung. Etwas stimmt mit mir nicht und veranlaßt sie, wegzugehen, und ich kann es nicht erkennen. Ich habe es auseinandergerissen, ich habe es aus der Nähe angestarrt, aber es entzieht sich mir immer noch.

Versuche es mit einem anderen Trick. Wenn es mir so nahe ist, daß ich es nicht sehen kann, wenn ich es direkt anschaue, kann ich versuchen, es anders herum anzuschauen. Statt über die Männer nachzudenken, die mich verlassen haben, könnte ich über diejenigen nachdenken, die ich verlassen habe. Warum ich mich überhaupt mit ihnen einließ. Wie Stan oder George müssen sie mir irgendwie verheißungsvoll erschienen sein. Was verhießen sie?

Warum bin ich zum Beispiel so lange mit Larry zusammen gewesen? Er liebte mich. Er wollte für mich sorgen. Ich war bei ihm sicher aufgehoben. Bis ich begriff, daß sein Trinken jede Sicherheit zunichte machte, die er mir gewähren konnte, wenn er nüchtern war.

Evan. Das ging zwei Jahre. Die einzige Möglichkeit, Schluß zu machen, war, mich um ein Frankreich-Stipendium zu bewerben. Ich erinnere mich an den Tag, an dem ich von Radcliffe den Zusagebescheid erhielt. Der Brief kam mit derselben Post wie der erste Brief, durch den ich erfuhr, daß Daddy krank war, daß er nicht zur Arbeit gegangen war und operiert werden mußte. Ich rief in Ohio an, um Einzelheiten zu erfahren, aber niemand schien viel zu wissen. Ich fürchtete, daß er keinen guten Arzt haben würde. Ich verbrachte den Nachmittag am Telefon: rief meinen Arzt an und fragte, welche Ärzte in Ohio er empfehlen könnte, rief einen von ihnen an, rief Weck an, rief den Flughafen an.

Evan kam vorbei mit roten Rosen, um mein Stipendium zu feiern. Er erwartete eigentlich nicht, daß ich nach Europa gehen würde, aber schließlich wußte er nicht, wie sehr ich auf das Stipendium gezählt hatte, um mich von ihm zu befreien.

Am nächsten Tag flog ich zu meinem Vater. Als ich eine Woche später zurückkam, waren alle Blütenblätter der Rosen abgefallen und bildeten einen Kreis um den Krug, in den ich sie an jenem Tag zwischen Telefongesprächen gestellt hatte.

Warten worauf? Die Frage läßt mich den ganzen Tag nicht los und beschwert meine Gedanken wie ein bleiernes Band um meine Stirn.

> Zuhause ist der Ort, gehst du dorthin,
> wo sie dich aufnehmen müssen.

Es gibt keinen solchen Ort. Zuhause ist dort, wo ich zufällig wohne. Wie Stans Geschichte, als er irgendwelche Formulare ausfüllen mußte, um das Stipendium für seinen Sommer in Österreich zu bekommen.

«Wo sind Sie zu Hause?» fragte der Beamte.

Stan gab die Adresse des Studentenwohnheims an.

«Nein», sagte der Mann. «Wo wohnt Ihre Familie?»

«Oh», sagte Stan. «Meine Familie wohnt in Sacramento. Ich dachte, Sie wollen wissen, wo mein Zuhause ist.»

«Will ich auch», sagte der Mann. «Wo in Sacramento?»

«Nein», sagte Stan. «Mein Zuhause ist hier in Cambridge.»

«Hören Sie mal», der Ton des Mannes wurde sehr bestimmt, «wohin soll die Leiche geschickt werden?»

«Oh», sagte Stan, und ich konnte den besonders sanften Klang seiner Stimme geradezu hören. «Nennen Sie das Zuhause?»

Ein Ort zum Bleiben. Nicht nur, um dort hinzugehen, sondern um dort bleiben zu können, ohne umziehen zu müssen. Ich denke an Lotte, die sich am Ende unseres ersten Jahrs in Radcliffe Briefpapier drucken ließ mit Namen und Adresse.

«Ich beneide dich, daß du das hast», sagte ich.

Sie sah mich neugierig an. «Das könntest du auch haben. Es kostet nicht sehr viel.»

«Vermutlich nicht. Aber du weißt, daß du lange genug hier wohnst, um dieses Briefpapier zu bestellen und es aufzubrauchen.»

«Na, so lange auch nicht. Wahrscheinlich nur dieses und das nächste Jahr.»

«Aber Lotte, das ist sehr lange.»

Zwei Monate später war sie verlobt.

«Siehst du, Timmie, ich werde es wohl doch nicht aufbrauchen.»

Ich lachte mit ihr. «Vielleicht sollte ich mir auch welches bestellen, um das Schicksal herauszufordern.»

Nicht bloß ein Ort, sondern auch ein Mensch, der mit mir dort ist. Nein, er selbst würde das Zuhause sein. Gleichgültig, wie oft wir umziehen müßten, ich würde mein Zuhause mitnehmen. Ja. Das ist Zuhause: eine unzerstörbare Beziehung zu einem Mann, der nie von mir weggehen würde.

Wir. Ein weiteres Wort, das zu gebrauchen ich mich so bemühe und es nicht fertigbringe.

Wo habe ich Joyce Carys *A House of Children* gelassen? Oben. Ich hole es herunter, setze mich auf die Couch und blättere zu den ersten Seiten zurück. In den Kindheitserinnerungen, die der Junge Evelyn erzählt, kommt immer wieder «wir» vor und deutet darauf hin, in welch gesicherter Umgebung er aufwächst. Ich lese von fremden Bräuchen in einer fremden Sprache. Wenn Evelyn «wir» sagt, spricht er von einem Zentrum aus, dessen Stabilität er nie in Zweifel zu ziehen braucht. «Wir»: er und sein Vater; er und sein Bruder; er und sein Vetter; er und vier seiner Vettern; er und zehn seiner Vettern. Fast niemals «ich», sondern «wir». Selbst wenn das «Kind» «ich» sagt, folgt es langen Verbindungslinien zu allen anderen.

Ich bin immer «ich» gewesen: getrennt. Besonders getrennt von meinen Familienangehörigen. Abgesehen von Daddy. Doch selbst er schien diesem sich bekriegenden Haushalt fern zu sein. «Wir» impliziert jemanden, der dich unterstützt, was immer auch geschieht; jemanden, der ein Anrecht auf deine Loyalität ohne Preisangabe hat, der dir seinerseits auf derselben Grundlage treu ist.

Ich verstehe. Das ist es, was mich in all diesen Jahren veranlaßt, in Betten zu steigen, bereit für den nächsten Mann, beim nächstenmal. Wegen der Möglichkeit, daß er mit mir zu einem «wir» werden könnte.

Ich weine nicht sehr heftig. Es ist kein ungewöhnlicher Grund, warum Menschen mit anderen ins Bett gehen: sie suchen menschliche Wärme. Aber ach, es ist so kurz. Und nachher setzt die Kälte ein und erhöht den Einsatz so sehr für das nächste Mal.

Ich sollte mich mit Büchern versorgen. Und einer Flasche: das wird mein Weihnachtsgeschenk für mich sein. Und Lebensmittel für fünf weitere Tage. Sechs, heute mitgerechnet.

Sechs Tage muß ich diesen Körper herumschleppen, ihn ernähren, ihn schlafen legen. Und dann? Dann fahre ich nach New York und frage Philosophen, die ich nicht kenne, ob sie einen Job für mich haben, von dem ich nicht einmal weiß, ob ich ihn haben will. Und dann? Dann komme ich hierher zurück, um wieder dasselbe zu tun. Aber ich kann hier nicht bleiben. In einem Monat werde ich kein Geld mehr haben. Und das ist unerträglich.

Aber ich kann nichts Neues anfangen, weil ich nicht weiß, was ich anfangen will. Oh, wie kann ich hier herauskommen!

Ja, herauskommen, wenigstens in die Stadt. Als ich rasch Portemonnaie, Stiefel und Mantel zusammensuche, werde ich aufgeschreckt durch ein Klopfen an der Tür. Kein Wagen vor dem Haus. Auch nicht in der Auffahrt. Ich schlüpfe leise um den Tisch herum und sehe Ralph aus diesem spitzen Winkel.

«Hallo. Kommen Sie herein. Wo ist Ihr Wagen?» Wir geben uns die Hand.

«Ich bin gelaufen. Ich kam über Shimmo und Polpis.»

«Wo ist das? Setzen Sie sich. Wollen Sie Kaffee haben?» Bin ich erfreut oder verärgert, daß er hier ist?

«Ich trinke keinen Kaffee.»

«Ach ja, das habe ich vergessen.» Ich schenke mir selbst eine Tasse ein und suche nach einem Gesprächsstoff. Wir setzen uns an den kleinen Tisch.

«Shimmo ist sehr hübsch. Sind Sie noch nicht überall auf der Insel gewesen?»

«Nein, ich bleibe hier draußen, außer wenn ich Besorgungen mache. Tatsächlich wollte ich gerade in die Stadt fahren. Kann ich Sie mitnehmen?»

«Nein, ich will heute laufen. Ich bin gekommen, um mich zu verabschieden. Die Leute, bei denen ich bin, fahren über Weihnachten nach Washington und nehmen mich mit.»

Nicht einmal er wird hier sein. Ich danke ihm für die Weihnachtskarte, die er mir geschickt hat. Er freut sich, als er sie mit einigen anderen auf dem Fensterbrett aufgestellt sieht.

«Ich habe Ihnen ein Geschenk mitgebracht. Nichts Großartiges, aber ich fand, Sie sollten das mal kosten, wenn Sie es noch nicht versucht haben.» Er holt ein Glas aus der Jackentasche und stellt es auf den Tisch. Auf dem Etikett steht WILDPFLAUMENMUS.

Ich bin gerührt. «Wollen wir doch gleich davon essen.»

«Nein, es ist für Sie.»

Ich danke ihm, und dann fällt mir ein, daß ich sowieso mit ihm reden wollte.

«Ich hatte vor, Sie anzurufen, um Sie wegen meines Welpen um Rat zu fragen. Ich muß für ein paar Tage nach New York fahren und kann ihn nicht mitnehmen. Ich dachte, Sie wissen vielleicht jemanden, der ihn betreuen kann.»

Er sieht mich geringschätzig an. «Geben Sie ihn beim Tierschutzverein ab.»

«Warum sagen Sie das so höhnisch?»

«Beim Tierschutzverein werden sie nicht mit ihm spielen, wie Sie es tun, aber er wird da sicher aufgehoben sein. Sie werden ihn füttern, wie er gefüttert werden sollte, und sie werden ihn ein paarmal am Tag draußen in einen Auslauf tun, und die übrige Zeit wird er ungefährdet in einem Käfig sein.»

«Ein Käfig? Ist das Ihr Ernst? Dieser Welpe hatte freien Auslauf in Siasconset und auf drei Meilen Strand, seit wir hier sind. Er darf nicht in einen Käfig gesperrt werden.»

«Aber im Käfig wird ihn kein Auto überfahren. Er wird nicht in einen Kampf mit einem anderen Hund verwickelt. Er wird nicht in Mülleimern stöbern und Dreck fressen. Wenn Sie anfangen würden, ihn sich als einen Hund vorzustellen, würden Sie sich und ihm eine Menge Kummer ersparen. Ich habe nie eine Frau gesehen, die nicht einen Hund zugrunde richtete.» Er greift nach seiner Jacke und dann nach der Türklinke.

«Warten Sie, Ralph. Was habe ich getan?»

«Sie haben gar nichts getan. Ich muß gehen. Ich muß diesen Leuten packen helfen. Wir fahren morgen früh.»

«Aber Sie sind böse auf mich. Das ist keine Art, jemandem ein Weihnachtsgeschenk zu machen.» Warum will ich ihm überhaupt seine Mißstimmung ausreden?

Er zieht den Reißverschluß seiner Jacke zu und steht da, die Hände in den Brusttaschen. «Sie haben recht. Fröhliche Weihnachten. Und viel Glück.»

Wir geben uns die Hand. «Lassen Sie sich mal sehen, wenn Sie zurückkommen. Sie können mir die Insel zeigen.»

«Gehen Sie und sehen Sie sie sich selbst an. Nichts hält Sie davon ab. Ich werde wahrscheinlich nicht zurückkommen. Jedenfalls für lange Zeit nicht.»

«Oh.» Was macht das schon aus?

«Ja, ich werde wahrscheinlich in Washington bleiben und dort arbeiten. Diese Leute können mir einen Job besorgen, wenn ich ans College gehe.»

«Das klingt gut. Auch Ihnen dann viel Glück.»

Er bleibt einen Augenblick an der Tür stehen, und dann ist er weg. Wie viele tausend Menschen habe ich kennengelernt und mich von ihnen getrennt? Wo immer ich hingehe, sind sie. Wenn man wandert wie ich. Man spricht einmal, zweimal, ein dutzendmal miteinander, dann geht jeder seines Wegs. Schreibt ein paar Monate lang ab und zu, dann nie wieder, man hört nie wieder von ihnen. Und am nächsten Ort ist immer jemand anderes.

Aber gibt es etwas anderes? Wird es je etwas anderes geben?

Ich glaube, die Bibliothekarin hatte mehr von mir erhofft als Fiktion und Hundebücher, als ich mich ihr vorstellte. Der Bücherstapel, den ich heute ausleihe, ist hoch: zehn. Zwei für jeden Tag, bis ich abfahre: eins zum Lesen, eins um es wertlos zu finden. Die Bibliothekarin sieht mich neugierig an, als sie die Bücher für mich abstempelt. Sie findet es seltsam, daß jemand zu Weihnachten liest. Ja, meine Dame, ich auch.

Nach dem Frühstück lege ich mich auf die Couch und lese. Ich weiß, daß ich das nicht sollte. Nach einer halben Stunde klappe ich das Buch zu und werfe es auf den Fußboden. Okay. Ich werde nachdenken. Worüber?

Worauf ich warte. Warum ich so viel Zeit mit Männern verbrachte, von denen ich wußte, daß sie nicht die richtigen für mich waren. Warum ich Stan immer noch heiraten will. Oder ist es George?

Wenn ich es immer wieder sage, laut sage, werde ich vielleicht hören, wie lächerlich es ist: ich weiß nicht, welchen von zwei Männern ich heiraten will, dabei hat keiner von ihnen mir je einen Antrag gemacht und wird es vermutlich auch niemals tun.

Warum nicht? Was stimmt mit mir nicht? Bin ich nicht intelligent? Bedacht auf ihre Bedürfnisse? Attraktiv? Eine Geschichtenerzählerin, um sie zu unterhalten? Was habe ich nicht alles für sie getan, wovon sie vielleicht nicht einmal wußten, daß sie es getan bekommen wollten, im Bett oder sonst? Das ist Geben, nicht wahr? So sollte das Verhältnis zwischen einem Mann und einer Frau sein, nicht wahr?

Sollte. Was bedeutet dieses «sollte»? Eine weitere Vorschrift. Aber diese ist meine. Ich habe sie im Lauf der Jahre ausgearbeitet. Oder etwa nicht? Ist sie nicht meine?

Der Tag schmerzt soviel mehr, wenn die Sonne morgens in dieses Zimmer scheint, als wenn er grau ist. Die bloße Tatsache von Sonnenschein verheißt etwas, auf das ich nie die Hand legen kann. Wenn der Morgen grau ist, besteht sowieso keine Hoffnung.

«Komm her, süßes Hündchen.» Logos, der nicht fest schläft, reckt sich, steht dann langsam auf und schlendert zu mir herüber. «Ich war keine Freundin für dich in den letzten Tagen.» Ich reibe ihm die Ohren, und er schiebt seinen Kopf näher heran, damit ich die eine versteckte Stelle erreiche, die die Quelle eines besonders genüßlichen Stöhnens ist. Ein Hundeleben: du frißt und schläfst und bekommst die Ohren gerieben und den Bauch gekrault; du wirst auf lange Spaziergänge mitgenommen; du kannst Möwen aufjagen, riesige Löcher im Sand buddeln und Stöcken nachrennen, die eine Freundin für dich wirft. Und notfalls könntest du das meiste davon wahrscheinlich selbst tun.

Könnte ich das tun? Nur essen, schlafen und Stöcken nachrennen, die ich selbst werfe? Vielleicht gibt's weiter nichts im Leben.

Warum bin ich zwei Jahre mit einem Mann zusammen gewesen, an den zu denken ich nicht einmal jetzt über mich bringe? Oder ein Jahr mit einem Mann, an den ich nur denken kann, wenn ich mich daran erinnere, wie unerschrocken er war bei so manchem, was mich ängstigte? Zumindest das war etwas, was ich an Larry schätzte. Bei Evan gab es nach dem Anfang gar nichts. Zwei Jahre.

Ich lehne mich an das Geländer der Plattform, die mich über dem Sand schweben läßt und mich hinaus zum Wasser drängt, doch hoch darüber und in Distanz.

Zwei der schlimmsten Jahre in einem schlechten Dezennium.

Stan verheiratet und weg. Alle, die mit mir zusammen in Harvard angefangen hatten, hatten Stipendien und Beihilfen und Auszeichnungen erhalten, aber nichts davon war für mich. Jean, jungverheiratet, mit einem neuen Leben beschäftigt: sowohl sie als auch ihr Mann waren höflich zu Evan, lehnten aber standhaft das Zusammensein mit ihm ab. Marilyn nach Boston umgezogen; es hätte eine Tagesfahrt weit weg sein können, so selten sahen wir uns. Die Freundinnen weg; Stan weg; die Arbeit frustrierend, eine inhaltslose Art und Weise, endlose Tage auszufüllen.

Ein Schauer überläuft mich. Es ist nicht heute morgen; es war vor sechs Jahren. Warum bin ich bei ihm geblieben? Es gab keinen anderen.

Warum bin ich geblieben?

Seltsam, überhaupt nichts auf einer Wasserfläche zu sehen, die so groß ist wie die, auf die ich jetzt schaue. Die Möwen müssen das Kielwasser eines Fischerboots gefunden haben, dem sie folgen. Kein Mensch auf dem gesamten Strand. Zwei Meilen in beiden Richtungen müssen es sein, die ich von meinem Hochsitz aus überblicken kann. Von hier aus scheinen sogar die Wellen nicht zu brausen. Niemand. Nichts. So äußerst, völlig, unglaublich still, und das einzige Lebewesen in Sicht bin ich.

Nein, Logos ist hier. Ich bücke mich und streichle das bräunliche Fell.

Er hielt mich im Arm, wenn ich weinte.

Ich fasse nach meiner Kehle, um die Wörter anzuhalten. Wenn ich weinte. Lieber Gott, und wie ich weinte. Morgens brauchte ich manchmal eine ganze Stunde, um meine Lider mit kalten Waschlappen zum Abschwellen zu bringen. Aber nichts konnte den Schrekken ausrotten, der andere Schrecken enthielt, die fest zusammengeballt waren und nur auf die Gelegenheit warteten, zum Ausbruch zu kommen, einer nach dem anderen, während sich die Stunden jedes Tages dahinschleppten. Einer Nacht ohne Schlaf entgegen; oder mit Alpträumen, wenn der Schlaf kam; und mit Tränen in beiden Fällen. Hätte ich nur weinen können, wenn ich ins Bett ging, dann hätte ich der Nacht vielleicht etwas Schlaf abringen können. Aber ich schlief ein, dann wachte ich um drei Uhr auf und weinte bis zum Morgengrauen, dann schlief ich eine Stunde, ehe der Tag beginnen mußte. Oder ich schlief während der Nacht, wachte um fünf auf und weinte, bis ich mit den kalten Kompressen anfangen mußte, um menschlich auszusehen, wenn es Zeit war, das Haus zu verlassen.

Und er hielt mich im Arm. Wann immer er da war, wann immer wir uns nicht gegenseitig unseren Abscheu voreinander ins Gesicht schrien, was einen weiteren Grund zum Weinen hinzufügte: daß selbst das Zusammensein mit ihm zwecklos war. Wer sonst wollte mich haben? Wie konnte ich es erfahren, sofern ich nicht sofort, an jenem Tag, in dieser Minute mit ihm Schluß machte? Aber wer würde mich dann im Arm halten?

Ich richtete mich plötzlich auf. Larry hielt mich auch im Arm. Und Jurgen. Und Jack. Und Tony. Ich halte mir den Kopf, weil mir schwindlig wird. Meine Gedanken überfliegen die Zeiten der Männer. Nicht nur derjenigen, mit denen ich lange zusammen war. Auch die der Gelegentlichen. Und von George, sogar von George. Selbst die der Männer, die mir wichtig waren. Sie alle gaben mir das: sie hielten mich im Arm, wenn ich weinte.

Und worüber, bitte schön, worüber habe ich geweint? Über alles mögliche. Es gibt bestimmt alles mögliche, worüber man weinen kann, wenn man ich ist.

Gibt es sie etwa nicht? Zum Beispiel die Tatsache, daß ich nicht wußte, ob ich eine gute Schauspielerin war. Oder gescheit genug für die Philosophie. Oder schön.

Warum mußte ich eigentlich *weinen*? Ich *mußte* weinen.

Mein Herz klopft jetzt so stark, daß ich die Arme um mich schlinge, um es in Schach zu halten. Ich mußte weinen. Ich betrank mich, um dem Mann von den Schrecken zu berichten, die mich quälten. So konnte ich weinen. So hielt er mich im Arm.

Oh. Nicht, daß sie mich im Arm hielten, wenn ich weinte, sondern ich weinte, damit sie mich in den Arm nehmen würden. Und sobald sie es taten, wußte ich, daß sie es weiterhin tun würden.

Mich im Arm halten? Weinen, damit sie mich im Arm halten? Was hat das damit zu tun, einen Mann zu lieben? Es ist das, was eine Mutter mit ihrem Kind tut.

Nein.

Ich stehe am Geländer und halte mich mit beiden Händen daran fest. Und rüttle. Und versuche es hochzuheben, damit ich es nach unten knallen kann. *«Nein!»* brülle ich und trete mit dem Fuß nach dem Pfosten, und Logos fährt zurück und rennt dann mit eingeklemmtem Schwanz die Treppe hinunter. *«Nein!»* Ich starre ihm nach, während ich noch schreie. Ich weiß, mein Gesicht ist steif und starr, meine Kehle ist wund von der Stimme, die nicht herauskommen kann wegen all der Tränen, die ihr im Weg sind. Ich schlage auf das Holz, bis meine Hand überhaupt kein Gefühl mehr hat, und dann setze ich mich hin.

Wie überstehe ich die nächste Minute? Und jetzt die nächste? Und danach? Die Zeit hat aufgehört, kontinuierlich zu sein, in ihr tun sich kleine Löcher auf, in die ich falle, dann herausklettere und wieder ins nächste falle.

Ich bin mit Männern ins Bett gegangen und habe erwartet, daß meine Mutter mich in den Arm nimmt. Ich wurde Schauspielerin und dann Philosophin, um sie dazu zu bringen, mich anzusehen.

Mir will der Kopf zerspringen. Wenn ich nicht sehr vorsichtig bin, werde ich ihn womöglich nicht zusammenhalten können, bis ich nach Hause komme. Bis ich dahin komme, wo ich wohne.

20

Jetzt weiß ich, was ich hier herausfinden wollte, als ich herkam. Weiter gibt es nichts zu lernen. Oder zu tun.

Siebenunddreißig Jahre blind gewesen. Taub. Immer auf der Stelle getreten. Ein kleines Mädchen, das von seiner Mutter in den Arm genommen werden möchte. Alles andere ist Betrug.

Ich liege still, bis ich merke, daß das Zimmer heller wird.

Nun ja, ich habe meinen Schlaf gehabt. Ich werde jetzt aufstehen. Warum, weiß ich nicht mehr.

Noch im Morgenrock mache ich mir Kaffee. Ich versuche mich zu erinnern, warum ich mich anziehen sollte. Während der Kaffee durch den Filter läuft, lehne ich am Spültisch und suche nach einer Antwort. Der Kaffee wird kalt, ehe ich mich nach einer Tasse umsehe, und ich zünde mit einem Streichholz die Flamme unter dem Topf an. Jede Bewegung erfordert meine konzentrierte Aufmerksamkeit, doch wenn ich sie beende, frage ich mich, was ich gerade getan habe. Der Kaffee kocht, ehe ich bemerke, daß ich noch neben dem Herd stehe.

Der aufgewärmte Kaffee schmeckt scheußlich, aber als ich daran denke, frischen zu machen, bleibe ich auf dem kleinen Holzstuhl sitzen und trinke die schon eingeschenkte Tasse. Als sie leer ist, schiebe ich sie weg und bleibe am Tisch sitzen.

Sie, meine Mutter, war das Außergewöhnliche, auf das ich gewartet habe.

Ich sehe hinaus in den grauen Tag. Logos schläft neben meinem Stuhl. Er weiß schon, daß wir uns lange Zeit nicht wegrühren werden.

Sie hätte mich lieben sollen. Wie unliebenswert kann ich gewesen sein? Sie ließ mich fühlen, daß ich mir ihre Liebe verdienen müsse und es nie tat. Deshalb war ich natürlich zu unwürdig, die Liebe von irgend jemand anderem zu verdienen. Natürlich hielt ich mich immer an einen unbestimmten, aber sehr strengen Maßstab, dem ich bei allem, was ich unternahm, entsprechen mußte.

Hätte sie mich geliebt, wäre all das, was mir an ihr mißfiel, unwichtig gewesen. Aber ich vermochte es zu vergessen, daß sie mich nicht liebte, und in den Jahren, in denen ich heranwuchs, kämpfte ich auf jeder Ebene und bei jeder strittigen Frage gegen sie. Ich haßte an ihr alles, was sie als Person ist. Jetzt erkenne ich, daß ich sie haßte, weil sie mich nicht liebte.

Was bleibt da übrig? Sie ist immer noch die Person, die ich nicht mag. Sie noch zu hassen ist einfach sinnlos. Sinnlos, überhaupt etwas mit ihr zu tun zu haben. Sie konnte mich nicht lieben. Ich durfte nicht mit übergeschlagenen Beinen dasitzen. Beides endgültige Tatsachen. Pech, daß ein kleines Mädchen das nicht verstehen kann.

In einer Beziehung ist mein Leben schließlich ein einheitliches Ganzes gewesen. Ich habe mich als eine jeweils andere Person gesehen, je nachdem, was ich tat, wer mit mir sprach, wo ich war. Eine jeweils andere Person für jeden Mann; anders, wenn ich mit einem Lehrer sprach, als wenn ich mit einer Freundin sprach; anders je nachdem, ob ich im Schnee spazierenging oder ein teures Restaurant betrat. Doch all die Fragmente dieses Lebens waren durch eine einzige Schnur zu einem Bündel verschnürt, das mich zusammenhielt, ohne daß ich es wußte: durch die Suche nach einer Möglichkeit, wie ich sie dazu bringen könnte, mich zu lieben. Das ist eine Art des Ganzseins, die siebenunddreißig Jahre auslöscht.

Gestern, heute, von jetzt an durchschneide ich die Schnur. Die Nabelschnur natürlich.

Mal sehen, was geschieht, wenn ich sie durchschneide. All die kleinen Teile, die daran hafteten, fallen ab und lassen erkennen, was zusammengehalten wurde: nichts. Leer, hohl, nichts.

Ist es möglich, es durch das zu ersetzen, was ich will?

Ach, Mensch, wer ist dieses «Ich», von dem ich spreche? Das einzige «Ich», das es gibt, ist ein kleines Mädchen, das dreißig Jahre lang klein gehalten wurde durch ein Bedürfnis, das nur laut ausgesprochen zu werden brauchte, um zu entfallen. Es war der Mittelpunkt, als ich heranwuchs; ich faulte um einen Kern herum, von dem ich nicht wußte, daß es ihn gab. Den Kern entfernen bedeutet, das ganze Geschwür beseitigen, das er stützte. Jetzt bin ich bis auf den nackten Boden zurückgeschnitten.

Ich verstehe nicht zu wollen: was ich will, war bestimmt worden von diesem Kern. Es gibt kein durch dieses Bedürfnis nicht vergiftetes Ich.

Ich gehe hinüber ins Wohnzimmer und finde mein Buch auf der Couch. Ich lege mich hin und lese. Im Lauf des Vormittags ändere ich ein halbdutzendmal meine Stellung. Mein Magen knurrt und will etwas zu essen haben. Ich lese weiter. Irgendwann am Nachmittag ziehe ich mir was an und mache mit Logos einen Spaziergang, die Straße hinunter bis zur Wiese an der Ecke, dann mache ich kehrt und komme wieder zum Haus zurück.

Wie kann ich daran denken, nach New York zu fahren, um mich nach einem Lehrauftrag umzusehen? Ich kann nur Gründe finden, um zu essen, mich anzuziehen, aus dem Bett aufzustehen. Ich kann mir nicht vorstellen, welche Gründe mich veranlassen könnten, ein Flugzeug zu besteigen, eine Menge Leute, die mir bisher nie geholfen haben, zu bitten, mir jetzt zu helfen. Mir zu helfen, was zu tun? Einen Job zu finden, der mir Geld einbringt, damit ich mich weiterhin ernähren und kleiden kann. Aber das reicht nicht aus, um mich tagtäglich aus dem Bett zu bringen. Als erstes muß ich einen Grund finden, um das zu tun.

Muß? Was kann damit gemeint sein?

Logos krabbelt unter dem Bett hervor und sitzt mit schiefgelegtem Kopf da, verwundert über mein Schweigen und meine Reglosigkeit.

Er kommt zu mir, steckt die Nase unter die Decken und sucht nach meiner Hand, nimmt sie vorsichtig in die Schnauze und zieht sie hervor. Heute morgen werfe ich wortlos die Decken weg und bringe ihn hinaus.

Was soll ich mit diesem Tag anfangen?

Als Logos bereit ist, hereinzukommen, gehe ich wieder nach oben, ziehe die Jalousien im Schlafzimmer hoch, stopfe mir ein paar Kissen in den Rücken, trinke im Bett Kaffee und sehe hinaus aufs Moor.

Siebenunddreißig Jahre alt und unwissend. Ein schmähliches Ergebnis für jemanden, der wissen und verstehen will. Jedenfalls habe ich das behauptet. Ich habe auch vieles andere gesagt, das sich als unwahr herausstellte. Oder vielmehr stelle ich jedesmal, wenn ich herausfinde, was ich mit dem meine, was ich gesagt habe, gleichzeitig fest, daß es unwahr ist.

Ich habe dieses Leben, das siebenunddreißig Jahre währte, nicht wirklich gelebt. Ich habe nicht richtig gelebt, nur so getan, als wäre ich lebendig. Aber ich bin dabei die Dumme gewesen. Denn jetzt, da ich aufgehört habe, das Spiel zu spielen, gibt es nichts Reales, das seinen Platz einnehmen könnte. Ich wüßte nicht einmal zu erkennen, was ich vor mir hätte, wenn ich auf etwas stoßen würde, das kein Spiel ist.

Unwissend: ohne eine Grundlage, um die Bedeutung eines Tuns, meines oder das eines anderen, zu beurteilen. Schlimmer als unwissend: ohne einen Anhaltspunkt, wie ich beginnen sollte, eine Grundlage zu finden.

Ich denke daran, daß ich im vorigen Sommer in Berkeley Burckhardts *Renaissance* wiedergelesen habe. Ich wollte sehen, ob die Abschnitte über die Bildung von Frauen all den Jahren seit der Highschool, als ich beschloß, mich bei meiner eigenen Ausbildung von ihnen leiten zu lassen, standgehalten hatten. Eine Ausbildung zu erhalten, wie Männer sie erhalten, in allem, was es zu lernen gibt; von gleich zu gleich mit jedermann zu sprechen; alles Wertvolle zu lesen, was je geschrieben wurde; alles Schöne zu sehen, das je geschaffen wurde; überall auf der Welt zu Hause zu sein. Alle Hindernisse zu beseitigen, die durch Sehen und Hören und Verstehen aus dem Weg geräumt werden können.

Ich habe, weiß Gott, alles weggerissen, das drohte, mich einzuschränken. Schon mit fünfzehn, als das höchste Ziel meiner Mutter für mich war, Sprechstundenhilfe bei einem Zahnarzt zu werden und einen netten, jüdischen Jungen zu heiraten, war meine beste Freundin keine Jüdin.

Als ich einen Schluck Kaffee trinke, gerät er mir fast in die falsche Kehle, weil ich plötzlich kichere, als ich an Jacks Angebot am Tag nach meiner Promotion denke: «Hör mal. Ich kenne einige junge Leute. Ich werde sie anrufen und ihnen sagen, ich habe eine nette jüdische Doktorin für sie, deren Bekanntschaft sie machen können.»

Ich mußte das Hindernis, das mein Jüdischsein für mich bedeutete, beseitigen. «Du siehst nicht jüdisch aus.» Das pflegte meine Belohnung zu sein, wenn ich zu guter Letzt beschlossen hatte, es irgendeinem neuen Freund zu «sagen». Da ich nicht jüdisch aussah, konnte ich mit Leuten zusammen sein, die vielleicht lieber nicht mit mir zusammen gewesen wären, wenn sie es gewußt hätten; und ich fragte mich immer, was sie tun würden, wenn sie es je herausfänden. Ich brachte das Thema nie zur Sprache und verstand es auf tausenderlei Weise, die Beantwortung einer direkten Frage zu vermeiden.

Und dann verlor ich, als ich zwanzig war, Geoffrey deswegen. Nicht, daß er selbst Antisemit war. Oh, nein. Ich hatte es ihm gesagt, und er ging weiterhin mit mir aus. Es ihm gesagt? Ich beichtete es ihm und erwartete, daß er mich aufgeben würde. Er gab mich nicht auf; er half mir sogar, das Geheimnis zu wahren. Ich war ihm dankbar bis zu dem Tag, an dem wir in der Bar des Offiziersklubs saßen und er sagte, es sei aus. «Sie haben das über dich jetzt herausgefunden.» Wie haben «sie» das herausgefunden? Ich erinnere mich nicht mehr. Aber es wäre für mich zu belastend, sagte er, mit ihnen zusammen zu sein, nachdem sie es jetzt wüßten.

Nach monatelangem Weinen wurde mir die Sache klar. Entscheidend war nicht der Verlust des wunderbaren Mannes; war nicht einmal die Ungerechtigkeit, ihn wegen etwas zu verlieren, an das ich nicht glaubte. Er war einfach kein wunderbarer Mann, wenn das sein Grund war, mich zu verlassen.

Danach benutzte ich die Tatsache, daß ich nicht jüdisch aussehe, als politische Waffe. Ich konnte Leute dazu verleiten, all das Abscheuliche zu sagen, was sie von Juden glaubten, und mich ihnen dann lächelnd zuwenden und sagen: «Aber natürlich bin ich jüdisch.» So etwa machte ich es, als es noch wichtig war, bei einer derartigen Auseinandersetzung den Sieg davonzutragen.

Es fällt mir schwer, mich daran zu erinnern, ob es je wichtig war. Religion ist für mich kein Problem. Was religiöse Überzeugungen betrifft, so habe ich keine; was die Identifikation mit einer Gruppe betrifft, so gehöre ich nirgendwohin.

Die religiösen Schranken sind also gefallen. Auch die Rassenschranken. Und die intellektuellen Schranken. Und obwohl ich kein Geld habe, gibt es für mich auch keine sozialen Schranken.

Ach ja, Burckhardt. Welche Überraschung, diese Seiten nach zwanzig Jahren wiederzulesen und zu entdecken, daß ich vergessen hatte, welchen Zweck diese Art Bildung für die Italienerinnen im 15. Jahrhundert hatte: nicht Ruhm für sie selbst, das Ziel war vielmehr, sie zu geeigneten Gefährtinnen für die Renaissance-Männer zu machen. Diesen Punkt hätte ich nicht vergessen dürfen. Ich hatte Ruhm für mich selbst erwartet.

Ein weiterer Fehler: den Zweck meiner ganzen Bildung habe ich mißverstanden. Nicht daß der Fehler wichtig wäre. Es war sowieso Betrug, da ich jetzt weiß, daß ich immer nur die Liebe meiner Mutter wollte. Daß ich von einem Mann immer nur wollte, daß er mich im Arm hielt, wenn ich weinte, und daß ich darüber weinte, daß er nicht meine Mutter war.

Ich stehe auf, wasche mir das Gesicht, putze mir die Zähne und ziehe mich an. Es ist schon zehn. Ich habe anderthalb Stunden hinter mich gebracht. Nur noch zwölf Stunden, bis ich daran denken kann, wieder ins Bett zu gehen.

Ich lese. Wir gehen spazieren. Ich hole meine Post nicht ab: ich kann es nicht ertragen, daß Mr. Morris mir frohe Weihnachten wünscht oder ich es zu ihm sagen muß.

Um drei stehe ich mitten im Wohnzimmer, gleich weit entfernt von allen Quellen meiner Unterhaltung. Ich könnte jemanden anrufen. Wen? Ich könnte lesen. Nein, ich kann mich nicht konzentrieren. Ich könnte einen Brief schreiben. Gibt es jemanden, mit dem ich Verbindung aufnehmen kann, jemand, bei dem ich so tun könnte, als säße er mir am Tisch gegenüber und hörte zu, während ich rede?

«So tun als ob!» schreie ich. «Nicht mehr so tun als ob!»

Logos, der am Kamin liegt, hebt den Kopf von den Pfoten und beobachtet mich. Ich kann nicht einmal mit ihm spielen.

Ich kann etwas trinken. Ich gieße soviel Bourbon ein, daß das Eis bedeckt ist, und dann, als ich sicher bin, daß er kalt genug ist, nehme ich einen kräftigen Schluck und spüre ihn in den Tiefen meiner Brust. Ja, das wird den Tag vergehen lassen bis zum Abend.

Warum bedeutet mir der Heilige Abend eigentlich etwas? Es ist zwölf Jahre her, daß wir die Wohnung in Chicago hatten, und wir hatten sie nur drei Jahre. Oder vier? Aber Laurel und Pat machten aus dem Heiligen Abend etwas, das menschliche Wärme vermittelte, und so habe ich ihn mir seitdem immer vorgestellt.

Ein weiterer kräftiger Schluck läßt nur noch das ungeschmolzene Eis im Glas klirren. Ich hole die Flasche ins Wohnzimmer, bedecke das Eis wieder mit Bourbon und stelle die Flasche auf den Lampentisch neben der Couch.

Gewesen ist er seitdem nicht so. Denk an all die Heiligabende inzwischen. Voriges Jahr in San Francisco wanderte ich mit dem Jungen, der mich im Auto mitgenommen hatte, durch die Straßen auf der Suche nach einem Restaurant, das offen war, schließlich landeten wir in einer an New York erinnernden Imbißstube und aßen warme Pastrami. Und der Heiligabend davor? In New York, allein in Shirleys Wohnung, während sie im Kitzbühel Ski lief. Und davor allein in meiner Wohnung in Cambridge, mein Weihnachtsbaum bestand aus goldenen und silbernen Bändern, die ich in Form von Zweigen an die Wand geklebt hatte, ein Baum, den Marvin, kurz zuvor kennengelernt, bewunderte, aber Marvin würde über die Feiertage nicht in Cambridge sein. Und davor? Der Bahnhof in München, wo ich einen Teller Suppe an einem Tisch aß, zusammen mit vielen Arbeitern, die auf dem Heimweg waren.

Ich lehne mich zurück und versuche mich noch weiter zu erinnern. Zurück bis 1958, und immer noch kein Zusammengehörigkeitsgefühl. Die Jahre vor diesem Durcheinander. Cambridge, New York, Chicago – war das anders? Ich war allein. Den Heiligabend sollte man im Familienkreis verbringen oder mit Leuten, die man liebt oder die einen lieben. Daher bin ich allein.

Der Alkohol wärmt mich innerlich. Ist etwas zum Abendessen da? Vielleicht. Ich kann mich jetzt nicht damit befassen. Ich bin mit dem Versuch beschäftigt, nachzudenken über ... worüber? Ach ja, ich weiß: warum ist der Heilige Abend so wichtig für eine Agnostikerin, nur äußerlich als Jüdin erzogen, die in den letzten, ich weiß nicht wieviel Jahren immer allein war? Nicht, daß ich das Zusammensein mit Pat und Laurel vermißte. Pat und ich waren nicht die ganze Zeit befreundet, und obwohl ich mit Laurel nach ihrer Heirat eine Zeitlang in Verbindung blieb, habe ich sie erst im vorigen Sommer wieder besucht.

Aber etwas von der *Qualität* der Zeit, in der wir zusammen waren, oder von der Idee selbst erreichte mich. Das ist es, was ich vermisse. Das ist es, was ich, wo immer ich auch bin, wiederherzustellen versuche, wenn sich diese Jahreszeit nähert.

Der einzige Grund, warum ich jetzt weine, ist, daß ich mir Bourbon durch die Kehle gejagt habe. Ich stehe auf, um die Papiertaschentücher zu suchen, und dann beschließe ich, auf den Beinen zu bleiben. Ich trinke noch einen Schluck und trockne die Tränen. Die nicht aufhören.

Mach nur so weiter und weine. Wieder ein Heiligabend, der überstanden werden muß. Wie alle anderen, die noch kommen werden.

«Nein!» Ich lasse mich auf die Knie nieder und schlage auf den Fußboden. «Nein. Nein. Nein. Ich kann es nicht mehr ertragen!» Ich bette den Kopf auf dem Kissen des Sessels neben dem Kamin und lege mir die Arme um den Kopf, damit meine Ohren nicht hören, was ich sage, damit meine Augen nicht erblicken, was ich sehe: kommende Heiligabende, eine dreißig, vierzig Jahre lange Reihe von ihnen, leer wie der heutige. Nicht eine Reihe einzelner Heiligabende, sondern eine endlose Reihe von Tagen. Die Heiligabende sind nur ein Tag in jeder Gruppe von 365 leeren Tagen. Nicht nur Heiligabend, sondern auch alle anderen Tage werden wie dieser sein.

Warum muß das weitergehen?

Ich hebe den Kopf langsam vom Kissen. Das ist der schattenhafte Gedanke, der in diesen zwei Monaten an der Peripherie meines Denkens herumgeisterte. Ich habe ihn nur endlich laut ausgesprochen. Ich stehe auf und mache zwei Schritte zum Kaminsims, wo ich mich mit dem Rücken anlehne und ins Zimmer blicke und Logos mich aus der Nähe beobachtet.

Dreißig weitere Jahre, ohne jemanden zu haben, der mir wichtig ist. Dreißig Jahre lang Tage, an denen ich nicht spüre, daß etwas in mir vorgeht, an denen ich mich immer frage, ob meine Reaktion auf eine Situation echt sei oder nur eine weitere Schauspielerei. Dreißig Jahre, ohne zu wissen, was ich tun will, weil ich nicht weiß, wie man etwas will, was Wollen ist. Dreißig Jahre lang mit Männern ins Bett gehen und nicht befriedigt werden, ohne einen Mann, der mir gehört.

Sterben bedeutet nur, mit Atmen aufzuhören. Nach meinem letzten Atemzug gibt es weder etwas zu fürchten noch etwas zu hoffen.

Wie das, was ich zurücklasse: nichts, niemand. Ich habe keine wichtige Arbeit angefangen, die nun für immer unvollendet bleibt. Auch wird das Leben keines Menschen durch meinen Tod unglücklicher. Nicht einmal Daddy kann um mich trauern. Daddy: niemand liebt ihn so wie ich, und niemand liebt mich so wie er. Wie er mich früher liebte. Wer wird zwei Monate nach unserem Tod noch daran denken, daß wir beide je gelebt haben?

So habe ich einen neutralen Punkt erreicht: es ist gleichgültig, ob ich lebe oder sterbe. Ich fürchte mich nicht vor dem, was vor mir liegt, und ich lasse nichts hinter mir. Nicht mehr Pfennige zählen, jemanden bitten, mich aufzunehmen, bis ich Geld bekomme, auf irgendeinen Mann warten, mich fragen, ob ich gescheit oder hübsch bin. Niemanden mehr um irgend etwas bitten.

Ich setze mich auf die Couch, den Kopf zurückgelegt, die Hände lose auf dem Schoß gefaltet. Ich habe mich für so bedeutend gehalten und finde mich nun so unbedeutend. Nichts zu sein: nicht geeignet, etwas zu tun, nicht fähig, etwas zu tun, nicht gebraucht, um etwas zu tun, nicht gewillt, etwas zu tun.

Draußen ist es dämmerig geworden. Im Wohnzimmer ist nichts zu hören außer Logos' und meinen Atemzügen. Logos. Ich werde mir überlegen, wem ich ihn schenken kann. Ralph. Jemandem.

Ich gehe zur Tür und lasse Logos hinaus, bleibe da stehen und sehe zu, wie es dunkler wird, lasse mich von der kalten Luft bestreichen, um wach zu bleiben, bis er zurückkommt. Ich könnte einfach in die Garage gehen, die Tür hinter mir zumachen, ins Auto steigen und den Zündschlüssel umdrehen. Niemand kommt hierher oder telefoniert. Eine lange Zeit würde vergehen, ehe jemand, den ich kenne, daran dächte, nach mir zu sehen. Als ob ich eine Bestätigung brauchte, daß ich nicht vermißt werde.

Später. Jetzt bin ich sehr müde.

Als Logos in das dunkle Haus zurückkommt, stolpere ich in der Küche über ihn, taste mich zur Tür und um die Ecke herum zu dem langen Tisch an der Wohnzimmerwand, dann an der Tischkante entlang bis zu seinem Ende, wo ich die Treppe hinaufgehe, Logos hinter mir, und mich aufs Bett lege. Hier will ich mich eine Weile ausruhen.

Im dunklen Zimmer mache ich die Augen auf. Lebe ich noch? Logos rührt sich, als ich mich auf dem Bett aufrichte, um das Licht anzuknipsen. Zwei Uhr. Ich schirme meine Augen ab und sehe, daß ich ganz angezogen bin. Ich wasche mir das Gesicht und putze mir die Zähne. Gestern abend habe ich nichts gegessen. Lohnt es sich, diesen Körper noch zu ernähren?

Ich mache mir etwas heißen Kakao und finde im Kühlschrank eine Schüssel Thunfischsalat. Meine erste Mahlzeit am Weihnachtstag 1962. Oder überhaupt meine letzte.

Ich habe eine Brücke überquert, die keiner anderen gleichkommt. Ich bin nicht länger unter den Lebenden, sondern unter denjenigen, die im Begriff sind zu sterben. Von dieser Seite aus kann ich zurückblicken und erkennen, was es bedeutete, am Leben zu sein. All die Leute, nach deren Beifall ich trachtete: keiner von ihnen ist jetzt hier. Das halbe Dutzend Menschen, die ich für meine Freunde hielt: auch nicht hier. Ich sehe meinem eigenen Tod ins Gesicht, und niemand ist hier, der mir zur Seite steht. Ich sterbe allein, wie ich allein gelebt habe.

Wie kann es von dieser Seite aus wichtig sein, was ein anderer denkt? Wie kann es von dieser Seite aus wichtig sein, wie ich aussehe? Wie kann von dieser Seite aus überhaupt etwas wichtig sein?

Ist jetzt also die Zeit gekommen?

Ja?

21

Der Morgen ist bewölkt und kalt. Ich drehe meinen Stuhl zur Fensterwand um. Der Boden, den ich gestern durchackerte, war Bourbon-getränkt, aber nichts davon war falsch. Zweierlei zu haben lohnt sich: eine Arbeit, die mich fesselt, und einen Mann zum Lieben, der mich liebt. Beides habe ich nicht.

Wenn ich am Leben bleibe, wie wäre dann das Leben, das ich von jetzt an führen müßte?

Ich vermochte bisher alle meine kleinen Jobs zu ertragen, weil sie nicht wirklich von Bedeutung waren; sie dienten nur dazu, mir Nahrung und ein Dach über dem Kopf zu verschaffen, während ich auf der Schauspielschule war oder für meine Promotion arbeitete. Laß einmal die Tatsache außer acht, daß meine Ziele betrügerisch waren. Damals glaubte ich an sie; sie ließen mich mehr oder weniger auf etwas hinarbeiten, das lohnend erschien. Aber wie wird es jetzt sein, da ich nun weiß, daß ich nichts habe, für das ich arbeiten kann, nichts, das den nächsten Job sinnvoll machen würde, und den Job, der unvermeidlich darauf folgen würde? Es war schon schlimm genug, die Tage hinter mich zu bringen und zu glauben, ich täte etwas Wichtiges. Wie wird es sein, wenn der Job alles ist, wenn ich bloß Geld verdiene, um am Leben zu bleiben?

Und Männer. Wie wird das Zusammensein mit einem Mann sein, wenn ich weiß, daß ich als Person nicht an ihm als Person interessiert bin, sondern nur als Frau an seiner Männlichkeit? Ich weiß nicht einmal, wie man mit einem Mann zusammen ist. Wie kann ich es mit siebenunddreißig Jahren lernen?

Die Vorhersage fürs Leben.

Habe ich etwas ausgelassen?

Ich kippele mit meinem Stuhl nach hinten, die Hände hinter dem Kopf verschränkt. Ich bin mir einer Verstandesklarheit bewußt, wie ich sie nie zuvor besessen habe. Weinen oder mit der Faust auf etwas schlagen erscheint belanglos. Nur Denken ist richtig. Ich brauche nur zu entscheiden, ob mein Leben weitergehen oder enden soll.

Aber angenommen, ich habe etwas Lohnendes nicht erwogen.

Ich wünschte, ich könnte meinen ganzen Gedankengang jemand sehr Klugem vorlegen. Jemandem, der etwas von Philosophie versteht, so daß er keine Zeit an konventionelle Moralvorstellungen verschwendet. Eine Stunde mit jemandem, der zuzuhören versteht, dann könnte ich sicher sein, daß ich nichts ausgelassen habe.

Nein, das heißt von jemandem verlangen, Sokrates für mich zu sein. Ich kannte keine solche Person, als ich Philosophie studierte. Wie komme ich auf die Idee, ich könnte jetzt eine finden?

Abe.

Ich stelle die Füße auf den Boden. Was Unterrichten ist, habe ich gelernt, als ich zusah, wie er seine Seminare an der UCLA leitete. Er wollte, daß seine Studenten wußten, was sie selbst glaubten: ich beobachtete, wie er es aus ihnen herausholte. Ich konnte fast sehen, wie sie sich Zeit ließen, um ihm zu zeigen, wie klug sie seien, und dann anfingen, seine Fragen wirklich zu beantworten. Er und der Student verschmolzen zu einem Verstand, der sich mit ein und demselben Problem befaßte. Und dieser Gedankenaustausch fand zwischen ihm und allen Studenten statt, nicht bloß zwischen ihm und den gescheiten.

Er ist mein Grund, zu der Tagung nach New York zu fahren. Er nimmt immer an der Tagung teil. Er wird mir Gelegenheit geben, mit ihm darüber zu reden.

Ich könnte auch Mo sehen. Er ist nicht so scharfsinnig wie Abe, aber was wichtig ist, erkennt er. Obwohl er klinischer Psychologe ist.

Ja, von den beiden werde ich erfahren, wo meine Denkfehler liegen. Wenn ich die beiden überhaupt zu sehen bekomme.

Logos rennt über den ganzen Golfplatz und dann wieder zurück, weil ich so weit hinten bin, um bei mir zu sein. Wir kommen zu der runden Holzbank, und ich setze mich mit dem Rücken zum Klubhaus hin und schaue über den Platz.

Suche ich Abe und Mo als Autoritäten auf? Nein, sie sollen mein Denken kontrollieren, das ist alles. Indem ich es laut zu ihnen sage, werde ich selbst hören, wie es klingt. Weil sie verschiedenartige Männer sind, wird jeder von ihnen etwas anderes finden, auf das er mich hinweist. Wenn ich wirklich grobe Fehler gemacht habe, werden sie es beide merken. Sie können nicht ändern, was ich schon verstanden habe, aber vielleicht können sie mir sagen, daß ich die Relevanz nicht richtig beurteilt habe.

«Logos!» Er ist nicht zu sehen. Ich mache mich zum Klubhaus auf, um ihn zu suchen, gehe dann schneller und rufe ihn die ganze Zeit. Ich renne über die gepflasterte Straße, dann halte ich am Rand des Golfplatzes an. Ein Mann, der einen Golfschläger umklammert, steht fünfzig Fuß entfernt und starrt auf Logos hinunter, der an seinen Schuhen schnüffelt.

«Hallo», rufe ich. Ich bekomme also am Weihnachtstag doch noch einen Menschen zu sehen.

Er wirft mir kaum einen Blick zu. Seine ganze Aufmerksamkeit ist auf Logos gerichtet. «Ist das Ihr Hund?»

«Ja.» Ich bin verblüfft über die Dringlichkeit der Frage.

«Bitte, bringen Sie ihn weg von mir. Bitte. Ich habe Angst vor Hunden.»

Ich bin noch zwanzig Fuß entfernt von dem Mann, aber jetzt gehe ich schnell. «Er ist ja noch ein Welpe.»

«Das spielt keine Rolle. Bitte, bringen Sie ihn weg.»

Der Mann hat sich fast in seine Arme eingewickelt und schirmt seinen Körper damit vor der Gefahr ab. Sein Gesicht ist bleich, und ich bin jetzt nah genug, um Schweißperlen auf seiner Oberlippe zu sehen. Ich bücke mich, packe Logos am Halsband und zerre ihn zurück zu mir, weg von dem Mann.

Seine Hand zittert, als er sich mit dem Taschentuch das Gesicht abwischt. «Vor drei Jahren hat mich ein Hund gebissen, und seitdem habe ich Angst vor Hunden. Ich weiß, das ist albern, aber ich kann es nicht beherrschen.» Er erzählt mir die Geschichte, und ich beobachte sein Gesicht, während er redet. Ich sehe, er entschuldigt sich dafür, daß er mir, einer Frau, seine Furcht gezeigt hat, und dafür, daß er vor einem offenkundigen Welpen Angst hat. Ich fange an, nach Einzelheiten des Vorfalls zu fragen, aber unverkennbar möchte er, daß ich mitsamt meinem Hund verschwinde.

Mit der Hand noch auf dem Halsband, entferne ich mich von dem Mann. «Wir gehen in dieser Richtung.» Im selben Augenblick, in dem ich zum Leuchtturm losrenne, lasse ich das Halsband los. Logos setzt mir sofort nach. Er erhöht seine Geschwindigkeit und schießt auf der Straße an mir vorbei. Ich drehe mich um und winke dem Mann zu, aber der ist schon wieder in sein Spiel vertieft. Ich habe auf seinem Stückchen Erde den Frieden und für ihn sein Ansehen wiederhergestellt.

«He, Logos!» Er verlangsamt sein Tempo und sieht zu mir zurück. «Laß uns hier langgehen.» Ich mache auf der Straße kehrt und gehe auf den Weg zu, der an all den Häusern auf dem Hochufer vorbeiführt. Wir sind schon so lange draußen und haben das Meer noch nicht gesehen.

Ich werfe Mantel und Mütze ab und befühle mit kalten Händen mein kaltes Gesicht. Ich setze mich auf den Küchenstuhl und ziehe die Stiefel aus. Das Telefon läutet. Ich halte beim zweiten Stiefel inne und lausche dem unvertrauten Klang, dann rase ich die Treppe hinauf. In einer Bewegung greife ich nach dem Hörer und setze mich aufs Bett. «Hallo.»

«Hallo, Dr. Koller.»

Also keine Freundin. Die Stimme ist dünn und jung, ein Mädchen, sehr weit weg. Mir schlägt die Enttäuschung auf den Magen. «Ja, hier ist Dr. Koller. Wer ist am Apparat?»

«Ich hätte nicht erwarten sollen, daß Sie meine Stimme erkennen. Hier ist Stephanie.»

Du lieber Gott, daß ein Kind, mit dem ich mich voriges Jahr in Santa Barbara angefreundet habe, der einzige Mensch auf der Welt ist, der heute an mich denkt. «Stephanie! Bist du zu Hause?»

«Ja, meine Eltern sind gerade mal weggegangen. Ich habe ihnen gesagt, daß ich Sie anrufen möchte, und daß ich es von meinem Taschengeld bezahle.»

«Da wirst du aber lange Zeit abzahlen müssen. Das hättest du nicht tun sollen. Wie hast du mich ausfindig gemacht? So etwas mache ich sonst nur.»

Sie lacht vergnügt. «Wie Sie zu sein ist das größte Kompliment, das ich bekommen kann.»

Wie kann ich diesem kleinen Mädchen sagen, daß wie ich zu sein etwas ist, das man vermeiden muß? Sie weiß nicht, daß sie wünscht, ich wäre ihre Mutter. Aber Stephanie, die einzige Mutter, die du haben kannst, ist diejenige, die für dein Dasein kein Interesse aufbringen konnte, und das gerade zu der Zeit, als du das unbedingt wissen mußtest.

«Arbeiten Sie dort, Alice? Was tun Sie dort?»

Plötzlich bin ich froh über die Verbindung mit einem Menschen, wie lose sie auch ist, und ich rede mit dem Kind die paar Minuten, die ihr, wie ich weiß, Freude machen werden, ohne für sie zu teuer zu sein.

«Mein Vater fährt nach New York zu der Tagung. Sie auch? Reden Sie mit ihm, damit er mir erzählen kann, wie Sie aussehen und was Sie tun.»

Erstaunlich. «Glaubst du, Abe wird auch dort sein?»

«Ja, sie fahren zusammen.»

«Stephanie, häng jetzt auf. Danke, daß du an mich gedacht hast.»

Ich lege den Hörer auf die Gabel und bleibe auf der Bettkante sitzen. Abe wird dort sein. Ich habe die Nachricht erhalten, die ich brauchte. Fröhliche Weihnachten, Stephanie.

Während eines Tages der Besorgungen stelle ich mir vor, ich sei beurlaubt von dem, was ich noch beschließen muß. Dieses Gefühl läßt mich dauernd nach dem Sinn all meiner Tätigkeiten fragen. Warum mache ich mir die Mühe, genau das richtige Tuch für den blauen Pullover zu kaufen? Warum habe ich heute morgen den Saum des grünen Rocks nachgenäht? Es bewirkt, daß ich meine Worte auf ein Zehntel dessen beschränke, was ich gewöhnlich bei meinen Begegnungen mit Verkäufern spreche: im Lebensmittelladen, in der Mode-Boutique, in der Drogerie, an der Tankstelle, im Airport, wo ich meine Flugkarte für morgen abhole. Indem ich nur sage, was ich sagen muß, begreife ich, daß ich bis heute die Rolle der liebenswürdigen Kundin gespielt, sogar auf Nantucket Theater gespielt habe. Aber diesen Leuten oder irgend jemand anderem brauche ich nicht das geringste vorzuführen. Ich rufe mir einfach in Erinnerung, wie ich gestern morgen war: allein, zum Sterben bereit. Ich stelle fest, daß ich heute alles, was ich sage oder tue, gegen die Klarheit jener Stunde abwäge, und ich entdecke eine seltsame Ruhe in mir, wenn ich diese Tätigkeiten mit jener Stille, diese Geräusche mit jenem Schweigen vergleiche.

Ich schreibe mein Testament in Form eines Briefes an Randall und mache ihn zu meinem Testamentsvollstrecker. Es überrascht mich selbst, daß ich zwei Seiten mit Anweisungen für ihn schreibe. Es ist einfach, meine paar Möbel zu verteilen, die noch in New York eingelagert sind, meine Bücher, meine Kleider. Ich lege alles so ausführlich dar, damit Randall es versteht, und verwende dabei eine Sorgfalt, von der ich nicht wußte, daß ich sie besitze. Ihm schenke ich Logos, er ist der einzige, den ich kenne, der es sich leisten kann, den jungen Hund aufzunehmen, und der auch gut zu ihm wäre.

Ich adressiere einen Briefumschlag an Randall und stecke die Seiten hinein, dann räume ich meinen Schreibtisch auf, so daß der Umschlag das einzige ist, was dort sichtbar liegt. Jeder, der in dieses Zimmer kommt, falls mir auf der Flugreise nach New York und zurück etwas passiert, wird ihn als erstes sehen. Und wenn ich die

Reise ohne Unfall überstehe, dann ist der Umschlag da für den Fall, daß ich ihn später brauche.

Während des ganzen Abends bin ich mir des auf dem Schreibtisch liegenden Umschlags bewußt. Er wird ein Brennpunkt für ein seltsames neues Wissen, das je gehabt zu haben ich mich nicht erinnern kann: ich habe mein Leben in Ordnung gebracht und zweifle nicht daran, daß Randall alles so regeln wird, wie ich gebeten habe. Alles, was auch immer, kann von jetzt an geschehen.

Geweckt durch ein lautes Geräusch: der Wecker. Logos krabbelt unter meinem Bett hervor, die Ohren zurückgelegt und zitternd. Ich taste herum, um das tiefe Surren abzustellen, dann bin ich aus dem Bett heraus und nehme den jungen Hund in die Arme, der jetzt mit schräg gelegtem Kopf dasitzt, verblüfft über die plötzliche Stille nach der Störung, die er noch nie gehört hat. Ich gebe ihm einen Schubs, um seinen Bauch kraulen zu können.

Heute verlasse ich ihn zum erstenmal. Heute muß ich ihn jemand anderem in Obhut geben. Muß. Das bedeutet, daß ich etwas tue, das wichtiger ist, als Logos bei mir zu haben. Ich beuge mich über ihn und bette mein Gesicht an seiner Brust.

Um die Wette rennen wir beide nach unten, und ich lasse ihn hinaus.

Während ich bei Ebbe auf dem nassen Sand laufe, denke ich daran, was ich um die Mittagszeit tun werde: auf New Yorker Straßen laufen, mit hochhackigen Schuhen, im Rock, mit Make-up, mit Leuten reden, die ich kenne, in Menschenmengen sein. Auf den Straßen wird Schmutz sein, ekelhafte Gerüche, Millionen Menschen, immer zwischen einem und dem Ort, zu dem man will. Aber hier kann ich mich in der völligen Stille dieser Küste aufhalten. Jedenfalls völlige menschliche Stille. Möwen reiten etwas weiter draußen auf den Wellen, und die Wellen selbst plätschern sanft.

Logos steht vor mir und bellt leise. Ich bücke mich und reibe ihm die Ohren. «Du hast recht. An New York brauche ich erst zu denken, wenn ich da bin. Such mir einen Stock.»

Sein Schwanz beginnt heftig zu wedeln, er berührt meine Beine als Schlagmal mit den Pfoten, dann wirbelt er herum und rennt los, um eine Seebeute zu kapern. Er findet einen Stock, und obwohl ich dastehe und daraufwarte, daß er ihn mir zum Werfen bringt, behält er ihn in der Schnauze und flitzt auf dem Sand hin und her, wobei er mich im Auge behält. Ich kenne sein Spiel: ich soll ihm den Stock abjagen. Bei diesem Spiel gewinne ich nie. Heute morgen spiele ich es dennoch. Ich renne ihm nach, bis er keuchend den Stock fallen läßt und sich zum Ausruhen auf den Sand legt. Ich versuche, nicht an den Käfig zu denken, in dem er in den Tagen meiner Abwesenheit eingesperrt sein wird.

Ich sehe auf die Uhr. Zeit, nach Hause zu gehen. Die Uhr kommt mir schwer vor am Handgelenk. Ich habe sie nicht getragen, seit wir nach Cambridge fuhren, und vorher auch nicht, nachdem ich sie am ersten Morgen vergessen hatte. Zweimal haben mir heute morgen Zeitmesser diktiert, was ich zu tun habe.

Oben auf der langen Holztreppe bleibe ich stehen und sehe zurück auf das Wasser und den strahlenden Himmel, der meine verlassene Küste bewacht.

Auf dem ganzen Heimweg präge ich mir Logos' Äußeres ein: seine Bewegungen, sein Fell, den rührenden Blick seiner goldenen Augen, wann immer er mir den schönen Kopf zuwendet.

Im Büro des Tierschutzvereins gebe ich Mr. Lema eine Liste von Untersuchungen, die der Tierarzt vornehmen soll, während Logos hier ist. Dann gebe ich ihm die Leine.

«Er soll den besten Platz im Haus bekommen», sagt Mr. Lema und schickt sich sofort an, Logos in den Raum zu führen, in dem sich in mehreren Reihen übereinander die Käfige befinden. Logos beobachtet mich, stemmt die Beine auf den Boden und ist erstaunt, daß ich ihn nicht bei mir behalte. Er starrt mich an. Plötzlich macht er einen großen Satz auf mich zu, aber Mr. Lema zieht die Leine in die andere Richtung. Ich bin fast zur Tür hinaus, ich kann das nicht mitansehen, aber ich drehe mich um, als ich Logos' Proteste höre. Ich gehe wieder hinein, an dem Untersuchungstisch vorbei, in den Zwingerraum. Mr. Lema hebt Logos hoch, um ihn in einen Käfig zu setzen.

Ich streichle dem Welpen über den Kopf und sehe ihn sehr fest an. «Logos», sage ich und muß dann schlucken. «Logos, ich komme wieder.»

Und dann mache ich kehrt und renne hinaus. Im Auto bringe ich den Schlüssel fast nicht ins Zündschloß.

22

Ich zögere, als ich in den hohen Zwischenstock des Hotels komme, dann gehe ich an Paaren und Gruppen von Leuten vorbei, vermeide das dichtere Gewühl in der Mitte und halte auf die Anmeldungstische an der hinteren Wand zu. Leute begrüßen sich lauthals; sie lachen und reden. Die Geräusche und das Gewoge verschmelzen zu einem alles überspannenden Dröhnen, das mich näher zu der in mir herrschenden Stille hinzieht. Wenn ich nicht aufpasse, verliere ich womöglich die Verbindung mit ihr. Das Spiel hier enthält eine besondere Gefahr für mich.

«Alice! Guten Tag!»

Der Mann und ich begrüßen uns mit Handschlag. Wie heißt er doch? Ich versuche, ihn irgendwo unterzubringen, während er redet. Seit der Tagung in New Haven habe er mich nicht gesehen. Vor zwei Jahren. An dem Abend lernte ich George kennen.

«Ist es so lange her?» Die Schlange an der Anmeldung rückt ein paar Schritte vor.

Er lehrt, ihm gefällt sein Job, er ist nur hier, um ein paar Vorträge zu hören, einige Freunde zu sehen. «Wie steht's mit Ihnen, Alice? Was machen Sie?»

Wie schnell das kommt. *Muß* ich diese Frage beantworten, gleichgültig, wer sie stellt? Ich will nicht lügen. «Ich mache gar nichts. Ich wollte mich hier mal über die Lehrmöglichkeiten informieren.»

«Auf Hawaii ist eine Stelle frei, das weiß ich.»

Wieder eine Insel. Ich feixe. «Danke für den Tip.»

Als ich so weit bin, eine Anmeldungskarte auszufüllen, spricht mein Kollege, an den ich mich nicht erinnert hatte, mit jemand anderem. Der Mann an der Anmeldung steckt meine Karte in einen kleinen Karteikasten. «Kann ich da herausfinden, ob meine Freunde hier sind?»

«Bedienen Sie sich.» Der Mann schiebt mir den Kasten herüber.

Abe hat sich noch nicht eingetragen. Ich blättere die Karten durch: George ist hier; Stan nicht. Für einen Moment schließe ich die Augen. Warum suche ich nach ihnen? Ich bin hier, um Abe zu sehen. Sie existieren nicht.

Ich schiebe den Kasten wieder hinüber und drehe mich um. Dieses Gewimmel von Männern und Frauen in Gruppen, das Kommen und Gehen auf Treppen und Korridoren. Was hat das mit mir zu tun?

Ich gehe zum Empfangstisch zurück. «Wo sind die Leute, die über Jobs Bescheid wissen?»

Der Mann grinst. «Sehen Sie sich um.»

«Ich meine die offiziellen Leute.»

«Rechts und dann die Treppe hinauf.»

Der Weg, den ich mir bahne, ist langwierig. Im Vorbeigehen blikke ich in einige Gesichter; halb vertraute lächeln zurück. Ich kann ein Nicken erwidern oder einen Arm winkend heben, ohne stehenzubleiben. Bitte, laßt mich nicht zu viele Leute sehen, die ich kenne, nicht auf einmal, nicht gleich jetzt, wo ich gerade erst angekommen bin.

Ein hochgewachsener, jungenhaft aussehender Mann kommt lächelnd auf mich zu. «Alice!»

«Jan!» Wir umarmen uns. «Ist Anne mitgekommen?» Es tut gut, ihn zu sehen.

«Sie ist hier, aber oben bei unserem Klotz am Bein. Wir wechseln uns ab, sie zu hüten. Kaja will nicht bei dem Mädchen bleiben, das uns das Hotel als Babysitter besorgt hat. Sie hat eine Stunde lang geschrien, als wir heute morgen weggehen wollten.» Aber er wirkt ungerührt.

«Geht es ihnen gut, Anne und dem Baby?»

«Kaja ist jetzt drei. Nicht gerade ein Baby. Eher eine Nervensäge. Ja, es geht ihnen gut. Wir haben dich voriges Jahr aus den Augen verloren.»

«Ich habe mich selbst verloren. Bist du noch in New Hampshire?»

«Aber nicht mehr lange. Wo bist du? Noch bei der Vertragsforschung in der Nähe von Boston und erwirbst Vermögen?»

«Sie haben mich im Juli gefeuert. Der Mann, für den ich arbeitete, machte mir Avancen, die ich ablehnte. Die alte Geschichte. Dann habe ich eine Zeitlang in New York gearbeitet. Jetzt arbeite ich nicht. Unterrichte jedenfalls nicht.» Es ist schwer zu sagen, was ich tue, gleichgültig, wer fragt. «Jan, komm mit, während ich mich für die freien Stellen eintrage.»

Wir haken uns unter und gehen die Treppe hinauf. Vor der Tür stehen Leute in Zehnerreihen. Jan bringt mich in den Raum und setzt mich an einem Tisch ab. «Hier fängst du an. Ich treffe dich dann draußen.»

Eine Frau gibt mir eine Karte zum Ausfüllen. Wieder so ein verdammter Fragebogen. Was hatte ich erwartet? Ich sehe mich nach einem Platz um, wo ich schreiben kann. Anschlagbretter sind auf Tischen aufgestellt und an die Wände gelehnt. Mit Reißnägeln daran befestigte Karten in säuberlichen Reihen geben Einzelheiten über jeden Job an: Vorteile und Bedingungen, der Name desjenigen, mit dem man sich in Verbindung setzen soll und wo er in der Nähe zu finden ist. Ich erwäge tatsächlich, einige dieser Leute aufzusuchen. Sie um einen Job zu bitten. Mit ihnen zu sprechen und genau zuzuhören. Versuchen, sie zu überreden, mich anzustellen. Bitte, Sir, kann ich etwas mehr bekommen?

«Bist du fertig?» Jan steht wieder neben mir.

«Ich habe noch gar nicht angefangen. Ich muß diese Karte ausfüllen.»

«Mach es hier drüben.» Jan geleitet mich zu einem freien Fleck an der Ecke von jemandes Schreibtisch. «Es ist fast zwei Uhr. Gehst du zur Wissenschaftstheorie?»

«Nichts anderes scheint in Frage zu kommen.»

«Dann eil dich. Joel wartet draußen. Wir gehen dann alle zusammen. Er weiß, wo es Jobs gibt, selbst diejenigen, die nicht aufgeführt sind.»

Ich beuge mich über die Karte. Name, Adresse, jetziger Arbeitsplatz. Ich schließe die Augen und sehe Logos mir voraus über den Sand rennen. Und dann mache ich mich dran, das Formular auszufüllen.

Am Schluß der Veranstaltung bleiben ebensoviel Leute auf ihren Plätzen und reden, wie aufstehen und sich denen anschließen, die zum Ausgang drängen.

Jan steht auf. «Zeit, Anne abzulösen.»

Ich sehe ihn an. Soll ich ihn fragen oder warten, bis er es mir selbst sagt? Betrug: ich will es wissen, und deshalb muß ich dafür bezahlen. «Hast du George schon gesehen?»

«Oh, ja, wir haben zusammen Mittag gegessen.» Er zögert. «Elizabeth ist bei ihm.»

Ich gebe einen Laut von mir, von dem ich meine, er könnte wie Lachen klingen. «Es hat sich also nicht viel geändert.» Auch ich nicht: ich versuche, Jan glauben zu machen, daß es mir gleichgültig sei.

«Wahrscheinlich ist er heute abend bei unserem Umtrunk. Ich hoffe, ich kann Anne mitbringen. Wirst du da sein?»

Ich nicke, und er ist weg.

Auf dem Weg durch das Menschengewühl informiert mich Joel über eine Reihe offener Stellen. Ich höre nur halb zu. Elizabeth ist hier. Wie soll ich George allein sehen?

«Alice!»

«Alex!» Wir geben uns die Hand. «Du nimmst Kalifornien mit, wo immer du auch hingehst.»

«Was ist gegen dieses Hemd einzuwenden?» Er zieht das Kinn an, um nach unten auf das wilde Muster zu sehen.

«Laß es dir von niemandem miesmachen. Ist Abe mit dir gekommen?»

«Ja, er ist hier irgendwo.» Er schaut sich um.

Finde ihn jetzt für mich.

Alex wendet sich mir wieder zu. «Ich habe einen Brief für dich von meiner Tochter. Ich bringe ihn heute abend zum Umtrunk mit. Du hast in Stephanie einen echten Fan.»

«Alex.» Ich möchte ihm sagen, daß seine Tochter nach jemandem sucht, der die Mutter ersetzt, an die sie nicht herankommen kann. Ich sehe ihn prüfend an. «Alex, ich habe gerade entdeckt, daß jeder von uns nur eine Chance bekommt, eine Mutter zu haben.»

«Was?» Er beugt sich verwirrt zu mir.

Nein, das ist nicht fair. Entweder sage ich alles, oder ich halte den Mund. «Es würde zu lange dauern, es zu erklären, Alex. Willst du mir einen Gefallen tun? Willst du Abe sagen, daß ich gern mit ihm sprechen möchte.»

«Worüber willst du mit mir sprechen?»

Abe steht vor mir, bärtig, lächelnd hinter der schwarzgefaßten Brille, die immer zu groß für sein Gesicht erscheint.

Ich strecke ihm beide Hände entgegen. «Ich kann dir nicht sagen, wie ich mich freue, dich zu sehen.» Ich möchte, daß er sich hinsetzt, hier, jetzt, möchte gleich mit ihm sprechen. In diesem Augenblick weiß ich, wie sehr ich mich danach gesehnt habe, mit jemandem zu sprechen, der zuzuhören versteht.

«Du siehst großartig aus, Alice, wie immer. Wirst du nicht älter wie wir anderen?»

«Nur innerlich. Abe, weißt du, daß ich immer noch daran denke, wie du die Seminare geleitet hast, bei denen ich hospitieren durfte, als ich in Los Angeles war? Das ist jetzt neun Jahre her.»

Er ist erfreut, aber er neckt mich. «Willst du damit sagen, du bist nur beruflich an mir interessiert?»

Zu einer anderen Zeit hätte ich vielleicht mit einer Neckerei geantwortet. «Hör mal, als ich dir zuhörte, habe ich gelernt, was Lehren sein kann. Du hast deinen Studenten nicht gesagt, was Denken ist, du hast es ihnen gezeigt.»

Er umarmt mich lachend. «Ich freue mich auch, dich zu sehen!» Er wendet sich an Alex. «Wir wollen sie heute abend zum Essen mitnehmen.» Alex nickt. «Wir holen dich hier ab, an dieser Stelle. Um halb sieben. Oder hast du dann was vor?»

«Nein. Aber Abe, ich möchte mit dir *reden*. Ich möchte, daß du mir so zuhörst, wie du deinen Studenten zuhörst. Ich denke über etwas nach, und ich möchte sicher sein, daß ich verstehe, was ich im Sinn habe.»

Er legt mir leicht die Hand auf den Arm. «Wir werden miteinander reden. Wenn zuviel Volk beim Essen ist, werden wir ein andermal Zeit finden.»

Er und Alex winken mir zu und ziehen zusammen los. Ich sehe ihm nach wie ein Kind, dem sein Bonbon weggenommen worden ist.

In den zwei Stunden vor dem Abendessen sehe ich mir die Jobs auf Hawaii genauer an. Der Vertreter der Universität spürt meine Ambivalenz, und wir beide bringen die Unterredung schnell zum Abschluß. Ich wandere durch den Zwischenstock, begierig auf menschlichen Gedankenaustausch. Ich will mir einen ausgiebigen Vorrat anlegen, ehe ich in meine Stille zurückkehre. Ich will mit Leuten lachen und reden und ihnen zuhören. Ein Mann von mittlerer Größe kommt vorbei.

«Henry!» Ich flitze um die Menschenknäuel herum und fasse ihn am Ärmel.

Er dreht sich um. «Kleine!» Er breitet die Arme aus. Wir umarmen uns lachend. «Bist du immer noch draußen auf dem Atlantik? Hm? Wir müssen dich zurückholen.» Er zieht an seiner Zigarette; er denkt an unseren Lunch letzten Monat in Cambridge.

«Zurück wozu?» Ich lächle, aber Henry weiß, was ich sage.

Er sieht mich scharf an. «Hast du noch nicht alles ausklamüsert, hm?»

«Fast, Henry. Hör mal. Laß uns zu einer Party gehen. Weißt du jemanden, der eine Party gibt?»

«Ich gebe eine Party. Eben jetzt.»

«Ist nicht wahr!»

«Doch. Ich bin gerade auf dem Weg, noch was zu trinken zu kaufen. Geh hinauf in mein Zimmer, da findest du ein Dutzend Leute, die meinen letzten Schnaps austrinken. Ich will dir was sagen. Du sollst meine Gastgeberin sein. Geh jetzt. Ich bin in zehn Minuten da.» Er sagt mir die Zimmernummer.

Es bedarf keines großen Zuredens. Mit dem Fahrstuhl hinauf, lange Korridore entlang, dann klopfe ich an einer Tür, mache sie auf und höre Gelächter, das Klirren von Eis in Gläsern und Unterhaltungen – all das habe ich so lange nicht gehört.

Ich habe keine Zeit mehr zum Umziehen vor der Verabredung mit Abe. Alex winkt ein Taxi heran und sagt dem Fahrer den Namen eines syrischen Restaurants im Village, dann gibt er mir einen Umschlag.

«Hier ist der Brief von Stephanie. Ich soll den Namen deines Hundes herausfinden. Und deine Adresse.»

«Oh, Alex, ich bin nicht sicher, wie lange ich dort sein werde. Sag ihr, ich schreibe ihr, wenn ich weiß, wo ich bleiben werde.»

Ich lese den Brief im schwachen Licht der Straßenlaternen, das in unser dahinrumpelndes Taxi fällt, dann nehme ich an dem Tratsch darüber teil, wer hier ist und wer nicht, wer mit wem hier ist, es aber nicht sollte, wer nicht mit wem hier ist, es aber sollte; wer zu welcher Universität geht und wo im Herbst eine Stelle frei sein wird.

Wir sind acht beim Abendessen. Die Unterhaltung ist lebhaft, oft stammt das Amüsante und Komische von Abe. Es gibt keine Gelegenheit, allein mit ihm zu sprechen, und ich versuche es auch gar nicht. Ich bin irgendwie in festlicher Stimmung, und Abe wird ebenso lange hier sein wie ich. Außerdem hat er gesagt, wir würden ein andermal Zeit finden.

Sie setzen mich in meinem Hotel ab. Ich möchte das Kleid ausziehen, das ich seit heute morgen anhatte. War ich heute morgen noch auf Nantucket? Ich wasche mir das Gesicht, schminke Augen und Mund, lege lange Ohrringe an und werfe mich in das schlichte Wollkleid, das mich vom Kinn bis zu den Knien einhüllt.

Ich habe die Hand auf der Türklinke. Ich bin für eine Party angezogen. Ich versetze mich in die Stille, fern von hier, in der ich gesessen und nachgedacht habe. Was tue ich? Ich werde George sehen. Gut. Solange ich das weiß. Aber George existiert nicht. In einer Beziehung stimmt das. Aber George pflegte zuzuhören, wenn ich sprach. Ich brauche ihn, damit er sich das anhört. Es sich anhört und die Fehler findet und mir Fragen stellt, an die ich noch nicht gedacht habe.

Und ist das alles, was du willst, Alice? Bist du sicher, daß es alles ist?

Ich stehe lange an der Tür, ehe ein Pfad durch das menschliche Dikkicht sichtbar wird. Der Lärm gellt mir in den Ohren, meine Augen sind vom Rauch gereizt, und ich kneife sie zusammen, während ich die dichtgedrängten Gesichter ringsum erforsche.

Da ist er. Nicht weit weg, aber viele Leute zwischen uns. Das Gedränge gewährt mir Zeit zum Nachdenken. Er duckt den Kopf, um jemandem zuzuhören, sein Gesicht ist halb von mir abgewandt. Er nickt, dann lacht er. Ich will warten, bis er mich sieht. Und dann? Keine Garantie, daß er dann zu mir kommt. Mir schnürt sich die Kehle zu. Ah, das ist mir vertraut. Wer könnte feststellen, daß ich einen Geliebten beobachte und nicht jemanden, den ich fürchte? Niemand, der nur auf meine körperliche Reaktion achtet.

Die Menge schiebt mich zu ihm hin. Hände, die brennende Zigaretten und Biergläser halten, stellen geringere Hindernisse dar als meine sich überschlagenden Gedanken. Was wird er sagen? Was wird er zu mir sagen? Angenommen, Elizabeth ist bei den Leuten, die um ihn herumstehen?

Die Menge wogt vor mir, und George blickt in meine Richtung. Er sieht mich einen Augenblick an, dann lächelt er. Ich winke. Er wendet sich ab.

Ich halte inne, so gut ich kann. Ist das seine Botschaft: «Komm nicht zu mir?» Aber er weiß nicht, was ich getan habe, ich muß es ihm sagen. Ich muß auch wissen, wie er ausschaut, da ich ihn jetzt sehen kann.

Ich erreiche ihn. «George», sagte ich, dann starre ich ihn an. Er hat den rechten Arm in der Schlinge, die Hand in Gips. «George, was ist denn passiert?» Wie jung er aussieht, aber wie angegriffen jetzt.

«Ich hatte einen Unfall.» Er zieht an einer Zigarette und stößt den Rauch rasch aus. «Wie geht es dir?»

«Ich nehme an, du hast es nicht absichtlich gemacht. Erzähl es mir.»

Er hat es schon so oft erzählt. «Ich fuhr allein in den Bergen. Die Straße machte eine Biegung nach rechts, aber ich nicht. Der Wagen wurde aus der Kurve getragen. Ich flog raus, landete auf meinem Arm und brach ihn. Eine Weile war ich bewußtlos, aber dann lag ich da stundenlang fast bis zum Morgen, als ein anderer Wagen vorbeikam und der Fahrer mich fand.» Unterbrochen durch viele Zigarettenzüge.

«Hast du jetzt Schmerzen?» Etwas ist merkwürdig an seinem ganzen Verhalten. Ich beobachte sein Gesicht und vermag es nicht zu benennen.

«Hauptsächlich ist es lästig. Es dauert so lange, irgend etwas zu tun. Ich kann mich jetzt fast selbst anziehen. Ab und zu ein stechender Schmerz. Aber offenbar heilt der Bruch gut, und der Gips soll abkommen, wenn ich nach Colorado zurückfahre.»

«Wie lange warst du im Krankenhaus?» Sein Mienenspiel fesselt mich.

«Zu lange.»

Er sieht zu mir herunter und befaßt sich jetzt mit mir. «Du siehst sehr gut aus, wie gewöhnlich. Was tust du gegenwärtig?»

In diesem Augenblick verstehe ich seinen Ausdruck. «George, du bist ärgerlich, weil ich nicht ins Krankenhaus gekommen bin, als du dort lagst.»

Er reißt die Augen auf, dann lacht er kurz. «Gescheites Mädchen.»

Ich habe noch mehr auf Lager. «Du wolltest mir nicht schreiben, um es mir zu sagen; du weißt, ich hatte keine Möglichkeit, es zu erfahren; aber du findest, ich hätte dennoch hinkommen sollen.» Ich bin ganz sicher.

Er lächelt, aber er ist auf der Hut. «Woher weißt du das?»

Ich denke einen Augenblick nach. «Dein Verhalten, dein Ton deuteten an, daß ich an etwas schuld sei. Und das ist das einzige, was du meine Schuld nennen kannst.» Ich bin ebenso verblüfft wie er. «Und außerdem wußten wir immer, was der andere dachte.» Nein, das stimmt nicht: es gab Elizabeth.

Er lächelt, sieht mir aber nicht in die Augen. «Ich werde mir einen Platz zum Hinsetzen suchen.» Er dreht sich um, den Stühlen zu, die wahrscheinlich hinter all den stehenden Menschen an der Wand aufgereiht sind. Ich sehe seinen Rücken.

Ich kann ihm nicht einfach nachgehen. Ja, ich weiß, wie müde er aussieht, aber ich bin auch hier. Ich gehe in eine andere Richtung. Der menschliche Schwarm hat seinen eigenen Willen, und sogar ohne mein Zutun wird mir ein Pfad gebahnt.

George hat also dasselbe stumme Gespräch mit mir geführt, als er in seinem Krankenhausbett lag, das ich bei meinen Spaziergängen am Strand von Nantucket mit ihm führte. Vor zwei Jahren habe ich ihm etwas bedeutet. Ich muß ihm auch jetzt etwas bedeuten. Aber dann muß er es sagen. Die Frage ist: Wird er es rechtzeitig sagen?

«Alice!»

Ich schüttele dem Mann die Hand, der mir den ersten Lehrauftrag in Philosophie gab. «Ist es Ihnen gut ergangen, Professor Burch?» frage ich. Sein gerötetes Gesicht sieht krank und gealtert aus. Vor fünf Jahren war sein Haar nicht so weiß. Fünf Jahre. Das Frühjahr, ehe ich das Stipendium für Frankreich erhielt.

«Wissen Sie, daß Sie am Tufts nie vergessen werden!» Ihm macht es sichtlich Freude, das zu sagen.

«Ich bin nicht sicher, was Sie meinen.» Ich denke an den Tag, an dem ich in meine Ethik-Stunde kam, bereit, meinen Schülern zu zeigen, wie man eine wohlbegründete philosophische Abhandlung liest. Seitlich und hinten im Raum standen lauter Erwachsene, und ich beschloß auf der Stelle, wer immer sie waren, sie würden auch zuhören müssen. Am Ende der Stunde erfuhr ich, daß es Eltern waren, die den jährlichen Besuchstag wahrnahmen. Und ich unterwarf sie den logischen Schwierigkeiten, auf die Augustinus stieß, als er die Allwissenheit Gottes und den freien menschlichen Willen gleichzeitig verteidigte. Ob man sich daran erinnerte?

«Nun, die Kuratoren haben beschlossen, den Lehrbeauftragten eine Gehaltserhöhung zu bewilligen.»

«Das wußte ich nicht!» Im Lärm des Raums geht mein Lachen unter, nur ich höre es.

Henry kommt hinter Mr. Burch heran und legt ihm einen Arm auf die Schulter. «Was hat sie Tufts angetan, George? Wird es je wieder wie früher sein?» Er zieht die Augenbrauen hoch und läßt sie rasch wieder sinken, um seinen Scherz hervorzuheben.

Mr. Burch dreht sich zu Henry um. «Ja, sie hat einen Brief an das Kuratorium geschrieben und darauf hingewiesen, daß die Lehrbeauftragten schändlich unterbezahlt seien. Als Beweis führte sie die Tatsache an, daß sie acht Jahre studiert habe, aber als Lehrbeauftragte nur etwa das Vierfache von dem verdiene, was sie bei ihrem ersten Job verdiente. Als sie Spielzeug verkaufte, glaube ich.»

«Wie kommt es, daß Sie all diese Einzelheiten noch wissen, Mr. Burch?»

«Das war der Ausgangspunkt für die Gehaltserhöhung. Alle Lehrbeauftragten an der Universität kennen diese Geschichte, nicht bloß diejenigen in der Philosophischen Fakultät.»

Jemand kam heran, um mit ihm zu reden, und von der Seite veranlaßte jemand Henry, sich umzudrehen. Für einen Augenblick gab es leeren Raum um mich. Denk doch mal. Vor fünf Jahren war etwas, das ich tat, wirkungsvoll. Was habe ich noch getan, wovon ich nichts weiß?

Ich geselle mich zu Jan und Anne an einem Tisch. «Jan, du hast mir nicht erzählt, daß George sich den Arm gebrochen hat.»

«Nein? Vermutlich nahm ich an, daß alle es wissen.»

Anne lächelt. «Du kennst Jan. Ich höre nie Neuigkeiten von ihm. Sie sind immer alt, wenn andere Leute vorbeikommen und sie mir erzählen. Er hört sie und vergißt sie im selben Augenblick. Zum Beispiel hat er mir nie erzählt, was du tust, Alice.»

«Anne, ich habe es ihm auch nicht gesagt. Ich tue gar nichts. Was die Philosophie betrifft, meine ich. Ich bin auf Nantucket. Ich habe für einige Zeit ein Haus gemietet und versuche über manches nachzudenken. Ich bin seit November da!»

Anne stößt einen kleinen Schrei aus. «Auf Nantucket im Winter? Da gibt es doch nichts zu tun!»

Die Spaziergänge am Meer, morgens und nachmittags. Sonnenuntergang, Sonnenaufgang, Mondaufgang. Die Gezeiten. Wie gut die Luft riecht. Die Stille. Wie plötzlich Nebel aufkommt und dann aufsteigt und strahlenden Sonnenschein zurückläßt. «Ja, es stimmt. Es gibt nichts zu tun.»

«Annes Tante hat da ein Haus», bemerkt Jan. «Sag Alice, wo es ist!»

«Jan, sie ist im Winter nicht da. Niemand ist in dieser Jahreszeit da. Wer sind die Leute, mit denen du redest?»

Reden. Ja, Anne erinnert sich daran, wie zwanghaft ich redete. Es sei meine Tragödie, sagte sie. «Alice, wenn du nicht so dringend andere Leute brauchtest, könntest du mit deiner Arbeit vorankommen. Und das wäre gut, für dich und die Philosophie.» War das erst voriges Jahr?

«Nun ja, ich sehe den Postmeister einmal am Tag, wenn ich meine Briefe abhole.» Ich lächle und hake die Leute ab. «Ab und zu sehe ich den Mann im Tierschutzverein, wenn meinem Welpen etwas fehlt.»

«Seit wann hast du denn einen Hund?»

«Seit ich nach Nantucket ging. Zu meinem Schutz. Da stellte sich dann heraus, daß niemand da war, vor dem ich beschützt werden mußte. Einmal in der Woche fahre ich in die Stadt zum Einkaufen. Ich gehe zu A & P, in das Eisenwarengeschäft, die Drogerie, die Weinhandlung und die Leihbibliothek. Abgesehen davon bekomme ich tagelang keinen Menschen zu Gesicht, geschweige denn, daß ich mit welchen rede.»

Anne sieht mich ungläubig an. «Wie lange willst du da bleiben?»

Ich zucke die Schultern. Vielleicht werde ich in einer Woche nirgends sein.

Jetzt hört auch Jan zu. «Aber was *tust* du da? Machst du deine Dissertation druckfertig?»

Ich lache. «Nein, bestimmt nicht. Wer würde die lesen wollen? Jan, ich versuche zu verstehen, was ich mit meinem Leben angefangen habe.» Ich sehe ihn an. Kann ich es ihm jetzt sagen?

«He, Alice!» Ein Mann beugt sich über den Tisch zu mir.

«Hallo, Rufus.» Bloß jemanden von Mitre wiederzusehen ist wie ein Schlag in den Magen.

«Arbeitest du noch in New York?»

«Nein.» Er scheint nicht zu merken, daß ich nicht mit ihm reden will.

«Na, ich freue mich wirklich, dich hier zu sehen. Du solltest etwas in Philosophie tun. Ich bin selbst auf der Suche nach einem Lehrauftrag. Es scheint dies Jahr eine Menge offene Stellen zu geben.»

Er ist zu nett. Was will er von mir? «Das habe ich gehört.»

«Hör mal, Alice. Ich hatte keine Gelegenheit, es dir vor deinem Ausscheiden zu sagen, aber es hat mir sehr leid getan, daß du gehen mußtest.»

Ich sehe ihn scharf an. «Natürlich wurde ich unter dem Schatten eines Verdachts entlassen.»

«Nur wenn du das glaubst. Alle wissen, warum Hal dich gefeuert hat, und alle finden, daß das ausgesprochen gemein von ihm war. Ein Jammer, daß er Macht in der Firma hatte und du nicht.»

Ich bin überrascht. «Wie ist meine Version der Geschichte bekanntgeworden?»

Er lächelt, und ich kann nicht übersehen, daß er wirklich bloß freundlich ist. «Ja, du hast ein paar gute Freunde dort zurückgelassen. Und alle wissen, daß Hal nicht diese Art Autorität haben dürfte. Wir alle versuchen bei der Arbeit, ihm aus dem Weg zu gehen, um ihm nicht in die Quere zu kommen.»

«Ich bin froh, die ganze Geschichte zu vergessen. Viel Glück bei deiner Suche.» Ich sage ihm lächelnd Lebewohl.

Ich wende mich wieder zu Jan und Anne um. Jemand, der mit ihnen spricht, findet ihre volle Aufmerksamkeit. Ich fülle mein Glas wieder und nehme es mit. Ich gehe in jede Richtung, die ein Vorwärtskommen ermöglicht. Seltsam, zu erfahren, daß manche Leute schon immer wußten, wie Hal seine Autorität mißbraucht hat. Was werde ich noch entdecken, wenn ich sage, was ich meine?

Ich gehe unter Menschen umher, die seit elf Jahren meinen Lebensweg gekreuzt haben. Ich gelange von einer Gruppe zur anderen; manchmal bildet sich eine Gruppe um mich. Der Abend ist schon halb vorbei, und ich habe noch nicht mit George gesprochen. Wie kann ich das deichseln? Nein, das ist meine alte Methode. Ich muß selbst zu ihm gehen und es ihm sagen.

Ich suche mir einen Weg zwischen anderen Gruppen zu dem Platz, wo er steht und höflich zuhört, aber nicht redet. Er sieht mich nicht kommen. Ich berühre den Ärmel seines gesunden Armes. «George, komm und trink ein Bier mit mir.»

Er sieht auf die Armbanduhr, und sofort stelle ich mir vor, daß Elizabeth irgendwo auf ihn wartet.

«Gern.» Er lächelt. Höflich, zurückhaltend. Ich schüttele den Gedanken ab.

Wir finden einen Tisch in der Nähe, aber weder Bier noch unbenutzte Gläser stehen darauf.

«Bleib hier. Ich hole einen Krug Bier.» Er will aufstehen, aber ich bin schneller.

«Nein, du hast nur einen gesunden Arm. Ich werde ihn holen.»

Er ist schon aufgestanden. «Mein gesunder Arm ist mein Trage-Arm.» Er ist weg.

Meine Gedanken durchfliegen alle Möglichkeiten, die es gibt, um mit dem anzufangen, was ich sagen will. Ich will, daß er mit mir nach Nantucket kommt. Wie kann ich es sagen, daß es ihm als eine gute Idee erscheint?

Henry setzt sich neben mich und legt mir die Hand auf die Schulter. «Kleine, du bist das beliebteste Mädchen hier.»

«Kannst du dir jemanden vorstellen, der es mehr verdient?» Mir gelingt ein Lächeln. Wie kann ich jetzt mit George reden?

«Bei Gott, wenn du es so ausdrückst!» Er lacht. Ich sehe ihn deutlich vor mir, wie er in den Jahren meiner Graduiertenausbildung war: der einzige Lehrer, der versuchte, mir durch alle Stadien bis zur Promotion hindurchzuhelfen, der einzige, der Jobs für mich fand, der einzige, der mir einen Anhaltspunkt gab, wie ich meine Dissertation schreiben sollte. Ein Freund, nach allen Maßstäben. Unberechenbar, ja, aber er war an meinem Ergehen interessiert.

«Henry, du weißt, daß du sehr unzuverlässig bist. Aber wenn du es dir in den Kopf setzt, etwas für jemanden zu tun, dann tust du es wirklich. Was auch immer.»

Er feixt. «Das tue ich, nicht wahr?

George setzt den Krug auf den Tisch und zieht sich einen Stuhl neben meinem heran. Henry beugt sich vor und neckt George mit seinem Gips. Ich schiebe meinen Stuhl ein wenig zurück, damit die beiden sich leichter unterhalten können. Henry beginnt eine Geschichte, wobei er wie üblich einige unserer Fakultätsmitglieder unfehlbar nachahmt. Ich fange an zu lachen, George auch, und das wiederum befeuert Henry. Er schmückt die Geschichte aus, bis wir bei jedem Satz unbändig und hellauf lachen, doch weder hört Henry auf, noch können wir es.

Unversehens steht Stan neben Henry. «Ihr habt den meisten Spaß von allen hier im Raum.» Er lächelt. «Wie geht's, Henry?» Sie schütteln sich die Hand. Er beugt sich zu mir. «Alice, du siehst wunderbar aus. Welche Farbe hat dein Kleid eigentlich? Ein Ärmel rot, einer orange?»

Ich stehe auf und beschreibe einen vollen Kreis, um ihm das Kleid vorzuführen. «Hauptsächlich Rot, etwas Orange, ein bißchen Grün.» Ich lächle ihm zu, und er mir. Ich empfinde dieselben Gefühle für ihn wie immer. Sie nehmen nie ab: sie sind immer auf der Höhe. Zehn Jahre.

Henry bietet Stan ein Bier an. «Nein, danke, ich kann nur eine Minute bleiben.» Er setzt sich auf Henrys andere Seite.

Und jetzt sind wir vier.

Henry stellt Stan und George einander vor. Sie geben sich über den Tisch hinweg die Hand und murmeln, sie hätten schon voneinander gehört. Einen Augenblick schweigen wir alle, und dann fängt Henry wieder an zu reden.

Warum ist Henry hier? Ich will mit Stan reden. Mit George, meine ich.

Etwas beginnt in mir zu wirbeln, und ich springe vom Stuhl auf.

Drei erstaunte Gesichter sehen zu mir auf. Ich möchte etwas sagen, aber in diesem Augenblick weiß ich nicht, was es ist. «Entschuldigt mich», kommt heraus. Das ermöglicht mir, in der Menge zu verschwinden. Aber warum gehe ich weg? Dort sind drei, die ich kenne, zwei, die ich liebe. Deshalb muß ich weggehen. Jedem der beiden gehört die Hälfte von mir. Entzweigerissen, gemeinsam besessen: Oh, laßt mich weggehen.

Ich schiebe mich an Leuten vorbei, atemlos durch den plötzlichen Entschluß und meine Flucht. Der Zwischenstock ist fast leer. Wohin gehe ich? Ich sehe mich nach Treppen, Fahrstühlen, Korridoren um. Wohin? Ich will keinen sehen. Sehen will ich:

Mich.

Ich renne zur Damentoilette und baue mich vor dem wandhohen

Spiegel im hinteren Teil des Raumes auf. Ich betrachte mein Gesicht. Sehe ich so aus? Ich starre mein Spiegelbild sehr lange an. Ich bin doch eine ganze Person. Jetzt kann ich unbesorgt wieder zum Tisch zurückgehen.

Die Männer stehen auf, als ich komme. «Hast du die Katze herausgelassen?» fragt Henry, zieht die Augenbrauen hoch und senkt sie wieder. Mir wird sein Scherz nicht klar. George hilft mir aus. «Du kannst nur die Katze herausgelassen haben, während du weg warst.»

Ja, ich war geflohen.

Sie nehmen ihr Gespräch wieder auf. Ich lehne mich auf meinem Stuhl zurück und betrachte sie einen nach dem anderen. Stanley. Henry. George. Ich kenne sie alle. Der Standpunkt, von dem aus ich sie jetzt betrachte, ist sehr stabil, sehr gefestigt. Nach einer Weile beteilige ich mich an ihrer Unterhaltung.

Ich ziehe mich aus, um ins Bett zu gehen. Kein Welpe schleppt meinen Schuh in ein anderes Zimmer, besteht darauf, noch einmal hinauszugehen, ehe wir uns zur Ruhe begeben, kriecht unter mein Bett, zieht mit seinem regelmäßigen Atmen unter meiner Matratze eine Schau für mich ab. Im Zimmer sind leere Räume, die nur er füllen kann.

Ich schlüpfe unter die Decken. Eine Wohltat, wieder allein zu sein. Die vielen Menschen seit heute morgen ziehen vor meinem geistigen Auge vorüber. Ich denke an die Erfolgreichen, die an bedeutenden Universitäten fest angestellt sind, Bücher und Artikel schreiben und gut besuchte Vorlesungen halten. Andere, ich zum Beispiel, bevölkern die Randgebiete. Zwar sind wir qualifiziert, weil wir den akademischen Grad besitzen, doch erhalten wir nie die Unterstützung derjenigen, die die Macht haben, uns zu den begehrenswerten Jobs zu verhelfen. Diese Gesichter stehen mir aus irgendeinem Grund länger vor Augen. Sie sehen so aus, wie mir zumute ist: verwirrt, verletzt, gefaßt auf Kränkungen, bereit, sich zu wehren.

Plötzlich setze ich mich im Bett auf. Wenn ich das bei ihnen sehe, müssen es andere auch bei mir gesehen haben. All die Jahre, in denen ich mich verstellt habe und die Leute glauben machen wollte, ich sei alles mögliche, nur nicht das, was ich war: ich habe sie nicht täuschen können! Der ganze Zweck der Verstellung war, sie zu täuschen. Aber ich war die Hereingefallene, weil ich glaubte, die anderen getäuscht zu haben. Wieviel Arbeit, wieviel Zeit habe ich vergeudet, während andere Menschen sich die ganze Zeit darüber klargewesen sein müssen, daß ich sie zu täuschen versuchte.

Unwillkürlich erschauere ich. Unweigerlich müssen sie erkannt haben, was ich tat.

Wie wirkt sich das auf das aus, was ich hier tue? Gar nicht. Es ist für mich nur ein weiterer Grund zu sagen, was ich sagen möchte, oder nichts zu sagen, wenn es mir nicht lohnend erscheint. Nein, kein Grund: eine Mahnung, daß mir keine andere Möglichkeit bleibt, als die Welt so zu sehen, wie sie mir erscheint. Wenn ich weiterlebe.

Ich nehme meine Schlafstellung ein, aber etwas hindert mich am Einschlafen. Was ist nicht in Ordnung? Ich habe die Tür zugeschlossen; ich habe Bescheid gesagt, daß ich morgen früh geweckt werden möchte. Ach ja. Gute Nacht, süßes Hündchen.

23

Die Besprechungen am Vormittag mit Dekanen philosophischer Fakultäten werden von beiden Seiten ohne Begeisterung geführt. Meine Qualifikationen sind fragwürdig. Von den fünf Semestern seit meiner Promotion habe ich nur während einem unterrichtet; ich habe keine Artikel geschrieben; meine Dissertation ist nicht veröffentlicht; und abgesehen von Henry wird mir keiner der Professoren, bei denen ich studiert habe, überzeugende Empfehlungen geben. Ein Wettlauf begann vor langer Zeit, und da ich nicht merkte, daß es ein Wettlauf war, bin ich nicht energisch genug gerannt; doch jetzt werden die Ergebnisse bekanntgegeben, und ich kann nur hilflos dabeistehen, denn wenn ich «Foul!» rufe, würde ich bloß verkünden, daß ich das Foul selbst begangen habe.

Ich wandere durch die Halle. Die Unterredungen waren bedrükkend. Wie kann ich den Anstrich loswerden, den sie mir verliehen haben? Dabei war es meine Schuld. Ich habe dagesessen und auf die erwartete Weise das Erwartete gesagt. Habe ich auf Nantucket überhaupt nichts gelernt, das ich jetzt anwenden kann? Bleibt mir nichts anderes übrig, als das Spiel nach ihren Regeln zu spielen oder es überhaupt nicht zu spielen? Muß ich, wenn ich einen Lehrauftrag für Philosophie haben will, gute Referenzen beibringen und eine ansehnliche Zahl von Publikationen sowie eine lückenlose Lehrtätigkeit nachweisen? Oder mir andernfalls den Gedanken an einen Lehrauftrag aus dem Kopf schlagen?

Der Teufel soll sie holen: sie bringen mich dazu, daß ich mich rechtfertige. Das ist es. Ich bin bedrückt, weil ich das Gefühl habe, mich rechtfertigen zu müssen, und dieses Gefühl habe ich, weil ich versuche, ihre Spielregeln zu befolgen, und es nicht kann. Sie wollen nicht jemanden haben, der Philosophie lehren kann: sie wollen jemanden, der ihren Bedingungen entspricht. Aber es gibt Lehrer, und es gibt Bedingungen-Erfüller. Ich weiß, wie man Kontakt zu Studenten herstellt, wie man sie dazu bringt, über ihre Anliegen zu sprechen, wie man die Philosophie in ihr Leben einführt, damit sie unbegründete Überzeugungen ausmerzt und zu einem Instrument wird, um die Angemessenheit von Überzeugungen, die sie bisher noch nicht untersucht haben, zu erforschen und zu vergleichen. Man stelle sich vor, man würde das in einem Bewerbungsschreiben darlegen. Man höre sich an, wie das für einen nüchternen Bürokraten klingt, der einem Universitätspräsidenten gegenüber für die Fakultätsmitglieder verantwortlich ist, die er anstellt.

Wäre ich brennend daran interessiert, Philosophie zu lehren, dann hätte ich vielleicht heute vormittag jemandem all das gesagt. Aber ich bin weder an Philosophie noch an sonst etwas brennend interessiert. Und das muß offenkundig sein, denn ich weiß jetzt, wie erkennbar meine Motive sind. Ich bin hier und rede bloß deshalb über Jobs, um vorsorglich einen zu ergattern. Für den Fall, daß ich am Leben bleibe, dann brauche ich nämlich einen Job.

Plötzlich sehe ich Logos vor mir, wie er seit gestern morgen in einem Käfig aus kräftigem Draht sitzt und bestürzt ist, weil er nicht weiß, wo ich bin. Ich bleibe mit einemmal stehen, dann gehe ich die Treppe hinunter zur Drehtür und nach draußen. Ich muß frische Luft haben, und wenn es New Yorker Luft ist.

Ich komme wieder durch die Drehtür herein und stoße am Fuß der Treppe fast mit dem ersten eines halben Dutzends von Männern zusammen, die herunterkommen.

«Hallo, Professor Quine.» Ich kann ihn sogar begrüßen. Der imposante Mann im Mittelpunkt der Gruppe hält an, und die anderen bleiben direkt hinter ihm stehen. Ich begrüße jeden von ihnen. Ich kenne sie alle.

«Alice. Wir haben eine Weile gar keine Nachrichten von Ihnen gehabt. Ich glaube, Donald erwähnte, er habe von Ihnen gehört.» Er lächelt. Herzlich, für seine Verhältnisse.

Durch ihn habe ich gelernt, was intellektuelle Eleganz ist. «Ja, ich habe ihm geschrieben. Ich hoffe, es ist Ihnen gut gegangen.»

«Sehr gut. Wo haben Sie unterrichtet?»

O nein. Nicht, wenn diese anderen zuhören. «Voriges Jahr war ich in Kalifornien.»

Er lächelt ermutigend. «Und wo sind Sie jetzt?» Er lauscht.

Ich sehe die Männer an, die ihn fast wie eine Leibwache umgeben. Eine gewisse Ungeduld zeigt sich auf ihren Gesichtern. Sie lauschen.

Ich lausche auch, aber auf etwas Uraltes und Schweres, das mich mitzuziehen versucht. Ich sehe ihn an und lächle. «Ich wohne in einem Haus auf Nantucket und lese und schreibe. Um verschiedene Dinge zu klären.»

Er nickt. «Ich wußte nicht, daß dort im Winter Leute wohnen.»

«An meinem Ende der Insel sind nicht sehr viele Menschen. Manchmal vergehen drei oder vier Tage, ohne daß ich mit jemandem außer dem Postmeister gesprochen habe, wenn ich meine Post abhole.»

«Was für eine Vergeudung.»

Wovon? «Meine Worte sind nicht so wichtig, daß jemand sie hören muß.»

Einer der Männer mischt sich ein. «Alice, würden Sie gern mit uns Mittag essen?»

Da verstehe ich ihre Ungeduld. Es ist ihnen gelungen, Quine zum Mittagessen zu kapern, und ich, die ich ohne jede Bedeutung bin, behindere ihren Plan. Die Einladung ist bloß eine leere Geste. «Vielen Dank, aber ich bin verabredet.»

Die anderen beginnen wieder, die Treppe hinunterzusteigen, mich umgehend, aber Quine streckt mir die Hand hin. «Viel Glück, Alice.» Ich danke ihm.

Er geht seines Weges. Ich sehe ihm einen Augenblick nach, dann steige ich eben diese Treppe hinauf, auf der ich zum erstenmal in meinem Leben einer Autoritätsperson gegenüber die Wahrheit gesagt habe.

Ich schleiche mich spät in die Zwei-Uhr-Sitzung, bleibe hinten im Raum stehen und lasse meinen Blick über die Reihen schweifen, um einen freien Platz zu finden. Keiner. Ich lehne mich an die Wand, wie andere auch, und höre zu. Ein Satz, ein Absatz. Meine Gedanken rebellieren gegen den Redner. Ich zwinge mich zum Zuhören. Aber das bedeutet, daß es mich langweilt. Ich beiße mir auf die Lippen, um das Kichern zu ersticken. Zur Tür hinaus, dann renne ich fast durch die Halle. Die einzigen Dinge, die ich tun *muß*, sind notwendige Schritte zu dem, was ich tun *will* oder zu tun *beschließe*. Ein Vortrag, der mich langweilt, *kann* nicht etwas sein, das ich hören muß. Nicht jetzt. Niemals.

Ich bin draußen auf dem Bürgersteig gegenüber von Macy's. Zehn Dollar in meiner Tasche für die Mahlzeiten zweier Tage erlauben mir keine großen Sprünge. Aber es kostet ja nichts, durch das Kaufhaus mit all seinem Überfluß zu wandern. Was kann ich kaufen?

Ein hohes, breites Regal mit Gewürzgläsern erregt meine Aufmerksamkeit. Ich nehme ein Glas mit Dillspitzen heraus. Für George.

«Neunundsechzig Cents plus Steuer. Zweiundsiebzig Cents, bitte.»

Mit zweiundsiebzig Cents werde ich mir sein Lächeln erkaufen. Er wird das Etikett lesen und wissen, daß ich mich an seine Leidenschaft für mit Dill eingelegte Tomaten erinnere. Nicht grüne Tomaten, durch einen mechanischen Herstellungsprozeß in Büchsen konserviert, sondern reife Tomaten, von seiner Mutter eigenhändig eingemacht.

«Reife?» habe ich ihn einmal gefragt. «Du meinst richtig rote?»

«Ja, rote. Welche andere Farbe haben reife Tomaten?»

«Aber George, die werden zu weich in dem Sud.»

«Das zeigt, daß du nichts davon verstehst.»

«Ich gebe zu, daß ich vom Einmachen keine Ahnung habe.» Aber es war eine Herausforderung. Ich rief die Frau eines ukrainischen Geistlichen an, um ein Rezept zu erhalten, das dem von seiner Mutter verwandten möglichst nahe kam. Aber das Englisch der Frau war abscheulich, und obwohl ich jede Zutat wiederholte, die sie genannt hatte, schien etwas verkehrt zu sein, als ich ihre Anweisungen überlas, und ich gab den ganzen Plan auf.

Ich komme ins Hotel zurück, ganz erfüllt von meinem Scherz. Gruppen von Leuten unterhalten sich stehend in der oberen Halle. Georges Größe und die Armschlinge machen ihn kenntlich.

«Ich habe ein Geschenk für dich.» Ich versuche mein Lachen zurückzuhalten.

«Für mich?» Er nimmt die kleine braune Tüte, zieht das Glas heraus und liest laut das Etikett. Ich warte voll verhaltener Fröhlichkeit.

«Es sollte Paprika drin sein», sagt er.

«Was?» Mein schöner Plan ist schiefgegangen.

«Paprika, um mich würziger zu machen.» Er lächelt wehmütig. «Du hast mir immer noch nicht gesagt, was du tust.»

«Das möchte ich. Können wir irgendwo hingehen und einen Schluck trinken?»

Er sieht auf die Uhr. «Tut mir leid. Ich habe keine Zeit. Erzähl es mir hier.»

Ich sehe ihm ins Gesicht. «Ich weiß, Elizabeth ist bei dir. Ich will dich ihr nicht abspenstig machen. Aber, George, ich verstehe jetzt so manches, was ich früher nicht verstand. Ich möchte dir davon berichten.»

«Na, das ist ja wunderbar.»

Wie ist es dazu gekommen? Ich flehe ihn an. Meine Gelassenheit fällt von mir ab, und mein Ton wird scharf. «Willst du nicht mit mir reden?»

Etwas huscht über sein Gesicht. «Kurz.»

Ich starre ihn an. Ich spüre, daß ich rot werde. «Leb wohl, George.» Ich wende mich ab. Unerklärlicherweise drehe ich mich noch einmal um. «Das ist wirklich der Abschied.»

Ich gehe so schnell ich kann. Ich bleibe stehen, um mit zwei Männern zu plaudern, die ich kenne; wir lachen; wir sprechen über die Tagung. George steht immer noch da, wo ich ihn verlassen habe. Der Teufel soll ihn holen. Geschieht ihm recht. Ich unterhalte mich weiter, als George beginnt, durch den Raum zu gehen und unterwegs von Leuten angehalten wird.

Ein Mann erzählt mir von der freien Stelle in seiner Abteilung. «Senden Sie mir Ihr *Curriculum vitae*. Und Ihre Referenzen. Wir werden es nicht vor März entscheiden. Aber wenn Sie bis dahin warten können, finden Sie uns sicher sehr ...» Er beschreibt die Vorzüge seines Colleges. Mit der wenigen Aufmerksamkeit, die mir jetzt zu Gebote steht, höre ich zu. Sehe mich aber um. George ist weg.

Es ist vorbei. Ganz und gar vorbei.

«Ja, Peter. Ich schreibe Ihnen nächste Woche. Ich würde gern schon früher als März Bescheid wissen, aber ich verstehe es natürlich.»

Wir geben uns die Hand. Ich ziehe meinen Mantel an und laufe den langen, kalten Block entlang bis zu meinem Hotel.

Ich lege mich aufs Bett. Der zweite Abend in New York, und immer noch kein Gespräch mit Abe. Auch kein Gespräch mit George.

Oder irgend etwas anderes mit George. Er war wahrhaftig wie gehabt: unhöflich, mißtrauisch, überließ mir die Initiative.

Ich setze mich auf und lehne mich ans Kissen. Aber wenn ich die Initiative ergreifen mußte, dann hätte ich sie überhaupt nicht ergreifen sollen. Ich brannte darauf, George von Nantucket zu erzählen, und so entging es mir, daß er nicht darauf brannte, es zu hören. Von Nantucket oder irgend was anderem. Es ist wirklich ganz einfach: George liegt nichts an mir. Ob ihm an jemand anderem liegt, kann nicht meine Angelegenheit sein, kann meine Gedanken nie wieder beschäftigen.

Warum erkenne ich so etwas nicht, während es geschieht? Ich fange einige Hinweise auf, aber irgendwie erreichen sie mich nicht rechtzeitig. Sie sind außer Reichweite, nur am Rand meiner Wahrnehmung. Ein Verzögerungsfaktor interveniert, ehe mir die Hinweise auf das, was vorgeht, bewußt werden. Ich nehme an, das ist ein Fortschritt. Bisher wurden sie mir eigentlich niemals ganz bewußt. Wie lerne ich, diese Verzögerung einzukalkulieren? Ist das etwas, das man lernen kann? Was immer emotionale Wahrnehmung ist, bestimmt kein unmittelbar gegebener Bewußtseinsinhalt. Jedenfalls nicht bei mir.

Abe ist in der oberen Halle nicht zu sehen. Auch nicht im Zwischenstock. Die wenigen Leute, die wissen könnten, wo er ist, haben ihn seit Mittag nicht gesehen. Ich rufe in seinem Zimmer an. Nicht da. Ich will noch an einem letzten Ort hineinschauen. Ein Mann hält mich an der Tür zurück. Die Teilnahme an der Cocktailparty und an dem anschließenden Bankett kostet 7 Dollar 50.

«Ich suche nur einen Freund.» Der Mann läßt mich durch. Leute sitzen behaglich an den runden Bankettischen. Ich überfliege den Raum. Er ist nicht da. Ich flüchte mich in die Halle und stoße direkt auf Abe. «Ich habe dich schon den ganzen Tag gesucht!» jubele ich fast.

«Dann komm mit, laß uns etwas trinken. Wir gehen alle in die Bar und nachher irgendwohin zum Abendessen. Komm mit.» Er hakt mich unter, und ich gehöre nun zu seiner kleinen Gruppe. Der Abend nimmt eine Wendung zum Besseren. Die Bruchstücke der letzten Stunde fallen ab, und jetzt zieht sich die Zeit im Brennpunkt zusammen. Ich werde mit Abe reden. Jetzt endlich kann ich mit Abe reden.

Als ich fertig bin, seufzt Abe und schüttelt betrübt den Kopf. «Die Menschen sind wie kleine Kinder. Sie weinen, wenn ihnen jemand ihren Bonbon wegnimmt.»

Ich bin verblüfft. «Was hat das mit dem zu tun, was ich gesagt habe?»

«Nun ja, du bist nicht mehr so jung, wie du warst, und du hast keinen guten Job. Und du bist darüber unglücklich.»

«Abe! Wie kannst du das aus dem herausdestillieren, was ich dir erzählt habe? Ich weine nicht über irgend etwas. Ich finde einfach, daß all die Jahre, die ich bisher gelebt habe, verschwendet waren. Weil ich mich wie eine Fünfjährige verhalten habe, die von ihrer Mutter in den Arm genommen werden möchte.»

«Das ist es, was ich meine: weinen, wenn der Bonbon weggenommen wird.»

«Aber Abe, ich weine nicht darüber. Ich fordere dich nicht einmal auf zu bewerten, was schon geschehen ist. Ich weiß, das ist alles ein totaler Verlust. Ich frage dich nur, was für Gründe Menschen haben, um weiterzuleben. Mir scheint, es gibt nur zwei. Entweder hat man einen Menschen, der einem sehr nahesteht, so daß jeder der beiden dem anderen mehr bedeutet als irgendein Dritter. Oder man hat eine Arbeit, die einen fesselt und bei der man seine Begabung und Ausbildung nutzbringend anwenden kann. Am besten ist natürlich beides.»

«Natürlich sind das Extreme.»

«Ich spreche von extremen Dingen. Und ich halte Ausschau nach anderen Gründen außer diesen. Wenn du einen dritten Grund weißt, oder einen vierten oder zehnten, dann sage es mir. Ich bitte dich nicht, mir bei der Beurteilung der Vergangenheit behilflich zu sein oder bei der Entscheidung, was von jetzt an zu tun ist. Ich bitte dich nur, mir zu sagen, welche Möglichkeiten es gibt, falls sie mir entgangen sind. Vielleicht weißt du etwas, das ich nicht weiß. Vielleicht ist noch etwas anderes zu erwägen, etwas anderes, auf das zu warten sich lohnt. Mir sieht es nicht so aus, als ob es das gäbe. Das macht den Entschluß einfach.» Ich lächle. «In einer Beziehung.»

Die anderen Leute an unserem Tisch stehen auf und ziehen ihre Mäntel an. Ich stehe auch auf. «Abe, es tut mir leid. Ich habe deine ganze Zeit in Anspruch genommen. Du hattest keine Gelegenheit, mit deinen Freunden zu reden.»

Er hilft mir in meinen Mantel. «Sie scheinen ohne mich sehr gut zurechtgekommen zu sein. Außerdem brauchtest du mich mehr als sie.»

Ich lächle ihm zu. «Das stimmt.» Wir sind die letzten, die aufbrechen. Er nimmt meinen Arm, als wir zur Tür hinausgehen. «Du hast lange Zeit mit niemandem gesprochen, nicht wahr?»

«Wie du weißt.»

«Laß es nächstes Mal nicht so lange sein.»

«Abe, das ist etwas, wobei ich keine Wahl habe.»

Ehe ich einschlafe, versuche ich, das Bild von Logos zu beschwören.

Wenn es eine dritte Alternative gibt, dann kennt Abe sie nicht. Wenn es sie nicht gibt, hat er vermieden, es mir zu sagen. Habe ich möglicherweise nicht klar genug gemacht, was ich von ihm erwartete? Andererseits, wer bin ich für ihn, daß er sorgfältig über ein Problem von mir nachdenken sollte, bloß weil ich ihn darum gebeten habe?

Spät am dunklen Nachmittag stehe ich vor dem Raum, in dem die Schlußveranstaltung stattgefunden hatte. Der Mann, der auf mich zukommt, um mit mir zu reden, hat vielleicht im nächsten Herbst eine freie Stelle, aber ich soll ihn nicht merken lassen, daß ich es weiß. Ich nehme meinen Mantel und mein einziges Gepäckstück, und wir gehen vom Hotel in eine nahegelegene Bar.

Unser Tisch steht dicht an einem offenen Kamin. Ich bekomme den bevorzugten Platz mit dem Blick auf das Feuer. Ich überlasse dem Mann den Faden der Unterhaltung und warte darauf, daß er auf den Job zu sprechen kommt. Ich höre zu und beobachte die Flammen fast ebenso oft wie sein Gesicht.

«Aber wenn Sie die Wahl hätten, wie Sie Ihr Leben verbringen wollen, ohne sich Gedanken über Geld machen zu müssen, was würden Sie tun: still zu Hause sitzen und lesen und schreiben, oder draußen sein unter jungen Leuten und lehren?»

Die Frage kommt denen so nahe, über die ich brüte, daß ich einen langen Augenblick schweige. Er fragt mich, was ich tun will. Ich kann ihm nicht sagen, daß ich nicht weiß, was Wollen ist. Ich trinke einen Schluck Bourbon, um Zeit zu gewinnen.

«Nun sagen Sie es schon, welches ist es?» Er lächelt ermutigend.

«Werden Sie es glauben, daß Ihre Frage eine ist, über die ich in letzter Zeit viel nachgedacht habe, und wenn ich sie Ihnen nicht beantworten kann, dann darum, weil ich sie mir selbst nicht beantworten kann?» Zu sagen, was ich denke, ist wie einen Stein einen Berg hinaufwälzen.

«Sie müssen doch für das eine oder andere mehr Neigung haben.» Er hebt sein Glas und wartet darauf, daß ich spreche.

Alex' Warnung klingt mir wieder in den Ohren. Dieser Mann sei außerordentlich klug, und ich müsse außerordentlich vorsichtig sein, um es mit ihm aufzunehmen. Aber wenn ich seine Frage beantworten könnte, wäre ich dem, was ich wissen muß, schon ein gutes Stück nähergekommen. «Wissen Sie, es ist so ruhig auf Nantucket, daß einmal, als ich in der Nähe des Leuchtturms spazierenging, nichts zu hören war als das Flattern der Fahne im Wind.»

Er lächelt und sagt nichts.

«Ich bin so an die Stille gewöhnt, daß es mir jetzt, da ich wieder in New York bin, vorkommt, als wäre ich einem Angriff auf meine Sinne ausgesetzt.»

Er lacht kurz auf. «Eine Menge New Yorker empfinden es genauso.»

Ich sehe wieder ins Feuer. Wenn ich etwas mehr Zeit hätte, könnte ich vielleicht meine eigene Antwort herausbringen.

«Also ziehen Sie den häuslichen Herd und das Schreiben in der Stille vor.»

Es fällt mir schwer zu antworten, und ebenso schwer ihm zu sagen, daß die Antwort schwierig ist. Und was wird dann aus dem Job, den er mir hier vielleicht anbietet, fern von Stille und frischer Luft? «Ich nehme es an. Ja, wahrscheinlich ist ein Leben dieser Art eher das, was mir zusagt. Und dennoch bin ich nicht ganz sicher.»

Er sieht auf die Uhr. «Ich muß mich eilen, um meinen Zug zu bekommen. Kann ich Sie in ein Taxi setzen?» Er bezahlt die Zeche, während ich mir den Mantel anziehe.

Wir stehen auf dem schmutzigen Bürgersteig. «Mein Bus hält an dieser Ecke. Machen Sie sich nicht die Mühe zu warten.» Ich nehme ihm mein Gepäck ab, als der Bus gerade vor uns hält.

Er hilft mir hinein. «Ich habe mich gefreut, Sie zu sehen, Alice. Ich werde mich melden, falls wir bald eine freie Stelle haben.» Er ist weg.

Ach ja: die freie Stelle. Ich stecke meine Münzen in den Fahrscheinautomaten und finde einen Platz. Ich habe sie mir selbst vermasselt. Hätte ich rundheraus sagen können, daß ich gern unterrichte, hätte er vielleicht von dem Job gesprochen. Ich wiegte mich in dem Glauben, er sei an den Verschlingungen meiner Gedankengänge interessiert. Ich hätte mich fragen müssen, *warum* er daran so interessiert sei. Da er nicht mein Freund ist, besteht kein Grund für ihn, um meiner selbst willen an mir interessiert zu sein. Sein Interesse bezog sich nur darauf, ob ich als Mitglied seiner Fakultät in Frage komme. Nichts dagegen einzuwenden, nur daß ich es nicht rechtzeitig gemerkt habe.

Ich sehe durch das schmutzige Fenster auf die schmutzigen Straßen und schüttle unwillkürlich den Kopf über meine eigene Lächerlichkeit.

«Die ganze Sache ist verrückt! Schlicht und einfach verrückt!»

Ich sehe zu, wie Mo die ganze Länge seines großen Wohnzimmers durchmißt, dann kehrtmacht und es wieder durchmißt. «Ich warte darauf, daß du aufhörst, mich zu beschimpfen, und lieber versuchst, meine Frage zu beantworten.» Ich nippe an meinem Drink.

«Es *ist* verrückt. So etwas tut man nicht.»

Ich lache. Mo bleibt vor mir stehen. «Was ist so komisch?»

«Das kommt in *Ein Puppenheim* vor.»

«Das ist genau das, was ich meine, verdammt nochmal. Du erwägst die Möglichkeit des Selbstmords, aber du sprichst darüber, als ob du zwischen Äpfeln und Orangen zum Nachtisch entscheiden wolltest. Und du hörst meine Bemerkungen als Texte aus Theaterstücken.»

«Ach, komm, Mo. Ich kenne eine Menge Theaterstücke. Warum sollte ich einen Text nicht erkennen, wenn ich ihn höre? Was meine Gelassenheit betrifft, so glaubst du wohl, ich würde es ernster meinen, wenn ich weinte oder mir das Haar raufte oder irre redete, nicht wahr?»

Er steht da und sieht auf mich herunter. «Ja, vermutlich.»

«Sieh mal, Mo, ich bin nicht hergekommen, um mit dir zu reden, weil du Psychologe bist. Ich bin hergekommen, weil ich vor einem Jahr, als ich in New York lebte und mir nur mit äußerster Willensanstrengung Nahrung, Kleidung und ein Dach über dem Kopf verschaffen konnte, erkannte, wenn auch undeutlich, aber immerhin erkannte, daß du eine Menge gesunden Menschenverstand hast. Zu der Zeit, als ich den jetzigen Punkt erreichte und zu beschließen versuchte, ob ich am Leben bleiben soll, wollte ich, daß bestimmte Leute mein Denken überprüfen, um sicher zu sein, daß ich nicht etwas übersehen habe. Du bist einer von den dreien, mit denen ich reden wollte. Die philosophische Tagung ist nur der Anlaß, nicht der Grund, warum ich hier bin.»

«Was haben die beiden anderen gesagt?»

«Der eine wollte nicht mit mir sprechen. Der andere vermied eine direkte Antwort.»

Er setzt sich neben mich auf die Couch. «Dann ist es also letztlich mir überlassen.»

«Nein. Es war auch den beiden anderen niemals ‹überlassen›. Es ist meine Entscheidung, für die ich meine Gründe habe. Aber ich werde allmählich in meiner Überzeugung bestärkt, daß es keine anderen Gründe gibt als diejenigen, die ich dir genannt habe. Deshalb erwarte ich eigentlich nicht, daß du noch etwas Neues hinzufügst. Allerdings, wenn es überhaupt jemand kann, den ich kenne, dann du.»

«Ich bin geschmeichelt.» Er schweigt und zieht an seiner Pfeife. Dann: «Es gibt wahrscheinlich mehr Menschen, die am Leben sind, ohne darüber nachzudenken, als Menschen, die aus deinen ‹guten Gründen› am Leben sind.»

«Das bezweifle ich nicht. Aber ich muß wissen, was ich tue. Und warum.»

Er haut auf das Kissen zwischen uns. «Warum ist das Wissen so verdammt wichtig? Warum kannst du nicht einfach *sein*. Sieh dich an. Du hast deinen Doktor von Harvard; du bist eine attraktive Frau; du siehst zehn Jahre jünger aus, als du bist; du bist charmant und interessant; du könntest alles tun, was du tun willst. Statt dessen starrst du auf deinen Nabel und redest von Selbstmord. Weil...» Er dreht sich wütend zu mir um. «Ich habe vergessen, warum. Ruf es mir in Erinnerung.»

Ich sehe ihn unverwandt an. Vielleicht war es ein Fehler, mit Mo zu reden. «Erstens bist du auch Doktor phil. Daher kannst du schlechterdings nicht über meine Wißbegierde spotten. Zweitens betrifft alles, was du gesagt hast, mein Äußeres. Innerlich gibt es nichts. Entweder bin ich unfähig zu fühlen, oder wenn ich fühle, vermag ich nicht zu erkennen, was ich fühle, wenn ich es fühle.»

«Das ist Unsinn. Das glaube ich nicht.»

«Weil du fühlen kannst. Ich sagte, ich habe gerade entdeckt, daß ich nie gelernt habe, wie man Gefühle erkennt. Die Frage ist, was mir mein Leben nützt, wenn ich keine Möglichkeit habe herauszufinden, was für mich wichtig ist, so daß ich gar nicht wissen kann, wo ich es suchen soll?»

«Mein Gott.» Mo steht auf und geht in die Küche. Ich höre das Klappern von Geschirr und Töpfen. Ich gehe ihm nach und sehe zu, wie er Kaffee kocht.

«Ich werde den Käsekuchen schneiden. Wo ist ein Messer?»

Er holt eins aus einer Schublade und reicht es mir. «Ich weiß nicht, ob ich dir gefährliche Waffen in die Hand geben sollte.»

Ich nehme es lächelnd. «Hier würde ich nichts tun. Du könntest versuchen, mich daran zu hindern.»

Er antwortet nicht und mißt weiter den Kaffee ab.

«He, Mo.» Ich gehe zu ihm hinüber und veranlasse ihn, zu mir aufzusehen. «Das ist ein Scherz.»

«Bei allem, was du sagst, weiß ich nicht, was ein Scherz und was wahr ist. Weißt du es?»

«Natürlich. Aber du vergißt, daß ich beschließen könnte, am Leben zu bleiben, selbst wenn ich weiß, daß ich keinen guten Grund dafür habe. Ich würde nur niemals vergessen, daß ich keinen guten Grund habe. Und, weißt du, ich habe ein eigenartiges Gefühl von etwas sehr Seltsamem – ich könnte es sogar ‹Sicherheit› nennen –, das Wissen, daß ich jeden Augenblick mein Leben aufgeben kann, ohne daß es für mich oder die Welt ein Verlust ist. Weil ich mich nicht davor fürchte, an meinen eigenen Tod zu denken, glaubst du wohl, daß ich es nicht ernst meine. Vielleicht sind es die Leute, die mit den Zähnen knirschen, die noch Angst haben.»

Er sieht mich an, und ich weiß, daß er jetzt endlich versteht, was ich sage.

Beim Kaffee sprechen wir von seiner Arbeit und Leuten, die wir beide kennen. Ich nehme sein Angebot an, mich ins Hotel zu bringen, und im Taxi schweigen wir beide die ganze Zeit.

24

Ich setze mich auf denselben Eckplatz wie bei jeder Fahrt auf der Fähre. Ich habe das Reisen satt. Bis ich nach Hause komme, wird es mich vierundzwanzig Stunden gekostet haben, weil der Flughafen Nantucket wegen Schnee geschlossen ist. Ich zähle die Transportmittel: Taxi in New York zum Flughafenbus; Flughafenbus zum Flughafen; Flugzeug nach Boston; Maries Wagen nach Marblehead und dann heute im Morgengrauen zum Bus; Bus zur Untergrundbahn in Boston; Umsteigen in eine andere U-Bahn; Intercity-Bus nach Woods Hole; Schiff nach Nantucket; Taxi zu meinem Wagen am Flughafen; mein Wagen nach Hause.

Ich sehe zu, wie der Hafen langsam hinter uns zurückbleibt. Dreimal haben meine Augen jetzt schon auf diesem einzelnen Haus auf der Landspitze geruht, die in Woods Hole am weitesten ins Wasser hinausragt. Werde ich es noch einmal sehen, wenn ich zurückkomme?

Drei Stunden liegen vor mir, nur unterbrochen durch das Anlegen auf Martha's Vineyard. Logos ist nicht da, um mich von meinen Gedanken abzulenken, absichtlich oder einfach dadurch, daß er meine Aufmerksamkeit auf sich zieht. Ich lächle und denke daran, wie oft ich auf ihn hinunterblickte, wenn er neben meinem Schreibtisch schlief, wo ich saß und versuchte, mich durch den einen oder anderen Irrgarten hindurchzudenken. Etwas an seinem Fell schien nicht in Ordnung zu sein, und ich ließ mich auf dem Fußboden nieder, um es zu befühlen und nach kahlen Stellen auf seiner Haut zu suchen. Oder ich glaubte, er atme nicht, und legte ihm das Ohr auf die Brust, um seinen Herzschlag zu hören. Oder ich beobachtete, wie sich seine Pfoten im Schlaf bewegten; vielleicht träumte er von unserem Morgenspaziergang. Manchmal rührte mich der Anblick seines entspannten Körpers einfach wegen des Vertrauens, das er zum Ausdruck brachte. Zwei- oder dreimal versuchte ich ihn zu zeichnen, wenn er mit dem Rücken am Kamin lag.

Meine Hände sehnen sich danach, ihn zu streicheln. Sieh mal: sogar wenn er nicht da ist, ist er eine Ablenkung. Nein, ich kann hier nicht denken. Ich werde damit warten, bis ich zu Hause bin.

Die Tür des Tierschutzvereins ist verschlossen. Ich hämmere dagegen, und alle Hunde drinnen protestieren. Ich renne die Eingangsstufen hinunter und den Weg an der Seite des kleinen Gebäudes entlang. In getrennten Ausläufen sind zwei schlammbedeckte, schmutzige Hunde eingesperrt, starren mich erstaunt an und bellen dann. Der hintere ist Logos. Ich sehe ihn sprachlos an.

Ich renne zum Eingang zurück, schlage wieder gegen die Tür und rüttle an der Klinke. Mr. Lema öffnet.

«Ich bin gekommen, um meinen Hund abzuholen. Den jungen Schäferhund.» Ich wahre gerade noch die Höflichkeit. Er läßt mich herein. «Ich will zuerst bezahlen. Was bin ich Ihnen schuldig?» Ich schreibe den Scheck aus und warte, daß er mir die Summe nennt.

Er sucht seine Buchhaltungsunterlagen heraus. Lange Minuten vergehen, ehe er antwortet. «Sieben Tage. Zehn fünfzig, bitte.»

Ich gebe ihm den Scheck. Er ist so *langsam*. Er trägt den Scheck in sein Kassenbuch ein, stellt es weg, sucht seine Schlüssel und steht vom Stuhl auf. Ich folge ihm in den hinteren Raum, wo sich die Käfige befinden. Ein Radio spielt laute Kitschmusik. Er geht zu einem der Käfige.

«Nein», sage ich, fast fauchend. «Er ist draußen.» Wollen Sie sich um Gottes willen beeilen?

Er geht an mir vorbei, klappert mit Schlüsseln, um den richtigen zu finden, und schließt dann Logos' Auslauf auf. Der Welpe sieht nur den Mann an, kauert sich hin und rührt sich nicht, obwohl die Tür offen ist. Mr. Lema geht an Logos vorbei in den Auslauf und scheucht ihn zu mir. Ich stehe an der Tür, brenne fast darauf, ihn an mich zu drücken, erwarte, daß er an mir hochspringt, ungeachtet des Drecks an seinem Fell. Logos macht die paar Schritte bis zu mir und duckt sich dann unerklärlicherweise zu meinen Füßen. Mr. Lema ist zwei Schritte hinter ihm.

Ich sehe wütend zu ihm auf. «Warum macht er das?»

Mr. Lema wirft einen Blick auf den Welpen auf dem nassen, schlammigen Boden. «Na, er freut sich, Sie zu sehen.»

«So verhält er sich nicht, wenn er sich freut, mich zu sehen. Was haben Sie ihm angetan?»

Mr. Lema kommt zur Tür, und sofort duckt sich Logos noch tiefer, dann rennt er zu seinem Käfig und schlüpft durch die offene Tür hinein.

«Logos!» schreie ich. «Komm her.»

Er beginnt aus dem Käfig herauszukriechen, der Schwanz schlägt dabei auf den Boden. Dann sieht er Mr. Lema und kriecht wieder zurück. Ich renne zum Käfig und packe ihn am Halsband. «Komm schon, Logos. Komm mit mir mit.» Er kommt nur mit, weil ich ihn am Halsband halte, aber er dreht dauernd den Kopf zu Mr. Lema. Ich gehe mit ihm durch den Warteraum und mache die Tür auf. Ich habe keine Leine.

«Logos! Hier lang!» Ich renne ihm voraus zu dem wartenden Taxi in der Hoffnung, daß er mir folgt, und halte die Tür für ihn auf. Der Fahrer betrachtet vielsagend die dreckige Brühe, die von Logos auf den Boden und den hinteren Sitz tropft, aber ich kümmere mich nicht darum. Das Taxi fährt zum Flughafen.

«Logos.» Ich will ihn streicheln. Er zieht den Kopf ein und sieht zum Seitenfenster hinaus. «Logos, ich bin's.» Ihn interessiert nur, was er draußen sieht.

Der Fahrer hält auf dem Flughafen neben meinem Wagen. Dessen Räder sind nicht mehr zu sehen, nachdem es zwei Tage lang geschneit hat. Der Fahrer sieht mich teilnahmslos an, als ich ihn bezahle; ihn kann ich nicht um Hilfe bitten.

Jemand im Flughafen muß eine Schaufel haben. Sie wird mir zur Verfügung gestellt, ebenso ein paar Hände, die mein Auto ausgraben. Ich befördere Logos hinein und nach ihm mein Gepäck. Der wunderbare kleine Wagen mit seiner Startautomatik springt beim ersten Versuch an. Logos schnüffelt sich durch all die vertrauten Gerüche des Wagens hindurch.

Erschöpft greife ich nach dem Schalthebel. Logos ist plötzlich an meiner Hand interessiert. Er schnüffelt, leckt an meinem Handgelenk und schnüffelt wieder. Er sieht zu mir auf, und plötzlich erkennt er mich. Er winselt, er jault, er legt mir die Pfoten auf die Brust, er leckt mir Wangen und Nase und Augen und Kinn ab. Und als die Tränen kommen, leckt er sie auch ab. Ganze zwanzig Sekunden läßt er mich die Arme um ihn legen. Ich finde ein paar Papiertaschentücher in meiner Handtasche, und nach einer Weile kann ich sagen: «Logos, laß uns nach Hause fahren.»

Im Haus hallen meine Schritte wider, als ich auf dem Weg nach oben durch die Zimmer gehe, die Leere selbst reagiert auf meine Anwesenheit. Ich bleibe nur so lange drinnen, um mir Hosen anzuziehen, meine Stiefel zu suchen und die Heizung anzudrehen. Dann sind Logos und ich zur Tür hinaus und rennen.

Er flitzt voraus, und ich sehe ihm lachend nach. Er kommt zur Straße, ehe ich mir klarwerde, wie schnell er ist, und ich rufe ihn, um ihn davon abzuhalten, sie ohne mich zu überqueren. Ich bücke mich und hebe einen vereisten Klumpen Schnee auf.

«He, Logos, sieh mal, was ich hier habe!» Ich halte das Eis hoch, damit er es sieht. Er dreht sich um, und als er hinschaut, werfe ich den Klumpen in die Richtung, aus der wir gekommen sind. Sofort setzt er ihm nach, schießt an mir vorbei und macht in diesen wenigen Sekunden sieben Tage Gefangenschaft in einem Drahtkäfig wett. Ich beschäftige ihn, bis ich selbst die Straße erreichen kann, um zu sehen, ob ein Auto kommt. Auf dem letzten Stück Wegs zum Steilufer setze ich mich gemächlich in Trab.

Wir schlagen den Weg über den langen, sanft abfallenden Hang zu der ausgedehnten, mit Dünengras bestandenen Fläche ein, und Logos läuft voraus direkt bis zum Wasser. Kaum ist er auf dem nassen Sand, da beginnt er zu buddeln, dann springt er zu einer anderen Stelle und buddelt wieder, wo vielleicht das vergraben ist, was er sucht.

Mir macht es Freude, ihm zuzusehen. Genüßlich atme ich die kalte, salzige Luft. Wie schnell kann ich den New Yorker Mief, den ich noch in mir habe, gegen die saubere, frische Meeresluft austauschen? Ich finde eine genügend weiche Schneewehe, um Schneebälle daraus zu kneten, und werfe einen leewärts, damit Logos ihn fangen kann. Ich will ihn tüchtig rennen lassen, um sein Bewußtsein mit erfreulichen Dingen zu überfluten, damit er vergißt, was ihm während meiner Abwesenheit widerfuhr.

Ich stecke die Hände in die Taschen, ziehe den Kopf in den Kragen ein und laufe neben Logos' Spuren auf dem Sand. Was habe ich mit der Fahrt nach New York erreicht? Bilder der Menschen, die ich sah und mit denen ich sprach, tauchen vor mir auf, aber das Aufgebot kommt zu schnell, und die einzelnen Teile sind ohne Beziehung zueinander. Nein, es ist zu früh. Ich bin hier noch nicht richtig gelandet.

Ich schaue auf die Uhr. Nicht einmal die Uhr habe ich abgelegt. Ich muß in die Stadt gehen, ehe die Geschäfte schließen. Die Post abholen.

Auf dem Nachhauseweg lasse ich Logos immer noch hinter Stökken herjagen. Er sinkt mit einem Seufzer auf den Teppich und ist eingeschlafen, ehe ich einen Bleistift finde, um meine Einkaufsliste aufzuschreiben. Ich stehe vor dem offenen Kühlschrank und versuche mir klarzuwerden, was ich brauche. Das Telefon läutet. Einen Augenblick bin ich noch in New York, wo Telefone und Menschen, die sie benutzen, zum gewöhnlichen Tagesablauf gehören. Und dann fällt mir die Merkwürdigkeit auf. Ich nehme den Hörer ab und wage kaum, mich zu melden.

«Dr. Koller, sind Sie es?» Eine New England-Stimme, ein älterer Mann, irgendwie vertraut.

«Ja. Wer ist am Apparat?»

«Mr. Morris vom Postamt. Wir haben uns Sorgen gemacht über Sie. Seit Weihnachten hat niemand Sie mit Ihrem Hund spazierengehen sehen, und wir glaubten, Ihnen sei womöglich was zugestoßen.»

Also sehen mich hier doch Leute. «Ich habe die Insel gleich nach

Weihnachten verlassen, Mr. Morris. Ich wußte, Sie würden meine Post aufheben, und deshalb habe ich Ihnen gar nicht erst gesagt, daß ich wegfahre.»

«Ja, ich habe Sie jeden Tag angerufen. Meine Frau meinte, Sie seien vielleicht über die Feiertage verreist, aber ich wollte mich vergewissern. Ich bin vorige Woche sogar zu Ihrem Haus gefahren, um nachzusehen, ob Sie irgendwelche Schwierigkeiten haben.»

Ich halte den Hörer ein Stück ab und sehe ihn an. Mr. Morris hätte mich gefunden, wenn ich mich in der Garage eingeschlossen hätte. «Das war sehr zuvorkommend von Ihnen. Sie sind sehr freundlich, und ich bin dankbar, daß Sie an mich gedacht haben. Ich danke Ihnen herzlich.» Die Worte sagen genau das, was ich meine, und doch sind es solche Floskeln, daß er glauben wird, ich sei nur höflich.

«Es war überhaupt keine Mühe. Wenn ich irgend etwas für Sie tun kann, rufen Sie mich nur an. Wir wissen, daß Sie hier draußen allein sind, und manchmal braucht man einfach jemanden.»

«Auch dafür vielen Dank. Ich komme bald und hole meine Post. Ein gutes neues Jahr wünsche ich Ihnen.»

Als wir aufhängen, sitze ich da und stütze das Kinn auf die Hand. Ich stelle mir vor, wie Mr. Morris jeden Tag meine Nummer wählt, ins Auto steigt und hierher fährt, in die Fenster hineinspäht, in der Garage nachsieht, lauscht, ob er Logos oder überhaupt ein Lebenszeichen hört, und mit seiner Frau darüber spricht, was mit mir los sein könne. Ein flüchtiger Gedanke über meine Beziehung zu dieser Gemeinde bleibt gerade außer Reichweite. Es ist eine so neue Idee, daß ich sie mir jetzt entgehen lassen muß, weil ich nicht das richtige Netz habe, um sie einzufangen.

25

Mein größer werdender Welpe kann jetzt die Pfoten auf mein Bett legen und leckt mir zur Morgenbegrüßung das Gesicht ab. Wie ich mich auch drehe und wende und dabei lache, um ihm zu entgehen, er verfolgt mich und springt dann mit einem schwungvollen Satz auf das Bett.

«He, was machst du hier oben? Runter!»

Der Befehl ist neu und verwirrend, aber mein Ton ist kaum streng. Er versucht ihn zu enträtseln. Ich packe die Decken, hebe sie hoch und lasse ihn auf den Fußboden plumpsen.

«Das bedeutet ‹runter›, du Dummkopf.» Und dann bin ich mit ihm zugleich aus dem Bett. Um einen Tag zu beginnen, auf den ich schon sehr lange hingearbeitet habe.

Der sonnenlose Tag neutralisiert die Welt, auf die ich hinausschaue. Das Moor, die Straße, die Häuserreihe, der Wasserturm, der Strand und das Meer, die ich von hier aus nicht sehen kann, sind mir grau gemäßer, glaube ich, als in strahlendem Sonnenschein.

Gibt es etwas, das mich davon abhalten kann, mir das Leben zu nehmen? Stan, der herkommt und sagt: «Ich will dich um dessentwegen, was du bist, gleichgültig, was du gewesen bist oder getan hast.» Berauschend. Aber ich bin ein Wesen, das vor dreißig Jahren plötzlich stehenblieb. Stan kennt von mir nur die Schau, die mein Leben war. Nichts an mir interessierte ihn über den bloßen zeitweiligen Besitz hinaus.

Ich denke an Marvin, der mir erzählte, wie er zu guter Letzt zu heiraten beschloß. «Sie ging nach Kalifornien und sagte, da sei sie zu finden, wenn ich sie wolle, ohne Tricks und für immer. Und so habe ich eine Weile darüber nachgedacht, dann setzte ich mich in ein Flugzeug und holte sie zurück.» Welcher Mann, den ich je wollte, hätte das für mich getan: sich ins Flugzeug setzen und mich zurückholen? Ich habe nie gewagt, es darauf ankommen zu lassen, um es herauszufinden. Mein Schachzug war immer, mich zur Verfügung zu halten.

Ich stütze den Kopf in die Hände. Wie würde es sein, wenn man sagt: «Das sind meine Bedingungen. Wenn du mich haben willst, dann nur auf dieser Grundlage?» Und wenn man dann noch dazu weggeht und dem Mann die Entscheidung überläßt.

Warum denke ich überhaupt an Stan? Ich habe gesagt, ich liebe ihn, aber ich weiß nicht, was es heißt, einen Mann zu lieben. Wahrscheinlich muß ich die zwei Dutzend Überzeugungen, die ich über das Lieben geäußert habe, ad acta legen. Und dennoch, wenn nicht Stan, dann überhaupt niemanden.

Ich schüttele den Kopf. Was für eine Bilanz stelle ich auf? Wie kann das Wissen, ob ich Stan geliebt habe, mehr als ein Diskussionspunkt sein? Er liebt mich nicht, hat mich nie geliebt und wird mich nie lieben. Und wird dich nie lieben, Alice, niemals. Wie ich und Austern: ich mag sie nun mal nicht. Nicht, daß an Austern etwas auszusetzen wäre.

Nicht, daß an mir etwas auszusetzen wäre.

Ich setze mich behutsam auf dem Sessel auf. Die Tatsache, daß Stan mich nicht liebt, bedeutet nicht *unbedingt*, daß etwas an mir auszusetzen ist. Aber etwas stimmt mit mir wirklich nicht: ich weiß nicht, wie ich von meinen eigenen deutlichen Hinweisen Gebrauch machen soll, um zu wählen, was ich will; ich weiß nicht, was ehrliches Wollen ist. Aber wahrscheinlich hat Stan das nicht gewußt; es ist nicht einmal wahrscheinlich, daß er lange genug über mich nachdachte, um herauszufinden, was mit mir nicht stimmte.

Ich kämpfe mit einem Gedanken, der sich nicht richtig betrachten läßt. Was, bitte schön, versuche ich zu sagen?

Ich laufe im Zimmer herum. Ich bücke mich und streichle Logos, bis er brummend dagegen protestiert, in seinem Schlaf gestört zu werden. Ich gehe in die Küche und hole mir mehr Kaffee. Ich umkreise den Gedanken, wie ich diese Räume umkreise.

Ich hab's. Daß Stan mich nicht liebte, war nicht *meine* Schuld. Es gab nichts, was ich *tun* konnte, um ihn dazu zu bringen. Er tat es einfach nicht. Tut es nicht. Kann es nicht in dem einzigen Sinn, der relevant ist: er ist dazu nicht fähig, genau wie ein Blinder nicht zu sehen vermag. Wie sehr ich mich auch sichtbar zu machen versuche, ein Blinder kann mich nicht sehen. Wie sehr ich mich auch liebenswert zu machen versuche, jemand, der mich nicht liebt, kann nicht dazu gebracht werden. Aber das ist nicht etwas, das *mir* fehlt: es liegt daran, daß nichts in ihm liebevoll auf mich reagiert. Und es hat nichts damit zu tun, ob ich geistig verwirrt oder absolut vernünftig bin.

Aber ich habe mir das Lieben als etwas vorgestellt, das ich mir verdienen müßte. Meine Kleinmädchen-Lösung für mein Kleinmädchen-Problem. Und jetzt erkenne ich, daß Menschen sich entweder lieben oder sich nicht lieben. Worin das Lieben genau besteht, weiß ich nicht. Ich muß darüber nachdenken. Ich hätte wissen müssen, wie es ist, mit einem Mann als Person zu tun zu haben und nicht als mögliche Quelle mütterlicher Liebe.

Angenommen, ich habe mich sogar in bezug auf Stan getäuscht. Und doch, trotz all meiner Heuchelei glaube ich, daß ich ihn wahrscheinlich geliebt habe. Ich könnte dessen nur sicher sein, wenn ich eines Tages wieder mit ihm zusammen wäre, um zu sehen, wie er mir ohne den Filter erscheint, durch den ich bisher alles und jeden betrachtet habe.

Die schwache Chance, eines Tages wieder etwas mit Stan anzufangen? Das ist kein Grund, um am Leben zu bleiben.

Daddy?

Aber Daddy geht es immer schlechter, er wird nicht wie ein Mensch, sondern wie eine Sache betreut, intravenös ernährt, weil er nicht essen will. Er ist nicht imstande, sich dafür zu interessieren, ob er selbst am Leben bleibt. Wie kann er sich dafür interessieren, ob ich am Leben bleibe?

Logos schiebt meine Hand weg, um meine Tränen abzulecken. Ich drücke mein Gesicht in sein Fell und lege ihm die Arme um den Hals. Kurze Zeit läßt er es sich gefallen, dann zieht er sich zurück. Ich finde ein paar Papiertaschentücher in meiner Tasche und weine sie voll. Die Tränen wollen nicht aufhören.

Schon bevor er krank wurde, weinte ich, wenn er etwas für mich tat. Als er seinem Brief einen Scheck über zehn Dollar beifügte und schrieb: «Sage es keinem. Kauf dir dafür etwas, was du magst.» Noch jetzt weine ich, wenn ich daran denke. Als ich meine Verlobung mit Randall ankündigte: «Er ist bestimmt ein feiner Junge. Er gefiel mir, als du ihn herbrachtest. Wenn du glaubst, er wird dich glücklich machen, dann heirate ihn.» Als ich zu Goodman gehen wollte: «Wenn du Theater spielen lernen willst, bin ich einverstanden. Ich werde dir zu helfen versuchen, so gut ich kann.» Oder Radcliffe; oder Texas; oder Chicago. Immer dasselbe: «Wenn du glaubst, es wird dich glücklich machen, dann nur zu.»

Nicht zu fassen, daß ich noch Tränen habe. Warum weine ich darüber, daß er mich liebte? Ich habe alles auf den Kopf gestellt. Ich sollte weinen, wenn er mich nicht liebte, aber nicht, weil er mich liebte. Liebt. Oder lieben würde, wenn er es könnte.

Welchen besseren Beweis dafür kann es geben, daß ich nichts von Gefühlen verstehe: wenn ich weine, weil mich jemand liebt?

Und warum genügte mir seine Liebe nicht? Warum hat meines Vaters Liebe mir nicht ermöglicht, der Kindheit zu entwachsen? Warum brauchte ich so unbedingt die Liebe meiner Mutter? Vielleicht, weil es die nicht gab.

Ich gehe mit Logos hinaus, um die kalte Luft auf meinem Gesicht zu spüren. Alles, worauf ich stoße, bekräftigt meine Gründe, nicht weiterzuleben.

Da sind meine Freundinnen. Sind sie ein Grund? Jean. Marilyn. Etel. Joyce. Vielleicht Weck. Wenn ich Freunde habe, dann sind sie es. Woher weiß ich das? Ich habe versucht, oder es lohnend gefunden, es zu versuchen, ihnen zu erklären, was ich hier tue. Die anderen Leute, denen ich darüber nichts sagen konnte, wurden schmerzlos aufgegeben. Ich hatte sie, glaube ich, ausgenützt wie meine Männer. Die zeitweilige Wärme, in die ich aus der Kälte kam, die Illusion, jemanden zu haben, mit dem man reden, einen Ort, wo man an einer Mahlzeit teilnehmen konnte. Ein Zuhause, wiederum. Oh, ich hätte ein Schild tragen müssen, das die Leute vor der Gefahr warnt.

Ich stehe von der Couch auf und schaue zum Vorderfenster hinaus. Vielleicht habe ich sogar eins getragen. Wenn ich die einzige Person war, die ich täuschte, mögen andere Leute ihre eigene Methode gehabt haben, um zu erkennen, was ich von ihnen wollte.

Sogar meine Freundinnen. Aber kann ich jetzt gleich ans Telefon gehen und sagen: «Jean (oder Etel oder Joyce), ich gedenke Selbstmord zu begehen. Bisher habe ich keinen Grund, es nicht zu tun. Gibt es irgendeinen Grund, den du dir vorstellen kannst? Und willst du herkommen und mit mir reden?»

Ich lasse die Gardine wieder zurückfallen und wende mich ab von dem schneebedeckten Rasen. Wie könnte Jean aus Toronto kommen, wo sie einen kleinen Jungen und einen Säugling zu betreuen hat? Ihr Mann würde sie nicht fahren lassen. Nein, das ist nicht fair. Beide waren sehr freundlich zu mir und versuchten mir zu helfen, über Mike hinwegzukommen. Sie luden mich zu ihren unvergleichlich gut gekochten Mahlzeiten ein; sie nahmen mich in ihrem Haus auf, als mir das Alleinsein unerträglich wurde. Es wäre sehr viel verlangt von Jean, daß sie herkommen soll.

Und dennoch, das ist es, was ich suche: jemanden, dem ich eine ziemliche Unbequemlichkeit wert bin.

Ich denke noch mal über sie nach, eine nach der anderen. Jede von ihnen hat etwas für mich getan, das unbequem für sie war, und bloß, weil ich sie darum bat oder es zu brauchen schien. Und sie würden es wieder tun. Aber keine von ihnen würde herkommen. Sie würden Ferngespräche für zwanzig Dollar mit mir führen, aber keine würde dem, woran ich denke, ihre ungeteilte Aufmerksamkeit schenken, wenn ich sagte, ich brauche sie sofort. Sie würden denken, ich sei betrunken oder deprimiert. Oder daß es wieder so ein irres Theaterstück sei, das ich für mich geschrieben habe.

Ich seufze. Nach dem, was sie von mir wissen, kann ich verstehen, daß sie so etwas denken. Mit all meinen Krisen habe ich ihr Mitgefühl erschöpft. In einer Beziehung verstehe ich es; in einer anderen aber nicht. Ich suche wirklich ein extremes Zeichen: ich muß wissen, daß jemandem genug an mir liegt, um sein Leben für kurze Zeit zu unterbrechen und mit mir über meines zu sprechen.

Und dennoch, was könnte eine von ihnen sagen, wenn sie hier ist? «Komm mit und wohne bei uns?» – «In unserer Nähe?» Nein, sie haben ihren eigenen Haushalt, ihre eigenen Freunde, ihre eigenen Beschäftigungen, ihr eigenes Leben. Sie würden nicht wollen, daß ich sterbe, aber sie können mir wirklich nichts bieten, wofür es sich zu leben lohnt.

Ich verstehe. Ich verstehe.

Logos liegt unter dem Schreibtisch und schläft. Seine Beine zukken leicht, und während ich hinschaue, beginnt er die kreisenden Bewegungen auszuführen, die das Laufen nachahmen. Er blinzelt und schließt die Augen wieder, dann stößt er plötzlich kleine Schreie aus, obwohl er fest schläft. Ich setze mich auf den Fußboden und streichle ihn. «Weine nicht, süßes Hündchen.» Vor welcher Bedrohung rennt er weg? Unter meinen Händen werden die Bewegungen seiner Füße langsamer und hören dann auf. Er gibt ein langes, innerliches Stöhnen von sich, macht kurz die Augen auf, erkennt mich, streckt sich und schläft wieder friedlich ein.

Ich ziehe meine Hand zurück, bleibe sitzen und betrachte ihn. Wie oft wäre ich morgens aufgestanden, hätte ich ihn nicht hinauslassen müssen? Hätte ich den Strand so ausgiebig und regelmäßig erkundet, wenn ich ihn nicht hätte spazierenführen wollen? Hätte ich hier überhaupt eine Art menschlicher Existenz aufrechterhalten, wenn ich nicht ständig seine Bedürfnisse – Futter und Wasser und Bewegung und Verdauung – hätte berücksichtigen müssen?

Ich bin mit ihm verbunden wie mit keinem Menschen. Er läßt sich von mir anfassen und in den Arm nehmen, läßt mich mit ihm spielen. Er bringt mich zum Lachen. Er nimmt es hin, daß ich ihn pflege: sein Fell bürste, seine Pfoten und Ohren untersuche, ihm Medizin gebe. Er bietet mir die Möglichkeit, für ein Lebewesen zu sorgen.

Er bietet mir die Möglichkeit, mit jemandem zu reden. Es mildert den inneren Druck, wenn ich bloß meine Stimme höre. Vielleicht ist Einsamkeit so unerträglich, weil Menschen fähig sind zu reden, und wenn sie einmal damit begonnen haben, können sie nicht mehr *nicht* reden. Aber Reden erfordert, daß ein Lebewesen zuhört, und ein Mensch allein kann nicht zugleich reden und zuhören. Etwas hält die Leute jedenfalls davon ab, laute Selbstgespräche zu führen. Wenn ich es hier getan habe, dann sind mir die ausgesprochenen Worte einfach herausgerutscht. Sie bestürzten mich, als ich sie hörte, so daß ich wieder zum stummen Dialog zurückkehrte. Eine zweite Person, ein getrenntes Wesen, wirkt gewissermaßen als Schwamm. Logos bietet mir das: jemand, der von mir unabhängig ist, an den ich Worte richten kann. Worte für ihn, nicht für mich: würde ich mit ihm über das reden, was ich von mir abgespult habe, wäre es, als würde ich laut mit mir selbst sprechen. An ihn richte ich Worte, die seine Anliegen betreffen, und jedes neue Wort erweitert seine Fähigkeit, auf mich zu reagieren.

Ich kraule leicht seinen Bauch. Mit einem schwachen Zucken seiner Schwanzspitze dankt er mir.

Er ist immer hier. Er geht nie weg. Er droht nie damit, wegzugehen. Aber mehr als das: er will bei mir sein. Er schläft nie in der Küche, wenn ich am Schreibtisch sitze; er ist immer zu meinen Füßen. Und wenn er schläft, sehe ich, daß er dann und wann ein Auge öffnet, um nachzuprüfen, ob ich noch da bin. Als ob ich das Zimmer verlassen könnte, ohne daß er es merkt. Ich brauche nur meinen Stuhl zurückzuschieben, einen Schritt auf dem Teppich zu tun, meinen Bleistift hinzulegen, eine Schublade aufzuziehen, um Papier herauszuholen, und er ist sofort wach, bereit mit mir mitzukommen, wo immer ich hingehe, ob von diesem Zimmer in die Küche und zurück oder auf einen Drei-Meilen-Spaziergang am Meer. Er ist hier und bei mir, und ich müßte ihn schon weggeben, sonst könnte nichts ihn je dazu bringen, mich zu verlassen.

Aber ich bin nicht so loyal. Ich kann daran denken, ihn wegzugeben. Kann ich es? Kann ich ihn mir in Randalls Haus vorstellen? Daß Randalls Frau und die kleinen Mädchen mit ihm spielen und ihn versorgen?

Ich mache die Augen zu und sehe ihn im Geist ohne mich in deren Haushalt. Ich reiße die Augen auf: da ist eine Leere in mir, wenn ich entdecke, daß er weg ist. Ich entferne einen Teil meines Lebens, wenn ich daran denke, ihn wegzugeben. Er gehört zu mir.

Unwillkürlich steht mir der Mund offen. Nicht irgendein unerreichbarer Mensch, sondern dieser Welpe, der jetzt hier bei mir ist. In meiner Verwunderung sage ich laut seinen Namen.

«Logos!»

Er ist hellwach und auf den Beinen, schüttelt sich mehrmals und ist jetzt bereit zu dem Spaziergang, den wir heute noch nicht gemacht haben.

«Logos.»

Er trottet zur Tür, dann dreht er sich um, ungeduldig, weil ich ihm nicht auf den Fersen folge. Ich bleibe auf dem Fußboden sitzen und beobachte alles, was er tut. Wie gut kenne ich ihn. Und er mich. Er ist *vertraut*. Aber immer neu. Er gehört zu meinem Leben. Auf mein Leben verzichten bedeutet, auf ihn verzichten. Es ist leicht genug, auf Menschen zu verzichten, die niemals mir gehörten, aber kann ich auf ihn verzichten?

Eingehend betrachte ich die geschwungene Küstenlinie, die Trennungslinie zwischen Sand und Wasser, die säuberlich markiert ist durch den schmalen, weißen Rand der Ebbe. Es weht kaum Wind, der Tag ist strahlend, der Horizont scheint in Reichweite. Es ist phantastisch schön hier.

Ich schüttle den Kopf, damit die Stücke meines inneren Kaleidoskops von Muster zu Muster gleiten.

Bei zwei verschiedenen Versuchen zu einer Laufbahn habe ich nichts erreicht. Keine Beziehung, die ich je zu einem Mann hatte, war echt. Ich habe es versäumt, mich mit dem fundamentalsten Rüstzeug für das Leben auszustatten: Ziele und Wünsche und Gefühle sind mir unbegreiflich. Kann ich mein Leben als wertvoll für mich ansehen, selbst wenn es für keinen anderen wichtig ist?

Wertvoll. Ich stelle mir das Wort vor. Es bedeutet für mich nichts.

Warte mal. Es stimmt, daß ich in den Augen von Leuten, von denen ich mich beurteilen ließ, nichts erreicht habe. Aber angenommen, ich gebrauche meine Augen. Angenommen, ich beurteile mich selbst. Das verwandelt mein Versagen zwar nicht in Leistung, aber es läßt mich erkennen, worin das Versagen bestand: ich versagte, weil das, was ich mir vorgenommen hatte, nichts war, das ich *gewählt* hatte. Es gab kein wirkliches «Ich», das wählen konnte. Dieses hohle Geschöpf, durch ein Kinderherz angeleitet, das überall Nachhutgefechte lieferte, damit niemand es merkte: all das habe ich weggerissen. Und sieh, was übrig geblieben ist: dieses kleine, zitternde Ich.

Und doch weiß ich einiges. Ich liebe Logos: ich muß ihn bei mir haben. Ich kann mir nicht vorstellen, ohne ihn zu sein. Dieses Meer bedeutet mir etwas: daß ich freien Zugang zu ihm habe, die Stille und die Schönheit, die Unermeßlichkeit der Aussicht.

Angenommen, ich fange damit an. Und mit dem Gedanken, daß noch mehr dazukommen mag. Ich weiß nicht, was es sein wird. Oder wann es kommen wird. Oder ob es überhaupt noch etwas anderes gibt.

Aber damit fange ich an. Diese Dinge sind das ganze Ich, das ich habe. Aber sie sind die meinen.

26

Ein unvertrautes Gewicht auf meinen Decken weckt mich: Logos liegt zusammengerollt am Fußende des Bettes. In dem Augenblick, in dem ich den Kopf hebe, fällt er über mich her, leckt mir das Gesicht ab und springt über mich hinweg von einer Seite zur anderen, um einen besseren Angriffspunkt zu haben.

«Genug!» Ich stottere und versuche noch mehr zu sagen, aber statt dessen fange ich an zu kichern über seine Hartnäckigkeit, mit der er meinen Kopf verfolgt bei all meinen Windungen, um seiner Zunge zu entgehen. Schließlich muß auch er tief Luft holen.

«Du bist auf meinem Bett.» Ich stelle schlicht und einfach die Tatsache fest. Er reagiert nicht, abgesehen davon, daß er sich mit dem Hinterteil auf meinen Knien niederläßt und mich anstarrt. Ich ziehe rasch die Knie hoch. Er purzelt auf den Fußboden. Aber gleich ist er wieder oben und legt sich hin, das Kinn flach auf den Decken zwischen den Pfoten. Ich lächle über die Intensität seines Blicks. Er schätzt meine Verfügbarkeit für weitere Spiele ab.

Ich bin an einem Tag über meine Zeit hinaus aufgewacht. Habe ich beschlossen, am Leben zu bleiben? Ich glaube, ich habe nur noch nicht beschlossen, nicht weiterzuleben. Wenn ich weiterlebe, wird mein Leben ganz das meine sein müssen, nicht das eines anderen. Kein anderer hat es gerettet, wenn das retten ist, was ich tue, und kein anderer kann es beurteilen. Ich habe nicht sehr viel, um damit weiterzumachen, aber ich werde selbst meinen Weg finden und mich nicht nach anderer Leute Vorstellung von dem, was ich kann oder nicht kann, richten. Ich weiß noch nicht, was ich tun will, aber wenn ich es herausfinde, werde ich es tun. Ob ich es gut mache, ob ich Talent dafür habe: diese Fragen werden nicht auftauchen. «Ist es das, was ich tun will?» Das ist der Punkt, auf den ich unablässig Nachdruck legen werde.

Bis dahin gibt es diese Tage zwischen Aufwachen und Schlafen. Sie alle bilden mein Leben. Jeder dieser Tage muß mir dasselbe Gefühl, was immer es ist, eingeben, das mir das Zusammensein mit Logos und das Spazierengehen am Meer eingibt. Vertrautheit. Angemessenheit. Zugehörigkeit.

Ja, von jetzt an werde ich meinen Tag so gestalten, daß alles darin mich erfüllt.

Gerade will ich ein Klümpchen Butter auf meinem Toast verstreichen, da ziehe ich das Messer zurück. Von jetzt an werde ich nur ungesalzene Butter kaufen. Ich brauche nicht auf besondere Anlässe dafür zu warten, denn von jetzt an ist mein ganzes Dasein ein besonderer Anlaß.

Ich schleudere beim Gehen mit den Füßen Sand hoch, während ich einen kleinen Kreis beschreibe, um Logos im Auge zu behalten. Weit hinter mir bellt er die Möwen an, die geglaubt hatten, sie würden auf dem Ufer eine ungestörte Morgenruhe halten können.

Ich werde alles, was ich tue, gegen das Wissen abwägen, daß ich sterben kann. Nicht nur, daß ich den Weg alles Fleisches gehen und eines Tages sterben werde, sondern daß ich diesen Tag selbst bestimmen kann. Bei allem, was ich tue, werde ich jetzt fragen: «Lohnt es sich, für das, was ich tue, zu leben?» Das Tun ist es nämlich, worauf es ankommt. Selbst wenn ich mir einen zukünftigen Wert aussuche, auf den die jetzigen Minuten hinweisen, werde ich keine Stunden zulassen, die ich bloß ertrage. Ich werde mich nie wieder mit gedankenlosen Gewohnheiten oder Langeweile abfinden oder mit Häßlichkeit, von Dingen oder Personen. Ich habe nichts Wichtiges zu tun, aber keine Zeit damit zu verschwenden, daß ich auf der Stelle trete. Alles, was ich während meines Tages anfasse oder sehe oder rieche oder koste oder höre, muß mir zugleich das Gefühl eingeben, daß es gut ist. Die Liste, die ich vorigen Monat aufstellte, war nur eine Seite lang, eine armselige Liste. Ich werde nie wieder eine solche Liste aufstellen können; denn alles, was ich tue, müßte darauf stehen.

Es gibt jetzt auch nichts mehr, worauf ich warten muß, abgesehen von dem, was ich selbst in Gang setze. Warten? Das Wunderbare, auf das ich zu warten pflegte, war nämlich etwas, das *mir* angetan oder *für* mich getan werden sollte: in die Wege geleitet von jemand anderem, unabhängig von meiner Wahl. Aber es gibt keinen anderen, der etwas für mich geschehen lassen kann: ich bin die einzige, die entscheiden kann, was getan werden muß. Und außerdem hat kein anderer einen *Grund*, überhaupt etwas für mich zu tun, vor allem nichts so Herrliches wie das, was ich erwartete.

In zweierlei Hinsicht ist Warten also belanglos. Es gibt nichts, worauf ich warten kann, weil ich selbst in die Wege leiten werde, was mir widerfährt. Es gibt nichts, worauf ich warten kann, weil diese jetzt vergehenden Minuten mein Leben *sind*. Es sind Minuten, in denen mein Leben vor sich gehen muß. Was immer ich tue, tue ich dann, wenn es mir paßt, und *ich* tue es.

«He, Logos!» Ich hebe ein Stück Treibholz auf und werfe es so weit wie möglich. Logos taucht hinter einer Düne auf und flitzt ihm nach. «Bring es her!» Ich lege die Hände als Schalltrichter an den Mund, um meinen Ruf zu verstärken, und Logos hört mich zwar, aber es scheint nicht das Spiel zu sein, das er spielen möchte.

Ich stehe da und sehe zu, wie sich die Schaumkronen auf den Wellen bilden und ans Ufer rollen.

Ich brauche nicht darauf zu warten, daß ich heirate, um ein Zuhause zu haben. Ich werde mir selbst eins schaffen. Oh, ich weiß, wie dieses Haus aussehen wird. Ich weiß, welche Formen und Strukturen und Farben es füllen werden. Jedes Ding darin wird mein Auge fesseln. Wie Paris, das so angelegt ist, daß es eine Aussicht bietet, wo immer man steht. Mein Haus wird ein von Leben erfülltes Museum sein.

Ich brauche nicht auf jemanden zu warten, damit er mir ein Gefühl der Kontinuität schenkt: ich trage meine Kontinuität in mir. Wo immer ich bin, werde ich hingehören. Ich werde meine eigene Permanenz schaffen.

Ich ertappe mich dabei, daß ich lächle.

Nach dem Frühstück gehe ich mit meinem Buch zur Couch, lege mich hin und lese den ganzen Vormittag. Mittags mache ich mich mit Logos zu einem Spaziergang ohne Nachdenken auf und komme so hungrig zurück, daß ich um drei Uhr nachmittags Mittag- und Abendessen kombiniere. Logos schläft ein, und ich nehme mir wieder mein Buch vor, bis das schwindende Licht mich darauf aufmerksam macht, daß der Tag vorbei ist. Ich tolle mit Logos auf dem Fußboden herum, werfe den Ball, damit er ihn mir zurückbringt, teste ihn bei einigen Dressurübungen, die ich ihm schon vor Wochen beizubringen versuchte, dann gehe ich mit ihm hinaus.

Die Nacht ist hier zugleich schwarz und glitzernd. Mein Blick wird nach oben gezogen, nicht nur von der Helligkeit der Sterne, sondern auch von der Dunkelheit, von der sie sich abheben: dem wolkenlosen Hintergrund des Himmels und der lichtlosen Nacht hier unten. Die Sterne sind so klar und deutlich, daß sie kartesianische Ideen sein könnten. Ich betrachte sie staunend und bemerke gewisse Beziehungen zwischen ihnen, aber ich vermag keine anderen Namen zu nennen als «Großer Bär».

Sieben Meilen von hier half Maria Mitchells Vater ihr vor hundert Jahren, ein Observatorium zu errichten, das die Familie nach Marias Tod der Öffentlichkeit vermachte. Was sollte eine respektable junge Dame vor so langer Zeit mit ihren Abenden anfangen? Ihrem Vater auf dem Klavier vorspielen, lesen, bis ihr die Augen weh taten vom trüben Licht der Walfischtranlampe, und dann, auf dem Weg ins Bett, hinaus und nach oben zu schauen. Und wenn irgendeine Matrone, als sie älter geworden und unverheiratet geblieben war, sie fragte, warum sie sich der Erforschung des Himmels gewidmet habe, sagte sie wahrscheinlich dasselbe wie Hillary über den Mount Everest, er war eben da. Oder vielleicht sogar: Ich wollte es.

So ein herrlicher Tag ist das heute gewesen. Wann habe ich zuletzt einen solchen Tag verbracht? Soweit ich mich erinnern kann, nicht als Erwachsene. Da mußte immer etwas getan werden oder schneller getan werden. Als ob unbekannte Hände mich vorwärtsschöben. Ja, das war der Druck: ich mußte mich eilen, ohne eigentlich zu wissen, bei welchem Tun ich mich eilte. Vielleicht kann ich dieses Gefühl des Sich-eilen-*Müssens* als ein Zeichen dafür ansehen, daß ich angetrieben wurde, etwas zu tun, was ich nicht *gewählt* hatte.

Denn das ist es, was jetzt anders ist: die mit allem verbundene Dringlichkeit ist verschwunden. Es gibt nichts mehr, was ich tun *muß*: nur das, was ich mir zu tun aussuche. Und wenn ich das nicht leicht herausfinde, kann ich wenigstens das vermeiden, was mir nicht eigen ist, indem ich auf dieses Zeichen achte.

Wir gehen nach Hause. Auf dem Weg nach oben ertappe ich mich dabei, daß ich lächle. Zweimal habe ich jetzt in den beiden letzten Tagen gelächelt. Ungläubig schüttle ich den Kopf. Ich strecke mich aus in der Vorfreude auf den Schlaf, der das alles krönen wird.

Ich habe ein merkwürdiges Gefühl der Neuheit. Ich bin nicht sicher, worin sie besteht. Mir scheint, daß die Worte, die mir kommen, neu sind. Lächerlich. Was kann ich damit meinen?

Ich erinnere mich, daß ich eines Tages mit Mike Beobachtungen verglichen habe. Das meiste von dem, was wir sagten, kam uns vor wie aus einem Theaterstück, als ob wir es auswendig gelernt hätten oder im voraus planten. Wir sagten uns, wir wüßten, daß wir vom Skript abweichen müßten, und doch mag sogar das noch zum Skript gehört haben. Das Gefühl der Neuheit ist jetzt, daß das Skript weg ist. Ich nehme wahr, daß ich denke. Ich nehme wahr, daß ich spreche. Meine Worte folgen nicht einem vorher festgelegten Schema. Sie überraschen mich, während ich sie noch ausspreche oder denke. Das Unerwartete an ihnen fesselt meine Aufmerksamkeit, und wenn ich sie untersuche, entdecke ich, was ich damit *meine*.

Ich weiß, wie das kommt: Ich werde nicht mehr geprüft. Ich habe aufgehört, mich einer endlosen Prüfung zu unterziehen, bei der ich immer wieder durchfalle, bei einer Frage nach der anderen versage, so daß der angesammelte Schrecken des bisherigen Scheiterns das nächste Scheitern und daher weitere Schrecken vorherbestimmt. Das ist vorbei, dieses anhaltende Gefühl von gegenwärtigen und bevorstehenden Katastrophen. An seine Stelle ist ein Gefühl des Erforschens, des Experimentierens, fast des Wagemuts getreten. Ich, die ich so feige bin: man stelle sich das vor. Die Frage existiert nicht mehr, ob ich versagen oder Erfolg haben werde. Jetzt geht es nur noch darum, ob das, was ich tue, neu oder interessant ist. Ich kann Fehler machen und sie «Fehler» *nennen*, statt sie sofort als ein Verhängnis anzusehen.

Werde ich je lernen, was Lieben ist und Hassen und Wütendsein, so daß ich auch das mit Namen nennen kann? Werde ich jedes davon einzeln lernen? Oder gibt es eine allgemeine Gefühlskapazität, die mir, wenn ich je zu ihr vorstoßen kann, beweisen wird, daß ich bei passenden Gelegenheiten für getrennte Gefühle empfänglich bin? Ich konnte über derlei Dinge nicht sprechen, als ich meine Dissertation schrieb, und es geht auch jetzt noch über meinen Horizont.

Ich bücke mich und kraule Logos am Ohr. Er macht kurz die Augen auf, seufzt und schläft wieder ein. Meine Erziehung in diesen Dingen mag so lange verzögert sein, daß ich, die ich jetzt ins mittlere Alter eintrete, womöglich nicht rechtzeitig das Lieben lerne, um noch eigene Kinder zu haben. Mütterlicher als Logos mich erlebt, werde ich vielleicht nie werden.

Ende Januar werde ich von hier fortgehen. Ich bin bereit dafür. Jetzt verstehe ich Thoreau. Die persönliche Angelegenheit, die er in Walden erledigen wollte, war vermutlich das, was ich hier tue. Aber er sagt niemals, warum er dort hingegangen ist, und auch nicht, warum er wegging. Er sagt nur, daß er einen ebenso guten Grund hatte, den Wald zu verlassen, wie ihn aufzusuchen.

Und dennoch, selbst wenn er seine ganz persönlichen Gedanken ausgesprochen hätte, hätte ich sie nicht als Vorbild für mein eigenes Vorgehen verwenden können. Selbst wenn er nur gesagt hätte, er habe seine Lebensgrundlage zerstört, ohne das Wie anzugeben, hätte ich es nicht verstanden. Erst nachher, erst nachdem ich es selbst gemacht hatte. Aber bevor ich herkam, wußte ich das nicht, und so hoffte ich, von ihm zu lernen.

Was für ein Wissen ist das, das weder durch bestimmte Vorbilder noch durch abstrakte Regeln gelehrt werden kann? Ich glaube, es ist das Wissen, das Sokrates meinte, als er sagte, Tugend sei Wissen, könne aber nicht gelehrt werden. Es kann nicht gelehrt werden, aber es kann gelernt werden. Man braucht sich nur vorzunehmen, gleichzeitig Lehrer und Schüler zu sein. Was man lernt, gilt nur für einen selbst. Der Grund, warum kein anderer es einem beibringen kann, ist, daß derjenige, der ein solches Wissen hat, nur etwas weiß, das für ihn allein gilt. Sollte man es eigentlich überhaupt «Wissen» nennen, wenn es so einmalig ist wie jedes Ich?

Ich breche den Gedanken abrupt ab. Ich weiß, was ich bis jetzt von mir begriffen habe, aber ich kann nicht wissen, was noch kommt. Ich bin voreilig, wenn ich anfange, Sokrates zu korrigieren.

27

Vielleicht hat das Unterrichten etwas für sich. Etwas von der Philosophie (was, weiß ich nicht) mag sich unter dem Panzer festgesetzt haben, den ich trage.

Immerhin, selbst wenn aus einem der Lehraufträge etwas würde, wäre das erst für September. Bis dahin werde ich ein bißchen Geld verdienen müssen. Ich könnte von hier aus direkt in die Universitätsstadt gehen, welche auch immer, und mir einen Job suchen, bis die Gehaltszahlung beginnt.

Ich erschauere leicht und schüttle eine Empfindung ab, die ich nicht benennen kann. Es ist eine so andere Art, die Dinge zu betrachten. Fühlt es sich so an, wenn man sehen kann?

Ich setze drei kurze Briefe an die Männer auf, die ich in New York gesprochen habe, und teile ihnen mit, daß die Unterlagen über meinen Werdegang in Harvard erhältlich sind. Zwei andere offene Stellen werden längere Briefe erfordern, richtige Bewerbungsschreiben. Aber auch dafür sind die Harvard-Auskünfte nötig.

Ich suche in der neuerlichen Unordnung auf meinem Schreibtisch nach den Anweisungen, wie der Harvard-Fragebogen auszufüllen ist. Ich weiß, warum ich Fragebögen hasse: sie sind hinterhältig. Fange bei irgendeinem Teil des säuberlichen Vordrucks an, und schon kommt etwas Abscheuliches heraus. Zum Beispiel: «Adresse.» Aber um eine Adresse angeben zu können, muß man irgendwo wohnen, und wo wohne *ich*? Es sind Rubriken vorgesehen für eine zeitweilige und eine ständige Adresse, aber was mache ich, wenn ich nichts als zeitweilige habe?

Na gut, ich werde meine Adresse in Siasconset angeben. Und was die ständige betrifft, so werde ich mir überlegen, welche von meinen Freundinnen eine Zeitlang meine Post in ihrem Haus entgegennehmen wird. Wer? Ich fange an, Junes Adresse in Cambridge einzutragen, dann halte ich inne. An mich dorthin gesandte Post würde vom Postamt automatisch weitergeleitet an die Adresse, die ich angab, als ich vor zwei Jahren aus der Wohnung auszog.

Die Vergangenheit holt mich schon auf der Seite ein, mit der ich einen Neuanfang versuche. Ich muß mich davon befreien. Vielleicht kann ich nicht mehr tun, als mir klarmachen, daß es Fallen gibt, und versuchen, sie zu vermeiden. Bis ich es nicht mehr nötig habe, irgend jemanden um irgend etwas zu bitten. Wenn es je dazu kommt.

Ich überfliege rasch das übrige Formular. Bei jeder Frage dreht sich mir der Magen um, wenn ich daran denke, sie zu beantworten. Referenzen. Wer wird für mich eintreten? Henry. Aber ich brauche noch fünf weitere. Wie soll ich fünf Männer finden, bei denen ich studiert oder die mich angestellt haben, die bereit sind, Empfehlungsbriefe zu schreiben, die mir nützen, statt mir zu schaden? Ich lege die Arme auf die Schreibmaschine und bette den Kopf darauf. Einen nach dem anderen sondere ich die angesehensten Männer, die ich kenne, aus. Ich habe sie alle schlecht behandelt. Nicht, weil sie so waren, wie sie waren, sondern weil ich so war, wie ich war.

Muß ich jedem von ihnen einen Brief schreiben und erklären, was ich jetzt begriffen habe? Warum sollten sie mir glauben? Sie haben keinen Grund, mir Gelegenheit zu geben, mein Verhalten ungeschehen zu machen. Ich kann nicht einmal von meinem Engagement für die Philosophie und die Lehrtätigkeit sprechen, also kann ich ihnen nicht einmal jetzt die Wahrheit sagen. Denn ich brauche das tägliche Brot und Kleidung und ein Dach über dem Kopf. Für diese Bedürfnisse muß ich weiterlügen. Eine Weile jedenfalls. Wenigstens lüge ich nur ihnen etwas vor.

Meine Vergangenheit versucht mir wieder den Weg zu versperren. Wie konnte einer dieser Männer auch ahnen, daß ich um mein Leben rannte? In ihren Augen bin ich wahrscheinlich vor jedem

Versprechen davongerannt, das ich ihnen gegeben hatte. Und sie verurteilten mich. Mit Recht.

Ich lehne mich auf meinem Stuhl zurück. Ich bin schon erschöpft, wenn ich bloß daran denke, in jene Welt zurückzukehren. Vielleicht habe ich bereits mit eigener Hand die Türen für mich verschlossen.

Ich spanne das Formular wieder in die Schreibmaschine ein. Habe ich geglaubt, es würde einfach sein?

Der graue Tag gibt mir keinen Hinweis darauf, wie die Zeit vergeht, aber Logos weiß, daß er lange genug still gelegen hat, um einen Spaziergang zu verdienen. Er nimmt meine Hand in die Schnauze und zieht sanft. Ich lasse mich von ihm zur Hintertür führen und mache sie für ihn auf. Er geht hinaus, dann bleibt er stehen, sieht zu mir auf und wedelt zaghaft mit dem Schwanz.

«Ich will dir was sagen. Du gehst raus, und ich komme gleich nach.» Ich halte die Tür wieder auf. Er sieht die Lage anders. Den Blick noch auf mich gerichtet, kommt er zurück in die Küche, um dort zu sein, wo ich bin. Es ist zu spät, um meine Briefe noch in den Kasten zu werfen, ehe die Post abgeht. Und zwei habe ich noch abzutippen.

«Du hast recht.» Ich ziehe die Stiefel an und setze die Mütze auf. Das ist nicht einfach, wenn ein großer Welpe gegen die Tür springt und lauthals seine Freude verkündet.

Wenn aus den Lehraufträgen nicht rechtzeitig etwas wird, werde ich mir in der Nähe von einer meiner Freundinnen einen Job suchen.

Seltsam. Von einem Tag zum anderen habe ich aufgehört, sie mir als Menschen vorzustellen, für die mein Leben unbedingt wichtig sein muß. Ich bin diejenige, für die mein Leben wichtig sein muß. Von meinen Freundinnen kann ich kaum etwas verlangen, wenn ich nicht weiß, ob ich es von mir selbst verlangen kann.

Kann ich in der Nähe von Joyce leben? Nein, meiner Familie zu nahe. Und wir waren in letzter Zeit nicht so eng befreundet. Unser Leben ist zu unterschiedlich. Ich glaube, sie hätte vielleicht als einzige versucht herzukommen, wenn ich sie darum gebeten hätte. Aber ich konnte sie nicht darum bitten. Die Krankheit ihres kleinen Jungen erfordert, daß sie dort bleibt.

Etel. Nein. Wir ertragen es nicht, wenn wir uns regelmäßig sehen. Etel taugt für ein langes Gespräch, das besser ist, wenn es selten stattfindet.

Jean. Ja, eine gute Idee. Oder Marilyn. Ich werde ihnen beiden schreiben.

Nein, Marilyn werde ich gleich anrufen. Ihr Brief aus dem Krankenhaus war – wo ist er denn? – vom 28. Dezember. Wie lange dauert es, bis junge Mütter mit ihren Neugeborenen nach Hause gehen? Das gehört zu den Dingen, die ich wahrscheinlich nie aus eigener Erfahrung wissen werde.

Jean kann ich den Brief schreiben, den ich Etel vor einem Monat nicht schreiben konnte. Jetzt begreife ich Anfang, Mitte und Ende. Ich schreibe in groben Zügen und verspreche, die Einzelheiten zu berichten, wenn wir uns sehen. Ich bitte sie, an der Universität von Toronto ihre Fühler nach einem Job für mich auszustrecken und nach einer billigen Unterkunft, wo ich mit Logos wohnen kann. Falls ich beschließe, nach Toronto zu gehen, bis ich einen Lehrauftrag erhalte.

Dieser Brief ergibt mit den anderen eine dicke Handvoll, und als ich sie in den Briefkasten stecke und mich zum Strand aufmache, habe ich ein Gefühl von unvertrauter Leichtheit.

Die Briefe, die ich gerade abgeschickt habe, bezeugen, daß ich alle vorhandenen Möglichkeiten verfolge. Jede von ihnen kann der Beginn eines neuen Weges für mich sein. Frühestens in einer Woche werde ich von irgend jemandem eine Antwort erhalten. Jetzt kann ich nur abwarten.

Ich atme die salzige Luft ein. Es ist Flut. Das Meer ist silbern. Drei Tage lang haben wir keine Sonne gehabt.

Das Gefühl, mit niemandem verbunden zu sein, macht sich bei mir wieder bemerkbar, verwandelt sich aber in etwas, bei dem ich nicht sicher bin, daß ich es verstehe.

Ich bin entlastet. Das ist es. Frei: nicht verpflichtet, nicht genötigt, nicht gezwungen, etwas zu tun. Frei: nicht länger dazu verurteilt, die Katastrophen der Vergangenheit immer zu wiederholen.

Die Nonne, die mich im vorigen Jahr auf dem Berkeley-Campus nach dem Weg fragte. Ihr im Wind wehendes schwarzes Gewand erschien in meinem peripheren Blickfeld, als ich auf dem ansteigenden Boden lag und las, und ich blickte auf. An jenem Samstag, der kalt war und Regen ankündigte, liefen da so wenige Studenten herum, daß ich wohl jeden Vorbeikommenden angesehen hätte. Aber als sie auf dem gewundenen Pfad heraufkam, erkannte ich, daß es nicht der Wind, sondern ihre eigenen Bewegungen waren, die ihr Gewand wallen ließen. Sie schritt richtig aus und trippelte nicht. Aber ihre langen Schritte waren anmutig. Es war der Gang von Indianern. Ich wußte, wie man sich dabei vorkam: als kleines Mädchen hatte ich über diesen Gang gelesen und ihn für mich übernommen. Sie zeigte mir, wie er aussah.

Als sie noch ein Dutzend Schritte entfernt war, muß ich gelächelt haben, denn sie lächelte mir zu und winkte, dann ging sie den Hang weiter hinauf zu einem der Gebäude. Ihre Handbewegung war ebenso beschwingt wie ihr Gang, so sehr Teil eines einheitlichen Organismus, daß jede ausgebildete Schauspielerin sie darum beneidet hätte. Ich wandte mich wieder meinem Buch zu, aber dann hörte ich Schritte auf dem Rasen hinter mir, und da stand sie, schaute auf mich herunter und hatte die Hände auf eine noch ungezwungenere Weise zusammengelegt. Ich wollte aufstehen, um ihre Frage nach einem bestimmten Gebäude zu beantworten, aber sie hob eine Hand, um mir Einhalt zu gebieten, die sie dann wieder zurückzog und mit der anderen zusammenlegte, was eine Art Ruhestellung für sie sein mußte. Ich stand dennoch auf. Ich wollte ihr gern helfen, wußte aber auf dem Campus selbst nicht sehr gut Bescheid.

«In dem Gebäude dort ist eine Auskunftsstelle.» Ich deutete auf Sproul Hall. «Aber ich bin nicht sicher, ob sie am Samstag nachmittag offen ist.»

Sie lächelte mir wieder zu, dankte mir, hob die Hand ein wenig höher als bei der Geste, mit der sie mir bedeutet hatte, ich solle mich nicht stören lassen, und sagte: «Gott segne dich.» Sie sprach so unmittelbar zu mir, als wollte sie die Worte meinem Sinn einprägen. Und dann ging sie mit denselben harmonischen Bewegungen, die durch ihr Gewand nicht behindert wurden, sondern sich eher damit in Einklang befanden, wieder die Anhöhe hinauf.

Ich stand da und blickte ihr nach, bis sie außer Sicht war. Sie war die einzige Person, die ich je gesehen hatte, die frei war. Sie bewegte sich so natürlich, weil sie auch innerlich anmutig war. Als sie mich segnete, begriff ich, daß sie mir etwas von dem gab, was den Kern ihres Wesens ausmachte. Es war etwas, das zugleich so persönlich und so unpersönlich war, daß ich ihr fast nachgerannt wäre, um sie um die Erklärung zu bitten, wie das möglich sei.

Hätte ich sie nicht damals, sondern jetzt getroffen, hätte ich sie, glaube ich, angehalten, ehe sie sich abwandte, um mit ihr darüber zu sprechen, wer sie war und warum sie Nonne geworden war und ob sie sich selbst so sah, wie ich sie wahrnahm. Aber an jenem Nachmittag, als sie wegging, schien mir, daß ich in einer anderen Welt als der ihren lebte. Ich erwartete Antworten auf all meine Briefe, mit denen ich mich nach Jobs erkundigt hatte; ich sah Stan fast täglich und wartete darauf, daß er mich abschätzen und mich sehen und sagen würde: «Bleibe hier bei mir.» Ich wohnte in einem trostlosen Hotel und lebte von Geld, das ich von Etel, von Weck, von jedem geborgt hatte, der etwas für mich erübrigen konnte, um mich über Wasser zu halten, bis ich einen Job bekam.

Ich hätte damals nicht gewußt, wie ich mit ihr sprechen sollte. Sie wäre nur eine weitere Person gewesen, um deren Hilfe ich bat.

Ich weiß, warum ich jetzt an sie denke. In den letzten Tagen war mir alles neu vorgekommen, und obwohl sie sich der Autorität unterworfen hatte, die ihr Gewand symbolisierte, ist sie in meiner Erinnerung ein Urbild der Unabhängigkeit geblieben. Nein, nicht ganz. Ein Urbild der Aufrichtigkeit: wenn sie auch die Autorität der Kirche anerkannte, so war sie es, die sich dafür entschieden hatte, und ihre Wahl befreite sie. Woher weiß ich das? Ich spürte es an ihrer Ausstrahlung.

In der Ferne sehe ich den hohen Zaun, der das staatseigene Gelände ankündigt. Ich schaue mich nach Logos um. Ich weiß, warum ich nicht oft hierher komme: die Einzäunung stellt eine Grenze dar, über die ich nicht hinausgehen darf. Ich sehe Logos weit weg eifrig beim Buddeln, die ununterbrochene Ebenheit des Strandes trennt uns durch nichts voneinander. Ich gehe ihm entgegen, und gemeinsam erklimmen wir die niedrige Böschung, die den Strand von der Straße trennt. Die Häuser hier sind kleiner und stehen dichter beieinander als jene auf dem Steilufer, aber auch sie erwecken den Eindruck, als wären sie dort gewachsen, wo sie zufällig gepflanzt wurden.

Im scharfen Winkel zu der gepflasterten Straße finde ich die Straße, die auf einem Umweg zur Siasconset Road führt. Ich spare mir diesen Heimweg für gemütliche Tage auf, von denen es bis zu meiner Abreise mehr geben wird als bisher. Ich verlangsame belustigt meinen Schritt. Was meine ich damit? Ich meine damit, daß die quälende Arbeit vorbei ist, daß das Nachdenken von jetzt an so neu sein wird, daß ich noch nicht weiß, wie es sein wird, wenn ich mich dranmache.

Wie komme ich auf die Idee, daß da etwas ist, an das ich mich dranmachen kann?

Mein Tagesablauf paßt mir wie ein alter Pullover, der bequem ist, locker sitzt und weit genug ist, daß ich mich darin recken kann. Ich wache auf, wenn ich ausgeschlafen habe; esse, wenn ich hungrig bin; gehe nach draußen, wenn ich die frische Luft spüren oder riechen will; lese, wenn mir der Sinn danach steht; Logos bei alledem dazwischengeschoben zum Spielen, zur Unterhaltung, als Lebewesen.

Ich bin allmählich imstande, die Dinge nach ihrer Wichtigkeit einzuordnen. Früher reagierte ich auf alles höchst überschwenglich ohne Intensitätsabstufungen. Ich erkenne jetzt, warum die Leute mich für theatralisch hielten. Ich gab immer Vorstellungen, als müßte ich bis zur letzten Reihe im obersten Rang durchdringen.

Ich hatte keinen inneren Kompaß. Der Maßstab für jede meiner Leistungen, auf der Bühne oder im Leben, befand sich in den Augen anderer Leute. Jetzt scheine ich einen eigenen zu entwickeln. Noch schwach, noch sehr bescheiden, aber meiner.

Grob behauene Meilensteine, die vor mehr als hundert Jahren gesetzt wurden, säumen die sieben Meilen lange Straße von Nantucket nach Siasconset und enden am Fahnenmast vor dem Postamt. Ich lasse Logos mit den Einkaufstüten im Wagen und hole rasch meine Post ab: Etel und etwas von Harvard. Ich stecke die Briefe in die Tasche, halte in meiner Auffahrt, lade die Pakete aus und fahre den Wagen dann in die Garage. Ich halte die Hintertür für Logos auf, aber er bleibt draußen, pflanzt sich auf und bellt mir eine lange Geschichte vor, daß er mich gutwillig hat einkaufen und die Post abholen lassen, aber daß er jetzt an der Reihe sei.

«Okay. Warte, bis ich die Lebensmittel ausgepackt habe, die in den Kühlschrank gehören.»

Es geht ihm nicht schnell genug.

«Okay, okay.» Ich rede ununterbrochen beschwichtigend auf ihn ein, während ich die verderblichen Dinge wegräume, und dann machen wir uns auf den Weg.

Ich gehe langsam und lese Etels Gekritzel auf drei Seiten eines Briefpapiers, das einen ägyptischen Aufdruck trägt. Sie findet, ich sollte ins Peace Corps eintreten. Der Vorschlag ärgert mich. Nicht bloß, weil das Peace Corps zwei weitere Jahre der Wanderschaft bedeutet, sondern auch, weil es belanglos ist für das, worüber ich nachgedacht habe. Nun ja, woher soll sie das wissen? Ich war nicht fähig, ihr einen ordentlichen Brief zu schreiben, seit ich hier bin.

Logos führt mich die Straße entlang zum Golfplatz, aber ein langer Spaziergang kann heute nur eine Hoffnung sein: die Sonne steht schon tief am Horizont.

Plötzlich fällt mir der Harvard-Brief ein, und ich reiße ihn auf. Routine, wie ich mir gedacht habe. Sie haben die von mir ausgefüllten Formulare erhalten und sie weitergeschickt, wie ich gebeten habe. Sie fügen Vordrucke für Empfehlungsschreiben bei, die an die von mir angegebenen drei neuen Referenzadressen geschickt werden sollen. Ich bin drauf und dran, den Brief wieder in die Tasche zu stecken, und dann lese ich ihn noch einmal genau.

«Oh, nein!» rufe ich auf der leeren Straße aus. Logos sieht zu mir zurück, dann macht er kehrt und rennt mit mir zum Haus. Ich stürze nach oben zum Telefon, setze mich hin und nehme mit zitternder Hand den Hörer ab. Wie konnte sie meinen Brief mißverstanden haben? Ich muß verhindern, daß sie diese alten Referenzen wegschickt. Ehe ich die Nummer der Zentrale wähle, versuche ich mir zurechtzulegen, was ich sagen will. Ich muß gelassen sein, nicht ärgerlich. Ich muß mich klar ausdrücken, nicht verworren.

Die Zentrale hat die Frau am Apparat, ehe ich nach dem Laufen wieder richtig zu Atem gekommen bin. «Ich rufe an, um zu fragen, ob Sie Zeit hatten, die Formulare fertig abzutippen, die ich Ihnen geschickt habe.»

«Ja, wir haben sie gerade heute nachmittag abgeschickt.»

Ich lege die Hand über die Hörmuschel und beiße mir auf die Lippen, ehe ich spreche. Meine Worte klingen dennoch erregt. «Ich bin gar nicht auf den Gedanken gekommen, daß meine alten Radcliffe-Referenzen an Ihr Büro gehen würden. Ich dachte, meine ganze Akte würde neu sein.»

Die Frau versteht nicht, was ich damit meine. Wie sage ich ihr, daß dieser Mistkerl Hal, als er mich feuerte, mir eine meiner Referenzen vorlas, aber nicht sagen wollte, von wem sie stammte, und daß darin mehr von meiner Unzurechnungsfähigkeit als von meinem Verstand die Rede war? Wie sage ich ihr, daß sie mich keinen neuen Start beginnen läßt und mir damit wieder Unsicherheiten und Rechtfertigungen einbrockt? Wie sage ich ihr, sie soll diese Beurteilung wegwerfen, deren Verfasser ich nicht kenne? Wie kann ich herausfinden, wer sie geschrieben hat, damit ich ihn nicht in meiner Ahnungslosigkeit bitte, wieder eine für mich zu schreiben?

«Wir glaubten, wir wären Ihnen behilflich, wenn wir Ihre Formulare und Referenzen möglichst schnell wegschicken. Aber offenbar haben wir da etwas getan, was Sie beunruhigt. Bitte sagen Sie mir, was es ist, vielleicht können wir es rückgängig machen.»

Ich versuche, meine Tränen herunterzuschlucken, aber sogar ich höre sie in meiner Stimme. «Ach, ich habe zufällig entdeckt, daß eine meiner Referenzen nachteilig für mich ist, aber ich weiß nicht, welche.»

Sie schweigt. Ich schweige auch und hoffe auf ein Wunder: daß sie den Brief noch anhalten und zerreißen kann.

«Es tut mir leid, daß es zu diesem Mißverständnis gekommen ist. Ich werde Ihre alten Referenzen aus Ihrer Akte herausnehmen und Ihnen drei weitere neue Referenzvordrucke zusenden. Dann haben Sie sechs neue Beurteilungen. Mehr können wir jetzt nicht für Sie tun.»

Als ich aufhänge, lege ich mich aufs Bett. Es ist aus und vorbei mit dem Job, an den sie die alten Referenzen geschickt hat. Ich wälze mich auf die andere Seite. Wie kann ich je sicher sein, ob ich den Verräter nicht in die neue Sechsergruppe eingereiht habe? Vielleicht kann ich doch nicht zum Lehrberuf zurückkehren. Nicht, wenn dieser Bericht mich mein Leben lang verfolgt.

Hier sitze ich, ein Prediger in der Wüste. Schön und gut, solange ich hier bleibe. Aber mit dem ersten Schritt zurück in die Welt, in der ich das Leben führen soll, das ich gerade selbst in die Hand genommen habe, gerate ich in dasselbe scheußliche Schlamassel. Ich habe die alten Ursachen ausgemerzt, die in mir lagen, aber ich kann die alten Konsequenzen nicht ausmerzen, die nach wie vor an Stellen wie den Radcliffe-Akten liegen und in den Ansichten von Männern, in deren Macht es steht, mir Jobs zu geben oder sie mir vorzuenthalten.

Ich stoße einen langen Seufzer aus. Und ich wollte bloß eine Lehrtätigkeit haben, um die Zeit zu überbrücken, bis ich weiß, was ich tun will. Nein, ich habe überhaupt noch nichts wirklich geklärt.

Nach dem Frühstück setze ich mich gleich an den Schreibtisch. Es kostet mich den ganzen Vormittag, sechs Briefe mit der Bitte um Referenzen für die Harvard-Akte zu schreiben. Ich stehe vom Stuhl auf, gehe durchs Zimmer, setze mich hin, gehe in die Küche, setze mich wieder hin, spiele draußen mit Logos und kehre ein letztes Mal zum Schreibtisch zurück. Um die Mittagszeit kommt mir der Gedanke, daß ich an diese Männer nicht schreiben will. Ich bitte sie um Hilfe, und jetzt fällt es mir schwer, um Hilfe zu bitten. Schlimmer noch: Ich bitte *diese* Männer, die mich so kennen, wie ich war. Und dennoch, was bin ich jetzt anderes als eine Frau, die als Ergebnis von siebenunddreißig Jahren nur weiß, daß sie ihren Welpen liebt und gern am Meer spazierengeht?

Ich schreibe drei der Briefe ins reine und füge die Harvard-Formulare bei. Die anderen Briefe können warten, bis die restlichen Formulare eintreffen.

Logos und ich gehen zur Tür hinaus, er so unerwartet, daß er sich noch in der Auffahrt wachschüttelt. Ich bleibe einen Augenblick in der Sonne stehen, halte mein Gesicht hoch und lasse mir von der schwachen Winterwärme die von der Vormittagsarbeit verbliebene unerfreuliche Stimmung austreiben. Dann gehen wir sehr schnell zum Postamt, mehr um die Briefe aus meinen Händen und Gedanken zu bekommen, als um die Postkastenleerung zu erreichen. Wie sich herausstellt, schaffe ich beides.

28

Vom Hundezüchterverein kommt endlich das Meldeformular für Logos. Den Brief meiner Wirtin lese ich auf dem Weg zum Strand, dann stecke ich ihn in die Tasche. Etwas daran verwundert mich, aber ich weiß nicht was. Dann wird es mir klar. Sie hätte wütend sein müssen. Ich habe mich nicht an mein Angebot gehalten, ihr Haus bis zum Frühjahr zu bewohnen, und jetzt hat sie die Kosten und die Mühe, es für den Rest des Winters wieder dichtzumachen. Sie hat ein Recht, wütend zu sein, aber sie ist es nicht. Oder vielmehr kommt es nur ganz schwach zum Ausdruck, fast als Nebenbemerkung. Sie möchte mich nicht kränken. Wie seltsam. Warum liegt ihr daran?

Es erinnert mich an meine eigene ausweichende Art, wenn ich mich mit etwas Schwierigem befasse: beschwichtigend, denn wenn man sagt, was man meint, ist die Hölle los. Die Hölle: der rasende, schrille Zorn meiner Mutter.

Ich muß mich hinsetzen.

Ich werde sie in meinem Leben ewig wiederfinden. Darum also wurde ich nie wütend: um dem Zorn zu entgehen, der ihr stets zur Verfügung stand und der stets die Oberhand behielt. Eine weitere Kleinmädchen-Lektion, die ich allzu gut lernte. Und dennoch, ich habe sie auch angeschrien. Ich schließe die Augen, um die Jahre der Kämpfe auszusperren. Vielleicht fing ich mit Schreien an, als ich die Hoffnung aufgab, auf andere Weise ihre Beachtung zu erlangen. Und später, als ich heranwuchs, beschloß ich bewußt, niemals wütend zu werden, um ihr in keiner Weise ähnlich zu sein. Ich habe das so gut gemacht, daß ich gar nicht weiß, wann ich je wütend war. Ich werde also anderen Leuten gegenüber nie wütend, weil ich immer noch glaube, sie würden mich sonst im Stich lassen. Wie sie es tat, indem sie mich anbrüllte.

Wenn ich nur daran denke, wie es war, wenn George etwas tat, das mir nicht gefiel. Ich wurde schweigsam und versuchte dann, es ihm auszureden. Selbst an dem Tag, als er mir am Telefon über Elizabeth Bescheid sagte, merkte ich, daß ich nicht sprechen konnte, und so hängte ich einfach auf. Aber welchen Preis bezahlte ich dafür, daß ich ihn behalten wollte.

Ich stehe vom Sand auf und klopfe mir den Mantel ab. Ich muß sagen, was ich meine. Ich *muß* es. Wenn mich daraufhin jemand verläßt, dann war er eben gar kein Freund.

Woher habe ich das? Ich feixe. Es ist eins der Dinge, bei denen ich mich ertappe, daß ich sie sage.

Es wird lange dauern, ehe ich wieder eine Beziehung zu einem Mann aufnehme. Ich glaube, die Männer, mit denen ich schlief, habe ich oft nicht *gemocht*. Wenn ich mir Zeit lasse, herauszufinden, ob ich den nächsten Mann mag, dann kann mir das von vornherein ein unnötiges Engagement ersparen.

Ich lächle. Was ist ein notwendiges Engagement? Nun, das ist eines, das ich nicht brauche, aber will. Ich meine nicht sexuelles Begehren. Ich weiß, wie das ist: ein Motor in mir beginnt zu tuckern und führt mich dann an der Nase, nie schnell genug, in die Arme eines Mannes. Pflegte mich zu führen. Jetzt weiß ich: Wenn ich mich zu einem Mann hingezogen fühle, ist das der beste aller Gründe, ihn nie wiederzusehen, denn was mich an ihm anzieht, ist etwas, das ich nicht mehr brauche. Vielleicht werde ich mich nie wieder auf diese Weise angezogen fühlen. Vielleicht werde ich gegen alles mißtrauisch sein, das zu dringlich erscheint.

Ich könnte eine Art Bremse in mir einbauen für den Fall, daß ich wieder in Versuchung gerate. Sagen wir, indem ich mich frage, wie der Mann wohl hinterher sein wird. Es gibt einen Unterschied zwischen männlicher und weiblicher Sexualität: getan und erledigt für den Mann; noch verebbend für die Frau. Und das ist ein qualitativer Unterschied, nicht einer des Grades. Darum kann ein Mann stets zumindest sexuell befriedigt sein, was immer er sonst von einer Affäre hat. Darum kann eine Frau sexuell nur befriedigt sein, wenn sie den Mann auch etwas lieb hat. Ich nehme an, daß die Befriedigung eines Mannes direkt proportional zu seiner Zuneigung für die Frau zunimmt, aber für ihn handelt es sich allein darum, wie intensiv seine Lust sein wird. Für sie handelt es sich darum, ob es überhaupt Befriedigung geben wird.

Ich verstehe plötzlich, daß die Idee der weiblichen Keuschheit im psychologischen Sinne vernünftig ist. Es ist eine Möglichkeit, den sexuellen Unterschied in Ehren zu halten, so daß Mann und Frau gleiche Vorteile haben. Es ist eine Möglichkeit, der Frau Zeit zu lassen, um herauszufinden, was für ein Mensch ihr Gefährte ist und ob sich eine wertvolle Beziehung zu ihm entwickeln kann. Wenn sie sich nur vornehmen kann, den rechten Augenblick abzuwarten – nicht um sich dem Mann hinzugeben, um ihm damit einen Gefallen zu tun, sondern zu ergründen, was für ein Mensch er ist.

Aber er mag über das Warten maulen. Oder drohen, anderswo

hinzugehen. In diesem Fall sagt er der Frau, wie er später sein wird: verwöhnt, kindisch, ohne Einfühlungsvermögen für sie. Und das ist ein Signal für jede Frau. Wenn sie es hören kann.

Denn wenn es im Bett anfängt, wird es aller Wahrscheinlichkeit nach auch dort enden. Ein Mann geht weg, wenn sein sexuelles Interesse an einer Frau erschöpft ist, sofern es für ihn keinen Anreiz gibt, nach anderen Interessen zu forschen, die er mit ihr teilen kann.

Keuschheit ist eine Möglichkeit, eine Frau zu wappnen, falls ihr außer Rand und Band geratener Körper sie annehmen läßt, ihre Sexualität sei wie die eines Mannes: daß sie in Betten hinein- und wieder heraushuschen könne, genau wie er und mit demselben Gewinn. Oder schlimmer noch: daß seine Sexualität wie die ihre sei: daß er, wenn er mit ihr ins Bett geht, sich damit an sie binde.

Deshalb ist es einfach unsinnig, einen Mann zu verurteilen, wenn er mit einer Frau schläft und dann von ihr fortgeht. Wenn die Frau willens ist, wenn es das Wasser gratis gibt, dann schläft er mit ihr, dann trinkt er. Denn seine Sexualität kann getrennt von ihm existieren, aber die einer Frau ist ein unlösbarer Teil von ihr. Keuschheit ist eine Disziplin, die sie sich auferlegen kann, um zu gewährleisten, soweit Gewährleistung möglich ist, daß ihre nur einen Aspekt aufweisende Sexualität durch einen Mann befriedigt wird, dem zwei Aspekte zur Verfügung stehen, wie er sie behandeln kann.

Aber die ganze Geschichte ist auf den Kopf gestellt. Die psychische Bedeutung der Keuschheit für Frauen ist zu einer Verhaltensregel für uns umgemünzt worden. Gleichgültig, ob wir früher oder später gegen diese Regel verstoßen und ein schlechtes Gewissen deswegen haben. Dennoch hat Sexualität in diesem engen Sinn nichts mit Moral zu tun. Moralische Fragen tauchen nur auf, wenn der Mann oder die Frau, die eine Affäre erwägen, auf eine ganz spezielle Weise an einen anderen gebunden ist. Die moralische Frage lautet: Wird diese Affäre jene andere Bindung unterhöhlen, hintergehen, zerstören oder auch nur schwächen? Die Antwort hängt von der Art der Bindung ab, nicht von *dieser* Affäre.

Keuschheit kann die *psychische* Reinheit einer Frau bewahren, nicht eine eng aufgefaßte moralische Reinheit. Kann man, ohne sich selbst oder dem Mann etwas vorzuheucheln, sein, wer immer man ist, und ihn sein lassen, wer immer er ist, und *dadurch* seine Sexualität befriedigen? Eine Frau schädigt sich psychisch, wenn sie nicht sexuell entspannt sein kann. Sie kann sexuell nur entspannt sein, wenn sie dem Mann vertraut, und sie kann ihm nur vertrauen, wenn sie ihn kennt, und sie kann ihn nicht kennen, wenn sie sich nicht Zeit läßt, ihn kennenzulernen. Das ist es, was Keuschheit vermag: ihr Zeit lassen.

Historisch gesehen, haben Männer den Frauen Keuschheit auferlegt, um die Frauen «rein» zu halten. Aber ihr Fehler war, daß sie glaubten, die weibliche Sexualität habe zwei Aspekte. Und doch müssen einige Frauen erkannt haben, daß Keuschheit ihnen einen psychischen Vorteil bot, darum fanden sie sich damit ab und gaben das Wissen weiter an ihre Töchter.

Eine seltsame Geschichte. Um zu verstehen, wie eine Frau sich selbst treu bleiben kann, und das ist die einzige Art Keuschheit, auf die es ankommt, muß sie zuerst das sein, was Männer «unkeusch» nennen. Es sei denn, all das könne man einer Jungfrau erklären. Und warum nicht? Man beginnt damit, daß man all die kleinen Sex-Gebote und -Verbote abschafft, und man tritt zurück, um dem Kind Platz zu lassen, damit es zu dem Ich heranwächst, das es werden kann. Dann wird Keuschheit für die junge Frau nichts zu tun haben mit der Zahl der Männer, mit denen sie schläft: Keuschheit wird nur damit zu tun haben, ob sie, die sich kennt, etwas Wertvolles mit einem anderen Menschen gemein hat, der auch ihr Freund ist.

Der Himmel im Osten reflektiert das Rot der untergehenden Sonne. Ich bin steif und friere, nachdem ich so lange auf dem Sand gesessen habe. Logos streckt sich auch, und langsam gehen wir nach Hause.

Die einzelnen Teile meiner Gedanken über Sexualität gestern am Strand überraschen mich durch die Art und Weise, wie sie zusammenpassen. Sie schienen transparent: nichts schirmte mich vor ihnen ab. Ich verfolgte sie bis ans Ende und fand sie vernünftig. Aber das ist ganz etwas Neues: jedwede Neigung abzulegen, außerhalb von mir nach Bestätigung meiner Überzeugungen zu suchen.

All die Jahre, in denen ich gelesen und versucht habe, denken zu lernen, waren womöglich nicht völlig vergebens. Was ich wirklich glaube, liegt vielleicht verschüttet unter dem Gewicht der Maßstäbe anderer Menschen, und ich brauche nur zu versuchen, alles wegzureißen, was fremd ist, um meine eigenen Überzeugungen ans Licht zu bringen.

Wie viele Male ich vor dem gestrigen Tag zu verstehen versuchte, was es bedeutet, eine Frau zu sein. Unzählige Male. Darüber habe ich mehr nachgedacht als über jedes andere Problem, aber ich habe es nie erfaßt. Weil ich von den Ausgangspunkten anderer Leute ausgehen mußte. Selbst Dr. Kants Idee war nicht richtig für mich. Ich gab sie auf beim ersten Anzeichen von Schwierigkeiten mit George. Aber gestern zog ich all die Gedanken über Sex heran, die ich niemals hatte ganz aufgeben können, obwohl fast nichts in meiner Erfahrung mein Festhalten an ihnen rechtfertigte.

Zum Beispiel: Es ist wichtig, einem Mann gegenüber ehrlich zu sein. Stimmt. Nur wußte ich nicht, was «ehrlich sein» bedeutet. Ich glaubte, es habe damit zu tun, einem Mann alles zu sagen, was ich in der Vergangenheit getan hatte. Aber (warum habe ich das nicht früher gemerkt?) das heißt, mein Leben als etwas zu betrachten, das gebeichtet werden muß, und den Mann als jemanden zu betrachten, der die Macht – nein, das Recht – hat, Absolution zu erteilen. Das ist nicht Ehrlichkeit. Ich bin ehrlich, wenn ich es ablehne, in jeder Situation, in der Gefühle wesentlich beteiligt sind, mich oder den Mann über meine Gefühle zu täuschen. Dann bin ich Männern gegenüber nicht ehrlich gewesen, denn meine Reaktionen waren fast niemals aufrichtig. Bei Freunden, bei der Arbeit, überhaupt bei allem. Ich weiß nicht, wie ich lernen soll, herauszufinden, was ich fühle. Bis ich das kann, werde ich nicht mehr nach einem Mann Ausschau halten, mit dem ich mich einlassen kann. Ich will mir nicht mehr weismachen, daß irgendein Mann, der attraktiv vor mir steht, mir etwas zu geben hat oder ich ihm.

Und dann dieser andere Gedanke, daß man erst eine Frau sein kann, wenn man zuerst eine Person ist. Ich konnte das früher nur behaupten.

«Was, glauben Sie, bedeutet es, eine Frau zu sein?» Ich höre noch den Hohn in der Stimme jenes Psychiaters, desjenigen vor Dr. Kant. Er wollte mir weismachen, daß ich zuerst ein sexuelles Wesen sei und erst danach, wenn überhaupt, eine Person werden könne. Was konnte er, ein Freudianer, sonst glauben? Aber er war ein Mann, und Freud ebenso. Vielleicht hat Freud recht, was Männer betrifft. Aber ein Mann, der die Sexualität einer Frau verstehen will, sollte sich genau überlegen, wie Sex für ihn ist, wenn er mit einer Frau zusammen ist, die er liebt.

Ich sagte das zu dem Psychiater: «Man muß eine Person sein, ehe man eine Frau sein kann. Eine Person zu sein, das hat mit Großzügigkeit und Rücksichtnahme und Freundlichkeit und Güte zu tun.» Ich irrte mich, weil das Person-Sein erst in zweiter Linie mit Großzügigkeit und Freundlichkeit zu tun hat, in erster Linie mit Ehrlichkeit gegen sich selbst. Angenommen, meine Großzügigkeit ist das Mittel, dessen ich mich bediene, um jemanden dazu zu bringen, mir etwas zu geben. Angenommen, meine Freundlichkeit ist meine Methode, meinen eigenen Zorn zu ignorieren. Angenommen, meine Rücksichtnahme ist mein Verfahren, das Leben anderer Leute zu manipulieren. Das sind eben die betrügerischen Absichten, die ich mir hier abgeschminkt habe. Ich bin noch keine Person. Aber bis ich weiß, was für eine Person ich bin, werde ich auch keine Frau sein. Ich werde keine Frau sein, weil ich mich mit keinem Mann einlassen werde, ehe ich nicht ihm und mir gegenüber ehrlich sein kann.

Bedeutet das, daß mir nur ein Mann meine Weiblichkeit beweisen kann, daß ich mir aber meine Persönlichkeit selbst beweisen kann? Vielleicht wird das so für mich sein, da ich mit dem Begreifen so spät dran bin. Oder vielleicht werde ich, wenn ich mich endlich selbst kenne, feststellen, daß ich eine weibliche Person bin und bloß am weiblichsten in Gegenwart eines Mannes.

Ich komme mir nackt und sehr unbedeutend vor. Aber neu. Nichts darf wieder so sein, wie es war. Wenn ich nur die Welt fernhalten kann, bis ich mit meinen nackten Reaktionen auf sie auf dem laufenden bin.

29

Einer nach dem anderen schneiden mir die Briefe in meiner Post die potentiellen Reiserouten von Nantucket ab. Mit der wahrscheinlichsten freien Stelle ist es aus: sie müssen die Wahl ihres Kandidaten verschieben, bis gewisse Verwaltungsfragen geklärt sind. Mit dem Wohnen in der Nähe von Marilyn oder Jean ist es auch aus: Marilyn geht nächsten Monat nach Mexiko, und eine Arbeitserlaubnis für Amerikaner in Kanada ist schwer zu bekommen.

Der Harvard-Umschlag kann warten, bis wir zu Hause sind. Auf dem langen Weg rumpeln meine Gedanken so vor sich hin. In Gedanken und vergessend, daß ich es anders beschlossen hatte, reiße ich den Harvard-Umschlag auf und finde darin einen Brief sowie Referenzformulare. Die Frau dort hat alle meine alten Referenzen gelesen und findet nicht, daß eine davon mir schaden könnte. «In aller Aufrichtigkeit» glaubt sie, die Referenzen würden mir bei meinen Bewerbungen nützlich sein.

Ich bleibe mitten auf der Straße stehen, die ich gerade überquere. Jemand lügt: sie, um zu vertuschen, daß sie meine Anweisungen mißverstanden hat, oder dieser Mistkerl, der mich gefeuert hat, um mein Vertrauen auf meine Referenzen zu erschüttern.

Ich kicke auf der ungepflasterten Straße Steine vor mir her. Was soll ich mit alldem machen? Eben der Ort, der eine Quelle der Lehraufträge für mich ist, kann auch der Ort sein, der jeden meiner Versuche, einen zu bekommen, vereitelt. Ein Schauer überläuft mich, und ich schüttle ihn ab. Das ist dieselbe alte Welt. Ich mache mir etwas vor, wenn ich glaube, ich könnte, was das Verhältnis zu ihr betrifft, anders sein als bisher.

Eine Stunde, ein Drink, ich warte darauf, daß die Verwirrung eine brauchbare Form annimmt. Auf meinem Schreibtisch liegen Rechnungen von gestern noch ungeöffnet. Vielleicht sollte ich einige von ihnen jetzt bezahlen.

Die Schecks für zwei Monate Telefon und Strom und drei Monate Zeitungsabonnement lassen mir ein Guthaben von $ 27,79. Soll ich das kalifornische Sparkonto anbrechen? Noch nicht. Diese $ 600 werden dahinschmelzen, sobald ich damit anfange.

Ich lehne mich auf dem Stuhl zurück. Ich werde mir ganz rasch Geld beschaffen müssen.

Die Stamford-Firma. Ich werde ein Gutachten über ihren Bericht schreiben. Nein, das würde zu lange dauern. Ich werde mit ihnen darüber reden. Ich werde ihnen sagen, ich habe noch keine Zeit gehabt, etwas für sie zu schreiben, aber wenn sie herkommen wollen oder möchten, daß ich auf ihre Kosten zu ihnen komme, dann werde ich mit ihnen besprechen, was getan werden muß.

Ich setze mich an die Schreibmaschine und tippe den Brief in Minuten. Ich stecke ihn in den Umschlag und lege ihn neben meine Schlüssel. Morgen früh werde ich ihn gleich zum Postamt bringen und mich dann an den Bericht machen. Eine Antwort kann frühestens Dienstag da sein. Es sei denn, sie rufen an.

Ich hebe mein Glas und trinke auf das Zimmer. Wie unglaublich, sich mit einem Problem nur als solchem befassen zu können. Kein gräßlicher Schwarm von Problemen schließt sich diesem einen an, bauscht es auf und läßt kompliziert erscheinen, was gar nicht kompliziert ist. Schwierig, ja, aber in dem Sinne einfach, daß es sich nur um *ein* Problem handelt. Nun, wir werden sehen, ob meine Lösung ihm gerecht wird.

Ich überfliege den Bericht und stelle fest, daß ich mit meinen Randbemerkungen bis zur Seite 18 gediehen bin. Ich fange mitten auf der Seite an, aber ich habe vergessen, was auf den ersten Seiten stand. Ich blättere zum Anfang zurück und lese die erste Seite, dann lese ich sie verblüfft noch einmal. Nach dem drittenmal knalle ich den Bericht auf den Schreibtisch und hole mir in der Küche eine Tasse Kaffee.

Vergiß nicht: Wenn er verständlich wäre, würden sie mir nicht fünfzig Dollar pro Tag bezahlen, um ihn verständlich zu machen.

Ich komme mit meiner Tasse zurück zum Schreibtisch. Angenommen, ich versuche, mich in die Lage dieses Mannes zu versetzen. Als er das schrieb, wollte er etwas sagen. Er selbst kann es nicht sagen. Aber verstreut unter all diesen Wörtern sind einige Anhaltspunkte. Ich kann versuchen, es für ihn zu entwirren, zumindest so weit, daß ich ihn fragen kann, ob er dies und das meint, und wenn ja, ihm sagen, daß es so und so ausgedrückt werden muß.

Ich greife zur Feder und mache mich wieder daran. Genau das habe ich für Studenten in meinen Kursen gemacht. Für weit weniger als fünfzig Dollar pro Tag.

Ich führe Buch darüber, wie viele Stunden ich auf den Bericht verwende, versehe die Seiten mit Anmerkungen und Unterstreichungen und mit Pfeilen, die angeben, welche Absätze an andere Stellen sollten. Ehe der Tag endet, kehre ich mehrmals zur Arbeit zurück. Manchmal klappe ich den Bericht verzweifelt zu. Aber er bietet mir eine intellektuelle Übung, die ich zu meiner Verwunderung fesselnd finde.

Ich entdecke bei mir eine Ungeduld, von hier abzureisen. Vielleicht sind meine Vorbereitungen schon lange beendet. Mein üblicher Tagesablauf genügt mir nicht mehr. Ich kürze den Morgenspaziergang ab, und wir fahren in die Stadt. Wir schlendern die Main Street entlang, auf der einen Seite hin, auf der anderen zurück: Logos voller Forschungsdrang, selbst an der Leine; ich spähe in Schaufenster. Als nächstes zur Bibliothek, einen neuen Stoß Bücher holen. Dann fahre ich auf den schmalen, kopfsteingepflasterten Straßen kreuz und quer durch die Stadt. Ich werde zur Touristin. Ich parke vor Nantuckets dreihundert Jahre altem Haus. Vom Auto aus betrachte ich es abwägend. Wenn es Eintritt kostet, kann ich nicht hineingehen. Ich drehe den Zündschlüssel um und fahre mit einer Stundengeschwindigkeit von zwanzig Meilen nach Hause.

Ich warte wieder. Der Unterschied ist nur, daß ich auf bestimmte Ereignisse warte. Ich habe mich als arbeitswillig gemeldet, und jetzt hängt es von anderen ab, ob sie mein Angebot annehmen oder ablehnen.

Nach dem Mittagessen lese ich lange, aber dann will ich mich rühren, etwas unternehmen. Noch eine Stunde, bis die Nachmittagspost da ist. Ich stecke mein Buch in die Manteltasche und mache mich auf der gepflasterten Straße zum Strand auf. Ich lese im Gehen. Von Zeit zu Zeit schaue ich auf, ob Logos auch nicht in einen fremden Garten eindringt oder meine Füße mich nicht von der Straße herunterbringen. Einmal sehe ich dabei drei Schulmädchen von weither auf mich zukommen. Beim nächstenmal kann ich fast ihre Gesichter erkennen.

Und dann, ehe ich weiß, wie mir geschieht, höre ich ihre Stimmen von der anderen Straßenseite. Ich lächle ihnen zu und wende mich wieder meinem Buch zu. Plötzlich schweigen sie. Und dann höre ich in einem unregelmäßigen Chor ihr Gekicher und: «... mit ihrem Hund ...» und: «... sie ist immer ...» Sie sind stehengeblieben. Unsere Blicke treffen sich.

Mir ist sofort klar, daß sie mich schon früher gesehen und gehört haben, daß über mich gesprochen wurde. Die Leute mögen für mich auf den Straßen nicht sichtbar gewesen sein, aber sie waren in ihren

Häusern und haben mich vorbeigehen sehen. Ich bin die Kuriosität der Stadt, und erst jetzt, da ich diesen Kindern ins Gesicht sehe, finde ich es heraus. Sie möchten mit mir reden, aber sie sind nicht sicher, ob sie es tun sollten. Ich helfe ihnen nicht bei der Entscheidung. Ich kehre zu meinem Buch zurück und gehe in meinem langsamen Tempo weiter die Straße hinunter.

Ich kann mich nicht auf meine Lektüre konzentrieren. Was ist da gerade Neues geschehen? Nach einem Dutzend Schritte verstehe ich es: Ich bin gerade auf die öffentliche Meinung gestoßen und habe sie als belanglos abgetan. Es kümmert mich nicht mehr, wie ich für andere Leute aussehe und was sie über mich sagen. Ich lasse nicht mehr zu, daß gesichtslose Gruppen mein Festhalten an imaginären Normen fordern. «Sie» können nicht bei mir sein, wenn ich sterbe; daher haben «sie» auch kein Recht, Regeln für mich aufzustellen, solange ich lebe.

Ich könnte jemanden hierher einladen. Jemanden, für den die Tage auf dieser Insel ein Urlaub wären; jemanden, dessen Gastfreundschaft ich nie vergelten konnte.

«Laurel, hättest du Lust, am nächsten Wochenende herzukommen? Es gibt hier nichts zu tun, aber es ist sehr schön. Das Licht ist einzigartig; niemand leert hier um fünf Uhr morgens Mülltonnen aus; man schläft herrlich in dieser Luft. Wie wär's damit?»

«Es klingt zu schön, Tim, aber am Wochenende könnte etwas vorliegen. Wenn nicht, würde ich sehr gern kommen. Genügt es, wenn ich dich am Donnerstag anrufe?»

«Oder fünf Minuten, ehe du ins Flugzeug steigst. Versuche zu kommen.»

«Das werde ich. Ich rufe dich in ein paar Tagen an.»

Am Dienstag nachmittag rufen die Stamford-Leute an. Der Mann, mit dem ich korrespondiert hatte, will morgen herkommen, um mit mir zu sprechen. Er fährt mit dem Wagen nach Massachusetts und nimmt von einer der Küstenstädte ein Flugzeug. Ja, ich werde ihm ein Zimmer in Nantucket bestellen.

Ich hänge auf, klatsche in die Hände und schreie. Logos kommt angerannt, als ob ich ihn gerufen hätte, einen Ball in der Schnauze, zum Spielen bereit. Statt dessen ringe ich mit ihm auf dem Fußboden. «Logos, wir werden Geld haben, richtiges gutes Geld. Ja, das kriegen wir.»

Die beiden im Winter geöffneten Hotels sind für morgen ausgebucht. Ein Angestellter schlägt eine Pension in der Stadt vor. Dort bestelle ich sofort ein Zimmer und komme lächelnd vom Telefon zurück. So muß man es machen, um das zu bekommen, was man haben will. Zuerst überlegt man sich, wer es hat; dann überlegt man sich, was der Besitzer braucht und ob man selbst *das* hat. Dann hat man eine Verhandlungsposition.

Wie klar und einfach. Nicht das Bekommen, sondern das Nachdenken über das Bekommen. Früher hatte ich geglaubt, ich könne das, was ich wollte, nur bekommen, wenn ich darum bitte oder wissen lasse, daß ich es haben will. Und ich bekam es immer, wenn der Betreffende mich mochte; sonst nicht. Ich kam nie auf den Gedanken, daß als Gegenleistung etwas von mir erwartet wurde. Bin ich nicht ein Idiot? Ich zucke zusammen, als ich an die vielen Leute denke, die der Umgang mit mir verblüfft haben muß.

Ich gehe hinunter zum Schreibtisch und nehme mir den Bericht vor. Ich fange an, mir einige Notizen für die morgige Besprechung zu machen, aber meine Gedanken schweifen immer wieder ab zu meiner ganz neuen Denkweise in den letzten Tagen. Woher *weiß* ich, daß ich, um etwas zu bekommen, die Gründe verstehen muß, warum jemand es mir geben will? Oder daß ich lieber genau überprüfen sollte, was jemand als Gegenleistung erwartet, ehe ich das nehme, was er mir anbietet?

Ich schüttle den Kopf. Es ist eine seltsame, andere Welt. Warte mal, das ist es. Ich lebe in einer natürlichen Welt von Ursachen und Wirkungen, die ich recht gut verstehe; aber ich lebe auch in einer Gesellschaft, in der die Menschen Absichten haben, die ich erst zu verstehen beginne.

Ich werde gerade erst fähig, die Menschen von den Bäumen in der Landschaft zu unterscheiden. Aber was bringt mich darauf?

Die Anfänge einer Antwort drängen sich in mein Denken ein, doch ist der Gedanke noch zu formlos, als daß ich ihn aufgreifen könnte. Ich gebe es vorläufig auf und wende meine Aufmerksamkeit dem Bericht zu, der meine neue Quelle für Nahrung und Unterkunft ist.

Ugo sagt mir, wie ich meine Rechnung an seine Firma aufsetzen soll. Die Zahlen auf der Seite sind so fett und rund, daß ich lächle, als ich sehe, wie sie sich in ihrer Fülle gegenseitig aufrecht halten: 350 Dollar. Die verschiedenen Stunden, die ich mit Lesen und Kritzeln auf die Seiten dieses Berichts verbracht habe, ergeben vier Tage, dann das kurze Gespräch gestern abend und der ganze heutige Tag, sowie ein Tag zusätzlich für Speis und Trank. Ich ziehe das Blatt aus der Schreibmaschine, behalte eine Kopie, unterschreibe das Original und gebe es Ugo.

Er steckt es in die Tasche. «Ich werde das sofort erledigen lassen, sobald ich zurück bin, und du hast den Scheck in ein paar Tagen.»

Bei einem Drink spricht er weiter von seinen Plänen, mich zu beschäftigen. «Ich weiß, ich kann Len überreden, dich anzustellen. Wenn ich nicht dreizehntausend Dollar im Jahr für dich bekommen kann, würdest du dich auch mit zwölftausend zufriedengeben?»

Ich sehe ihn an und ziehe die Augenbrauen zusammen, um mein Gelächter zurückzuhalten. Er deutet die finstere Miene als Enttäuschung. «Na schön, dann werde ich versuchen, etwas dazwischen zu erreichen. Würdest du das in Erwägung ziehen?»

Ich ließ die Frage in der Schwebe. Er weiß, ob die Summe zu gering oder ausreichend ist, und früher oder später wird er mich auf die eine oder andere Weise wissen lassen, ob sie richtig ist.

«Laß mich deinen Bericht mit ins Büro nehmen.»

«Aber das sind nur Notizen für mich. Die Hälfte besteht aus Abkürzungen.»

Er beharrt darauf. Für meine Befürchtungen finde ich nicht die richtigen Worte. Ich gebe ihm den Bericht. «Ich glaube wirklich nicht, daß er dir viel nützen wird.»

«Ich weiß, daß du Ende des Monats von hier abreisen willst, deshalb schreibe ich dir gleich, wenn ich zurück bin, einen Brief mit einem formellen Angebot.»

Schweigen tritt ein, und dann läutet das Telefon. Ich entschuldige mich, flitze die Treppe hinauf und nehme dankbar den Hörer ab.

«Timmie, ich nehme morgen das Sechs-Uhr-Flugzeug. Möchtest du immer noch, daß ich komme?»

«Laurel! Natürlich. Ich erwarte dich am Flughafen. Ich freue mich sehr, daß du kommst.»

«Ich auch. Also bis morgen.»

Ich hänge auf, unerwartet froh. Sofort fällt mir die Schwierigkeit ein, die sich im Wohnzimmer zusammenbraut. Ich bleibe ein paar Minuten länger oben, um darüber nachzudenken. Sei bloß vorsichtig, Alice.

Als ich nach unten komme, steht Ugo ein paar Schritte vom Eingang entfernt. Er sieht mich unverwandt an.

Ich finde die Worte, die ich sagen will, als ich meine Stimme höre. «Du bist verheiratet und hast Kinder, und ich werde vielleicht bald für dich arbeiten.»

Mit einer Handbewegung tut er meine Worte ab. «Was hat das damit zu tun?»

«Von deinem Standpunkt aus nichts. Von meinem Standpunkt aus alles.»

Ich fahre ihn nach Nantucket, Logos auf seinem üblichen Platz neben mir, Ugo hinten, und setze ihn an der Pension ab. Ich muß mich auf meinen Weg durch die Stadt konzentrieren, die mir jetzt bei Dunkelheit und im Licht der Straßenlampen unvertraut ist, und dann biege ich in die Siasconset Road ein.

Es war seltsam, daß gestern jemand am Strand neben mir ging. Ich, die ich mein Leben im Spiegel der Blicke anderer Leute führte, scheine jetzt jedes Gefühl dafür verloren zu haben, wie ich für sie aussehe. Gestern drehte ich mich ein halbes dutzendmal zu Ugo um, der überrascht aussah. Er sei es nicht gewöhnt, provokative Gedanken zu hören, sagte er, geschweige denn von einer Frau, die dabei weiblich bleibe. Eine Schmeichelei? Ich zucke mit den Schultern. Vielleicht ist es nur wichtig, ob ein Mann sagt, was er meint, wenn der Mann selbst wichtig ist.

Jedenfalls war ich nur die eine Person, die ich bin, statt bei verschiedenen Leuten verschiedene Rollen zu spielen: die Verführerin bei einem Mann; die demütige Studentin bei einem Professor; der Rebell, nur manchmal stumm, Hochschulverwaltern gegenüber; die Intellektuelle in der Stadt; der Wildfang bei nächtlichen Spaziergängen in Cambridge. Ich war das, was andere von mir erwarteten.

Dennoch, selbst jetzt bin ich bemüht, bei Gesprächen kein Schweigen aufkommen zu lassen. Die Schauspielerin greift Stichwörter auf, hält den Text in Gang, läßt keinen Taktschlag im Dialog aus. Die Hälfte der Wörter, die ich in meinem Leben geäußert habe, waren vermutlich eine Art Füllsel: um Lücken zu schließen, um höflich und liebenswürdig zu sein. Gestern versuchte ich immer dagegen anzukämpfen. Ich scheine fast ein Gelübde abgelegt zu haben, nichts zu sagen, ehe ich sagen kann, was ich meine. Dadurch entstehen Momente von ungewohntem Schweigen, während ich mir meine Gedanken überlege. Aber wenn ich dann die Wörter höre, die ich schließlich sage, erfüllt mich wieder das Gefühl der Neuheit und entschädigt mich für die Mühsal. Oder wenn ich mich zwinge abzuwägen, was jemand zu mir sagt, entdecke ich, kaum zu glauben, daß ich höflich die Wahrheit sagen kann und mir keine Sorgen mache, ob sie liebenswürdig ist.

Logos buddelt ein tiefes Loch in der Nähe.

«Was möchtest du denn gern, süßes Hündchen?»

Sofort hat er einen Stock in der Schnauze. Er legt ihn mir zu Füßen und tritt zurück, bereit zum Rennen. Eine Lektion, wie man klarmacht, was man meint. Ich werfe den Stock sehr weit und sehe ihm nach. Er ist zurück, ehe ich den Faden meines Gedankens wieder aufnehmen kann. Ich werfe den Stock noch einmal und dann noch ein halbes dutzendmal, bis er sich befriedigt neben mich legt und keuchend wieder Luft holt. Ich streichle ihm den Kopf. «Du bist der Wichtigste, auch wenn ich mich dir gestern nicht ausschließlich gewidmet habe.»

Auf dem Heimweg gehen wir am Postamt vorbei. Über Ugos Job-Angebot kann ich nach Laurels Abreise nachdenken.

30

Ich löse einen Scheck über zwanzig Dollar im Supermarkt ein. Laurel geht vor mir an die Kasse, um unsere Lebensmittel zu bezahlen.

«Aber Laurel, du bist mein Gast.»

«Ich arbeite, du nicht.»

Wir verstauen die Tüten im Wagen. «Laurel, ich möchte, daß das nur geliehen ist. Nächste Woche bekomme ich diesen fetten Scheck, und sobald ich ihn habe, gebe ich's dir zurück.»

«Tim, wirklich, es ist nicht viel: zwölf Dollar und ein paar Cents.»

«Du bist doch nicht hergekommen, um mir Lebensmittel für die ganze Woche zu kaufen. Nein, ich möchte es dir zurückzahlen.»

Sie zuckt die Schultern. «Okay. Schick es mir, wenn du kannst.»

Ich lege den Rückwärtsgang ein, um aus der Parkwanne herauszustoßen, aber dann gehe ich wieder in den Leerlauf und sehe Laurel an. «Da ich dir schon zwölf Dollar schulde, wie wäre es, wenn du mir weitere fünf pumpst? Die Bourbon-Flasche ist beinahe leer.»

Wir sehen uns an und brechen in Gelächter aus. «Du hast dich nicht geändert, Tim. Du versuchst immer noch, einen auszutricksen.»

«Hättest du mich nicht angerufen, ob ich zum Wochenende herkommen wolle, hätte ich dich angerufen. Ich habe mir Sorgen um dich gemacht. Ich war mir nicht sicher, ob du dich nicht umbringen würdest.»

Ich lege ihr beim Gehen den Arm auf die Schulter. «Ich brauchte einige Zeit, um einen Entschluß zu fassen.» Wir schweigen, als wir der Biegung des Steilufers folgen. Der schmale Pfad zwingt uns, hintereinander zu gehen.

«Was hat dich bestimmt, am Leben zu bleiben?»

Logos trabt an uns vorbei und übernimmt die Führung. Ich deute mit dem Kopf auf ihn. «Er.»

Hinter mir bleibt Laurel stehen. «Aber hör mal, Tim.»

Ich bleibe auch stehen und drehe mich zu ihr um. «Es stimmt. Er gehört mir. Niemand sonst, nichts sonst.»

«Ich glaube, du hast so viel Zeit für diesen Welpen aufgewandt, daß du dich mit der Sache überhaupt nicht richtig befaßt hast. Würde ich Selbstmord erwägen, würden selbst meine beiden Kinder mich nicht zurückhalten, und sie gehören mir mehr, als Logos dir je gehören kann.»

«Vielleicht. Aber du hast gefragt, was mich davon zurückgehalten hat, und nicht, was dich zurückhalten könnte. Ich behaupte nicht, daß irgend etwas, das ich über mich verstanden habe, für irgendeinen anderen gilt.»

Wir gehen wieder weiter. Der Himmel bewölkt sich, der Wind dreht nach Norden. Ich werfe einen Blick auf Laurel, eingehüllt in ihren Ledermantel und ihre schwarze Pelzkappe, die nur das Gesicht zwischen den Augen und dem Kinn sehen läßt.

«Du bist warm eingepackt. Ist dir warm genug?»

Sie nickt und geht weiter, ohne zu sprechen.

«Magst du nach Hause? Wir können den Weg abkürzen, wenn wir durch diese Auffahrt gehen.»

«Nein, Tim, geh du nur. Ich glaube, ich möchte gern allein am Meer entlanglaufen.»

Ich bin überrascht, hebe aber den Arm, um auf den untersetzten grauen Zylinder zu deuten, der die Skyline von Siasconset darstellt. «Siehst du den Wasserturm? Nimm ihn als Orientierungspunkt. Ich wohne da in der Straße.»

Wir winken uns zu und gehen jeder unseres Wegs.

Eine Stunde, ehe ihr Flugzeug starten soll, beginnt Laurel zu pakken. Wegen des strömenden Regens sind wir seit Mittag drinnen geblieben. Zwischen den Regengüssen wird der Nebel dichter. Ich rufe den Flughafen an, um mich nach ihrem Flug zu erkundigen. Er fällt aus.

Laurel sieht mich entsetzt an. «Kann ich das Schiff nehmen?»

«Das Schiff ist vor zwei Stunden gefahren, wenn es überhaupt gefahren ist. Das nächste Verkehrsmittel ist das Zehn-Uhr-Flugzeug morgen früh. Wenn es fliegt.»

«Aber ich muß morgen bei meiner Arbeit sein!»

«Nantucket ist eine Insel. An so etwas merkt man das.»

Es dauert eine Weile, bis sie sich mit der geographischen Lage abfindet, dann telefoniert sie mit New York, um ihre Pläne zu ändern. Als sie wieder nach unten kommt, habe ich Drinks für uns beide bereit. Sie setzt sich auf die Couch, das Glas in der Hand, und seufzt. «Ich freue mich, daß ich noch einen Tag hierbleibe. Ich kann mich nicht erinnern, je so gut geschlafen zu haben wie hier. Ich brauchte diese Ruhe und diese Zwanglosigkeit. Ich brauchte es, mal von meinen prächtigen kleinen Mädchen wegzukommen, so sehr ich sie liebe. Ich brauchte es, mich mal von dem Druck meines Jobs zu befreien. Oh, mir gefällt der Job, aber da ist so viel Neues, an das ich mich erst gewöhnen muß. Der Aufenthalt hier ist eine Verschnaufpause für mich.»

«Ich habe eine Idee, Laurel. Laß uns über dich reden.»

Sie sieht rasch zu mir auf. «Ich weiß, ich finde immer eine Möglichkeit, das Gespräch auf mich zu lenken.»

Ich lächle. «Und ich war eine von denen, die dich vor allem damit neckten. Aber das lag nur daran, daß ich glaubte, wir müßten über *mich* sprechen. Einer der Vorteile für meine Freunde durch das, was ich hier zu tun versucht habe, ist, daß ich nicht mehr über mich zu sprechen brauche.»

Sie will mir eine Frage stellen, aber ich schneide ihr das Wort ab. «Wenn ich eine Art Resonanzboden für dich sein kann, bin ich das sehr gern. Fang an, wo immer du willst. Ich höre zu.» Ich lehne mich in meiner Couchecke zurück und wende ihr meine ganze Aufmerksamkeit zu.

Am nächsten Tag hebt sich der Nebel lange genug, um dem Abendflugzeug die Landung zu ermöglichen. Ich warte, während sich Laurel einen Fensterplatz sucht. Sie winkt mir zu. Erst als das Flugzeug abgehoben hat, renne ich zum Parkplatz zurück, wo Logos in meinem kleinen Wagen wartet.

Wir sind schon halbwegs in Siasconset, ehe mir klar wird, warum ich lächle. Es war schön, Laurel hier zu haben, aber jetzt haben wir unsere Stille wieder.

Ich weiß, ich habe lange geschlafen, bin aber noch nicht bereit aufzustehen. Sogar Logos ist es zufrieden, bloß seine Morgenbegrüßung zu absolvieren und sich dann zu einem kleinen Nickerchen neben mich zu legen. Wir liegen Rücken an Rücken, und weil ich es lustig finde, einen lebendigen Körper zu spüren, drehe ich mich zu ihm um. Plötzlich grinse ich: sein Kopf ist auf meinem Kissen.

Ich strecke mich und schaue auf den Wecker: 9 Uhr. Darum bin ich so hungrig. «Komm, Faulpelz.» Ich werfe die Decken zurück und begrabe Logos darunter. Er windet sich heraus und landet auf dem Fußboden, schüttelt sich und läuft dann mir voraus die Treppe hinunter.

In die Sofaecke gekuschelt, greife ich wieder auf, was ich zu Laurel gesagt habe: «Ich brauche nicht mehr über mich zu sprechen.» Wieder so etwas, das ich unversehens gesagt habe.

Über mich zu sprechen war meine Methode, die Leute aufzufordern, über meine Probleme nachzudenken; mir zu helfen, sie zu lösen; mich (du lieber Himmel!) zu bedauern, weil mein Leben so verworren war; mich zu beruhigen; mir Komplimente zu machen. O ja, vor allem das; mir zu sagen, wie klug und begabt und freundlich und schön und einsichtig ich sei.

Mir ist jetzt klar, daß mir niemand wieder etwas über mich sagen kann, das ich nicht schon weiß. Nicht, daß ich mir alles ins Gedächtnis zurückgerufen habe, was ich je getan oder gedacht habe, sondern daß ich alles an mir überprüft habe, was mich früher zu sagen veranlaßte: «Nein, so bin ich nicht.» Aber ich war so. Und bin es noch. Die bloße Tatsache, daß ich es zu verbergen versuchte, läßt mich genauer überprüfen, was sich hinter der Verneinung versteckte. Jetzt kenne ich das alles. Niemand kann mehr auf irgend etwas davon hinweisen, um mich damit zu überraschen, daß er es weiß. Ich habe die Festungswerke geschleift. Was in mir ist, braucht nicht mehr verteidigt zu werden. Ich brauche nicht einmal mehr an Schutz vor Angriffen zu denken. Ich lasse mich nicht mehr angreifen, denn ich gebe von Anfang an zu, daß ich nicht das bin, als was ich erscheinen wollte.

Ich brauche nicht mehr über mich zu sprechen, weil ich für diese alten Zwecke keine anderen Menschen mehr brauche. Ich brauche bestimmt keine anderen Menschen mehr, um meine Probleme zu lösen: ich denke ganz ungezwungen über sie nach; ich stelle fest, daß ich auf eine Weise mit ihnen verfahre, die zu guter Letzt wohltuend, mir angemessen ist. Ich kann es sogar ertragen, sie nicht sofort zu lösen. Ich kann sie zurückstellen, um noch eine Weile darüber nachzusinnen. Das Problem mit meinen Harvard-Referenzen habe ich noch nicht gelöst, aber irgendwie habe ich das Gefühl, daß ich noch nicht alle damit zusammenhängenden Möglichkeiten ausgeschöpft habe. Das wird kommen. Ich werde das schaffen. Das ist es: Die Probleme sind bewältigbar. Sie quälen mich nicht, sind keine formlosen Dinge ohne Anfänge, deren unerledigte Enden sich auf alles andere auswirken, was ich tue.

Und ich brauche niemanden, der mir sagt, wie ich bin, was ich gut mache, was ich versuchen sollte. Jeden Tag weiß ich ein bißchen besser, wer ich bin. Ich bin einfach dieses oder jenes, so daß Komplimente und Beruhigungen belanglos sind. Sie sind eine Zeitverschwendung für mich und den anderen, den ich auffordere, mich zu beurteilen: kein anderer kann mich so sehen, wie ich mich sehe.

Daß ich andere Leute nicht mehr brauche, gibt mir die Freiheit,

Mancher, der ein Buch liest, murrt …

... wenn er Werbung findet, wo er Literatur suchte. Reklame in Büchern!!!? Warum nicht auch zwischen den Akten in Bayreuth oder neben den Gemälden in der Pinakothek?

«Rowohlts Idee mit der Zigarettenreklame im Buch (finde ich) gar nicht anfechtbar, vielmehr sehr modern. Hauptsache, es hat Erfolg und nützt dem Buch, was die deutsche Innerlichkeit dazu sagt, ist allmählich völlig gleichgültig, die will ihren Schlafrock und ihre Ruh und will ihre Kinder dußlig halten und verkriecht sich hinter Salbadern und Gepflegtheit und möchte das Geistige in den Formen eines Bridgeclubs halten – dagegen muß man angehen ...»

Das schrieb Ende 1950 – Gottfried Benn.

An Stelle der «Zigarettenreklame» findet man nun in diesen Taschenbüchern Werbung für Pfandbriefe und Kommunalobligationen. «Hauptsache, es hat Erfolg und nützt dem Buch.» Und es nützt auch dem Leser. (Für die Jahreszinsen eines einzigen 100-Mark-Pfandbriefs kann man sich beispielsweise zwei Taschenbücher kaufen.)

sie wahrzunehmen. Sie wahrzunehmen und zu sehen; ihnen zuzuhören und sie zu hören.

Plötzlich erregt, stehe ich auf. Aber genau das konnte ich doch bisher nicht! Ich konnte nicht hören, was George oder Stan zu mir sagten; konnte nicht sehen, was ich selbst tat. Jetzt betrachte ich andere Leute nicht mehr wie Spiegel, die mir sagen, wer ich bin: ich kann meine eigenen Umrisse sehen.

Darum vermag ich auch andere Leute zu sehen: der Spiegel, der früher mich reflektierte, ist jetzt durchsichtig. Ich weiß, wo ich aufhöre und wo andere Leute anfangen.

Ich tanze im Zimmer herum. Logos verzieht sich unter den Schreibtisch und beobachtet mich wachsam.

Wie das alles zusammenpaßt! Ich betrachte die Menschen nicht länger als Werkzeuge zur Befriedigung meiner Bedürfnisse: ich befriedige meine Bedürfnisse selbst. Deshalb kann ich ihre Bedürfnisse, ihre Absichten als getrennt von meinen erkennen.

«Phantastisch!» Logos kommt zu mir in die Mitte des Zimmers und wedelt zaghaft mit dem Schwanz.

Ich wußte nicht, was ich zu Tony oder Dr. Kant sagte, wenn ich von George sprach, aber sie hörten mich. Wie ich jetzt Laurel und Ugo hören kann. Ich höre sie, weil ich mir nicht mehr selbst im Weg stehe. Ich habe nie begriffen, was andere Leute taten, weil meine Bedürfnisse eine Schranke zwischen mir und jeder anderen Person darstellten. Aber jetzt habe ich diese unerfüllbaren Bedürfnisse ausgemerzt. Ich verfahre mit Problemen auf diese neue Weise, die ich mit der Zeit zuwege bringe, und plötzlich stehen die Leute ganz deutlich vor mir auf eben dem Platz, wo ich früher nur Spiegel sah. Unglaublich!

Ich wippe auf der Couch auf und ab und klatsche in die Hände, aber das reicht nicht, um meinen Gefühlen Luft zu machen. «Komm, süßes Hündchen!» Er stürzt mit mir in die Küche, wo ich gleichzeitig nach meinem Mantel und der Türklinke greife. «Wir gehen spielen!»

Was möchte ich gern tun?

Wir gehen den Strand entlang, fast bis zum Leuchtturm. Die Bilder, die vor meinem geistigen Auge auftauchen, sind armselige Versuche, mir selbst eine Antwort zu geben. Ich erinnere mich daran, wie ich Vorlesungen vorbereitete; unterrichtete; zuhörte, wenn Studenten über Philosophie diskutierten und schließlich über sich selbst, in der Ungestörtheit meines Büros oder in irgendeinem sonnigen Hof in der Nähe; wie ich durch Bibliotheksmagazine wanderte, jedesmal entsetzt darüber, daß ich so wenige der vorhandenen Bücher gelesen hatte; wie ich meine Dissertation schrieb.

Vielleicht ist das ein Problem, dem ich nicht gleich zu Leibe gehen kann. Vielleicht wird seine Lösung zu mir kommen, statt daß ich sie in Angriff nehme. Aber zuerst muß ich die kleinen Schritte sich vermehren lassen und dann versuchen, sie zu kombinieren. Ich erfinde mein eigenes Leben, siebenunddreißig Jahre zu spät. Es mag noch eine Weile dauern, bis ich alle Möglichkeiten erkenne und ausnutze.

Ich verlangsame meinen Schritt, bis ich auf der Straße stehen bleibe und mir der Stille bewußt werde. Die Schatten sagen mir, daß die Sonne im Mittag steht. Der Himmel ist strahlend blau und wolkenlos. Ich bemühe mich, ein Geräusch zu hören, aber es gibt keins. Kein Wagen startet. Kein Flugzeug in der Luft. Keine Tür wird geschlossen. Kein Ast knarrt im Wind. Tatsächlich weht kein Wind. Logos steht da und beobachtet mich, dann geht er in unsere Auffahrt. Ich höre den Kies unter seinen Füßen knirschen, bis er zum Rasen kommt. Dann ist wieder alles lautlos. Einen langen Augenblick hole ich nicht Atem. Ich möchte diese Stille inmitten all dieser Pracht meiner Erinnerung einprägen.

Es hat in der Nacht geschneit, und am Morgen läßt die Sonne die ganze Landschaft glitzern. Logos will schon vor dem Frühstück Schneebällen nachjagen. Als ich ins Haus zurückkomme, um Kaffee zu machen, brennen mir die Wangen, und lachend beobachte ich, wie Logos sich im Schnee wälzt. Ich stelle meinen Stuhl so hin, daß ich ihm zuschauen kann, während ich esse. Er vergräbt den Kopf im Schnee; dann springt er plötzlich auf; legt sich auf den Rücken und schlittert von einer Seite zur anderen; dann frißt er den Schnee. Warum möchte ein Landtier innen und außen so naß sein?

Ein Lieferwagen erscheint in der Auffahrt, und Mr. Santos und ein anderer Mann steigen aus. Logos inspiziert den Lastwagen und die Männer. Ich gehe hinaus, um sie zu begrüßen. Sie sind hier, um etwas an der Heizung zu überprüfen.

Als ich da im Schnee stehe und ihnen zuschaue, habe ich ein Gefühl von besonderer Gelenkigkeit. Nur in Hauskleidung und Stiefeln, behindern weder Handschuhe noch Mütze oder Mantel meine Bewegungen. Das Gefühl macht mir Lust, einen Purzelbaum zu schlagen.

«Logos!» Mit bloßen Händen greife ich in den Schnee und knete einen Schneeball, und zu meiner Überraschung ist der Schnee nicht kalt. Ich behalte die leichtgewichtige Kühle kurz in der Hand, aber Logos hält meine Reglosigkeit für eine Aufforderung, sich das zu schnappen, was ich in der Hand halte. Sein Sprung wirft mich um, und die Männer lachen über meinen Sturz. Ich stehe gleich wieder auf und knete vier Schneebälle hintereinander.

In diesem Augenblick empfinde ich ein Übermaß an Freude: die Sonne, der Schnee, mein Freiheitsgefühl. Ich muß es einfach aussprechen: «Oh, ist das nicht ein herrlicher Tag!»

Die beiden Männer sehen zu mir auf, und Mr. Santos sagt: «Wenn ich nicht arbeiten müßte, fände ich das wohl auch.»

Ich bin sprachlos. Schweigend stehe ich einen Augenblick da, während sie sich über ihre Arbeit beugen. Ihre Hände, die schwere Schraubenschlüssel handhaben, sind rot. Auch sie haben keine Handschuhe an.

Ich gehe zur Tür und halte sie für den Welpen auf. «In einer Woche reise ich ab, Mr. Santos. Ich rufe Sie an und sage Ihnen, wann ich fahre, damit Sie das Haus wieder betreuen können. Komm herein, Logos.» Nachdem ich die Tür zugemacht habe, lehne ich mich dagegen.

Er hat sich vorgestellt, ich sei so reich, daß ich den Winter über hier sein kann, ohne zu arbeiten. Ich könnte ihm nie erklären, was ich hier getan habe. Wenn man seine Bein-, Arm- oder Rückenmuskeln nicht dazu braucht, dann ist es keine Arbeit. Er ist zu dem Schluß gekommen, daß ich hier nichts tue, was er sehen kann, und also tue ich nichts. Daher der gehässige Ton, den ich gehört habe.

Und doch habe ich es verdient. Ich hätte mich selbst so sehen sollen, wie er mich sieht: eine erwachsene Frau, die sich um neun Uhr an einem Januarmorgen mit einem jungen Hund im Schnee balgt. Ich vergesse, daß mich hier Leute sehen und sich Gedanken über mich machen. Früher war ich zu sehr an den Ansichten der

Leute über mich interessiert; jetzt kümmere ich mich zuwenig darum.

Nein, das ist jetzt meine Art. Ich werde nur daran denken, daß ich kein Recht habe, von irgend jemandem zu erwarten, daß er meine Freude teilt. Braucht mich das zu überraschen? Ich habe hier gelernt, daß ich auch in den schlimmen Dingen von niemandem Anteilnahme erwarten kann.

31

Am Vormittag hole ich die gestrige Post ab. Eine weitere Fakultät kann sich noch nicht schlüssig werden, wer ihre neuen Mitglieder sein sollen. Vielleicht werde ich doch den Stamford-Job nehmen müssen.

Müssen. Das gefällt mir nicht. Ich versuche mir klarzuwerden, wie mein Leben aussehen soll, unabhängig vom Geld. Statt Geld zu verdienen und sich dann zu überlegen, wofür es ist, will ich herausfinden, was ich tun *will*, und dann eine Möglichkeit finden, um mir den Lebensunterhalt mit dieser Tätigkeit zu verdienen. Das Geld soll für meine Entscheidungen aufkommen, für meine Art, meinen Tag zu verbringen, statt daß ich meinen Tag nach dem Programm eines anderen einrichte. Aber ich werde mich vielleicht verirren bei meinem Hin und Her zwischen «Wollen» und «Müssen». Und ich werde nicht wissen, was ich tun will, ehe ich nicht lerne, was Wollen ist.

Bis dahin steht das Müssen im Vordergrund. Zwecklos, sich abzuwenden: solange ich ihm mutig entgegentrete, ist es nicht das alte Leben. Solange ich weiß, um welchen Zweck es geht, ist es immer noch eine Entscheidung, die ich treffe. Jedenfalls bin ich, was die Philosophie betrifft, bestenfalls unsicher. Also sind das Lehren und der Stamford-Job beide ein Muß.

Ich fange an, das Lehren gegen den Stamford-Job abzuwägen, aber es sind zu viele Aspekte zu bedenken, als daß ich das unterwegs könnte. Zu Hause angekommen, setze ich mich an meinen Schreibtisch und ziehe einen dicken Stoß Papier heran. Auf das oberste Blatt schreibe ich: «Überlegungen zur Annahme eines Jobs.» Zwei

Punkte zeichne ich schnell auf: die Freiheit, an etwas zu arbeiten, das mich interessiert; die Leute, mit denen ich zusammenarbeiten würde. Mit geringer Anstrengung wächst die Liste auf acht Punkte an. Ich werde sie durchgehen und zuerst an den Stamford-Job denken, dann ein zweitesmal mit dem Gedanken an das Lehren.

Ich fange auf einer neuen Seite an, und bald eilt meine Feder so schnell dahin, wie mir auf dem Spaziergang die Gedanken zuflogen, die ich nicht auseinanderhalten konnte.

Der Stapel Seiten mit «Überlegungen» wächst. Ich schreibe einen oder zwei Sätze, wann immer mir ein neuer Gedanke kommt: während ich koche, von einem Spaziergang heimkomme oder kurz vor dem Schlafengehen.

Ich vergesse nicht, daß ich nur Möglichkeiten erwäge, obwohl Stamford wahrscheinlicher ist als irgendein College. Ugos Brief müßte jetzt jeden Tag kommen. In einer Woche reise ich ab.

Dreizehn Seiten gekritzelter Überlegungen, und wenn ich sie durchlese, stellt sich der Stamford-Job als die vernünftige Lösung heraus. Ich werde ihn also annehmen. Und die Verbindung zu Harvard nicht abreißen lassen. Vielleicht bietet mir jemand einen Lehrauftrag für September an. Inzwischen wird dieser Job mir ermöglichen, meine Schulden zu bezahlen.

Ein Brief von Stamford ist meine einzige Post. Ich nehme ihn von Mr. Morris lächelnd entgegen. Andere Leute kommen durch die Tür, als ich hinausgehe, und als einer der Männer sich bückt und Logos streichelt und Fragen über ihn stellt, habe ich das Gefühl, ich könne es mir leisten, einige Zeit mit ihm zu plaudern.

Ich überquere den Verkehrskreisel und bin auf dem öffentlichen Weg, ehe ich den Umschlag aufreiße. Ein leeres Blatt Papier, darin eingeschlagen der Scheck, und das ist alles. Ich bleibe stehen.

Wo ist der Brief? Ist etwas schiefgegangen?

Ich gehe weiter, aber langsam. Logos ist mir schon weit voraus. Nein, nichts ist schiefgegangen. Was soll auch schiefgehen? Ugo selbst hat mich überredet, den Job anzunehmen. Nein, das ist bloß die Buchhaltung, die prompt den Scheck schickt. Ugo hat gesagt, er wolle sie bitten, das schnell zu erledigen, und das haben sie getan.

Ich sehe mir den Scheck noch einmal an: 350 Dollar. So wirklich wie nur möglich. Ich merke, daß ich zu lächeln beginne. Ich stecke den Scheck sorgfältig in die Tasche. Dann setze ich mich gemächlich in Trab, um Logos einzuholen.

Der die ganze Nacht anhaltende Regen hat den Boden aufgeweicht und die Fahrspuren in der schlammigen Straße mit gelbem Wasser gefüllt. Dünner Nebel liegt wie ein Leintuch über der Landschaft, außer wenn ein leichter Wind es bewegt, und die Straße wird Häuserreihe für Häuserreihe sichtbar, während wir laufen. Es ist ein Wetter, bei dem Logos genau beobachtet werden muß. Er läuft schneller als ich, aber ich weiß früher als er, was kommt. Heute könnte uns ein Wagen fast ungehört überfahren.

Ganz automatisch denke ich zuerst an Logos. Ich beschütze ihn. Gedacht war es umgekehrt.

Wie oft habe ich meine Freundinnen gefragt, wie die Liebe zu ihren Kindern sei. Warum wird die Mutterliebe als etwas so Selbstverständliches angesehen, daß man sie nie zu beschreiben braucht? Nur jemand wie ich, für die die ganze Vorstellung von Mutterliebe unverständlich war, konnte danach fragen. War sie wie die Liebe zu einem Mann oder anders? Ich gab es auf, es zu verstehen. Ich würde warten, bis ich selbst Mutter wäre, und bis dahin war ich bereit, es den Müttern abzunehmen, daß diese Liebe etwas Besonderes ist.

Aber durch Logos beginne ich es jetzt zu verstehen. Ich kann nicht alle Komponenten dieser Liebe klären, aber daß ich ihn liebe, ist sicher. Die ganze Geschichte läßt mich überlegen, wie anders mein Leben vielleicht gewesen wäre, hätte ich bei meiner Mutter das Gefühl gespürt, das ich jetzt für ihn empfinde.

Etwas zu lieben ist vielleicht der einzige Ausgangspunkt, den es gibt, um sich ein Leben zu eigen zu machen. Irgend etwas: einen Vogel, eine Porzellansammlung. Oder muß es ein Lebewesen sein, das man liebt? Vielleicht. Etwas, das ein zunehmendes Gefühl der Verbundenheit ermöglicht, eine Vertrautheit, die man selbst aufrechtzuerhalten vermag. Man wünscht, daß es dem Geschöpf gut gehe, weil man es liebt, nicht weil es einem von Nutzen ist. Ich liebe Logos um seiner selbst willen, weil er ist, was er ist, und ich bin, was ich bin.

So bin ich also wieder da angelangt: Lieben ist nicht etwas, das man sich verdienen muß. Um etwas zu verdienen, muß ich imstande sein, dafür zu arbeiten. Aber ich kann nicht für jemandes Liebe arbeiten, obwohl ich versuchen kann, anderes zu erhalten: Bewunderung, Respekt, vielleicht sogar Loyalität. Aus dem gleichen Grund kann es jemandem nicht verübelt werden, wenn er mich nicht liebt. Werde ich nicht geliebt, wenn ich liebe, dann läßt sich der Mangel nicht ausgleichen durch irgendein Tun von mir, und die Person, die mich nicht liebt, kann deswegen auch keine Reue empfinden. Es ist nichts dagegen einzuwenden, daß man weint, wenn die Sache vorüber ist, aber danach muß das Kontaktbedürfnis aufhören, man muß es aushungern. Was ich bisher nicht begriffen habe.

Oder nehme ich einfach endlich wahr, daß Lieben etwas Beiderseitiges ist und daß jemand, der unerwidert liebt, sich selbst etwas vorlügt?

Es beginnt wieder leicht zu regnen, als wir zum Strand kommen. In der Ferne vor uns stehen einige Möwen in einer unregelmäßigen Reihe auf dem Sand, die gesenkten Köpfe dem Wind zugewandt. Der Regen wird eher heftiger werden als nachlassen. Ich ziehe mir die Mütze über die Ohren, und wir gehen denselben Weg zurück, auf dem wir gekommen sind.

Ich wache auf und trauere um Daddy.

Ach, hör auf, hör auf. Warum kann ich damit nicht fertig werden, wie ich mit anderen Dingen fertig zu werden versuche? Fasse es ins Auge; stelle die Bedingungen fest; erwäge die Alternativen; male dir die Konsequenzen von jedem Schritt aus.

Hoffnungslos. Nichts davon steht in meiner Macht. Meine Mutter hat die gesetzliche Vertretung und überträgt sie ihrem Sohn, ihrem Liebling. Meine Schwester hat beschlossen, sich dem, was die beiden für richtig halten, nicht zu widersetzen; und außerdem hat Memo ihre eigene Familie. Ich bin bloß die älteste Tochter.

Wer wird mir auch nur sagen, wie es ihm geht? Memo würde es tun, wenn sie es wüßte, aber sie hört nur den Bericht meiner Mutter, die nie die Wahrheit sagt. Und der Arzt ist eben derjenige, der mich sechs Wochen, bevor ich mich in Cambridge einer Notoperation unterziehen mußte, für völlig gesund erklärt hatte.

Wer kann wissen, wie es ihm geht? Ich beschließe zu guter Letzt, den Urologen anzurufen, der Daddys letzte Operation durchgeführt hat. Es ist schon später Nachmittag, als ich ihn erreiche. Daddy sei gerade wieder operiert worden; seinem Allgemeinbefinden entsprechend gehe es ihm recht gut; der Arzt nimmt an, daß er ihn noch etwa eine Woche im Krankenhaus behalten werde, aber nur, weil er so geschwächt sei. Ich gebe dem Arzt meine Telefonnummer und bitte ihn, mich in ein paar Tagen anzurufen. Er zögert, dann erklärt er mir, daß er meiner Mutter Bericht erstatte.

«Aber ich will auch Bescheid wissen!» Mir ist die Kehle wie zugeschnürt.

Eine weitere Pause. Er unterrichte gewöhnlich ein Familienmitglied, das dann die anderen verständige. Ich könne doch sicher verstehen, daß er keine Zeit habe, seine Fälle mit jeder der vielen interessierten Personen zu erörtern.

«Ich verstehe, daß Sie viel zu tun haben, aber Sie müssen verstehen, daß ich Bescheid wissen muß.» Ich hole tief Luft. «Ich traue den Erklärungen meiner Mutter nicht. Entweder versteht sie nicht, was Sie ihr sagen, oder sie stellt Ihnen nicht alle Fragen, die ich beantwortet haben möchte.» Selbst ich kann hören, wie es klingt: ich bin unglaubwürdig, wann immer mein Leben mit dem ihren in Berührung kommt.

Der Arzt will sich meine Bitte überlegen. Jedenfalls brauche ich mir jetzt keine Sorgen zu machen. Meinem Vater gehe es den Umständen entsprechend gut.

Zitternd hänge ich auf. Ich sehe deutlich vor mir, wie Daddy im Krankenhaus liegt, das Gesicht angstvoll, unfähig zu verstehen, was mit ihm vorgeht. Und nicht einmal ich kann ihn trösten, nicht einmal, indem ich seine Hand halte.

Ich weine sehr lange. Als ich vom Bett aufstehe, wird es draußen schon dämmerig. Ich nehme den Wagen und fahre zum Postamt. Kein Brief ist gekommen.

Es ist Zeit, damit anzufangen, das Haus in Ordnung zu bringen: Fußböden bohnern, Teppiche reinigen, Kissen wegräumen, Möbel abdecken. Der Staubsauger funktioniert nicht. Ich rufe ein Geschäft an, das damit Reklame macht, es könne derlei Dinge reparieren.

«Bringen Sie ihn her», sagt der Mann. «Ich muß ihn sehen.»

Wieder ein Geschäft wie das von Daddy. Der Mann hinter dem

Ladentisch nimmt mir das Gerät ab, um es zu überprüfen. «Nun, was ist damit los?»

«Ich weiß es nicht. Ich habe ihn eingeschaltet, und nichts passierte.»

Er schaltet ihn ein, und es passiert nichts. Er schraubt etwas ab und dann etwas anderes. «Der ist ziemlich alt.»

«Vermutlich. Er war schon im Haus, als meine Wirtin es kaufte.»

Der Mann sieht interessiert auf. «Welches Haus?»

«In Siasconset. Burnell Street. Es hat keine Nummer.»

«Ach, das Elwell-Haus. Hübsches Haus.» Er schiebt und schaltet und zieht an allem möglichen.

Plötzlich verstehe ich die New England-Sitte, ein Haus mit dem Namen der Leute zu bezeichnen, die es gebaut haben, und nicht mit dem der jetzigen Eigentümer. Auf diese Weise wird die Kontinuität der Umwelt und die Unbeständigkeit des menschlichen Besitzes hervorgehoben.

«Ich kann Ihnen sagen, was diesem Staubsauger fehlt: Staubbeutel.» Er grinst.

«Ach, nein.» Ich muß auch lächeln.

«Und ein bißchen Öl, hier und dann da.» Er zeigt die Stellen. Ich bin verblüfft. Er macht es für mich. Aus Dankbarkeit kaufe ich bei ihm Bohnerwachs, Teppichreinigungsmittel, eine Bürste und Scheuerlappen.

Es ist zu früh, um am Postamt vorbeizufahren und die Post abzuholen.

Ehe ich anfange, den Wohnzimmerteppich zu schrubben, räume ich die Möbel beiseite. Ich staube sie ab, wische den Fußboden ringsum auf und verstaue die Sessel- und Couchkissen zusammen mit Mottenkugeln im Wandschrank im Obergeschoß. Als ich mich hinknie, um anzufangen, ist der Teppich plötzlich riesengroß. Ein Quadratfuß kostet mich fünfzehn Minuten. Ich mustere die Fläche hinter mir. Ich kann vielleicht das Schiff am Freitag nehmen, wenn ich bis dahin nichts anderes tue.

Ich beuge mich über mein Werk und entdecke zu meiner Überraschung, daß es mich freut zu sehen, wie der jetzt cremefarbene Bereich sich auf das schmutzige Grau des übrigen Teppichs ausdehnt. Es wird allmählich eine Routinesache: mit dem Schwamm sauberes

Wasser auf die zu reinigende Stelle auftragen, das Shampoo auf den angefeuchteten Fleck gießen, es einreiben, mehr Wasser dazu zum Spülen.

Aber die Befriedigung hält nicht lange an. Ich erhebe mich, lege Zeitungspapier unter den gereinigten Bereich, damit es das überschüssige Wasser aufsaugt, und messe mit den Augen ab, wie ich die Arbeit so aufteilen kann, daß ich morgen fertig werde. Danach habe ich dann nur noch den Fußboden im Schlafzimmer zu bohnern. Ich seufze. Aber immerhin kann ich so meine Ungeduld beschwichtigen abzureisen.

Der sonnige Vormittag ist kalt, aber einladend. Ich schlage den kurzen Weg zum Wasser ein. Noch drei Tage sehe ich diese Schönheit, dann fahre ich weg. Zu dem Haus in Connecticut, das ich jetzt doch haben kann.

Ich erinnere mich an einen Sonntagmorgen in New York im Sommer, nachdem ich gerade bei *Mademoiselle* aufgehört hatte. Jemand kreuzte in Laurels Wohnung im Village auf und wollte uns zu einer Fahrt aufs Land mitnehmen. Ich zwängte mich mit so vielen anderen ins Auto, daß wir abwechselnd einer auf dem Schoß des anderen saßen; wir sangen, als wir die Stadt hinter uns ließen, und wurden stiller, als die Häuser weniger wurden. Wir hatten kein bestimmtes Ziel: wir wollten nur eine Zeitlang der Hitze und dem Beton entgehen.

Und dann ließ Ginny, die fuhr, den Wagen langsamer werden und hielt dann an. Keiner von uns gab einen Ton von sich. Vor uns, hoch auf einem Hügel, stand ein großes, weißes, mit Schindeln verschaltes Haus, umgeben von Bäumen, die in der Sonne schimmerten. Ich stieg aus dem Wagen und blieb auf der Straße stehen. Kein anderes Auto, keine Menschenseele. In welche Richtung ich auch schaute, überall sah ich ein herrliches weißes Haus unter grünen, sich wiegenden Zweigen.

«Wo sind wir?» fragte ich. «Was für eine Gegend ist das?»

Ginny zog ihre Karte zu Rate. «Connecticut», sagte sie.

Wird mein Haus so sein? Fern von anderen Häusern, vielleicht von Wald umgeben. Zuviel verlangt, daß auch das Meer in der Nähe ist, aber irgendwo kann ich diese Stille finden, diese Ungestörtheit. Kein Nachbar in Hör- oder Sehweite. Platz genug, damit Logos ohne Leine rennen kann.

Mit siebenunddreißig Jahren, eine Frau allein: neue Freundschaften werden schwer zu schließen sein. Bis ich verstehe, was Wollen ist, werde ich vielleicht so alt sein, daß ich nie heirate. Was bedeutet Heiraten überhaupt? Sein Leben mit einem Mann verbringen können und wollen. Die eigene Lebensweise seiner Lebensweise anpassen, so daß weder der eine noch der andere beeinträchtigt oder gestört wird, so daß ein Segen auf ihnen ruht, wenn sie zusammen sind, der fehlt, wenn sie getrennt sind. Aber ich fange gerade erst an zu lernen, für mich allein zu leben. Nur bruchstückweise weiß ich, wer ich bin und was ich will, und nur selten finde ich, daß einige der Stücke sich verbinden. Nein, ich bin nicht bereit zu heiraten, nicht ehe ich nicht ein einheitlicher, ganzer Mensch bin. Ich werde den Mann, den ich heirate, nicht brauchen: ich werde ihn nur wollen.

Aber was bedeutet «Wollen», wenn man das Brauchen ausdrücklich ausschließt und wenn man nur von Personen spricht? Welche Dinge gibt es, die man von anderen Leuten bekommen möchte, aber nicht braucht? Oh, dieser Begriff des Wollens hat viele Seiten und wird mich bei jeder Gelegenheit Fehler machen lassen.

Die Flut ist schon so hoch, daß der Streifen Strand, den sie gelassen hat, zum Laufen zu schmal ist. Sie steigt so rasch, daß ich sehen kann, wie sie sich bis zum nächsten Punkt herandrängt.

«Sie wollten auch von ihm gerettet werden.»

«Wovor, Dr. Kant?»

«Sagen Sie es mir.»

Vor meinen Mißerfolgen. Die Ehe wäre eine Möglichkeit gewesen, mich zu legitimieren: der Mann, den ich heiraten würde, sollte mich vor der Schande retten, in meinem Beruf versagt zu haben; er sollte mich nach all diesen Männern zu einer ehrbaren Frau machen. Aber angenommen, der Mann hätte von mir erwartet, daß ich *ihn* rette. Ehe als gegenseitiges Rettungsunternehmen. Ich wäre zuletzt wieder der betrogene Betrüger gewesen. So habe ich wenigstens nur mein eigenes Unglück auf dem Buckel gehabt. Ich hätte mit der Qual womöglich andere anstecken oder mich noch mehr der eines anderen unterwerfen können, wenn ich geheiratet hätte.

Nein, ich brauche nicht mehr gerettet zu werden. Wie konnte ich früher nur alles so verkehrt auffassen? Ich weiß: ich hatte kein Gefühl dafür, wer ich war. Ich war für einen sehr billigen Preis zu haben. Der Mann brauchte nur anzudeuten, er könnte es eventuell eines Tages in Erwägung ziehen, daß ich vielleicht eine Frau sei, die zu lieben er sich möglicherweise vorstellen könnte, zumindest ein bißchen. Nach dieser Andeutung fiel ich ihm zu Füßen. Aber wenn ich jetzt darüber nachzudenken versuche, wer diese Männer waren, mit denen ich mich Jahr um Jahr abgab, dann sind sie ununterscheidbar voneinander. Ihre Gesichter, Hände, Körper waren verschieden, aber als Personen kannte ich sie nicht. Wie hätte ich das auch können? Ich sah weder mich, noch hörte ich sie. Ich überlege mir, ob einer von ihnen mich hätte lieben *können*. Waren sie überhaupt fähig zu lieben? Das war keine Frage, die ich mir selbst zu stellen verstand. Ich vermochte mir nur zu überlegen, wie ich sie dazu bringen könnte, mich zu lieben. Auch die kleinste Aufmerksamkeit sah ich als ein Zeichen an, daß meine Chancen stiegen.

O Gott, was habe ich alles ertragen um dessentwillen, was ich «lieben» nannte. Ich lege die Hand über die Augen. Dann schaue ich rasch wieder auf. Nicht nötig, deswegen zu erschauern. Es kann nicht wieder so sein. Unmöglich. Das bedeutet nicht, daß ich es gelobe. Es bedeutet, daß ich nicht mehr so bin, wie ich war.

Ich habe den Teppich halb fertig, als es Zeit ist für die Post. Ich nehme mir vor, nicht enttäuscht zu sein, wenn der Brief heute nicht da ist. Aber ich bin enttäuscht. Und besorgt, denn die Tage verstreichen, ohne daß ich weiß, wo sie enden.

Zwischen die Teppichreinigung schiebe ich von Zeit zu Zeit das Bohnern oben ein, zwei langweilige Aufgaben, deren sichtbare Ergebnisse mich doppelt erfreuen: sie zu betrachten und zu wissen, daß ich sie bewerkstelligt habe. Der Teppich ist heute schwieriger, weil der Himmel bewölkt ist. Ich brauche Sonne, damit sie mir die Stellen zeigt, die ich ausgelassen habe. Zur Abwechslung fange ich mit dem Packen von Kleinigkeiten an: Bücher, Kleidungsstücke, die ich vor der Abreise nicht mehr tragen werde.

Noch eine Stunde Arbeit am Teppich, dann ist es geschafft. Soll ich es fertig machen, ehe ich die Post hole? Nein, das ist nicht meine Vorschrift.

Ich renne mit Logos um die Wette zum Wasserturm, dann überqueren wir die breite Siasconset Road, an der große Holzhäuser auf ihren schönen Grundstücken stehen, Bäume, Rasenflächen und Sträucher ergänzen Form und Farbe eines jeden dieser beeindrukkenden Gebäude. Wird mein Haus wie eines von diesen sein? Nein. Sie stehen zu dicht beieinander. Ich werde zehn oder zwanzig Morgen brauchen, damit Logos Auslauf hat.

Der Stamford-Brief ist da. Und ein Brief von meiner Schwester. Den stecke ich gleich in die Tasche: kein Brief meiner Familie bringt jemals etwas anderes als schlechte Nachrichten, und gerade jetzt will ich keine schlechten Nachrichten bekommen. Ich stehe an der Tür und halte sie für Logos auf, aber Mr. Morris hat ihm etwas zu sagen, und bereitwillig trottet er in den Schalterraum, um sich streicheln und tätscheln zu lassen, ehe er durch die Tür und vor mir über die Straße flitzt.

Ich habe den Umschlag offen, als ich auf der Straße bin. Beim ersten Satz bleibe ich stehen, halte den Atem an und lese den Rest.

> ... meine absolute Unfähigkeit, mir über deinen Wert für uns klarzuwerden ... Wenn du dich aufgeschlossen zeigen kannst für andere Dinge außer der Philosophie ... intellektuell lohnender, sich mit ganzen Problemen zu befassen und nicht bloß mit deren philosophischen Aspekten.

Ich stopfe den Brief in die Tasche und stürme die Straße entlang. Der Mistkerl! Wieder ein Techniker, der versucht, mir die Philosophie auszutreiben. Belehrt mich über *meine* geschlossene Welt. Was zum Teufel ist überhaupt ein «ganzes» Problem? Ich *wußte*, ich hätte ihn meine Kopie dieses Berichts nicht mitnehmen lassen dürfen. Ich *wußte*, daß er meine Anmerkungen nicht verstehen konnte. Ich *wußte* es, und dennoch ließ ich ihn den Bericht mitnehmen.

Und inwieweit geht seine «absolute Unfähigkeit», sich klarzuwerden, auf die Tatsache zurück, daß ich seinen Annäherungsversuch zurückwies? Zwei Männer zeigen mir im Lauf eines Jahres, daß es mit ihrer Fairness aus ist, wenn ihre Lenden abgelehnt werden. Das ist ein Berufsrisiko für eine Frau.

Ich fluche immer noch auf ihn, als ich von der Siasconset Road in die kurze Querstraße einbiege, die dann zur Burnell Street wird. Ich muß diesen üblen Geschmack loswerden. Ich hole Memos Brief aus der Tasche und reiße ihn auf.

Daddy steht auf der Liste der kritischen Fälle. Seit Montag Sitzwachen rund um die Uhr.

Ich renne. Logos ist mir im Weg, aber ich renne. Wir überqueren die Straße und kommen in unsere. Ich renne atemlos. Das Hämmern in meiner Brust wird sie sprengen. Ich renne zu unserer Tür, reiße sie weit auf und renne weiter, die Treppe hinauf zum Telefon. Ich halte den Hörer ans Ohr, die andere Hand auf der Wählscheibe. Wer wird wissen, was los ist? Memo nicht, sie weiß nur, was meine Mutter ihr sagt. Ich lege den Hörer wieder auf die Gabel und schmeiße mich aufs Bett, um zu weinen.

Weine nicht: denke nach. Ja, denke nach: was kann ich *tun*?

Ich sehe Daddy in seiner Qual und Verwirrung in seinem Krankenhausbett.

Ich muß etwas *tun*.

Ich stehe vom Bett auf und gehe die Treppe hinunter zu den Eimern mit Wasser und Shampoo. Ich lasse mich auf die Knie nieder, ergreife die Bürste und fange an, die noch schmutzige Fläche zu schrubben. Ich nehme mir eine Stelle vor, wische, wringe Lappen aus, reibe, trockne das überschüssige Wasser ab. Ich sehe zu, wie die Stelle unter meinen Händen sauber wird, und dann beginne ich an einer anderen. Ich nehme die Seifenflasche und stelle sie wieder hin.

Der junge Arzt: Memos Freund, der Daddy untersuchte, als ich auf einem unabhängigen Gutachten über seinen Allgemeinzustand bestand. Mir fällt sein Name ein, als ich die Treppe hinaufstürze, um ihn anzurufen.

Er ist nicht in seinem Zimmer, aber er wird mich anrufen, wenn er zurückkomme. Ich halte den Hörer krampfhaft mit beiden Händen. «Ach, sagen Sie seiner Sekretärin, es sei sehr, sehr dringend. Er möge mich bitte anrufen, sobald er kann. Bitte.» Die Sekretärin werde es ihm ausrichten.

Ich muß aufhängen. Ich muß warten.

Ich gehe wieder hinunter zum Teppich und schrubbe, spüle, trockne ab. Ich warte. Warum hat der andere Arzt gesagt, Daddy mache recht gute Fortschritte? Das war vor zwei Tagen. Habe ich mit ihm gesprochen, ehe Memo diesen Brief schrieb oder nachher? Lieber Gott, wie ist es möglich, daß ich bei etwas so Wichtigem völlig machtlos bin?

Ich bin mit dem Teppich fertig. Die nasse Fläche auf dem Fußboden macht das Wohnzimmer als Warteraum ungeeignet. Ich will schon nach oben ins Schlafzimmer gehen, mache aber kehrt und bereite mir erst in der Küche einen Drink, dann gehe ich mit dem Glas nach oben. Ich setze mich aufs Bett, ans Kissen gelehnt, und sehe zu, wie der Tag dunkel wird.

In dem Augenblick, in dem das Läuten beginnt, habe ich den Hörer in der Hand. Ich erkläre dem jungen Arzt, daß ich widersprüchliche Berichte erhalten habe. Ob er bitte selbst zu meinem Vater gehen und mich dann anrufen wolle, um mir zu sagen, was von alledem stimme?

«Alice, erinnerst du dich, was passierte, als ich das letzte Mal auf deine Bitte hin nach deinem Vater sah? Deine Familie gab mir klipp und klar zu verstehen, daß ich mich einmische.»

«Von ihrem Standpunkt aus ist alles, was ich tue, Einmischung. Aber ich habe ein Recht, die Wahrheit über meinen Vater zu erfahren. Ihre Methode ist, mir immer nur soviel zu sagen, wie sie mich erfahren lassen wollen. Ich habe es aufgegeben, erraten zu wollen, was sie damit bezwecken. Bitte hilf mir.»

Es tritt eine Pause ein. Dann erklärt er sich bereit, den Chirurgen anzurufen.

«Aber er war es, der mir vor zwei Tagen sagte, mein Vater befinde sich außer Gefahr.»

«Nun ja, aber seine Auskunft jetzt wird neuer sein als die deiner Schwester.»

Ich bin einverstanden, daß er den Chirurgen anruft. Wenn er sich von Daddys Zustand kein Bild machen kann, wird er bei ihm vorbeigehen, wenn er seine Visiten im Krankenhaus macht.

«Heute?»

Ja, heute. Er wird den Chirurgen gleich nach unserem Gespräch anrufen. Wenn er mich nicht sofort zurückruft, dann nur, weil er den Chirurgen nicht erreicht hat.

Ich lehne mich an meine Kissen zurück und warte wieder. Eine Stunde. Zwei Stunden. Das Telefon läutet.

Daddy war auf der Liste der kritischen Fälle, aber ist es seit Montag nicht mehr. Sein Allgemeinbefinden ist schlecht. Er will weder essen noch trinken; er wird intravenös ernährt. Das einzige, was man tun kann, ist zu versuchen, ihn etwas zu kräftigen. Das dauert seine Zeit, und obwohl der Chirurg die Behandlung in ein paar Tagen abgibt, wird der Internist sicher versuchen, eine Gewichtszunahme zu erreichen.

«Ed, kann ich irgend etwas tun?»

«Nein. Du weißt ja, daß die Schwäche eine der Folgen des Gehirnschadens ist, und der ist irreversibel.»

«Ja, ich weiß. Ich habe ja auch immer nur versucht, das alles weniger beängstigend für ihn zu machen.»

Wir hängen auf. Ich knipse die Lampe auf dem Nachttisch an. Plötzlich fällt mir ein, daß ich keinen Job und keine Wohnung habe.

Ich rufe in Marblehead die einzige Person an, die genug Platz hat, um mich aufzunehmen. «Marie, du bist an dem Abend mit mir gekommen, als ich meinen Welpen kaufte. Du warst müde, du wolltest eigentlich nicht, aber du wußtest, daß ich dich brauchte. Ich brauche dich jetzt wieder. Könntest du Logos und mich eine Weile ertragen?» Ich berichte ihr von Ugos Niedertracht und daß ich warten müsse, bis ich etwas von Harvard höre.

Sie zögert. «Das wäre, wie wenn zwei Familien unter einem Dach leben. Unser Haus ist sehr groß, aber binnen kurzem würden wir alle uns gegenseitig anbellen.»

«Marie, ich wünschte, ich brauchte dich nicht darum zu bitten. Ich werde es dir natürlich bezahlen und mein möglichstes tun, daß wir beide euch nicht in die Quere kommen.»

Wir reden fünfzehn Minuten, bis sie einverstanden ist. Sie ist ebensowenig glücklich darüber wie ich.

32

Ich lege eine Bahn Zeitungspapier über den noch feuchten Teppich zu meinem Schreibtisch. Ich rechne ein letztesmal alles durch. Mein Geld könnte drei Wochen reichen, wenn ich hierbleiben würde. Aber dann müßte ich sofort eine Einkommensquelle haben. Ich lehne mich auf meinem Stuhl zurück. Ich werde einfach nicht vergessen, daß ich Marie über Gebühr in Anspruch nehme; ich werde jedem Job nachgehen, den Harvard zutage fördert; und ehe ich völlig pleite bin, werde ich jeden Sekretärinnenjob annehmen, den ich bekommen kann. Erledigt. Darüber wird nicht mehr nachgedacht, es wird einfach getan.

Ich berichte Laurel von Ugo und schicke ihr die siebzehn Dollar, die ich ihr schulde. Ich schreibe meiner Schwester einen Brief, der, wie ich beim Durchlesen feststelle, wütend klingt. Jede meiner Interaktionen mit meiner Familie ist vergiftet; ich kann mich davon nur befreien, indem ich mich von der Familie frei mache.

Nachts hat es leicht geschneit, genug, um auf dem ganzen Weg zum Strand alle zwölf Schritte einen Schneeball zusammenzubringen, den ich für Logos werfen kann. Diese Beleuchtung, diese Aussicht, diese Stille werde ich morgen nicht mehr haben. Ich gebe mich dem Geruch der Seeluft hin, dem Gekrächze der Möwen, dem Anblick ihrer Flügel, wenn sie sich auf dem Wasser niederlassen und nahe dem Ufer schwimmen, dann wieder emporsteigen und ihre Kreise ziehen.

Ich brauche all das nicht zu einer einzigen Abschiedserinnerung zu verdichten: ich habe die Tage von drei Monaten im Gedächtnis zu behalten. Und außerdem will ich mich nicht bloß daran erinnern: ich will, daß die Qualität dieses Augenblicks die Tage meines ganzen Lebens durchdringt. Ich will mein Leben so gestalten, wenn es nicht so ist. Ich will es so sein lassen, wenn es so ist.

Ich werfe für Logos einen Stock und sehe lächelnd zu, wie er ihm nachrennt. Wann wird er wieder die Freiheit haben, meilenweit auf einem Strand zu rennen?

Und ich, werde ich Freiheit haben, wenn ich wieder unter Menschen bin? Werde ich mich davor schützen können, ihnen um jeden Preis gefallen zu wollen? Ich darf dieses Gefühl des Unbehagens, ohne zu wissen, warum, nicht vergessen. Es ist ein Zeichen dafür, daß das, was gerade geschieht, noch nicht bis zu mir durchgedrungen ist, aber daß ich es verhindern muß, bis ich es verstehe. Später entdecke ich dann, daß es etwas war, das ich nicht tun wollte, wie damals, als ich Ugo meine Notizen zu seinem Bericht gab. Mein Fehler war, daß ich meinem so schwach pochenden Gefühl der Beunruhigung nicht traute.

Was läßt mich an schützen denken? Diese Freiheit zu schützen heißt, sie zu hemmen, und sie ist jetzt noch so zart, daß ich ihr Platz einräumen muß, damit sie wächst. Das Wenige, das ich für mich beanspruchen konnte, kam zu mir nach einem willkürlichen Zeitplan; es kam unvorhergesehen, weil ich jede Schutzfärbung aufgegeben hatte. Ich muß die ganze Zeit offen sein. Nicht nur hier, wo ich in Sicherheit bin, weil ich allein bin, sondern auch wieder dort in der Welt, wo es Menschen und Schwierigkeiten gibt. Wenn ich erst einmal anfange, einem anderen gegenüber zu heucheln, werde ich zuletzt womöglich mir selbst wieder etwas vorheucheln.

Ich sehe plötzlich Szigeti vor mir. Als er im Mai im Leverett House spielte, riß sein Bogenbezug, und die Fetzen hingen herunter, für uns alle in dem kleinen Gemeinschaftsraum sichtbar. Wir bemühten uns, der Musik zu lauschen, aber die Aufmerksamkeit von allen wurde immer wieder von dieser Ablenkung angezogen. Mitten im Satz hörte er auf, riß die störenden Fetzen ab und spielte dann weiter. Wie viele Takte hat er ausgelassen? Wie weit war er zurückgegangen, als er wieder anfing? Ich erinnere mich nicht. Als ich nach Hause ging, beneidete ich ihn. Jetzt weiß ich, warum: Er war sich völlig klar darüber, was wichtiger und weniger wichtig ist; er konnte die Dinge beim richtigen Namen nennen.

Abends beginnt es wieder zu schneien. Einer plötzlichen Regung folgend, beschließe ich, einen Spaziergang zu machen, und Logos, erstaunt über sein Glück, stürmt vor mir auf die Straße. Die Straßenlaterne am Wasserturm ist zu weit weg, um mich auf die Fahrspuren auf der dunklen Straße aufmerksam zu machen. Ich stolpere einmal, dann noch einmal, während Logos unbeschwert dahintrabt, die Nase unten im Schnee. Flocken wirbeln um die Lampenglocken der Laternen, aber der Wind weht gelinde und legt sich bald ganz. Unsere Schritte, die den Schnee niederdrücken, erzeugen das einzige Geräusch. Ich komme an Häusern vorbei, einige sind dunkel, einige erleuchtet. Jetzt, am Abend vor meiner Abreise, weiß ich, welche Gardinen beiseite geschoben wurden, wenn ich in die Stadt ging, welche Fenster undurchsichtig blieben. Wir folgen der Hauptstraße bis zum Postamt, gehen dann die Nebenstraße am Kasino entlang und wieder zurück zum Wasserturm. Obgleich bewohnt, ist die Stadt still.

Es fällt mir schwer, ins Haus zu gehen und den schönen Schnee draußen zu lassen. Ich behalte den Mantel und die nassen Handschuhe an und werfe Schneebälle, solange Logos Lust hat, ihnen nachzujagen.

In dem Augenblick, in dem ich aufwache, fällt mir ein, daß wir heute abreisen. Ich spiele mit Logos auf dem Bett Versteck, als wäre es ein ganz gewöhnlicher Tag und nicht der letzte, und dann lasse ich ihn hinaus. Wird die Sonne in meine nächste Küche hineinscheinen wie in diese? Während ich Kaffee mache, sehe ich zu, wie Logos sich im Schnee wälzt, dann gehe ich nach oben, um mich anzuziehen und die Armbanduhr anzulegen. Sieben Uhr. Das Schiff fährt um zwei. Heute beginnt die Zeit wieder. Wie kann ich ihre Tyrannei mildern? Indem ich einfach von ihr Notiz nehme, statt mich ihr zu unterwerfen. Ich werde von ihr Notiz nehmen, um Schiffe und Züge zu erreichen, aber nicht bei meinen eigenen Tätigkeiten.

Ich finde die Liste mit den Wünschen meiner Wirtin, wie ich das Haus zu hinterlassen habe. Was tue ich zuerst? Da hast du's! Die Zeit packt mich an der Gurgel, während ich gerade erkläre, ich würde es ihr nicht erlauben.

Ich fahre den Wagen zur Küchentür und verstaue die Kartons mit Büchern und anderen Habseligkeiten auf dem Rücksitz. Durch den Schnee ist es schwierig, festen Fuß zu fassen, er ballt sich auf meinem Weg vom Wagen zum Haus und zurück zusammen und macht ihn obendrein noch schlüpfrig.

Ich hole den letzten Karton aus dem Wohnzimmer. Als ich auf dem Weg nach oben wieder durch die Tür komme, muß ich stehenbleiben, von meiner eigenen Tüchtigkeit betroffen. Das Zimmer gehört mir nicht mehr. Keine Kissen mehr auf Couch und Sesseln. Die Möbel stehen wieder da, wo ich sie vor drei Monaten gefunden habe. Meinen Schreibtisch gibt es nicht mehr: er ist wieder zum Eßtisch auf der anderen Seite des Zimmers geworden. Der Teppich ist fleckenlos: keine Spur vom Heranwachsen eines Welpen oder meinem täglichen Auf- und Abgehen. Es ist ein Zimmer unter andern, blitzblank und sauber riechend, in einem Haus, das der Eigentümerin zurückgegeben wird.

Eins nach dem anderen nehmen auch die anderen Zimmer dieses Aussehen an. Sie werfen mich fast hinaus. Ich greife nach Mantel und Mütze und gehe zum letztenmal auf der vertrauten Diagonale über den Rasen, Logos wie immer vor mir. Ich komme am Moor und dann am Wasserturm vorbei und mache mich direkt zum Postamt auf.

Ich schreibe meinen Nachsendungsantrag auf das übliche rosa Formular. Wie viele solche Formulare in wie vielen Postämtern werde ich noch ausfüllen, ehe ich mein eigenes Haus habe? Ich gebe dem Mann am Schalter den Antrag und spähe an ihm vorbei, ob ich den Postmeister sehen kann. «Ist Mr. Morris heute nicht hier?»

«Nein, heute nicht. Er ist ja seit dem 1. Januar pensioniert. Er ist nur ab und zu noch hergekommen, um mir zu helfen, bis ich richtig eingearbeitet bin.»

Jetzt fällt es mir wieder ein. «Wollen Sie ihm bitte in meinem Namen für all seine Liebenswürdigkeit danken?»

Der neue Postmeister nickt. «Es tut uns leid, daß Sie abreisen. Alles Gute. Kommen Sie einmal wieder.» Wir schütteln uns durch den Schalter die Hand.

Ich halte für Logos die Tür auf, und als ich sie hinter uns zumache, tut es mir leid, daß ich den Mann nicht noch einmal gesehen habe, der seinen Job als einen auffaßte, bei dem Zuvorkommenheit im Mittelpunkt stehen müsse. Seine Arbeit sicherte meine Hauptverbindung mit der Welt, in die ich jetzt zurückkehre.

Wir gehen um die Ecke, die kopfsteingepflasterte Anhöhe hinunter, an den Pfosten und Absperrketten vorbei zum Strand. Logos rast zur Wasserkante und scheucht mit seinem Bellen die Möwen auf, dann schnüffelt er überall auf dem Strand, um zu entdecken, wer seit gestern hier gewesen ist. Der Seegang ist ruhig: der Wind, der letzte Nacht die Schneewolken heranblies, hat sich gelegt.

Ich gehe langsam am Wasser entlang und blicke aufs Meer hinaus. Das war für mich Zuhause: jederzeit herzukommen, um in völliger Freiheit zu laufen und zu denken und zu spielen und dazusitzen und die Luft in vollen Zügen einzuatmen. Hierdurch eigne ich es mir an, so daß es mich begleitet, wohin ich auch gehe.

Mir kommt der Gedanke, daß sich meine Lage in diesen drei Monaten äußerlich überhaupt nicht geändert hat. Ich habe keine Einkommensquelle und fast kein Geld mehr. Ich habe keine Wohnung und bin eine Zeitlang auf die Freundlichkeit eines anderen angewiesen. Ich kann mich mit Gewißheit auf überhaupt keine Richtung einstellen. Ich habe keine Menschen, die mir verbunden sind. Es steht nicht in meiner Macht, meinem Vater zu helfen.

Aber von innen betrachtet sieht die Lage ganz anders aus, abgesehen von Daddy. Was meine ich damit?

Ich versuche die einzelnen Bestandteile zu klären und komme auf die Gedankenansätze, die in meinem Repertoire neu sind; allein sein; mich dabei entfalten; meine Entscheidungen selbst treffen, darauf bestehen; meine eigene Glaubwürdigkeit darlegen, darin schwelgen; andere Leute als Menschen unabhängig wahrnehmen, erstaunt darüber sein.

Logos scharrt in einem Haufen Seetang nach etwas: eine tote Möwe, die in der Schneenacht ihre Richtung und ihr Leben verloren hat. Ich packe Logos am Halsband, um ihn wegzuziehen, und finde fast keinen Platz für meine Finger.

«Ja, du wächst.» Ich bücke mich, um das Halsband zu überprüfen. Die Schnalle schließt im letzten Loch, und am Rand beginnt das Leder auszufransen. Wir werden heute ein neues kaufen.

Es ist Zeit zum Aufbruch. Ich stehe da und sehe in jeder Richtung den Strand entlang. Langsam gehe ich rückwärts die Dünen hinauf. Als ich zur Straße komme, gehe ich immer noch rückwärts, um bis zuletzt das Meer zu sehen. Jetzt weiß ich, daß ich abreise. Ich drehe mich um und eile die lange Straße entlang zu den letzten Aufgaben, die im Haus noch zu erledigen sind.

Mr. Santos kommt vorbei, als ich mich mit der eingesunkenen Mülltonne abquäle.

«Lassen Sie nur», sagt er. «Wenn der Boden auftaut, bringe ich sie zum Müllplatz.»

Ich leere den Kühlschrank bis auf zwei Scheiben Brot und ein dickes Stück Butter. Ich schmiere die Butter auf das Brot, breche es in Stücke und lege es für die Vögel in den Garten. Mein Gepäck bringe ich auf dem Beifahrersitz unter und mache hinten eine Ecke für Logos frei.

Mr. Santos und ich geben uns die Hand, und dann merke ich, das Logos weg ist. Ich schreie seinen Namen, renne auf die Straße, dann ums Haus herum zur Moorseite, dann wieder hinten in den Garten und rufe ihn. Auf dem Gartenweg taucht er auf und leckt sich die Lippen.

«Was hast du denn jetzt gefressen?» Ich bemühe mich, mir den Kadaver in seinem Bauch nicht vorzustellen, und dann bemerke ich etwas Gelbes auf seiner Nasenspitze: er hat das Brot und die Butter selbst gefressen. Jetzt wird er auf dem Schiff seekrank werden.

«Ach, Logos, du machst es einem nicht leicht.» Ich lasse ihn in seine Ecke schlüpfen.

Lebewohl, Haus. Ich sehe es im Rückspiegel, bis ich auf die lange, gerade Straße nach Nantucket einbiege.

In der Bibliothek gebe ich meine Bücher zurück und fahre dann zwei Querstraßen weiter zum Eisenwarengeschäft. Es ist nicht mein Vater, der auf mich zukommt.

«Mein Hund braucht ein neues Halsband.» Ich gebe dem Mann das fast kaputte, um ihm die Größe zu zeigen. Er geht mir voran zu einem Regal mit Halsbändern unterschiedlicher Länge, einfache und mit Knöpfen beschlagene in Rot, Schwarz, Grün und Lohfarben. Ich suche eins aus. Der Mann nimmt eine Zange und befestigt Logos' Hundemarke am Ring des neuen Halsbands. Ich danke ihm und bezahle, kann ihm aber einfach nicht auf Wiedersehen sagen.

Im Auto schnalle ich Logos das schlichte, schwarze Halsband um. Es sitzt locker und schneidet nicht in sein Fell ein wie das alte. Er sitzt in seiner Ecke, voller Wachsamkeit, und weiß, daß heute etwas anderes vor sich geht. Lächelnd sehe ich, wie die großen Ohren zittern, um alles aufzunehmen.

Ich kaufe meine Schiffskarte und fahre den Wagen auf die Fähre. Ich mache die Leine an Logos' Halsband fest, und wir rennen die Stufen hinauf. Ich will auf Deck sein, wenn wir abfahren; ich will sehen, wie die Fähre vom Kai ablegt; ich will genau die Minute wissen, in der sich meine Verbindung mit dieser Insel löst.

Das Achterdeck wimmelt von Menschen. Ich beginne mich zur Reling voranzukämpfen und sehe alle paar Schritte nach unten, um zu verhindern, daß Logos von all diesen Füßen zerquetscht wird. Plötzlich wird meine Leine schlaff: Logos ist weg, das Halsband hängt wie eine Schlinge am Ende der Leine.

«Logos!» Du lieber Himmel, wenn er über Bord fällt!

«Hier, Miss.» Lachend hebt ein Mann den sich windenden Welpen zu mir herüber und bückt sich, um ihn an den Vorderläufen zu halten, bis ich mich hingekniet und ihm das Halsband wieder übergestreift habe. Ich stehe auf und danke dem Mann. Auf dem Kai stehen Leute und winken und rufen, und die Leute rings um mich erwidern die Abschiedsgrüße. Langsam legt das Schiff ab. Einen Augenblick lang merke ich es gar nicht.

Jemand sagt zu seinem Gefährten: «Wir sind unterwegs.»

Ja, ich glaube, das sind wir.

★